D1876552

DROEMER

Über die Autorin:
Grit Landau hat Geschichte studiert und danach als Kultur- und Musikjournalistin gearbeitet, bevor sie zu schreiben begann. Ihr Romandebüt »MARINA, MARINA«, eine Familien- und Liebesgeschichte im Italien der 1960er-Jahre, erschien bei Droemer im Frühjahrsprogramm 2019 und wurde von den LeserInnen geliebt. Und die Geschichte Italiens lässt Grit Landau nicht los: Ihr Faible für die Insel Sardinien und die intensive Beschäftigung mit der Zeit des italienischen Faschismus inspirierte sie zu diesem Roman.
Weitere Informationen unter: www.gritlandau.de

Ingrid

GRIT LANDAU

Die sardische Hochzeit

ROMAN

DROEMER

Besuchen Sie uns im Internet:
www.droemer.de

Aus Verantwortung für die Umwelt hat sich die Verlagsgruppe Droemer Knaur zu einer nachhaltigen Buchproduktion verpflichtet. Der bewusste Umgang mit unseren Ressourcen, der Schutz unseres Klimas und der Natur gehören zu unseren obersten Unternehmenszielen. Gemeinsam mit unseren Partnern und Lieferanten setzen wir uns für eine klimaneutrale Buchproduktion ein, die den Erwerb von Klimazertifikaten zur Kompensation des CO_2-Ausstoßes einschließt. Weitere Informationen finden Sie unter: www.klimaneutralerverlag.de

FSC® www.fsc.org
MIX
Papier aus verantwortungsvollen Quellen
FSC® C083411

Eigenlizenz Februar 2022
Droemer Taschenbuch
© 2020 Droemer Verlag
Ein Imprint der Verlagsgruppe
Droemer Knaur GmbH & Co. KG, München
Alle Rechte vorbehalten. Das Werk darf – auch teilweise – nur
mit Genehmigung des Verlags wiedergegeben werden.
Redaktion: Heike Fischer
Covergestaltung: ZERO Werbeagentur, München
Coverabbildung: Collage unter Verwendung von Motiven von
Rekha Arcangel und Gabriele Maltinti, Lukasz Szwaj / shutterstock.com
Satz: Adobe InDesign im Verlag
Druck und Bindung: CPI books GmbH, Leck
ISBN 978-3-426-30753-3

2 4 5 3 1

»Furat chie venit da'e su mare.«

Wer über das Meer kommt,
will uns bestehlen.

(Sardisches Sprichwort)

PERSONEN

LIGURER

Sant'Amato, Provinz Imperia

LEONIDA »LEO« LANTERI, Erbe der *frantoio* Lanteri, einer Olivenplantage und Ölmühle. Blutjunger Leutnant im Ersten Weltkrieg, Überlebender der Isonzo-Schlachten

ALBERTO LANTERI, sein Vater, Padron der *frantoio* Lanteri

ENZO, sein Halbbruder und Konkurrent um das Erbe

SARDEN

Landgut Soriga

DON ANTONIO SORIGA, Gutsherr der *tenuta* Soriga, einem Landgut bei Sassari, das vor allem Wein und Olivenöl produziert

DONNA ELENA, seine verstorbene 1. Frau

DONNA INÉS, seine 2. Frau (und frühere Mätresse)

GIOIA, Don Antonios Tochter aus erster Ehe mit Donna Elena

BENIAMINO, der Sohn und Erbe aus zweiter Ehe mit Donna Inés

ESPOSITO, der Hauptverwalter des Gutes

ARTURO BOI, der Hilfsverwalter, ein Ex-Unterleutnant einfachster Herkunft

BONARIA TITÙ, Gioias Patin, eine Köchin und sardische *pratica* (Heilerin) mit einem fast magischen Händchen

TZIU FRANCÌ, ein Hundertjähriger mit Sinn für Humor

Gestüt Marras

TERESINA MARRAS, Matriarchin der Pferdezüchter-Familie Marras, zwölffache Mutter und Chefin des Gestüts. Auch Teresina kennt sich aus mit sardischer Magie, dem *malocchio* und der »Medizin des Auges«

IACONE, ihr verstorbener Mann

ETTORE, Teresinas geliebter Erstgeborener, im Krieg gefallen

PIERO, der Zweitgeborene, verwaltet das Gestüt für seine Mutter

GAVINO, Gioias Bräutigam, ein Ex-Frontkämpfer der *brigata Sassari*

SANTINO, im Krieg Sanitätshelfer, jetzt nur noch ein Schatten seiner selbst

EFISIO, Teresinas jüngster Sohn

MISSENTA & LUCIA, die ältesten Töchter von Teresina Marras. Beide hatten vier weitere Schwestern, die teils im Kindesalter, teils an der Spanischen Grippe starben.

PEGASO, ein ausgemustertes Rennpferd, Urahn von *Uberta de Mores,* der fünfmaligen Gewinnerin des *palio* von Siena

Provinzhauptstadt Sassari

DOTTORE SPANU, ein ehemaliger Feldarzt der *brigata Sassari,* Mitbegründer der Sardischen Aktionspartei

LORENZO CAPRA, ein Händler von Kolonialwaren und Olivenöl

MINNIÀ CADEDDU, eine junge Arbeiterin in einer Gerberei

MARIO, ihr Bruder, Bäckerlehrling, Jungkommunist und General der »Bubenarmee« von Sassari

CHARLIE & JACKSON, die jazzbegeisterten Betreiber des »Creole Club« in der Altstadt von Sassari

ANDERE VOM FESTLAND

RAFFAELE D'AVENIA, selbst ernannter »Kampfdichter und Vordenker« des *partito nazionale fascista* (PNF) in Mailand

ISADORA, seine Tochter (aus der Ehe mit einer Britin)

ONOREVOLE ROSSI, ein hoher PNF-Funktionär und Abgeordneter des *blocco nazionale* (1921–1924), Dienstherr von Bonaria Titù in Mailand

»IL DUCE« BENITO MUSSOLINI (historische Figur), der faschistische Diktator Italiens 1922–1943

Ingrid

I

Verlobung

KAPITEL 1

IS JANAS / *Die sardischen Feen (janas, von lat. Diana), Bewohnerinnen der »domus de janas«, der Feenhäuser, die sich überall verstreut auf der Insel befinden. Archäologen halten die Höhlen für Felsengräber aus der Jungsteinzeit, die Sarden selbst wissen es besser: Die Felskammern sind voller Magie und heidnischer Energie. In ihnen leben lichtscheue, zierliche Frauengestalten, die an goldenen Webstühlen kostbare Stoffe erschaffen. Diese Feen tun – je nach lokaler Legende – mal Gutes, mal Böses, sind mal verführerische Schönheiten, mal menschenfressende Hexen. Am Ende ihrer Zeit verwandeln sie sich in Stein.*

Der Volksglaube weiß außerdem, dass, wann immer einem Sarden ein Schatten auf der Seele liegt, er in einem »domu de janas« in der Nähe seines Heimatdorfes übernachten sollte. Die Gegenwart seiner Ahnen wird ihn heilen und seinen Kummer vertreiben.

* * *

25. Oktober 1922
Porto Torres, Provinz Sassari

Als Leo Lanteri nach zwei Tagen auf schwerer, rollender See endlich Sardinien erreichte, verbarg sich die Insel hinter Wolken und Gischt.

Schon beim ersten Signal der Schiffsglocke erhob er sich von seinem Platz in dem viel zu niedrigen Passagierraum der *ventura*, schlüpfte in die Anzugjacke und verließ den Bauch der Fähre. *Nur raus hier!* So schnell es ihm seine elende Verfassung erlaubte, erklomm er über stählerne Treppen das Promenadendeck und vertrat sich die langen Beine. Er sog die salzige Luft tief in seine Lungen, fast als hinge er wieder am Sauerstoffgerät, und warf einen ersten Blick auf den Ort seiner Verbannung. *Wo ist jetzt diese verfluchte Küste?*

Die *ventura* stampfte in der Dünung. Ein harscher Wind zerriss den Qualm über dem einzigen Schornstein des Dampfers und zerrte an Leos Schiebermütze. Das Deck schwankte unter seinen Füßen. Er rettete sich an die Reling, starrte ins bewegte Grau und versuchte, die Fetzen dunklen Landes, die durch die dahinjagenden Wolken brachen, zu einer Küstenlinie zu verbinden. Ohne Erfolg. Stattdessen erinnerten ihn die schäumenden Wellenkämme und das Gewoge unter dem Schiffsrumpf daran, wie dringend er von Bord musste. Leo beugte sich vor, und unvermittelt überkam ihn ein Würgen, dazu Pochen und Brausen im Ohr. *Nicht schon wieder!*

Weiter hinten auf Deck bemerkte ein untersetzter Matrose seinen Zustand, rief etwas und lachte. Leo wandte sich ab und hieb mit beiden Händen auf die Reling.

Scheiße, was gibt's da zu lachen? Komm zum Isonzo, da wollen wir mal sehen, wie schnell du *das Kotzen kriegst!*

Er zwang sich, ruhig durchzuatmen, und straffte sich zu einem imaginären Appell. *Habt Acht!* Mochte der Krieg auch schon vier Jahre vergangen sein, er half ihm in Momenten wie diesen. *Presente! Leutnant Lanteri meldet sich zum Dienst!* Leo biss die Zähne aufeinander und konzentrierte sich auf ein Blinken, das aus der Landrichtung kam, vermutlich ein Leuchtturm oder ein Signal von der Strafkolonie auf der vorgelagerten Gefängnisinsel Asinara. *Schau gut hin!,* sagte er sich, *wenn du nicht aufpasst, kannst du dort immer noch landen. Und jetzt kneif den Arsch zusammen, das hier ist nichts. Gar nichts.*

Keine Stunde später tauchten die bleichen Fassaden und der wuchtige Turm von Porto Torres aus dem Gewölk wie eine Geistererscheinung. Der Wind ließ nach, und ein Möwenschwarm eskortierte die Fähre bis in das Hafenbecken.

Leo hatte längst seinen Reisesack an Deck geholt. Die Enge im Innern des Dampfers hatte ihn zermürbt. Umringt von Mitreisenden, zählte er nun die Minuten bis zum Anlegen. Neben ihn drängte sich die Kaufmannsfamilie aus Sanremo, deren bildhübsche Tochter ihm erneut zulächelte. Leo drehte ihr den Rücken zu. *Mach dich nicht unglücklich, Angelina,* dachte er und wählte den Namen, den die Eltern des Mädchens während der Überfahrt oft gerufen hatten, *schenk dein Engelslächeln lieber einem Mann, der dir im Leben was nützen kann.*

Die Leeseite der *ventura* glitt an die Kaimauer, Taue flogen an Land und wurden um Poller geschlungen, Ankertrossen rasselten ins Meer. Dann schob man die Gangway zur Mole an den Schiffsleib heran. Leo kämpfte sich mit ausgefahrenen Ellbogen nach vorn. Dabei überhörte er die Flüche derjenigen, die es zu Recht erboste, von einem weggestoßen zu werden, der sie fast um Haupteslänge überragte. *Nie wieder dieser Kahn,* schwor er sich, *und wenn ich mir vor der Rückreise Flügel wachsen lasse ...*

Doch so schnell war mit seiner Heimkehr nun auch wieder nicht zu rechnen, zumindest nicht nach der Order seines Vaters. *Du bleibst da, bis ich dir telegrafiere. Schau dich nach der pecora nera um, aber nur, wenn du damit kein Aufsehen erregst. Vergiss nie: Die haben ihre Leute inzwischen überall. Lass mich machen und rühr dich nicht vom Fleck, bis du von mir Nachricht bekommst, dass die Sache erledigt ist.*

Der Kai, an dem die Fähre nun unter heiseren Rufen und einigem Trara anlegte, wimmelte von Hafenarbeitern in verschlissener Kleidung. Magere Männer mit flinken Bewegungen. Arme Schlucker. Hilfskräfte, deren Eifer zeigte, wie dringend sie die Ausbeute dieses Tages brauchten. Viele hatte der Krieg gezeichnet: Sie hinkten, trugen eine Augenklappe oder kaschierten ein paar fehlende Finger. Sie wuchteten schwere Körbe mit silbrig glitzerndem Fang von den Fischerbooten. Einige hantierten mit Tauen und Brassen, andere schleppten Holzkisten, Reisekoffer, Stoffballen und sogar ein Koffergrammophon von Bord. Die meisten Arbeiter trugen wie er selbst einfache *coppole* auf dem Kopf, deren Schirme ihre Gesichter verbargen. Doch Leo wusste, dass viele von ihnen ähnlich scharfe Züge aufweisen würden wie die der Frontkameraden von der *brigata Sassari,* neben denen seine Einheit im Graben gelegen hatte. Viel zu nah, und viel zu lang. So lang, dass Leo, mochte er noch so oft über die »verdammten Sarden« schimpfen, irgendwann sogar ihre seltsame Sprache verstanden hatte.

Männer wie er waren das.

Überlebende. Außen und innen Beschädigte. Die den Krieg zwar gewonnen, ihren Frieden aber verloren hatten. Männer, die nicht mehr schlafen konnten, auch nicht bei ihren Frauen, wegen der Albträume. Die nachts dann lange ausblieben, in den Gassen aneinandergerieten und sich die Ohnmacht aus dem Leib prügelten.

Männer, die dann manchmal auch etwas Dummes taten. Etwas sehr Dummes, denn was konnte es Dümmeres geben, als sich mit einem *Squadristen* anzulegen? Einem *Squadristen,* der dann auch noch – *ach was, scheiß drauf!*

Sobald das Gitter aufschwang, stürmte Leo über die Gangway. Beim ersten Schritt auf den Steinplatten des Kais entfuhr ihm ein Seufzer. *Endlich fester Grund.*

Trotz seiner hochgewachsenen Statur schien er niemandem aufzufallen – Leo trug vorsichtshalber einen seiner älteren Anzüge –, und nach einem kurzen Gang über den Kai, während dem er das Treiben im Hafen studierte, war er sich beinahe sicher, dass ihm niemand folgte. Trotzdem ließ er sich eine weitere Viertelstunde kreuz und quer durch die Gassen von Porto Torres treiben, alle Sinne geschärft für eventuelle Verfolger. Doch nichts. Nach diesem Manöver schlenderte er über enge Seitengässchen Richtung Bahnhof und hielt Ausschau nach einer Möglichkeit zur Weiterreise.

Die Temperatur war im Vergleich zum Vortag gefallen, und Leo nahm zum ersten Mal in diesem Jahr den Geruch des Winters im Süden wahr: *Stockfisch und Holzkohle.* Ein kalter Wind erhob sich, ihn fröstelte. Und der mannshohe Fahrplan an der Fassade der Bahnstation zeigte: Der nächste Zug würde erst abends gehen.

Es fahren vom Bahnhof aus auch Omnibusse, hatte ihm Enzo erklärt, *wenn du Glück hast und die nicht gerade bestreikt werden. Ach was, geh von Streik aus, auf dieser Banditeninsel tut kaum einer, was er soll! In Sassari jedenfalls gehst du dann zu Lorenzo Capra, der hat sein Geschäft direkt neben der Kirche* Santa Caterina *und schuldet mir noch einen Gefallen ...*

Wie könnte es auch anders sein, dachte Leo mit leisem Groll. Gab es irgendwo einen Ölhändler, der Enzo noch nicht verpflichtet war? Sein Halbbruder, die Frucht eines Fehltritts seines Vaters mit der Haushälterin, war zu Kriegszeiten viel in Geschäften für die *frantoio Lanteri* unterwegs gewesen. Nur ein knappes Jahr jünger, hatten Enzo seine Jugend und ein leicht verkürztes Bein vor dem Kriegsdienst bewahrt. Und der ehrgeizige Schlaukopf hatte die Chance prompt für sich genutzt. Binnen dreier Jahre war er dem Vater zur unverzichtbaren Stütze geworden, während Leo, der legitime Erbe, angeschlagen und lungenkrank von der Front heimgekehrt war und der Familie seitdem mit seinen Eskapaden nur noch Scherereien machte.

Keine Spur von einem Omnibus. Und als Leo nach einigem Suchen den *capostazione* eine Zigarre rauchend am Ende des Bahnsteigs fand, erklärte ihm dieser, der letzte Zug für heute sei vor zehn Minuten abgefahren, und vor dem nächsten Abend ginge nichts mehr. Ein Streik der Eisenbahner anlässlich der Kundgebung in Sassari. *Die politische Lage, nun ja, leider. Sciopero!*

Inzwischen hatte es zu nieseln begonnen. Was nun? Leo sah sich um. Seine Übelkeit war verflogen, dafür plagten ihn jetzt Hunger und Durst. Er fischte nach der *amarelli*-Dose in der Brusttasche seiner Jacke und steckte sich ein Lakritz daraus in den Mund. Das würde seinen Magen etwas beschäftigen. Viel lieber hätte er geraucht, eine gute Selbstgedrehte – als junger Bursche war er überzeugt gewesen, dies täten alle echten Männer. Doch mit dem Rauchen war seit genau fünf Jahren Schluss. Ebenso Schluss wie mit den naiven Ansichten, wie sich angeblich zeigte, was ein echter Mann war.

Während die Pastille in seinem Mund schmolz, studierte Leo die umliegenden Gebäude. Neben dem Stationsgebäude entdeckte er eine Art Gasthaus. Ein schmuckloser Kasten mit abblätternder Farbe, vor dem ein Pferdekarren parkte, nur lose an einen Laternenmast gebunden, mit dösendem Zugtier. Und dann, zum ersten Mal seit seiner Ankunft in Porto Torres, hatte Leo Glück. In einer schmalen Einfahrt neben dem Gasthaus erspähte er zu seiner Überraschung ein Automobil.

Und nicht irgendein Automobil, nein, einen neuen Lancia mit Viertaktmotor. Hochmodern, mit Einzelradaufhängung, dabei äußerst robust. Leo schätzte das Kraftpaket auf mindestens siebzig PS. *Una bomba,* hätte es sein Schulfreund Luigi Testa genannt, der Maschinen und Motoren genauso leidenschaftlich verehrte wie andere schöne Frauen. *Aber warum steht ein Wagen wie dieser hier im Nirgendwo?* Leo schulterte seinen Sack und betrat das Lokal.

Verdammte Sarden, schoss es Leo durch den Kopf, als sein Blick den Raum und die Menschen erfasste, *haben nichts, brauchen nichts und halten das hier für ein vernünftiges Gasthaus.* Ihn empfing eine Halle mit Bodenplatten aus Stein und erblindeten Glasfenstern, durch die fahles Licht sickerte. Gegenüber dem Eingang eine Holztheke mit Kaffeemaschine, bewacht von einem Dicken mit Schnurrbart. Über ihm an der Rückwand prangte ein vergilbtes Porträt des alten Königs Vittorio Emanuele II., und bestimmt hatte man hier seit der Vereinigung Italiens nicht mehr renoviert.

Etwa zwei Dutzend Männer saßen an blanken Tischen auf Holzstühlen in Grüppchen beisammen. Sie rauchten, unterhielten sich in ihrem altertümlichen Idiom, einige spielten Karten. Als die Tür hinter Leo mit einem Krachen ins Schloss fiel, richteten einige der Anwesenden ihre Blicke auf ihn, den Fremden.

Leo wartete einen Moment ab. Dann fragte er in die Runde: »Wer fährt das Automobil da draußen?«

Schweigen. Ausdruckslose Gesichter. Am Kartentisch nahm man das kurzzeitig unterbrochene Spiel wieder auf. Verflucht, wollten diese Sarden ihn etwa glauben machen, sie verstünden ihn nicht? Leo straffte sich und gab seiner Stimme den Tonfall, der ihm an der Front stets gute Dienste geleistet hatte.

»Hört her! Ich muss nach Sassari. Ich bezahle auch dafür. Wem gehört das Automobil?«

Einer der Kartenspieler wandte sich nun in leicht verwaschenem Italienisch an seinen Nebenmann.

»Der meint dich, Grazì, hörst du?«

»Hm«, brummte der Angesprochene, ohne aufzusehen, »ich fahr den Wagen nur.« Er zuckte mit den Schultern und vertiefte sich erneut in sein Blatt.

»Und für wen fahren Sie den Wagen, Signore?« Bei Leos förmlicher Anrede hob der Mann endlich den Kopf.

»Wer will das wissen?«

Leo zögerte. Je weniger er preisgab, desto besser. Doch dann sagte er: »Leonida Lanteri. Vom Festland. Aus Ligurien.«

»Sieh an, Ligurien«, versetzte der Kartenspieler, und alles lachte. Dann stand der Mann auf. Ein kompakter Mensch, bärtig und mit bäuerlichen Zügen. Kein großer Geist, doch der Blick seiner tief liegenden Augen zeugte von ruhigem Selbstvertrauen. Ein Sarde eben.

»Graziano Esposito«, stellte er sich vor und hob das

Kinn. »Ich fahre den Wagen für meinen *padrone*. Ich bin Hauptverwalter eines der ältesten Landgüter hier oben im Norden.«

»Sehr erfreut, Ihre Bekanntschaft zu machen, Signore«, sagte Leo mit leisem Spott in der Stimme, »und könnten Sie sich auch vorstellen, mich nach Sassari mitzunehmen?«

Esposito musterte ihn von Kopf bis Fuß. Was er sah, schien ihm nicht sonderlich zu gefallen. »Ein feiner Herr also«, sagte er, »war so jung dabei und redet daher wie ein Offizier?«

Oha, ein Menschenkenner. Leo nickte.

»Offizier erst ab neunzehnachtzehn. Leutnant.«

Esposito schnalzte abschätzig mit der Zunge. »Tsss, vielleicht bei der *Liguria*, nur grüne Jungs da im Korps – bei uns hätt's das nicht gegeben ...«

Sie maßen sich stumm. Esposito hatte wachsame Augen. Damals, auf dem Karst, hatte Leo die Wachsamen gern neben sich gewusst. Sein Blick glitt an dem Sarden hinunter, streifte die versilberten Verschlüsse seiner Jacke und die Spielkarten in seiner breiten Hand. Dann entdeckte er über dessen Handgelenk eine bläuliche Tätowierung.

Lorbeerkranz, Schwert, Losung. Darunter eine römische Neun. Leo schaltete sofort und ergriff die Chance. Er wies auf Espositos Arm, holte Luft und legte los.

»Na so was, Kamerad! Erkennst du mich nicht? Und du willst ein Neuner bei den *arditi* gewesen sein?!«

Esposito stutzte. Seine Augen wurden schmal, er starrte ihn an, suchte nach vertrauten Zügen in seinem Gesicht. Doch Leo würde ihm dazu keine Zeit geben.

»Neuner lassen einen Kameraden doch nicht so hängen!«, dröhnte er. »Neuner stehen zu ihrem Wort! Weißt du nicht mehr, am Isonzo, auf dem Monte San Gabriele, als die Österreicher uns mit Gasgranaten beschossen?!«

»Am Monte San ...? Du? Aber ich erinnere mich an keinen Offizier von der Riviera.«

Der Mann war nicht dumm.

»Was soll das heißen?!«, donnerte Leo. »Hast du etwa deine Frontgefährten aus Ligurien vergessen? Haben wir uns nicht Treue gelobt? Haben wir sie uns nicht sogar eingeritzt?!«

Espositos Blick wanderte Leos Arm hinab. Dieser schob einen Jackenärmel hoch und präsentierte die wulstige Narbe auf seinem Unterarm. »Ein Granatsplitter. Ich wünschte, ich hätte mein Zeichen noch.« Er zuckte mit den Achseln. »Aber so ändern sich die Dinge. Der Krieg hat alles verdreht, oder? Schau uns beide an! Du hast Arbeit, fährst den famosen Wagen deines *padrone*. Und ich, früher ein Offizier, verpass meinen letzten Zug und muss laufen ...«

Leo ließ etwas Zeit verstreichen, ehe er fortfuhr. War er zu weit gegangen? Nervosität kroch in ihm hoch.

»Na ja, egal, ich muss los. Tat gut, einen von euch wiederzusehen ...«

Leo hob die Hand zum lässigen Gruß, dann drehte er sich um und tat, als wolle er gehen. Er kam keine drei Schritte weit, da hörte er hinter sich Espositos Stimme.

»So warte doch, Kamerad! Ähm, Pardon, *Tenente!* Kein Problem, ich fahre gern, es geht gleich los ...«

Wenig später, vor dem Gasthaus, ging Esposito direkt zum Wagen. Leo folgte ihm. Das war noch mal gut gegangen! Jetzt musste er nur schnell das Thema wechseln. Denn was wusste er schon mehr über den Einsatz der Neuner am Monte San Gabriele als jeder andere, der in jenem Sommer die Frontberichte gelesen hatte?

Zum Glück musste Leo nicht viel reden, denn Esposito hatte zusammen mit seiner anfänglichen Skepsis auch die Maulfaulheit abgelegt. Nun teilte er ihm, dem »alten Kameraden«, alles mit, was ihn umtrieb: Die gestiegenen Preise. Das Wetter. Die anstehende Ernte. Der *malocchio,* der seinen Schwager dazu getrieben hatte, sich am Dachbalken aufzuhängen. Der gestrenge *padrone.* Der Zwist mit seinem Stellvertreter, diesem Hurenbock. Das schöne Automobil, das er als einer von nur zwei Angestellten hatte fahren lernen dürfen. Nein, im Ernst, habe er je so ein famoses Automobil gesehen?! Esposito grinste über beide Backen und tätschelte das Armaturenbrett.

Der Lancia holperte derweil die löchrige Straße entlang, ließ Porto Torres und die Küste hinter sich und erreichte schon bald karges Land, das sich bis zum Horizont wellte.

Nach etwa einer Stunde passierten sie ein stilles Dorf, und Esposito berichtete in genüsslicher Breite von einer Hochzeit, die dort im Jahr zuvor in einem Blutbad geendet hatte. »Stell dir vor, ebenfalls ein Neuner war's! Ein Cousin der Braut, ich kannte ihn seit Kriegsbeginn. Verschmähte Liebe trieb ihn her. Ist mit der *lupara* auf den Festplatz. Den Bräutigam hat's als Ersten erwischt, dessen Leute haben sofort zurückgeschossen, *madre meu,* war das ein Gemetzel.« Espositos Augen glommen zufrieden unter den Brauen. »Und von denen, die noch leben, wagt sich keiner mehr vor die Tür. *Vindicau,* du verstehst?« Er machte mit der Hand eine Geste, die selbst

Leo als das Zeichen für die sardische Blutrache erkannte. »Nun, so läuft das eben. Jetzt herrscht hier wieder Krieg.« Leo studierte die leeren Hauseingänge und verrammelten Läden. *Wenn er uns überhaupt je verlassen hat,* dachte er.

Sie ließen die letzten Häuser des Unglücksdorfes hinter sich und rollten erneut über Land. Eine weitere Stunde verstrich, ohne dass sich die Landschaft änderte. Leo, als Ligurer ein Mann der Steilküsten, Schluchten und engen Täler, staunte. Wie weit der Blick bis zum Horizont reichte! Nicht, dass es dort etwas zu sehen gegeben hätte. Sie fuhren und fuhren und trafen auf keine Menschenseele. Nur in der Ferne entdeckte Leo ab und an ein einsames Landgut, eine *tenuta.* Gebleichte Baumgerippe reckten ihre Arme gen Himmel. Halb zerfallene Viehhütten duckten sich in flache Senken, suchten Deckung, wo es keine gab. Wohin Leo auch blickte, überall harter Boden, dürre Macchia, ausgetrocknete Flussbetten und darüber ein schweigender Himmel ohne Vögel.

»Schon komisch«, murmelte Esposito in diesem Moment und studierte die Wolkendecke. »Hast du es auch bemerkt? Seitdem wir losgefahren sind, ist auf einmal der Wind weg. Das haben wir hier im Norden im Herbst eigentlich nie.« Er kratzte sich den Bart und sah so besorgt aus, dass Leo fragte: »Ja, und? Braucht ihr den Wind denn?«

Sein Begleiter sah ihn an, als sei er nicht recht bei Trost. »Ich bitte dich! Wer sonst vertreibt die *demoni,* wenn nicht der Wind?«

»Die bösen Geister?«

»Was sonst? *Ammutadori, cogas, janas* – habt ihr etwa keine Geister auf dem Kontinent?«

Esposito benutzte den Ausdruck, mit dem alle Sarden vom italienischen Festland sprachen. *Il continente.*

Leo zuckte mit den Schultern und murmelte etwas von Legenden. Dann studierte er schweigend den Himmel. Und wenn er drei weitere Jahre neben diesem Menschenschlag im Schützengraben läge – er würde die Sarden nie verstehen. Denn welche Geister sollte jemand noch fürchten, der vom Isonzo kam?

Codronzanu, Provinz Sassari, Region Logudoro

Gioia Soriga glaubte nicht an Geister. Doch an Tagen wie diesen, wenn der Wind auf den Feldern schwieg und die Stimme in ihrem Innern wieder wisperte und drängte, dann spielte sie die Lieblingssonate ihrer verstorbenen Mutter und legte mit den glasklaren Harmonien von Domenico Scarlatti einen musikalischen Schutzbann um das Gutshaus.

Es war noch nicht Abend, und Gioia erwartete jede Minute, in die Eingangshalle der *tenuta* gerufen zu werden. Sie würde dann so tun müssen, als träfe sie der Ruf völlig unvorbereitet, so wie es der Brauch verlangte.

Gioia, komm schnell. Da ist Besuch für dich!

Wer ist es? Ich komme nicht.

Du musst. Es ist dein Bräutigam, der dich fordert.

Was, wenn ich nicht will?

Du willst, mein Täubchen, du willst.

So lautete der Wortwechsel. Diese jämmerliche Komödie, die sie und ihre Stiefmutter Inés aufzuführen hatten, zehn Tage vor der Hochzeit. Und dann würde sie hinüber in die Halle gehen, ihr Vater würde eine seiner mit »Äähs« und »Eehs« gespickten Reden halten, und Gioia würde das Tuch aus Gavinos Hand entgegennehmen. Aus seiner Hand mit der kleinen Narbe zwischen Daumen und Zeigefinger, die sie ihm selbst einmal beim kindlichen Stockkampf beigebracht hatte.

Willst du, Gioia Soriga, dieses Tuch annehmen, das meine Mutter voller Liebe mit ihren eigenen Händen für dich bestickt hat?

Teresina Marras stünde bei diesen Worten hinter ihrem Sohn, vermutlich wie immer in rabenschwarzer Witwentracht. Und Gioia würde denken: Was für eine Farce! Als ob die Herrin des wichtigsten Gestüts der Region überhaupt Zeit hätte, ein läppisches Tuch zu besticken! Als ob es im Leben einer Frau nichts Wichtigeres gäbe als Ehemänner und Hochzeiten. Als ob eine Frau keine Träume haben dürfe, Träume, in denen sie frei wäre und sich selbst gehörte und, ach, ...

Doch laut würde sie etwas anderes sagen, nämlich: *Ja, ich nehme es.* Genauso, wie es alle von ihr erwarteten.

Gelobt sei unser Schutzpatron San Paolo, würde Gavino bekräftigen. Und dann wäre es abgemacht, mochte die Stimme in Gioias Innerem wispern und klagen, dass ihr davon schier der Kopf platzte. *Denn was die Tradition verlangt, muss man ihr geben. Und was Gott eint, darf der Mensch nicht trennen. Oder?*

Gioia konzentrierte sich wieder auf die Tastatur des Flügels und Scarlattis perlende Läufe für die rechte Hand. Immerhin: Den Flügel würde sie mitnehmen in ihr neues Zuhause, mochte Inés so lange lamentieren, wie sie wollte. Ihre Mutter hatte ihn einst angeschafft und ihr noch zu Lebzeiten geschenkt. Der einzige Konzertflügel im Norden Sardiniens. Nur das Beste war Donna Elena gut genug gewesen für ihr einziges Kind. Das Kind, dem sie versprochen hatte, ihm endlich einmal das Festland zu zeigen, sobald sie wieder gesund wäre, ja, ganz gesund, sofern Gott es wollte …

Gioia setzte den Schlussakkord. Mit dem Verhallen des letzten Tons löste sich der Schutzbann, und das Schweigen des Windes senkte sich erneut über den Raum. Doch mitten in die Stille hinein knallte Gioia den Tastaturdeckel zu und fasste einen Entschluss.

Es muss sein.

Jedoch musste sie noch fast eine Stunde warten. Als Donna Inés endlich kam, um ihr Sprüchlein aufzusagen und sie zu holen, hatte Gioia in ihrer Nervosität sogar schon die gesamte Post durchgesehen und darunter zu ihrer Freude einen neuen Brief ihrer Patin aus Mailand entdeckt.

Gioia schob den Brief schnell in die Tasche ihres Rocks, hastete zum Wandspiegel, strich sich das nussbraune Haar hinter die Ohren und folgte ihrer Stiefmutter in die Halle. Dort, umringt von den Möbeln aus dunklem Holz, standen sie herum wie die Figuren in einem Stück des Provinztheaters von Sassari: Neben der Konsole die massige Gestalt ihres Vaters Don Antonio Soriga, den eisengrauen Bart zur Feier des Tages frisch gestutzt. Er hielt Beniamino an der Hand, Gioias vierjährigen Halbbruder und künftigen Gutserben. Ihre Stiefmutter Inés, *très chic* in wadenkurzer Seide, gesellte sich dazu, und Beniamino rutschte umgehend hinter den Rock seiner Mutter.

Ihnen gegenüber, wie eine Abordnung Unterhändler vor der großen Schlacht, versammelte sich Gioias künftige Sippe, die Familie Marras. Nur dass es hier keinen Krieg zu verhandeln galt, sondern ein Friedensfest. Erst seit drei Generationen ruhte die Fehde zwischen den benachbarten Familien Soriga und Marras. In den ersten Jahren vor allem, weil auf beiden Seiten kaum genug Lebende übrig geblieben waren, um das Blutvergießen fortzuführen. Später dann verhinderten die Vermittlung der Patres von San Paolo und die Not durch Krieg und Spanische Grippe, dass die Händel zwischen den beiden wichtigsten Familien von Codronzanu wieder aufflammten. Im Alltag gab man sich längst freundlich: Man feierte gemeinsam alle Feste im Ort, ließ die Kinder miteinander spielen, Gioia war im Gestüt seit frühester Jugend ein und aus gegangen. Die Marras tranken den *Cannonau* des Guts, und Don Antonio bezog seine Reitpferde vom Gestüt. Doch ein offizieller Friedensschluss stand noch aus, und Gioia wusste, dass ihre zukünftige Schwiegermutter Teresina Marras große Hoffnungen darauf setzte, die blutige Vergangenheit mit der geplanten Hochzeit endgültig abzuschließen.

Und wer will dir verdenken, dass du deine Kinder schützen willst, dachte Gioia, als ihr Vater seine vokalgespickte Willkommensrede hielt und sie Teresina, nun von ihren Söhnen und Töchtern umringt, betrachtete.

MARRAS, allein der Name ist so alt wie die nuraghe *auf deinem Grund. Bald gehöre ich also zu deiner Familie. Bald entzündest du auch zu meinem Schutz deine Wacholderfeuer. Und es klingt verrückt, aber heute kommt es mir fast so vor, als wartete ich darauf schon mein ganzes Leben.*

Das Oberhaupt der Marras-Sippe trug wie erwartet Schwarz; Teresina versäumte es nie, ihr Umfeld an ihren Witwenstand zu erinnern, und damit an die Freiheit von den Weisungen eines Gatten. Ihr schmales Gesicht mit der geraden Nase wirkte seltsam alterslos, vermutlich war dies eine Nebenwirkung ihrer weithin bekannten Künste als sardische *pratica*. Teresina erahnte manches Unheil und beherrschte die »Medizin des Auges« wie keine Zweite. Viele im Ort hatten vor ihr deshalb eine Heidenangst. Gioia nicht. Ihr Blick wanderte weiter, grüßte stumm die neuen Verwandten.

Missenta und Lucia, inzwischen grüßt ihr mich. Früher war ich Luft für euch …

Zu Teresinas Rechten posierten ihre beiden ältesten Töchter in scharlachroten Brusttüchern. Beide waren aufs Beste verheiratet mit Brüdern aus dem benachbarten Campomela und hatten längst eigene Familien.

Armer Piero, du lebst im Schatten eines Toten …

Teresinas Linke schützte ihr zweitältester Sohn, der nach dem Kriegstod ihres heiß geliebten Erstgeborenen Ettore die Verwaltung des Gestüts übernommen hatte. Piero war der einzige Marras mit hellem Haar, was jedoch kaum auffiel, da es ihm trotz seiner Jugend schon nahezu ausgegangen war.

Und du, Efisio, lernst auch keine Manieren mehr!

Neben Piero lümmelte sich Teresinas Nachzügler, der siebzehnjährige Efisio, in einem der bereitstehenden Sessel und blickte gelangweilt an Gioia vorbei. Doch davor, in sardischer Tracht an der Spitze der Delegation, trat jetzt ihr Verlobter auf sie zu, das vertraute Gesicht strahlend vor Freude.

Gavino, alter Freund aus Kindertagen, so stehen wir also hier und sollen heiraten. Ist das eine gute Idee?

»Gioia, meine Liebe, welch ein Tag für uns! Es ist mir eine Ehre«, sagte er und deutete eine Verbeugung an.

Gavino Marras, gerade vierundzwanzig Jahre alt, hätte wahrscheinlich jedes Mädchen im Ort als überaus gut aussehend bezeichnet – als *ruiu que chibuddone,* rot wie eine dicke Zwiebel. Ein gut gewachsener junger Mann, unversehrt, mit rötlich dunklem Haar und den Gesichtszügen eines Sarden von altem Blut. Gioia wusste, sie konnte mehr als froh sein über einen solchen Ehemann, zumal Gavino einen weiteren Vorteil aufwies: Er mochte sie.

Dass die Marras keine spanischen Granden unter ihren Ahnen besaßen und den Großteil ihres Geldes erst mit Remonte-Pferden für den Krieg gemacht hatten, darüber ließ sich hinwegsehen. Und würde Gioia noch einen Besseren finden? Wohl kaum! Ihr Vater Don Antonio hatte doch schon knapp vier Jahre zuvor das Interesse an seiner Tochter verloren – 1918, als ihn die Spanische Grippe von seiner lästigen ersten Frau befreite und seine Mätresse Inés ihm endlich den lang ersehnten Erben gebar.

Gavino reichte ihr die Hand. Sie ergriff sie, hielt sie fest. *Er und ich, wir werden es gut haben. Was stört mich also? Aber ... es muss geklärt sein!* Während Gioia noch überlegte, langte ihr Verlobter schon in die Tasche seiner Hose und zog einen bestickten Seidenschal hervor.

»Willst du, Gioia Soriga, dieses Tuch annehmen, das meine Mutter voller Liebe mit ihren eigenen Händen ...«

»Moment!«, unterbrach sie ihn. Sein überraschtes Lächeln sorgte dafür, dass ihr die nächsten Worte nicht ganz so schwerfielen. »Ich hätte nur noch eine Bitte«, sagte sie in die Runde. »Es ist wichtig.«

»Wie? Was? Aber ... das Festessen wartet!«, rief Donna Inés, die wie immer bestrebt war, ihre Position als

Gutsherrin hervorzuheben. Gioias Vater stieß ein unwilliges Grunzen aus, und Teresinas Augen verengten sich. Nur Gavino drückte ihre Hand und sagte: »Alles, was du willst, meine Liebe. Dies ist deine Wahl und dein Tag.«

Gioia schluckte und sammelte sich. *Jetzt oder nie!*

»Bevor wir beginnen, bitte ich um ein Gespräch mit meinem Verlobten. Allein.« Mit einem entschuldigenden Blick in Donna Inés' Richtung setzte sie hinzu: »Es wird nicht lange dauern.«

Teresina Marras runzelte die Stirn, und auch Gavinos Geschwister sahen sich fragend an. Was wollte man mit dieser Verzögerung bezwecken? Musste man sie als Beleidigung werten? Und falls ja, wie sollte man ihr begegnen?

Don Antonio machte ein strenges Gesicht.

»Gut, wir warten. Aber nur fünf Minuten.«

Gioia murmelte einen Dank und bat Gavino, ihr in den Salon zu folgen. Und dann waren sie endlich allein.

Sassari, Hauptstadt der gleichnamigen Provinz

So menschenleer und öde das Land gewesen war, so belebt gab sich die zweitgrößte Stadt der Insel. Leo staunte: Halb Sardinien schien sich an diesem Tag in Sassari zu versammeln, die Stadt summte wie ein Bienenstock. Welche Kundgebung würde es hier wohl geben, eine der Kommunisten oder eine des inzwischen fast allgegenwärtigen PNF, des *Partito Nazionale Fascista?*

Leo hatte noch im Fährhafen an einem Zeitungsstand

verfolgt, wie der nationale Parteikongress der Faschisten in Neapel die Titelblätter beherrschte. Keine schöne Lektüre: Benito Mussolini hatte in einer seiner Brandreden erneut einen »Marsch auf Rom« angekündigt, seine faschistischen Schlägertrupps – die mörderischen *squadre d'azione* – waren zu Tausenden durch die Innenstadt Neapels marschiert. Drohte so etwas auch hier? Und wie lange würde dann noch unentdeckt bleiben, was mit diesem Squadristen daheim in Sant'Amato geschehen war? Leo studierte die Fahnen im Gewimmel. Einige trugen Hammer und Sichel. *Gott sei Dank, Rote!* Leo bedachte seinen Begleiter am Steuer des Automobils mit einem vorsichtigen Blick. Wem galt Espositos Sympathie? Viele der glühendsten Faschisten waren ehemalige *arditi*. Besser, er hielte sich mit politischen Äußerungen bedeckt. Ja, das war überhaupt das Beste für ihn: raushalten und in Deckung bleiben.

Die Einwohner von Sassari sahen das aber offensichtlich anders. Die Luft flirrte förmlich vor Erwartung. Von allen Plakaten schrie es nach Umsturz. Frauen verteilten Rosen und Fähnchen, Männer stolzierten mit Zigaretten im Mundwinkel über den Gehweg, die Hände am Jackenaufschlag oder in den Hosentaschen. Man war sich nicht recht einig, in welche Richtung die Revolution gehen sollte, in die rote oder in die schwarze. Doch an jeder Straßenecke wurde spekuliert und gestikuliert, und jeder in Sassari, so erschien es Leo, wusste etwas zu sagen:

»Diese Zündelei der Roten wird uns den Kopf kosten!«

»Ich sag euch eins: Rom braucht einen starken Mann.«

»Aber nicht Mussolini, diesen Opportunisten.«
»Ich hab den sogar mal gewählt, da war er noch Sozialist!«
»Rom ist ein Narrenhaus. Wo soll das nur enden?«

Sardinien, ebenso wie der Rest Italiens, stand zwei Jahre nach den roten Unruhen erneut an der Schwelle eines politischen Umschwungs. Nur dass das Pendel diesmal, befürchtete Leo, zu weit schwingen würde.

Esposito hielt das Automobil in der Mitte des Corso della Trinità, dennoch kamen sie oft nur im Schritttempo voran. Kurz vor der Altstadt ging dann nichts mehr, und Esposito setzte Leo am Straßenrand ab.

»Mach's gut, Kamerad«, sagte er und klopfte ihm auf die Schulter. »Du bist hier schneller zu Fuß, und ich muss weiter. *Santa Caterina* liegt mittendrin, kannst du eigentlich nicht verfehlen, sonst frag einfach. Aber pass auf, dass dich der rote Mob nicht erwischt, heute bei der Kundgebung.« Er ließ zum Abschied die Hupe quäken, dann setzte sich der Wagen mit einem Knall in Bewegung und rollte weiter.

Va bene, dann mal los. Leo schulterte den Reisesack und tauchte ins Gewimmel der Altstadt ein. Ein Fehler, wie sich bald herausstellte. Schon nach kürzester Zeit wurde das Gedränge immer größer, und er bekam kaum noch Luft. Die Menschen strömten allesamt Richtung Osten, Leo konnte nur mitlaufen. Von *Santa Caterina* keine Spur, dafür ging es über enge Plätze und Gässchen immer weiter und weiter. Es dämmerte, und man entzündete Fackeln, deren Rauch Leo schier unerträglich in den Augen brannte, scharf und beißend, fast so beißend wie ... *Nein! Das geht. Es ist noch auszuhalten.* Doch Leos

Beklemmung wuchs. Er suchte an den Hausfassaden nach Rettung in Form eines Pensionsschilds – jedes noch so winzige Zimmer erschien ihm wie eine Zuflucht –, doch sein Blick stieß nur auf verschlossene Läden, leere Wäscheleinen und rote Fahnen. Auf diese Weise gelangte er nach längerer Odyssee im Gewühl der Massen in den neueren Teil der Stadt.

Sassari ist ein Fest, hatte er Enzos Stimme im Ohr, *gerade die Neustadt mit ihren breiten Straßen. Sicher, kein Vergleich mit Imperia oder Sanremo – aber diese Palazzi aus Rosenmarmor, das hat was. Und dann die Universität, die Plätze, die Cafés und die Frauen! Die Frauen, Leo! Ich schwöre bei Gott, diese Sardinnen – nie hab ich schönere Frauen gesehen! Leider sind die meisten so stolz, dass man kaum einen Stich landet. Tja, so hat alles seinen Preis. Aber Sassari,* fratellino, *Sassari wird dir gefallen!*

So hatte Enzo beim Abschied dahergeredet, ihn Brüderchen genannt, als stünde ihm dies zu, und ihm den Reisesack in den Arm gedrückt. Als Leo sich nun daran erinnerte, stieg Wut in ihm auf. *Na, ganz sicher hoffst du, dass mir Sassari gefällt. Du wünschst dir ja auch, dass ich von hier nie mehr zurückkehre.*

Unterdessen landete er im Strom der Massen auf dem gigantischen Quadrat der *Piazza d'Italia* im Herzen der Stadt. Hier konnte er endlich wieder atmen. Die Weitläufigkeit des Platzes bot allen Raum, das Gedränge verlief sich zwischen den Prachtbauten und der Präfektur. In der Mitte der Piazza, gesäumt von vier Dattelpalmen, bewachte eine Statue von Vittorio Emanuele II. das Treiben. Doch was der steinerne Großvater des nunmehr amtierenden Königs am heutigen Abend zu sehen bekam, hätte dem Monarchen zu Lebzeiten wohl kaum gefallen. Denn das gemeine Volk hielt das Herz der Stadt besetzt. Überall auf der Piazza und vor der Präfektur wimmelte es von roten Fahnen und zerlumpten Gestalten. Minenarbeiter mit Bergmannskappen, Fuhrleute, Dienstmädchen und Gassenjungen in kurzen, verbeulten Hosen – alle versammelten sich vor dem *Palazzo della Provincia* und schleuderten ihren Unmut gegen die säulenverzierte Fassade.

»Nieder mit der Monarchie!«

»Prefetto Sani, du Verräter!«

»Alle Macht den Arbeitern!«

»Alle Macht dem Proletariat!«

So schrien sie, und es klang fast wie bei den Aufmärschen und Besetzungen während des *biennio rosso* kurz nach Kriegsende – in Turin, in Mailand und Genua –, als die Kommunisten und Sozialisten noch vereint gewesen waren und aus Italien fast ein kleines Russland geworden wäre. *Nicht mein Kampf,* dachte Leo und studierte stattdessen die umliegenden Arkaden, in der Hoffnung, dort eine Bar oder Bäckerei zu entdecken. Nachdem seine Anspannung langsam nachließ, kam sein Hunger wieder. Er hatte zuletzt auf der Fähre etwas gegessen – ein vertrocknetes Hörnchen zu einer dünnen, braunen Brühe, die wie Kaffeeersatz schmeckte.

Am Rande der Piazza, vor den Arkaden eines Palazzo von fast venezianischem Aussehen, entdeckte er einen Stand mit Schmalzgebackenem. Er besorgte sich eine Dreieckstüte ölig glänzender Zitronenkrapfen und musste sich dazu zwingen, die ersten Bissen des warmen Gebäcks ausreichend zu kauen. Währenddessen studierte er das Geschehen.

Den breiten Aufgang und die steinerne Empore vor

dem Eingangstor der Präfektur sicherten zwei Dutzend Uniformierte, sodass von dort niemand zum Tor gelangen oder dieses natürliche Podium nutzen konnte, um zu den Menschen auf der Piazza zu sprechen. Dem als Verräter beschimpften Präfekten Sani erschien ein wenig Abstand zum Volkszorn wohl ratsam. Die Organisatoren der Kundgebung hatten jedoch für Ersatz gesorgt: In der Platzmitte, unter dem Königs-Standbild, parkte bereits ein Leiterwagen, auf dessen Ladefläche einige Holzkisten zu einem Podest aufgestapelt worden waren. Unter dem Jubel des Publikums erkletterte nun ein drahtiger Bursche mit Schiebermütze diese improvisierte Rednertribüne und reckte beide Arme hoch in die Luft.

»Sassarriiiii!!«

Die durchdringende Stimme des Redners kippte, und Jubel brandete über den Platz. Leo, eingekeilt zwischen Bergleuten und Fabrikarbeiterinnen, konnte nicht anders, als zuzusehen.

»Totò Ledda! Totò Ledda!«, rief ein mageres Mädchen mit Madonnengesicht neben ihm. Die Kleine ging ihm kaum bis zur Schulter, ihre Wangen glühten vor Begeisterung. »Hört, hört! Totò Ledda spricht!«

Der so Bejubelte wartete nicht ab, bis sich seine Zuhörer halbwegs beruhigt hatten, sondern fuhr nach einem kurzen Luftschöpfen fort, in die Menge zu brüllen.

»Ihr alle! Bürger von Sassari, Brüder und Genossen! Sarden! *WACHT AUF!* Die Zeit läuft ab. Wollt ihr wissen, welche Zeit ich meine? Wollt ihr hören, was ich zu sagen habe?«

Johlen antwortete ihm, ließ die Luft erbeben. Leo biss in seinen zweiten Krapfen, ein besonders dickes, fetttriefendes Exemplar.

Mmhm, köstlich. Und es sieht nicht so aus, als ob sich die Roten hier auf der Insel um ausreichend Gefolgschaft sorgen müssten.

Während das magere Mädchen neben Leo ihn und seinen süßen Besitz in der Tüte verstohlen beäugte, fuhr der Bursche, den es »Totò Ledda« gerufen hatte, mit seiner Tirade fort.

»Erinnert ihr euch, wie wir krepiert sind für Italien? Für diesen König aus Savoyen? Erinnert ihr euch, was wir am Isonzo erleiden mussten? Hat uns irgendjemand gefragt, ob wir da auch hinwollten – an den gottverdammten Isonzo?!«

Da ist er wieder. Der Name.

Der Krapfen in Leos Mund bekam einen ranzigen Beigeschmack, und er wurde von einem inneren Zittern geflutet, wie immer, wenn jemand vom Karst sprach. An Leddas Rede war etwas dran: Die Sarden, in den Augen der meisten Italiener nur Banditen und Hirtentölpel, hatte man stets an vorderster Front eingesetzt. Als Kanonenfutter für die Österreicher. Nur gegen Ende hin, als die sardischen Frontkämpfer längst Legende geworden waren, mussten sie beim Sturmangriff nicht mehr mit dem Namen Savoyens, des Herrschergeschlechts, das im vereinten Italien und damit auch auf Sardinien die Könige stellte, auf den Lippen in den Tod gehen, sondern durften endlich den Namen ihrer Heimat brüllen: *»SARDEGNA!«* Leo studierte die abgearbeiteten Gesichter der Umstehenden.

Und was brüllt ihr jetzt?

»Wir haben sie gefragt«, setzte Totò Ledda wieder an, »warum sollen wir kämpfen? Warum sollen wir für die Kontinentalen sterben, die uns verachten und unser

Land ausbeuten? Land, das *uns* gehört, doch auf dem wir leben und arbeiten müssen wie Vieh!«

Zorniges Raunen in der Menge. Ein Witzbold muhte, wurde jedoch sofort zum Schweigen gebracht.

»Ja, wie Vieh arbeiten wir auf den Feldern! Und wie die Würmer in ewiger Finsternis graben wir in den Bergwerken. Doch halt! Man hatte uns da doch etwas versprochen, erinnert ihr euch? Kämpft für uns, und wir geben euch Land, hieß es damals. Ja, eine Landreform haben sie uns versprochen. Und wir waren so blöd, ihnen zu glauben. Denn wann hätten sie jemals Wort gehalten, die feinen Herren in ihren Anzügen?«

Wütendes Stimmengewirr kam als Antwort. In der Dämmerung zuckte das Licht brennender Fackeln über die blutroten Fahnen. Rauchsäulen stiegen zitternd in den windstillen Abend. Es wurde nun rasch dunkel und Zeit, sich nach einer Unterkunft umzusehen. Leo nahm sich einen letzten Krapfen, er hatte genug vom öligen Gebäck. Als er merkte, dass seine magere Nachbarin ihn immer noch beobachtete, nickte er ihr zu und drückte ihr die noch halb volle Krapfen-Tüte in die Hand. Das Mädchen murmelte einen Dank, auf seinem Gesicht erschien ein glückliches Strahlen, und Leo traf es wie ein Blitz aus heiterem Himmel. *Madonna, kann die Kleine lächeln!*

Für einen Moment vergaß er die Kundgebung und alles um sich herum und badete allein im Glück dieses Mädchens. Leo fühlte sich auf einmal wieder so jung, wie ihn seine Geburtsurkunde auswies, und beschloss, noch ein wenig zu bleiben.

Vom Leiterwagen kam jetzt ein Krachen, Totò Ledda war von den Holzkisten zurück auf die Ladefläche gesprungen und stürmte nun mit wutverzerrter Miene nach vorn an den Rand des Leiterwagens, Auge in Auge mit seinem Publikum.

»Mit alldem ist jetzt Schluss, Genossen! Wir wollen jetzt unseren Anteil. Aber reden die hohen Herren mit uns? Hören sie sich an, was wir fordern?«

Ein Schrei wie aus tausend Kehlen antwortete: »NEIN!«

»Sie meinen, das Vieh gehöre aufs Feld und der Wurm in die Mine, nicht an ihren Tisch. Sie haben sich sogar Kettenhunde zugelegt, geifernde Bestien mit schwarzen Hemden und Schlagstöcken, überall fließt schon unser rotes Blut, tausendfach! Und schützt uns die Regierung? I wo! Denen ist es nur recht, wenn unsere Idee mit uns stirbt! Und seht nach Neapel, da rottet es sich gerade zusammen, dieses Faschistenpack vom PNF. Ins piekfeine *Grand Hotel Vesuvio* lädt Mussolini seine obersten Schergen. Bei Austern und Champagner planen sie unsere Vernichtung! Ja, Genossen, jetzt herrscht wieder Krieg. Und nicht nur drüben in Neapel oder Rom, nein, auch hier auf Sardinien. Doch dieser Krieg ist heimtückischer als alles, was wir bislang kennen ...« Totò Ledda nahm seine Zuhörer ins Visier, begann mit einem Flüstern und wurde dann immer lauter. »Er kriecht in jede Straße. Jedes Haus. Jede Familie. Wacht auf! Glaubt nicht, ihr werdet verschont. Steht auf! Denn bevor dieses Jahr endet, entscheidet sich euer Schicksal. Und dann wird Blut fließen in den Straßen von Sassari!«

Den letzten Satz hatte Ledda wieder gebrüllt, und die Menge explodierte. Jetzt gab es kein Halten mehr. Leo fand sich umringt von schwitzenden Leibern und erhitzten Gesichtern. Die Menschen drängten sich enger zusammen, skandierten »Led-da! Led-da!« und schwangen die Fahnen. Die Luft schien zu vibrieren. Und Leo steckte erneut fest.

Mit einem Mal hörte er hinter sich im Dunkel das hohle Klappern zahlreicher Hufe auf Pflasterstein. Es kam aus den umliegenden Gassen der Piazza. Leo reckte den Hals, versuchte, einen Blick zu erhaschen, entdeckte die Uniformen im Zwielicht: *Guardie Regie.*

Die Berittenen besetzten die Eingänge aller Gassen, die von der Piazza wegführten. Sie hielten die Pferde kurz. Verhaltene Kommandos flogen zwischen den einzelnen Abteilungen hin und her. Dann schob sich eine Abordnung nach vorn, bildete einen weiten Halbkreis, eine stampfende, schnaubende, pechschwarze Wand in Polizeiuniform. Und dann, auf einen knappen Befehl hin, nahmen alle gleichzeitig die Gewehre von den Schultern.

Mein Gott, das werden sie doch nicht tun!

Leo wurde eiskalt. Ganz langsam drang auch durch die Gruppe der Protestierenden die Erkenntnis, dass etwas nicht stimmte, dass man womöglich in der Falle saß. Und es wurde noch schlimmer.

»Eh! Bist du auch einer von denen?«, kam es auf einmal von rechts. Leos Nebenmann, ein grobschlächtiger Fuhrknecht mit glasigem Blick, stierte ihn böse an. »So einen schönen Anzug kriegst du doch nur auf dem Kontinent. Was tust du hier? Schnüffelst rum, was?«

Schöner Anzug?! Ist der noch bei Trost? Leo sah irritiert an sich herab. Doch bevor er dem Kerl antworten konnte, drehte der sich um und brüllte: »Leute, hier ist einer! So ein Drecksfaschist, der sich als Arbeiter ausgibt, um hinter uns herzuspionieren. Der Kerl hat sich sogar eine Arbeitermütze zugelegt! Aber hört mal: Sein Anzug ist doch viel zu sauber! Wollen wir ihm nicht helfen, seine Tarnung zu verbessern?« Mit diesen Worten packte er Leo abrupt am Revers und stieß ihn rücklings gegen einen anderen Protestler, der ihm prompt einen Ellbogen ins Kreuz rammte. »Pass doch auf!«

Leos Atem beschleunigte sich. Instinktiv hob er die Arme und Fäuste, duckte sich und ging in Kampfstellung. Das letzte Stück Krapfen warf er weg.

Verdammte Sarden!

KAPITEL 2

SU TRAIGOLZU / *Diese Kreatur, ein gehörnter Unhold, haust angekettet in der Tiefe des Meeres. Immer am 14. August um Mitternacht lösen sich die eisernen Fesseln des Traigolzu. Dann taucht er auf, um die Insel für genau vierundzwanzig Stunden mit Unheil zu überziehen, bevor der Zauber ihn in der darauffolgenden Nacht wieder an den Meeresgrund kettet. Während dieser Zeitspanne gilt es auf Sardinien als äußerst leichtsinnig, im Meer schwimmen zu gehen, denn man könnte jederzeit vom Traigolzu ergriffen und in die Tiefe gezogen werden. Man erzählt sich auch, dass der Traigolzu erst zufrieden ist, wenn er während seiner kurzen Zeit der Freiheit und der Suche nach armen Seelen, die er mit sich nehmen kann, einmal die gesamte Insel umrundet hat. Während dieser Unhold umgeht, zieht er lange, eiserne Ketten hinter sich her, was einen Heidenlärm veranstaltet. Wenn also jemand auf Sardinien besonders laut ist, wird er mit dem Traigolzu verglichen.*

* * *

Sassari

Minnià Cadeddu aß für ihr Leben gern Krapfen. Ob gekringelte *parafrittus* mit Zitronenaroma, *tzìpulas* zu Karneval oder mächtige, honigtriefende *seadas,* sie liebte alle Sorten. Leider gab es derart Feines nur selten zu essen, zumindest für so ein bettelarmes Gör wie sie. Doch heute war ein großer Tag, heute rief der PSI Sardiniens, der *Partito Socialista Italiano,* nach langen Wochen der Mobilisierung zur großen Versammlung auf die *Piazza d'Italia,* heute würden sie es dem Präfekten und den anderen hohen Herren zeigen. Minnià hatte zudem am frühen Morgen ein paar findige Bäcker dabei beobachtet, wie sie auf dem Platz behelfsmäßige Fressbuden errichteten, vermutlich für die erwarteten Genossen aus dem Sulcis, einem Gebiet im Südwesten der Insel, und den Silberminen von Argentiera. Es sah also nicht nur für die Sache der Partei, sondern auch, was die Krapfen betraf, mehr als gut aus. Und als Minnià jetzt im Fluss der Menschenmenge zur Kundgebung strebte, ausgerüstet mit einem roten Papierfähnchen, da fasste sie den Vorsatz, die Piazza nicht ohne eine Tüte Krapfen zu verlassen, komme, was wolle!

Minnià war überdies gespannt auf die Reden von Ledda und Corsi, die von ihr am meisten bewunderten Arbeiterführer. Ja, vielleicht riefe man sogar ihren Bruder auf das Podium, so wie im Winter beim Aufmarsch am Bahnhof, als es um die Jugend der Partei gegangen war.

Mario hatte ihre gemeinsame Wohnung an diesem Morgen schon vor Sonnenaufgang verlassen und gemeint, es gebe noch tausenderlei Dinge vorzubereiten. Und, nun ja, er habe das nicht zu entscheiden, aber junge, schlagkräftige Burschen wie ihn suche die Partei im Moment nun einmal dringender als magere Hühnchen wie sie. Minniàs wütenden Protest hatte er beiseitegewischt und sie nachdrücklich gebeten, heute besser nicht zur *Piazza d'Italia* zu kommen, ja, sich möglichst ganz von der Neustadt fernzuhalten. »Es könnte Ärger geben«, hatte er geendet, als er die wutbebende Minnià zum Abschied küsste.

Pah! Ihr macht mir keine Angst! Minnià beschleunigte

ihren Schritt. Als ob man ihr noch etwas vorschreiben könnte. Als brauche der Sozialismus nicht jede Hand, auch die schmalste und schwächste, gerade jetzt. Sie erreichte die *Piazza d'Italia* an der Spitze einer Gruppe von Arbeiterinnen, die sie von ihrer Stelle in der Gerberei Costa her kannte. *So, da wären wir. Schaut ruhig her, Genossen.* Minnià drängelte sich durch die Schaulustigen, setzte dabei ihre Ellbogen und den Schaft des Fähnchens ein und kassierte dafür ein paar Flüche.

Der Sozialismus kennt kein Geschlecht!

Die Worte einer Rednerin, die Minnià bei ihrer ersten Parteiversammlung gehört und nie vergessen hatte, begleiteten sie bis vor den Leiterwagen mit dem Holzpodest: *Der Sozialismus ist Ausdruck einer ganz neuen Freiheit unter Gleichen. Die Frau und der Sozialismus, sie sind untrennbar miteinander verbunden.*

Minnià entdeckte ihren Bruder vorn auf dem Kutschbock des Wagens. Wie schade, sie hatte seine Rede wohl verpasst. Doch nun kletterte der bekannteste Jungsozialist der Insel, Salvatore Ledda, auf den Wagen, und Minnià fiel begeistert in den Chor ein, der seinen Namen brüllte.

Ach, Ledda! Keiner brennt wie Totò Ledda!

War es seine elfte oder zwölfte Rede in diesem Jahr? Sie hatte jede einzelne verfolgt. Was für ein Teufelskerl!

Totò Ledda, das schmale Hemd. Man sah sie ihm nicht an, die zehn Jahre in den Gruben von Iglesias, bei vierzig Grad unter Tage. Arbeit, die jeden verhärtete, den sie nicht umbrachte. Auch Totò war hart geworden unter Tage. Hart und hungrig. Doch als in Russland die Roten gewannen, da witterte er den einmaligen Moment im Lauf der Geschichte und wechselte von der Grube zur Revolution.

»Sassarriiii!«

Er kann es, ich weiß es! Er kann uns alle noch retten. Minnià verfolgte, wie Leddas heisere Stimme die Menschen erfasste, ihnen Beine machte und sie mit sich riss. Es gab nicht wenige in der Partei, die ihm Effekthascherei vorwarfen, manche Neider schimpften ihn sogar einen Rattenfänger. Doch dies war seine Bühne, und Minnià, die ihre letzten Lire oft lieber für einen Stehplatz im *teatro civico* ausgab als für ein warmes Essen – Minnià ahnte instinktiv, wie wichtig dies alles für den Erfolg ihrer Sache war: Die großen Worte. Das Spektakel. Totò Ledda beherrschte beides.

»Brüder und Genossen! Sarden! WACHT AUF!«

Sie jubelte und winkte mit ihrer kleinen roten Fahne. Ja, Ledda würde es schaffen, er würde sie alle aufwecken und in eine neue Freiheit führen. *Eine Freiheit für das ganze Volk, auch die Frauen.* Gemeinsam würden sie den Faschismus, diese schwarze Pest, doch noch aufhalten und im Land endlich Gerechtigkeit herstellen. Ja, es sah schlecht aus, aber sie konnten es noch schaffen! Im Sozialismus würde sie beides sein können, Sozialistin und Ehefrau. Mutter und freie Arbeiterin. Oh, welch wunderbare Zukunft das wäre …

Während Minnià noch ihr Fähnchen schwenkte, war das Gedränge um sie herum dichter geworden. Neben sich entdeckte sie nun einen hochgewachsenen Mann, dessen teures *colonia* und altes, jedoch gut sitzendes Jackett ihn als Landbesitzer oder einen vom Kontinent auswies. Der Mann lauschte der Rede und hantierte mit einer großen Papiertüte.

Parafrittus!

Minnià sog den Duft der Schmalzkringel tief ein. *Köst-*

lich! Und was ist das für einer? Leistet sich direkt die große Portion, schau an! Sie schnupperte weiter, badete in dem Geruch, der zu ihr herüberwehte: Zitrone, Gebäck, *colonia. Nicht übel,* dachte Minnià und äugte verstohlen zu dem Fremden hoch. Dieser musste ihren Blick bemerkt haben, denn nach kurzem Überlegen drückte er ihr mit einem Mal die noch fast volle Krapfentüte in die Hand. *Mein Gott, er schenkt mir den ganzen Rest!*

Minnià lächelte ihren Spender glücklich an, bekam jedoch gleich darauf einen Schreck, als sich ihre Blicke kreuzten. *Madre meu, ein Geist!* Oder doch fast ein Geist, so helle Augen fanden sich im Norden der Insel nur unter den Korsen – oder den verlorenen Seelen. Minnià kostete es Überwindung, sich nicht zu bekreuzigen, sondern das Geschenk des Geistermannes anzunehmen. Es wäre zu schade gewesen um die Krapfen.

»Medas gràzias.«

Sie sahen sich an, und der Fremde erwiderte ihr Lächeln. Ganz vorsichtig, fast, als fürchtete er, sich dabei zu verletzen. Etwas an dem Mann rührte Minniàs Herz, doch sie konnte nicht sagen, was es war. Unterdessen auf dem Podest beendete Totò Ledda die Rede mit seinem berühmten Lieblingsausruf.

»... und es wird Blut fließen in den Straßen von Sassari!« Die Menge kochte vor Erregung, Totò Ledda hatte ihr Blut in Wallung versetzt, Minnià war nicht überrascht.

Niemand redet uns so schnell auf die Barrikaden wie du. Ach, Ledda!

Der gut gekleidete Fremde wurde nun auch von anderen Genossen beäugt und bekam ein paar erste, nur halbherzig als Versehen getarnte Puffe ab. *Der wird sich wundern,* dachte Minnià, während der Pulk sie einige Meter abdrängte, der kann als feiner Herr vielleicht auf dem Kontinent so mir nichts, dir nichts in eine PSI-Versammlung schlendern, aber nicht in Sassari. Nicht in unserer Stadt.

Sie überlegte noch, ob sie den Unbekannten warnen sollte – immerhin, die geschenkten Krapfen! –, da erklangen in den Gassen, die sternförmig auf die Piazza führten, verhaltene Rufe und das Hufgeklapper zahlreicher Pferde.

Guardie Regie. Oh, es wird Zeit zu verschwinden ...

Minnià arbeitete sich zum Rand der Menschenmenge durch. Aus den Augenwinkeln beobachtete sie, wie auch Ledda und ihr Bruder Mario vom Podest sprangen und im Gedränge verschwanden.

Nur schnell weg, bevor die Polizei alle Gassen abriegelt.

Minnià wollte sich schon umdrehen, da sah sie, wie ihr freundlicher Krapfen-Spender ein Stück weiter in Schwierigkeiten geriet. Der gigantische Bernabeu, ein Quartalssäufer und Schrecken jeder PSI-Versammlung, hatte sich auf den Fremden gestürzt. Er riss ihm die *coppola* vom Kopf, schleuderte sie weit fort und brüllte: »Dich mach ich fertig!«

Minnià überlegte. Nein, das war Unsinn, gefährlicher Unsinn. Gegen einen Bernabeu in Rage kam keiner an, der Mann war nicht zu retten. Es sei denn, die *Guardie Regie* griffen sofort ein. Doch würden die Polizisten freundlich nachfragen, wer sich hier inmitten mutmaßlicher Aufrührer prügelte? Sicher nicht, sie würden zuerst schießen. *Und was dann?* Minnià traf eine Entscheidung. Sie drängelte sich zu dem Fremden und Bernabeu zurück und hängte sich an dessen gewaltigen Arm.

»Lass den Quatsch, Genosse!«, brüllte sie ihm ins Ohr. »Das ist unser *avvocato.*«

»Hä?« Der Hüne machte ein verdutztes Gesicht. Doch er behielt seinen Gegner im Schwitzkasten. Dieser keuchte bereits. Minnià rüttelte ein weiteres Mal an Bernabeus Arm.

»Na, unser *avvocato,* du Hornochse! Oder glaubst du, dass mein Bruder oder Ledda oder einer der anderen Redner sich hier ohne rechtlichen Beistand bewegen? Also, lass ihn los.«

Bernabeu zögerte. Legte seine niedrige Stirn in Falten, während aus der nächstgelegenen Gasse dutzendfach ein metallisches Klicken kam, gefolgt von einem kurzen Befehl, der im allgemeinen Durcheinander nicht zu verstehen war. Minnià drängte ihre aufsteigende Panik zurück.

»Zum letzten Mal: Lass den Mann los.«

Vicolo della misericordia, Gnadengässchen.

Ihr Schlupfloch zwischen den Palazzi hätte niemand in Sassari oder sonst auf der Insel als Straße bezeichnet. Schmaler als ein Handtuch schlängelte sich der lichtlose Gang zwischen den Mauern der vielstöckigen Gebäude und feuchten Torbögen hindurch, über bemooste Stufen und endete nach einer halben Ewigkeit in einem Spalt, durch den ein Mann von der Statur eines Bernabeu nur hindurchpasste, wenn er die Luft anhielt. Diesen Fluchtweg konnte die berittene Polizei nur von der Piazza aus und daher immer erst als Letztes abriegeln. Kein Pferd kam hier durch, und auch sonst mieden die Offiziellen das, was hinter jenem Durchgang lag.

Denn das Gnadengässchen führte in den Teil der

Stadt, den sie am liebsten vergessen hätten: *das andere Sassari.* Ein Sassari, das sich nicht so leicht ordnen ließ wie die Neustadt mit ihren Straßen, die in Reih und Glied standen wie ein Trupp Rekruten. Ein Sassari der krummen Wege und Abkürzungen, in dem sich an jeder Ecke eine neue Richtung, ein neues Versteck auftat und vieles möglich schien. *Città murata,* gemauerte Stadt, nannten die Einwohner diesen ältesten Teil Sassaris. Und Minnià lotste den Kontinentalen nun durch Gang und Spalt mitten hinein ins steinerne Labyrinth: vorbei am finsteren Block der Kaserne, vorbei an der Schneiderei des alten Juden, an der *pensione Listriu* scharf rechts in die *Bertolini-Gasse,* immer tiefer hinein ins uralte Herz der Stadt. Minniá bewegte sich schnell und sicher, zögerte an keiner Weggabelung. Dies war ihre Welt.

Unweit von hier, hinter dem Fischmarkt, war sie geboren worden, als zweites Kind eines verliebten Mädchens vom Dorf, welches einem Schürzenjäger namens Cadeddu und seinen Versprechungen von einem neuen Leben im fernen *»l'America«* gefolgt war. Ein neues Leben hatte Minniàs Vater auch alsbald begonnen, allerdings lieber allein. Und so blieb die Mutter hochschwanger mit dem dreijährigen Mario zurück, gestrandet in der *città murata,* zwischen Fischabfällen und dem Mist der Kutschpferde, zu Tode erschrocken über ihr beschämendes Schicksal. Acht Jahre in bitterster Armut folgten, dann erlöste die Spanische Grippe die Unglückliche von ihrem Elend, und die Geschwister Cadeddu waren fortan auf sich allein gestellt.

War die Mutter auch stets zu stolz gewesen, in ihrem Heimatdorf *Codronzanu* Hilfe zu erbitten, ihre Kinder hatten diese Scheu nicht. Es gab dort zwar nur noch ein paar Onkel und Tanten zweiten Grades. Doch vor allem Minnià fuhr mittlerweile recht oft die fünf Bahnstationen Richtung Süden und absolvierte den steilen Aufstieg durch die Olivenhaine, von der Bahnstrecke hoch ins Dorf, getrieben von einem vagen Gefühl der Zugehörigkeit und der Aussicht auf lukrative Botengänge für die Verwandten.

Kein Dorf der Welt hätte ihr die *città murata* allerdings ersetzen können. Ein Onkel hatte sie sogar eingeladen, bei ihm und seiner Familie zu wohnen, doch Minnià hatte abgelehnt. In der Stadt lebten Mario und sie zwar von der Hand in den Mund – er als Bäckerlehrling, sie dank der Arbeit in der Gerberei. Doch niemand schrieb ihnen etwas vor, keinen interessierte, was sie dachten oder taten. Sie waren frei, frei wie im Paradies! Und Minnià wusste genau: Als Mädchen in Codronzanu wäre ihre Freiheit das Erste gewesen, was sie hätte aufgeben müssen.

Während sie nun den Fremden durch ihr verwinkeltes Paradies führte, versuchte Minnià, ihn ein wenig auszufragen: woher er käme, wie lange er bleibe, was er in Sassari wolle. Doch der Mann mit den hellen Augen hielt sich bedeckt, bat nur darum, dass sie ihn zu einem bestimmten Geschäft an der *Santa Caterina* geleiten möge. So gab sie ihre Fragen nach einer Weile wieder auf.

Vom Tumult und den Schüssen auf der *Piazza d'Italia* blieb bald nur noch ein entferntes Echo, und auch dieses verklang, als sie ihr Ziel, die Kirche mit ihrem geschwungenen Portal an der zu dieser späten Stunde menschenleeren *Piazza Santa Caterina,* erreichten.

»Da sind wir! Und wen suchen Sie noch mal? Den Ölhändler Capra? Schauen Sie, dort drüben hat er seinen Laden.« Minnià wies auf ein Gebäude im Halbdunkel. »Natürlich macht *signor* Capra erst morgen um neun wieder auf. Ich weiß das, denn mein Bruder und ich wohnen auch hier, unterm Dach, im Mietshaus mit der blauen Tür gleich nebenan.« Sie umfing das nachtschwarze Rund und die schemenhaften Gebäude mit einer liebevollen Geste. »Willkommen in unserem Heim, Signore! Aber wenn Sie möchten: In der Nähe gibt es eine Unterkunft, die vielleicht etwas bequemer ist als unsere Dachkammer. Eine Pension, ganz sauber und in bester Lage. Soll ich Sie hinführen?«

Der Mann vom Kontinent machte ein skeptisches Gesicht, doch er nickte. Was blieb ihm auch anderes übrig? Minnià führte ihn zurück zu Assunta Listrius Pension und klopfte die Wirtin aus ihrem Feierabend. Zum Dank kassierte sie von ihr zuerst ein paar laute Flüche und später dann ein großzügiges Trinkgeld. Nach wenigen Minuten war die Frage der Unterbringung geklärt, und die Listriu schickte sich an, mit ihrem unverhofften Gast im Treppenaufgang zu den Pensionszimmern zu verschwinden.

»Gute Nacht und vielen Dank«, verabschiedete sich der Fremde von Minnià. Er stand etwas gebückt unter dem niedrigen Türsturz der Pension, und erst als seine Hand grüßend zur Stirn fuhr, schien er zu bemerken, dass ihm seine Mütze im Tumult abhandengekommen war. Verlegen fuhr er sich durch das dunkle Haar, und Minnià musste schmunzeln. *Trotz der blassen Augen ein recht hübscher Bursche, dieser Kontinentale. Und jünger als gedacht, wenn man genauer hinsieht. Viel jünger.*

Minnià stopfte sich die Lire-Scheine der Listriu in den

Rockbund und schenkte ihrem Gegenüber ein ganz und gar nicht sozialistisches Lächeln.

»Ich habe zu danken, Signore«, rief sie, »zuerst die Krapfen, jetzt dieses Trinkgeld! Und alles an meinem freien Tag.«

Der Fremde lachte und zückte ebenfalls einen Schein.

»Hier, für eine weitere Tüte Krapfen. Bist ein kluges Mädchen. Und du hast Mut.« Er stutzte. »Verzeihung, das haben wir wohl versäumt – wie ist eigentlich dein Name, mein Kind?«

KIND?? Minnià musste ihre Empörung hinunterschlucken, ehe sie antworten konnte.

»Guglielmina Cadeddu. Aber Sie können mich auch einfach Minnià rufen, so wie alle hier.« Sie stockte einen Moment, dann siegte ihre Neugier. »Und wie ist Ihr Name, Signore?«

Der Fremde grinste. »Mein Name ist Lanteri. Aber du kannst mich auch einfach Leo nennen, so wie meine Freunde. In Ordnung?« Er zwinkerte ihr zu und wünschte ihr eine gute Nacht. Dann zog er den Kopf ein und verschwand mit der Wirtin im Flur der Pension. Minnià seufzte.

Leo also. Und hübsch ist er wie ein Schauspieler.

Codronzanu, Provinz Sassari, Region Logudoro

»Ein Schmierentheater, findest du nicht?« Gavino Marras fischte eine Pappschachtel aus seinem Wams und klopfte sich eine Zigarette in die Hand. »Als ob wir im Jahr 1922 nicht selbst entscheiden könnten, wen wir heiraten. Ich, ein gestandener Veteran. Du, eine moderne Frau.«

Gioia wartete ab, ob ihr der Verlobte auch eine Zigarette anbieten würde, was er nicht tat. *Also doch nicht so modern?* Sie ging zum Fenster des Zimmers und öffnete es. Es war immer noch recht kalt für Oktober, und für die Nordküste hatten sie in der Zeitung für diese Woche sogar Sturm angesagt. Doch bis jetzt hatte sich nichts gerührt. Gioia warf ihrem Verlobten einen Blick über die Schulter zu.

»Du willst die Dinge also selbst entscheiden?«

Gavino nahm einen langen Zug, bevor er antwortete. »Aber sicher. Wozu das ganze Hin und Her, die Tradition, das Geraune. Das ist doch *unser* Leben. Also, ehrlich«, er lachte etwas unsicher, »manchmal geht es mir schon auf die Nerven, dass ich ein Marras bin. Das alte Blut. Die Fehde. Die Ahnen! Wir sind hier doch nicht mehr im Mittelalter.«

»Und wie stellst du dir das vor, *unser* Leben?«

»Das frag ich dich.« Gavino betrachtete sie forschend. »Ich meine, ich bin kein Dummkopf. Du fühlst nicht so wie …«, er stockte, »also, vielleicht *noch* nicht. Aber wir könnten doch miteinander ein gutes Leben haben, oder?«

Gioia erwiderte Gavinos Blick. Sie kannte die Antwort, behielt sie aber lieber für sich. Also schwieg sie und wandte sich wieder zum Fenster.

Vom Obergeschoss des Gutes ging der Blick nach Süden. Bis zum Horizont reihten sich dort die Hügel mit den abgeernteten Feldern und die Haine mit den Korkeichen und Oliven. In der Ferne erhob sich der mächtige Kegel des *Monte Santu,* ein einsamer Riese in der Weite des goldgelben Landes. Zur Rechten leuchteten die Safranfelder der *tenuta* in sattem Violett, die Ernte des roten Goldes der Insel stand unmittelbar bevor. Zur Linken wellte sich das Land bis zum Kirchturm der *Santissima Trinità di Saccargia.* Weit im Osten erahnte sie sogar die Gebirgszüge des Gallura-Massivs, unverändert seit Anbeginn der Zeit. Jedes Mal, wenn Gioia hier aus dem Fenster sah, erfasste sie eine unbestimmte Traurigkeit. *Hier bin ich geboren, hier sollte ich hingehören. Und doch will ich nur eins: weg!* Sie seufzte. Gavino hatte es ihr bereits bei der Verlobungsfeier in Aussicht gestellt, doch nun bot sich die allerletzte Gelegenheit, ihre Verbindung noch unblutig zu lösen. Besser, sie klärte es gleich jetzt und hier.

»Gavino ...«

»Ja?«

»Versprichst du mir etwas?«

Ihr Verlobter nahm ihre Hand in die seine. »Was immer in meiner Macht steht.«

»Wir haben schon einmal darüber gesprochen. Ich hoffe, deine Meinung hat sich nicht geändert.« Sie holte Luft, wappnete sich. »Wenn ich dich heirate ... versprichst du mir dann in die Hand, dass wir von hier weggehen?«

»Weg vom Gestüt?«

»Weg vom Gestüt, weg vom Gut – am liebsten aufs Festland, aber mindestens bis nach Cagliari.«

Ihr Verlobter stutzte, dann schien er sich zu erinnern und nickte verlegen.

»Ja, sicher. Also, wenn ich da eine gute Stellung bekomme ...«

Natürlich, die gute Stellung, dachte Gioia. Sie entzog

Gavino ihre Hand und ließ sie über den Schreibtisch ihres Vaters wandern. Don Antonio hatte seit seinem Kriegsdienst in Somaliland ein Faible für Exotik, und Gioia griff nach dem faustgroßen Globus aus Elfenbein, der ihrem Vater als Briefbeschwerer diente.

Hauptsache, weg. Wenn auch nur nach Cagliari.

Ihr ehrgeiziger Verlobter hatte nach Kriegsende auf Empfehlung seines Vorgesetzten – Hauptmann Emilio Lussu – tatsächlich einen Studienplatz an der Universität Sassari bekommen, sehr zum Entsetzen seiner Mutter, die damit einen weiteren Sohn für das Gestüt verlor. Nun hatte Gavino drei Monate zuvor sein Jurastudium erfolgreich abgeschlossen und hoffte auf eine Anstellung.

Gioia wog den Globus in ihrer Hand. »Don Antonio wird das mit deiner Stellung für uns regeln, da bin ich ziemlich sicher.« Wie immer vermied sie es, in der Öffentlichkeit »mein Vater« zu sagen, und hielt sich an die formelle Anrede. Und wie immer schien es niemand zu bemerken.

Gavino schnalzte mit der Zunge und machte ein sorgenvolles Gesicht. »Was wird dein Vater von mir denken. Dass ich meinen Weg nicht allein gehen kann?«

Gioia winkte ab. »Er denkt gar nichts. Schlussendlich interessiert ihn nur Beniamino. Und sieh es doch einfach so: Eine Empfehlung nach Cagliari kostet ihn nichts, und womöglich bist du ihm dort nützlicher als hier. Wenn ich Don Antonio also bitte, wird er ein Telegramm schicken. Du bekommst dann eine Stelle beim dortigen Präfekten, und wir können von hier weg.«

Sie hatte Gavino gebeten, vorauszugehen und ihr noch einen Moment Zeit zu geben, um ein letztes Mal über alles nachzudenken. »Was immer es braucht«, hatte er darauf gesagt, und ihr war einmal mehr bewusst geworden, wie wenige Worte sie brauchten, um sich zu verstehen. *Doch,* sagte sie sich fast trotzig, *wir werden ein gutes Leben haben.*

Gioia stand auf und strich sich den Rock glatt. Eher zufällig glitten ihre müßigen Finger dabei über ein gefaltetes Blatt Papier in ihrer Rocktasche, spielten mit ihm, zogen es heraus. Gioia überlegte kurz. *Soll ich? Ach, was soll's!* Sie setzte sich wieder hin, entfaltete das Papier. *Sie brauchen meine Antwort für den weiteren Ablauf. Ohne mich keine Tuchübergabe. Also können sie auch noch fünf Minuten länger warten.*

Sie hatte beim ersten Öffnen des Briefes am Morgen nur den Anfang überfliegen können. *Mailand ist ein wahrer Albtraum,* hatte Bonaria geschrieben, und seitdem sorgte sie sich um das Wohlergehen ihrer Patin, die im Haus eines hohen Tieres bei der Faschistenpartei als Köchin arbeitete.

Gioia strich das Papier glatt und las.

KAPITEL 3

IS BREBUS (oder »**BERBUS**« im Logudoresischen) / *Grob übersetzt bedeutet Brebu oder Berbu einfach nur »Wort«.*

Doch Worte sind mächtig, und auf Sardinien ist man sich dessen vielleicht noch bewusster als anderswo.

Die brebus sind die magischen Gebete und Formeln, mit denen sardische Heiler Schmerzen lindern, das Wetter beeinflussen, den bösen Blick und böswillige Menschen abwehren, den Teufel austreiben und verlorene Dinge wiederfinden.

Meist werden die brebus in einem genau festgelegten Ritual rezitiert. Sie enthalten einen starken katholischen Anteil (die Madonna und diverse Heilige werden gern angerufen), gemischt mit einem kräftigen Schuss mediterran-heidnischen Kults. Alle Sprüche und Riten werden ausschließlich mündlich weitergegeben, von den Älteren an die Jüngeren. Das Ganze geschieht diskret, wie um die Wirksamkeit der Magie nicht zu gefährden. Wie sagt es eine alte sardische Heilerin? »Die Formeln sind geheim und müssen es bleiben. Weil sie wirken.«

* * *

26. Oktober 1922
Sassari

Leo lugt aus dem Graben, und da steht er wieder. Auf dem Schlachtfeld am Rand der Schlucht. Ein schwarzer Schatten, riesig, stumm. Er greift nach dem Mond und presst ihn zu-

sammen, zerdrückt ihn, als sei er aus Käse. Dann reißt er das Maul auf, atmet Wolken von Gas und geht auf Leo zu. Langsam. Unerbittlich. Leo versucht zu schreien, doch er kann sich nicht rühren, kann den Mund nicht öffnen, er ist ihm wie verklebt. Um ihn herum das Gas, er kann es förmlich zischen hören, auch wenn er weiß, dass das Einbildung ist. Denn Gas tötet lautlos. Etwas Schwarzes haftet an seinem Gesicht, es scheuert ihm am Kinn, bedeckt seine Lippen, seine Nase, beschränkt seine Sicht. Er stürzt rücklings, ringt nach Luft, über ihm zähe Schwaden. Gleich wird der Schatten auf ihn fallen, wird ihn durchdringen und auslöschen wie den Mond. Dicht vor ihm nun eine andere Maske, große, kreisrunde Gläser und dahinter weit aufgerissene Augen – eines schwarz, eines ganz hell. Und immer noch bekommt er keine Luft. LUFT! Doch das ist nicht das Schlimmste. Das Schlimmste ist die Stimme. Nie hat Leo eine kältere Stimme gehört. »Wenn du's abreißt, ist es aus«, *sagt die Stimme.* »Aus ist es. Aus.« *Dies sagt sie, immer und immer wieder.*

Leo erwachte von seinem eigenen Geschrei. Setzte sich auf und versuchte, die Kontrolle über sich zurückzugewinnen. Er fror und schwitzte zugleich, sein Puls raste, sein Hemd, das Laken, die Bettdecke, alles klebte.

Die Stimme, mein Gott, diese Stimme …

Er schüttelte den Kopf, versuchte, das Grausen im Inneren abzuschütteln. Warum ging es jetzt wieder los? Woran lag es, dass er ausgerechnet hier auf Sardinien wieder *davon* träumte? Seit Monaten war Ruhe gewesen, und nun das! Es klopfte. Die Stimme der Zimmerwirtin drang leise durch die geschlossene Tür.

»Signor Lanteri? Geht es Ihnen gut?«

Leo beeilte sich, etwas Beschwichtigendes zu rufen.

Dann schob er die schweißdurchtränkte Decke von sich und setzte sich auf. Sein ganzer Körper zitterte derart, er musste sich mit beiden Armen abstützen. *Schluss jetzt! Du bist zurück. Gewöhn dich dran!* Er zwang sich, tief durchzuatmen. *Einatmen. Und ausatmen. Und wieder ein. Und aus.* Was waren das eigentlich für Dinge in diesem Zimmer? Waschtisch, Kommode, Kleiderschrank, nichts Besonderes. Alltagsgegenstände. Er studierte die Möbel, hielt sich fest an ihnen, sicherte sich mit ihnen wie mit einem Seil und Haken vor dem Abgrund.

Du bist zurück.

Fahles Licht vor dem Fensterquadrat zeugte vom kommenden Tag. Von draußen kam das Rattern metallener Schutzgitter – vermutlich der Kiosk unter seinem Fenster –, und zwei Frauenstimmen hallten über die Piazza: *»Salude!«*

Leo nahm die ledergebundene Kladde vom Nachttisch, dazu einen Bleistift und tat das, was ihm sein Arzt im Lazarett damals geraten hatte. Er schrieb alles auf.

Die Naklo-Schlucht bei Plezzo, 24. Oktober 1917, etwa sechs Uhr. Ich luge aus dem Graben, und da steht er wieder …

Während er schrieb, wurde es Tag. Nachdem er seinen Tagebucheintrag fertiggestellt hatte, blieb er noch einen kostbaren Moment lang im Bett sitzen. Dann stand er auf, schälte sich aus dem klammen Pyjama und begann mit seinen üblichen *esercizi:* Liegestützen, beidarmig und einarmig, dazu zwei Dutzend Rumpfbeugen und zum Schluss Dehnen. Das stille Ritual, auch dies nach ärztlichem Rat, beruhigte seine Nerven.

Mit weichen Knien schlurfte er danach zum Waschtisch. Er spritzte sich Wasser ins Gesicht, fuhr sich über die stoppeligen Wangen. Nur nicht in den Spiegel sehen, er gab sicher ein jämmerliches Bild ab. Und rasieren konnte er sich auch später noch. *Frische Luft, ja, die täte jetzt gut!* Vielleicht konnte er auch schon nachschauen, wo dieser Ölhändler blieb. Leo schlüpfte in Hemd und Hose und verließ keine fünf Minuten später die Pension.

Der Kiosk in der Mitte des kleinen Platzes hatte tatsächlich bereits geöffnet, und auch das restliche Leben in der *città murata* erwachte. Die eiligen Schritte der ersten Hausfrauen hallten durch die Gassen. Die meisten trugen ovale Körbe aus Flechtwerk, in denen sie ihre kostbaren Einkäufe verstauten. *Wenn es hier um Fleisch, Käse und Eier ähnlich bestellt ist wie in Sant'Amato,* dachte Leo, *dann können sie gar nicht früh genug loslaufen.* Aus den Öfen der Bäckereien kam der Duft von ofenfrischem Brot, an den Ecken lagerten kleine Rudel struppiger Hunde, und über ihm, zwischen den dicht an dicht laufenden Dachrinnen, kreischten die Schwalben.

Leo schlug den Weg ein, den ihn das Mädchen Minnià in der Nacht zuvor gelotst hatte, und bereute schon bald, dass er nicht seinen wollenen Armeemantel mit auf die Insel genommen hatte. *Per Dio,* was konnte es kalt sein hier unten im Süden! Zu Hause an der Riviera fror er so allenfalls während einiger Tage im Januar. Leo rieb sich die Arme, klappte den Jackenkragen hoch und beobachtete, wie sein kondensierter Atem kleine Nebelwolken bildete. Dann trabte er prustend die Gasse zur *Piazza Santa Caterina* hinunter.

Der Ölhändler Lorenzo Capra ließ sich mit dem Öffnen seines Ladens allerdings noch Zeit. Hinter dem

Schaufenster mit den grünen Gardinen und einer verblassten Ölreklame, die »Spitzenqualität« versprach, blieb alles still, und als Leo versuchte, die Klinke hinunterzudrücken, fand er die Tür verschlossen. *Na ja, es wäre auch zu schön gewesen.*

Leo trank einen erstaunlich guten *caffè* in einer Bar drei Häuser weiter, und als die ersten Sonnenstrahlen über die Piazza fingerten und die Stufen vor dem Kirchenportal wärmten, ließ er sich dort nieder, kramte nach seiner Dose mit den *amarelli*-Pastillen und wartete.

Und wartete eine Stunde später immer noch.

Er hatte gerade beschlossen, in die Pension zurückzukehren, da bemerkte er einen kugelrunden, kleinen Mann mit Schnurrbart, der aus einer Seitengasse kam und auf das Ölgeschäft zuwatschelte. Ihm folgte eine stattliche Frau mit blondem Haar, eine wahre Walküre, die laut auf ihn einredete und dabei Korb und Handtasche schwang, als seien es Schwert und Schild.

Signor Capra con famiglia?

Während der Dicke mit einem umfangreichen Schlüsselbund die Ladentür aufschloss, überzog ihn die Walküre mit einem weiteren Redeschwall. Dann schob sie ihn beinahe fürsorglich in sein Geschäft und stampfte die Piazza hinab, bereit zur Erstürmung der nächsten Metzgerei.

Also dann. Leo stand auf, überquerte mit langem Schritt die Piazza und betrat das Geschäft.

Im Halbdunkel des lang gezogenen Raums reichten die Regale mit beschrifteten Blechkanistern bis zur Decke. Bei Leos Eintritt hatte irgendwo ein Glöckchen gebimmelt, danach war es wieder still geworden. Und dieser vollgestellte, muffige Schlauch sollte, wie Enzo geprahlt hatte, das »bestsortierte Ölgeschäft südlich von La Spezia sein«? Abwarten.

Skeptisch studierte er die Regale. Die Balkendecke war so niedrig, dass er an einigen Stellen aufpassen musste, um sich nicht den Kopf zu stoßen. *Na, das kann was werden!* Es würde Leo Mühe kosten, Capra seine Verachtung nicht spüren zu lassen. Zu Hause war er heilfroh, wenn sein Vater den Kontakt mit den Händlern pflegte ... und Enzo. Denn was waren das für Menschen, die beim Namen *taggiasca* nur an das teure Öl dachten? Die lieber hinter ihrer Verkaufstheke hocken blieben, als hinauszugehen, auf den Berg und in den Hain?! Wie konnten sie leben ohne den Duft der Macchia im Frühling, das Lärmen der Zikaden im Sommer, das Glück der erntereifen Oliven im Herbst? Wie konnten sie auf ein langes und gutes Leben hoffen, ohne je die sonnenwarme Rinde eines hundertjährigen Olivenbaums gefühlt zu haben? *Tja,* dachte Leo, *so sind Menschen: blind und taub für die Schönheit der Welt.* Doch hatte er es zuletzt eigentlich besser gemacht? Hatten Kognak und lauter Jazz seine Not nicht weit mehr gelindert als das Wispern der Bäume?

Ein Scheppern unterbrach Leos Grübelei, dann schwang ein stockfleckiger Vorhang im hinteren Teil des Raumes zur Seite, und der kugelrunde Besitzer des Ladens zeigte sich. Offenbar hatte er sich gerade erleichtert, denn während er in aller Seelenruhe auf Leo zukam, steckte er ein paar letzte Zipfel seines Hemdes in den Hosenbund.

»Sie wünschen?« Der Dicke musterte Leos Aufzug. Was er sah, flößte ihm offenbar kein Vertrauen ein.

»Sind Sie Signor Capra?«

»Wer will das wissen?« Ohne seine Walküre war der Mann nicht einmal so wehrlos, wie Leo angenommen hatte. *Ich hätte mich rasieren sollen,* dachte er und bemühte sich, höflich zu bleiben.

»Mein Name ist Lanteri. Ich interessiere mich für seltene, sortenreine Öle. Ich komme von einer Olivenplantage auf dem Festland. An der Riviera.«

Leo wartete auf eine Entgegnung, doch sein Gegenüber zog nur die Augenbrauen hoch und schien abzuwarten. Also setzte er hinzu: »Wir bauen vor allem *taggiasca* an. Das ist Ihnen aber doch ein Begriff, oder?«

»Aber sicher doch.« Das Gesicht des Dicken hellte sich bei der Erwähnung der edlen Olivensorte auf, und er ließ sich nun zu der Bestätigung herab, dass er tatsächlich Lorenzo Capra sei, Sassaris erster Ölhändler am Platz, stets zu Diensten.

»Ah, die Riviera!«, rief er dann. »Eine sehr schöne Gegend, sagt meine Frau. Sie kurt regelmäßig in Sanremo.« Capra strahlte. Wahrscheinlich dachte er an die ebenfalls sehr schönen Wochen, in denen seine Frau dort zur Kur weilte und er seine Ruhe hatte.

»Ich notiere Ihnen gerne unsere Adresse«, sagte Leo und tat, als durchsuche er seine Hosentaschen nach etwas zum Schreiben, »vielleicht schauen Sie einmal vorbei, wenn Sie in der Gegend sind, gerne auch mit Ihrer Frau Gemahlin?«

Der Ölhändler versicherte, es wäre ihm ein Vergnügen, sein Ton blieb allerdings unverbindlich. Erst als Leo seinen Halbbruder Enzo erwähnte, änderte sich das.

»Ach ... Lanteri! Warum haben Sie das nicht gleich gesagt?« Capra straffte sich, war auf einmal ganz Ohr.

Va bene, dachte Leo, *jetzt dämmert dir langsam, mit wem du redest.*

»Ich erinnere mich noch gut an den Besuch Ihres ... ehem jungen Verwandten«, sagte jener jetzt, »die *frantoio* liegt bei Imperia, nicht wahr?«

»Richtig. In Sant'Amato.« Immerhin schien Capra die Rangordnung auf dem Gut seiner Familie richtig zu deuten. Leo hätte es kaum dulden können, wenn dieser Enzo als seinen »Bruder« bezeichnet hätte.

»Und Sie sind der junge *padrone?*«

Leo zögerte nur einen winzigen Moment. »Sì.«

Die Hände des Ölhändlers schnellten mit einem Mal hervor, schnappten sich seine Rechte und schüttelten sie.

»*Piacere,* Signore! Oh, es freut mich außerordentlich, Sie endlich kennenzulernen. Wissen Sie, ich habe von dem jungen Enzo schon so viel Gutes über Sie gehört. Erst im September noch, bei einem gemeinsamen Essen im Männerverein, also Donnerwetter, wir waren schon äußerst beeindruckt. Ja, ganz außerordentlich ...«

»Wir?«, fragte Leo und fuhr sich durchs Haar. Gott, wie er Enzos Prahlerei hasste!

»Nur einer meiner Stammkunden, ein Arzt aus der lokalen *nobiltà.* Er stand zufällig dabei. Einen Mann voller Talente hat Enzo Sie genannt: tüchtig, klug, mit einem Händchen für Oliven, einer fast magischen Spürnase für das beste Terroir und dazu noch musikalisch so begabt! Besonders beeindruckt war unser *dottore,* der spielt ebenfalls Klarinette und ...«

»Ich spiele nicht mehr«, unterbrach ihn Leo und stockte in einem plötzlichen Anflug von Atemnot. Verdammt! Was hatte Enzo alles herumgetratscht? Leo wusste zwar, dass sein Halbbruder derlei Geschwätz vor allem dazu einsetzte, seine Geschäftspartner abzulenken, während er sie über den Tisch zog. Trotzdem störte es ihn. Und dass ihm jetzt in der Gegenwart dieser sardischen Krämerseele auch noch die Luft wegblieb, störte ihn erst recht!

Lorenzo Capras Mund formte ein verlegenes »Oh«, dann stotterte er: »Aber ich dachte doch, ich meine …«

»Ich habe seit drei Jahren nicht mehr gespielt«, blaffte Leo, »keine Ahnung, was Enzo da erzählt hat.«

»Pardon«, stammelte der Ölhändler, »daran hätte ich natürlich denken können. Ihre, ehem, Kriegsverletzung. Eine dumme Sache, das …«

Ja, saudumm! Und jetzt kommen wir bitte endlich zur Sache. Leo rang den Husten nieder.

»Es soll hier auf Sardinien eine Olivensorte namens *pecora nera* geben. Sie soll eine ganz bemerkenswerte Sorte sein: fantastischer Säuregrad, meistert jede Dürre und sogar strengen Frost. Die geernteten Oliven sind erstaunlich lagerfähig und liefern ein Öl, so rein wie das Lächeln einer Braut am Tag ihrer Hochzeit.«

Und wahrscheinlich desinfiziert ihr Sarden auch noch eure gottverdammten Wunden damit, fügte Leo im Stillen hinzu. Laut schloss er: »Kennen Sie die Sorte?«

»Hat Enzo behauptet, dass diese, ehm … wie heißt sie noch?«

»Pecora nera.«

»*Pecora nera,* ach ja«, sagte Capra, »hat er gesagt, ich würde diese Sorte Öl führen?« Der Blick des Ölhändlers nahm einen lauernden Ausdruck an. *Die Sarden rücken ihre Schätze nicht freiwillig raus,* hatte Leo die Stimme seines Halbbruders im Ohr.

»Nein«, gab er zu und machte eine vage Geste. »Es ist

nur das, was man so hört in der Branche. Und Sie besitzen laut Enzo die größte Auswahl an Sorten im Norden der Insel. Wer sonst, wenn nicht Sie, hätte also den besten Überblick? Aber vielleicht muss ich für mein Geschäft ja jemand anderes fragen …«

»Welches Geschäft?«

»Nun ja, mein Vater und ich, wir denken über eine neue Kreuzung nach. Welche ein Öl ergibt, das ligurische Eleganz mit sardischer Urkraft vereint. Zu diesem Zweck sehe ich mich hier in Sardinien nach einer geeigneten Sorte um, ich bräuchte im Folgenden dann Setzlinge und über die kommenden Jahre hinweg wahrscheinlich auch immer mal wieder ein halbes Dutzend Heister der Pflanze. Doch wenn Sie nicht interessiert sind …«

Leo drehte sich um und tat, als dächte er darüber nach, das Geschäft zu verlassen. Der Ölhändler, dieser sture Bock, ließ ihn auch tatsächlich einige Schritte Richtung Tür gehen, ehe er ihn zurückrief.

»Aber ich bitte Sie! Warten Sie! Wer sagt denn, dass ich Ihnen nicht helfen kann? Kommen Sie zurück, kommen Sie und folgen Sie mir …«

Capra winkte Leo hinter sich her in ein düsteres Hinterzimmer, ausgestattet mit einer Art Kaffeeküche, einem Holztisch und zwei wackligen Stühlen. Er wies Leo an, sich zu setzen, und zauberte ihnen mithilfe eines Gaskochers und einer achteckigen Espresso-Kanne zwei köstlich heiße *caffè*.

Währenddessen skizzierte ihm der Ölhändler den Olivenanbau und -handel in Sardinien und dessen aktuell wichtigste Akteure. Es dauerte nicht lange, bis Leo verstand, was das Hauptproblem bei seiner Suche sein würde. Es waren die Sarden selbst. Denn Sarden reden nicht mit jedem. Und Sarden handeln auch nicht mit jedem. Und schon gar nicht verraten sie, welche Schätze sie im Innern ihrer kargen Insel hüten.

Wer vom Meer kommt, der will uns bestehlen. So hatte es hier jahrhundertelang geheißen. Und Leo erinnerte sich, dass auch sein Großvater daheim an der Riviera – die Lanteri stammten aus dem Hinterland – seine eigentümliche Scheu vor dem Meer mit einem ähnlichen Spruch erklärt hatte. Zu lange waren Fremde übers Meer gekommen. Fremde, die mordeten, plünderten, vergewaltigten und versklavten. Byzantiner. Langobarden. Sarazenen. Korsaren aus Nordafrika und sonstige Piraten. *Jahrhundertelang. Kein Wunder also,* dachte Leo, *wenn einem da die Lust auf neue Bekanntschaften vergeht.*

»Sie müssen auch verstehen«, sagte Capra jetzt, »es gibt unzählige Olivenarten hier auf Sardinien, die nur in einer bestimmten Gegend oder einem bestimmten Tal bekannt sind.« Er grinste. »Bei Ihnen auf dem Kontinent kennt man sowieso nur die gängigsten Sorten: *Bosana, tonda di Cagliari* oder *corsicana*. Seien Sie deshalb versichert: Nur weil *ich* nicht weiß, wo sich Ihre *pecora nera* befindet, heißt das nicht, dass es sie nicht gibt. Schauen Sie, das hier ist Sardinien.« Er zuckte entschuldigend mit den Schultern, fuhr dann nach kurzem Überlegen jedoch fort. »Ich hätte vielleicht eine Idee, wer Ihnen ebenfalls noch helfen könnte …«

»Wer?«

»Ich habe einen Verwandten, einen Cousin meiner Frau, der also quasi mein Schwager ist. Er ist Hilfsverwalter auf der *tenuta* des Herrn Soriga bei Codronzanu – oder Codrongianos, wie Sie als Kontinentaler sagen würden. Mein Schwager vermittelt sicher gern einen

Besuch auf dem Gut. Und dort wachsen Oliven, die es sonst nirgendwo mehr gibt.« Capra kramte in einer Schublade des Holztisches und förderte eine zerknitterte Keksschachtel zutage, deren bröseligen Inhalt er Leo anbot. »Mein Schwager sagt, auf dem Gut gibt es einen uralten Olivenhain, vielleicht den ältesten hier im Norden. Ein Hundertjähriger pflegt diesen Hain, sein ganzes Leben lang schon. Und dieser Hundertjährige ist der Enkel des Mannes, der die Pflanzung einst im Auftrag seines *padrone* anlegte – und über ihn ebenfalls fast hundert Jahre wachte.« Nach einem Blick in Leos Gesicht keckerte der Ölhändler wie eine dickbauchige Ziege und fuhr dann recht abrupt fort: »Haben Sie den Namen Soriga schon einmal gehört?«

Leo schüttelte den Kopf.

»Don Antonio Soriga herrscht über den halben Logudoro, die Kornkammer Sardiniens südlich von Sassari. Auf seinem Gut macht er Wein – hauptsächlich einen lackschwarzen *Cannonau* –, dazu den einzigen Safran Nordsardiniens, der etwas taugt. Dann ein wenig Öl mit seinen uralten Oliven und natürlich jede Menge Getreide.

Ja, Don Antonio ist hier im Norden ein wichtiger Mann. Und was man so hört, wird sein Einfluss wohl noch weiterwachsen, wenn der PNF weiter an Boden gewinnt …«

Schon wieder der PNF, dachte Leo, *diese Schmeißfliegen setzen sich also auch hier auf die größten Haufen.*

»Ist Soriga Faschist?«, fragte er möglichst beiläufig.

»Offiziell nicht, doch man hört von Zuwendungen.« Capra rieb die Fingerkuppen von Daumen und Zeigefinger aneinander. »Großzügigen Zuwendungen.«

Leo überspielte sein Unbehagen mit einem Schulterzucken. »Ich züchte nur Oliven, Politik interessiert mich nicht besonders …« Er machte ein unbeteiligtes Gesicht, und einen Moment lang passte dieses sogar zu seiner inneren Verfassung. Aber war es in seiner Lage nicht heikel, ausgerechnet die Nähe eines Mussolini-Sympathisanten zu suchen? Was, wenn dieser Soriga mehr über seinen Besucher wissen wollte und über seine PNF-Kontakte Nachforschungen über ihn anstellte? Was, wenn es seinem Vater daheim in Sant'Amato nicht gelang, das Unglück mit dem Squadristen zu vertuschen? Leo fuhr sich über das Kinn und rieb sich die Bartstoppeln, die jetzt schon seine Handfläche kitzelten. »An wen könnte ich mich denn sonst noch wenden wegen der *pecora nera?*«

Capra überlegte. »Ich wüsste im Moment tatsächlich keine bessere Quelle hier in der Gegend. Gut, im Süden bei Villacidro könnten Sie sich noch umtun, oder weiter landeinwärts in der *Barbagia* Richtung Nouro. Aber die Reise dorthin mit dem Bummelzug kostet Sie anderthalb Tage. Und die Leute von Nouro mögen keine Kontinentalen. Es sei denn, sie bringen gutes Lösegeld.«

Der Ölhändler kicherte über seinen gelungenen Witz und schloss dann mit der Aussage, der Cousin seiner Frau sei wohl tatsächlich der einfachste und vielversprechendste Weg, um mehr über die *pecora nera* zu erfahren.

»Also gut«, seufzte Leo, »wann kann ich diesen Schwager treffen?«

Capra strahlte. »Sie haben Glück! Gleich morgen Abend kommt er hierher zum Abendessen. Sie sind herzlich dazu eingeladen. Und ich versichere Ihnen: Meine Frau ist ein entsetzlicher Drachen, aber sie hat von ihrer *nonna* aus Cagliari ein Rezept für *sa burrida* auf Pasta …« Er küsste seine Fingerspitzen. »So köstlich, dass Sie sofort beschließen werden, eine Sardin zu heiraten. Sie haben noch keine Frau, oder? Na bravo! Dann spannen Sie mir vielleicht die meine aus – mit etwas Glück.« Capra wieherte, und Leo lächelte gequält.

Schon wieder burrida*?* Seine Pensionswirtin hatte ihn noch am Abend zuvor mit einem Mitternachtsimbiss aus Brot und jener sardischen Spezialität beglücken wollen, die man hierzulande wohl zu jeder Tages- und Nachtzeit auftischte. In Essig marinierter Katzenhai mit Walnüssen – so etwas konnten auch nur Sarden essen. Er hatte dankend abgelehnt und war froh um die Krapfen in seinem Magen gewesen. Doch was blieb ihm hier und jetzt für eine Wahl?

Leo nahm die Einladung zum Abendessen also an, und nach einigem Hin und Her fand er sich vor der Ladentür auf der *Piazza Santa Caterina* wieder.

Capra geleitete ihn persönlich bis zur Mitte des Platzes und betonte, wie sehr er sich auf den gemeinsamen Abend freue.

»Doch bis dahin, mein Freund«, schloss er und reckte seine kurzen Arme, um Leo auf die Schulter zu klopfen. »Sorgen Sie sich nicht um die Oliven, genießen Sie lieber Ihre Zeit in Sassari! Wir haben ein paar Nachtlokale, in die mich meine Frau, wenn sie's wüsste, niemals gehen ließe. Dazu die Cafés bei der Universität, den *Creole Club,* das *Varieté de Paris.* Alles, was das Herz begehrt! Außerdem rüstet sich die ganze Stadt zum Fest der Toten an Allerseelen – hier im Norden nennen wir es *›Su mortu mortu‹.* Ein Erlebnis, kann ich Ihnen versprechen, überall Totenmasken, Fackeln und Prozessionen. Und unsere dreizehn Kirchen allesamt hell erleuchtet. Ja, Sassari ist wirklich ein ›rechter‹ Traum in diesen Tagen …«

KAPITEL 4

SA PRATICA / *Die pratica, eine Frau, die es noch heute in vielen sardischen Dörfern gibt, ist eine Art »magische Heilerin« im Nebenberuf, eine Schamanin. Sie besitzt profunde Kenntnisse im Volksglauben, praktiziert oft auch als Hebamme, ist mit dem bösen Blick vertraut und beherrscht die »Medizin des Auges«, mittels der jener wieder ausgetrieben werden kann.*

Mit volkstümlichen Heilmitteln und uralten Beschwörungsformeln kuriert die »pratica« lästige Hautkrankheiten oder Kopfweh ebenso wie Liebesnot, Kinderlosigkeit und ausbleibenden Regen. Menschen vom Festland verwechseln sie daher oft mit ihrer weitaus gefährlicheren Verwandten: der sardischen Hexe. Auch in diesem Buch begegnet man den »praticas« von Codronzanu mit Argwohn, dabei sind sie komplett harmlos. Alle, bis auf eine.

* * *

Bonaria Titù an Gioia, Mailand,
Oktober 1922

Mein Liebes, Mailand ist ein Albtraum in diesen Tagen. Das reinste Pulverfass. Überall in den Straßen stolzieren und brüllen sie herum, diese faschistischen Milizen mit ihren Schlagstöcken und schwarzen Hemden und lachhaften Kampfnamen. Squadra »VOLANTE«, squadra »DISPERATA«, squadra »FANTASMA« – also ich bitte Dich – »Fantasma«! Was soll das denn sein?! Und die Roten? Pah, die sind

keinen Deut besser. Kommunisten, Sozialisten, Syndikalisten! Ständig gibt es Prügeleien. Das sind ja auch alles blutjunge, dumme Burschen, denen kocht das Blut, was willst du machen?
In Novara und Bergamo, habe ich gehört, soll es auch ganz schlimm sein zurzeit. Also, wenn dies das Ergebnis des neuen Wahlrechts für alle erwachsenen Männer ist, na dann gute Nacht! Ich muss Dir auch gestehen, dass ich schon seit einigen Tagen wieder schlecht schlafe. Ich kann's kaum beschreiben, aber irgendetwas schwächt mich, türmt mir die Last der Jahre stärker aufs Kreuz als sonst. Kein s'ogu malu, nein, eher nicht. Allerdings scheint mir hier, fern der Insel, auch die Kraft zu fehlen, ihn erkennen und austreiben zu können. Na ja. Aber ich will Dich nicht ängstigen, sicher bekomme ich alte Frau einfach nur einen Schnupfen, das ist alles. Und wenn wir auf der Straße unterwegs sind, Redento und ich, dann reicht die Kraft meiner Worte immerhin noch dafür aus, dass uns die faschistischen Hitzköpfe nicht bemerken.
Deshalb ist uns hier bei allem Übel in der Luft auch noch nichts Schlimmes passiert. Ajò! Im Gegenteil: Dank der Empfehlung seines Schulfreunds hat Redento doch tatsächlich den Posten als Pförtner bei der Alpini-Kaserne bekommen, gleich hier bei uns im Viertel. Da wacht er jetzt den Tag über, öffnet den Schlagbaum, kündigt Besucher an, plaudert mit Gott und der Welt, also, Du kennst ihn ja, meinen Redento, er findet überall Freunde. Ich selbst habe, wie ich Dir schon schrieb, vor vier Wochen die neue Stelle im Haus dieses Abgeordneten vom nationalen Block angetreten. Onorevole Rossi ist Mailänder und ein ho-

hes Tier beim PNF. Seine Frau aber stammt aus Cagliari, und sie wollten sich unbedingt eine zweite Köchin leisten, die aus Sardinien kommt. Die Arbeit ist gut bezahlt, und alle sind sehr nett zu mir, der Onorevole, die signora. Auch mit den anderen Hausangestellten komme ich gut aus. Und die Rossi-Kinder sind eine ganz entzückende Bande.

Aber, Gioia, ich muss Dir gestehen: Es geht trotzdem nicht. Ich kann diese Arbeit nicht mehr lange machen. Warum, fragst Du? Ich sag's Dir: Die Rossis führen ein großes Haus, geben feine Gesellschaften, Dinner, Partys. Die Faschisten sind salonfähig geworden, die stellen jetzt die feine Gesellschaft. Ihr »Duce« Benito Mussolini ist oft zu Gast hier, ja, ich habe schon dreimal für den Mann gekocht, stell Dir das mal vor – ausgerechnet ich! Aber hier verkehren komische Leute. Leute, die mir Angst machen, viel mehr als die Schläger auf den Straßen. Am schlimmsten sind spätabends die Debatten im Raucherzimmer, wenn Rossi sich mit seinen Gesinnungsfreunden zurückzieht. Das Raucherzimmer liegt direkt über der Küche. Das Haus ist hellhörig. Und durch den Klingelzug neben dem Kamin höre ich wirklich viel, wenn ich unten am Küchentisch das Essen für den nächsten Tag vorbereite, zum Beispiel Kaninchen zerteile. Mein Liebes, ich höre zu viel. Diese Faschisten sagen Sachen! Reden vom »ausmerzen«, von »Strafexpeditionen« und vom »totalen Opfer«. Mir wird regelrecht schlecht, wenn ich da unten stehe, über meinem Kaninchen, und höre, wie diese Leute über die »Reinheit der italienischen Rasse« reden und darüber, »neue Menschen zu erschaffen«. Was glauben diese Faschisten denn, wer sie sind – Gott?

Manchmal klingeln sie für einen späten Imbiss, und wenn gerade kein Mädchen da ist, bringe ich ihn selbst hoch. Sobald ich eintrete, hören die Männer stets auf zu sprechen. Onorevole Rossi präsentiert mich der Runde dann auch gerne wie eine Trophäe, nennt mich seine »sardische Perle«. Pah, die sollen mich bloß in Ruhe lassen, ich gehöre nicht zu ihrer »Rasse«. Aber ein Gutes hat die Arbeit: Seitdem ich für die Rossis koche, lese ich wieder Zeitung. Natürlich nicht Il Popolo d'Italia, dieses faschistische Hetzblatt! Nein, ich lese den Corriere, ich lese La Stampa, ich verfolge wieder mehr, was in diesem Land geschieht. Na ja, es ist nicht sehr beruhigend, was ich lese: Jede Woche mindestens eine Meldung über einen erschlagenen Landarbeiter oder Sozialisten hier im Umland. Sind die Täter bekannt? Ja. Werden sie verhaftet? Nein. Dann hat erst letzte Woche ein Trupp squadristi hier in Mailand zwei junge Fabrikarbeiterinnen auf dem Heimweg grob belästigt. Sie haben sie geschubst und geschlagen und Schlimmeres. Geschah das auf offener Straße? Aber ja! Ist jemand dazwischengegangen, hat sich vor die Mädchen gestellt? Aber nein! Madre meu, wo soll das nur enden?

Ich bete jedenfalls dafür, dass Du so etwas nie erleben musst. Gott sei Dank, wie ich aus Deinen Briefen herauslese, herrscht in Sardinien ja noch etwas Ruhe. Auch wenn wir beide wissen, leider Gottes, wie sehr Don Antonio mit Mussolinis Politik liebäugelt. Doch nun muss ich schließen, mein Liebes, ich küsse und umarme Dich, Deine Patin Bonaria Titù

Schon bald fünf Uhr in der Früh! Gioia faltete den Brief ihrer Patin zusammen und legte ihn zurück in das Schränkchen neben ihrem Bett, in dem sie sich jetzt schon seit Mitternacht schlaflos herumwälzte. Als sie das Licht löschte, sah sie, dass es draußen bereits dämmerte. *Don Antonio.* Seltsam, dass es ihr bisher nicht aufgefallen war: Auch Bonaria hatte noch nie »dein Vater« gesagt.

Gioia starrte nachdenklich an die Decke ihres Zimmers. Bonarias Brief wirkte nach, sie hatte bereits am Vorabend, während des traditionellen Spanferkelessens mit den Marras, kaum an etwas anderes denken können. Und ihr war eine Idee gekommen: Was, wenn sie wirklich nach Cagliari gingen und Bonaria zu sich holten? *Die Stelle beim dortigen Präfekten ist sicher gut bezahlt, wir könnten uns die Hilfe der Titùs leisten.* Gioias Blick wanderte durch den Raum, blieb über der Konsole an ihrem Kinderporträt hängen, das noch ihre Mutter zehn Jahre zuvor in Auftrag gegeben hatte. In der glücklichen Zeit. *Ist es nicht sogar wahrscheinlich, dass ich gerade Bonarias Unterstützung vielleicht schon wenige Monate nach der Hochzeit brauchen werde?*

Gioia verspürte ein flaues Gefühl im Magen angesichts dieser Vorstellung, doch was sprach dagegen, vorzusorgen? Niemand würde besser für ihre Kinder sorgen als Bonaria. Und von der Familie Marras hegte nur Teresina eine heftige Abneigung gegen die Patin. Gavino und Bonaria waren sich dagegen stets höflich begegnet. Und zu guter Letzt täte es auch den alten Leuten gut, wieder näher an der Heimat zu leben, zumindest auf sardischem Boden. Ja, die Idee war gut. Nur: Würde Bonaria das genauso sehen? Würde sie mit Gavino unter einem Dach leben wollen – mit einem Marras?

Sassari

Leo Lanteri hatte schon nach einem halben Tag alle Kirchen der Stadt gesehen, sogar den Dom; er hatte in dreien von vier Cafés bei der Universität etwas getrunken und war sich fast sicher, mittlerweile auch fast alle Gassen erkundet zu haben. Nur die Nachtlokale standen noch aus, doch er würde den Teufel tun und sich dort zeigen. Gerade nach den Ereignissen der vergangenen Nacht erschien es ihm umso wichtiger, sich bedeckt zu halten.

In einem Hutgeschäft unweit der *Piazza Azuni* war er bei der Suche nach einer neuen Kopfbedeckung fündig geworden. Er trug jetzt einen traditionellen Strohhut, dessen ausladende Krempe bei entsprechendem Winkel sein Gesicht fast komplett verbarg. Das Stück sardischer Handwerkskunst war nicht billig gewesen, doch der Verkäufer hatte ihm versichert, Hüte dieser Art seien gerade im Umland sehr üblich. Also zückte Leo seine Geldbörse und zahlte. Denn sehr üblich bedeutete auch: sehr unauffällig.

Über Mittag hatte er viel Zeit auf der *Piazza d'Italia* verbracht, wo man die Spuren der nächtlichen Krawalle bereits getilgt hatte. Das Herz von Sassari bevölkerten nun andere: Gewichtige Herren im Dreiteiler, Flaneure mit Hüten des neuen Typs »Kreissäge« und mit Gehstock, betagte Damen im Korsett und ein sportlicher Automobilist – sie alle machten eine *bella figura* auf dem zentralen Platz der Stadt. War Leo dort des Nachts noch Zeuge der Wut über die Ungleichheit im Land gewesen, so zeigte sich an gleicher Stelle nun die *grandezza* derer, die von dieser Ungleichheit profitierten. Die

Ecken und Stichstraßen zur Piazza wiederum gehörten den *ragazzi,* die hier in Grüppchen herumlungerten und den Mädchen nachpfiffen, vor allem denen mit Bubikopf und neumodischem Flatterkleid.

Gar nicht so viel anders als an der Riviera. Nur, dass bei uns reiche Engländer und russische Großfürsten flanieren. In der frantoio *bleibt fürs süße Nichtstun sowieso keine Zeit.* In Leo keimte die leise Sorge, wie er sich hier auf unbestimmte Zeit sinnvoll beschäftigen sollte. Er hatte im Leseraum der Präfektur nachgeschlagen, dass Sassari gar nicht besonders groß war, kaum ein Drittel größer als Sanremo daheim. Und so verspürte er fast einen Anflug von Langeweile, als er die Stadt schon am Nachmittag weitgehend erkundet hatte. *Zeit für eine Pause,* dachte Leo und sah sich nach einem geeigneten Platz um.

Der Zufall wollte es, dass er just wieder auf der schmalen, lang gezogenen Piazza angelangt war, wo sich das Geschäft des Ölhändlers befand. Die Temperatur war gestiegen, die Luft wärmer geworden, und so ließ sich Leo unweit des Ladens auf den Treppenstufen vor dem Portal von *Santa Caterina* nieder. Er nahm sich eine Lakritz-Pastille aus der Blechdose, schob sie sich in die Backe und beobachtete das Treiben auf dem Platz.

Auch hier war von dem Aufruhr in der Nacht nichts mehr zu spüren: Frauen mit Einkaufskörben, Dienstmädchen, Arbeiterinnen, ein grobschlächtiger Knecht mit einem einrädrigen Karren voller Weinfässer, andere Lieferanten mit wendigeren Sackkarren, hier und da patrouillierten sogar ein paar lässige Schwarzhemden – es schien alles seinen Gang zu gehen in Sassari.

Süßer Lakritz-Geschmack floss auf Leos Zunge. Er lutschte auf der Pastille herum und musterte einen jungen Burschen in der Menge, einen Milchbart von höchstens sechzehn Jahren und der Kleidung nach Bäckerlehrling, der den Platz mit müden Schritten überquerte. *Moment, ist der nicht auch bei der Kundgebung dabei gewesen? Auf dem Leiterwagen?* Der Junge war allein und offenbar so müde, dass ihn das Treiben um ihn herum nicht interessierte. *Sicher Frühschicht in der Backstube.* Leo wollte seinen Blick schon weiterschweifen lassen, da entdeckte er etwas, das ihn stutzen ließ. Nicht nur Leo hatte den Jungen im Visier.

Einige Meter weiter hinten folgten ihm zwei der Schwarzhemden. Sie beobachteten jede seiner Bewegungen, während sie so taten, als würden sie sich unterhalten. Der Größere der beiden verbarg sein offenkundig schütteres Haar unter einer Kappe, der Kleinere trug Schaftstiefel. Silberne Abzeichen zierten ihre Hemdkrägen, und sie trugen Koppelgürtel, doch ihre *manganelli* hatten sie zu Hause gelassen. Die Schlagstöcke waren offenbar selbst hier im Land der Fehden und Banditen nicht so gern gesehen. Leo überlegte gerade, woher er den Längeren der beiden Kerle hätte kennen können – denn er erschien ihm vage vertraut, obwohl er ihn nicht von vorn sah –, da machte er noch eine weit bestürzendere Entdeckung. Auch die Verfolger des Jungen waren nicht allein. Ihnen folgten weitere Squadristen in schwarzen Hemden, insgesamt sicher acht oder zehn Mann, paarweise aufgeteilt. *Moment mal!* Leo schluckte den Rest seiner Pastille im Ganzen. *Das hat Methode, das habt ihr geübt. Und ich könnte schwören, ich kenne das Manöver.*

Der Trupp schwärmte fächerförmig aus und bildete einen schweigenden Trichter. Wie aus dem Lehrgang an der Militärakademie. Blicke flogen hin und her, winzige Gesten der Verständigung über die Köpfe der anderen Passanten hinweg, die über die Piazza eilten, um noch schnell die letzten Zutaten für das Abendessen einzukaufen.

Was plant ihr Dreckskerle? Ja, merkt der Junge das denn nicht?

Leo erhob sich langsam. Schweiß brach ihm aus, er straffte die Schultern. Jetzt musste er schnell sein. Aber würde der Junge mitmachen? *Egal. Los.* Doch just in diesem Moment drehte sich eine Frau nach Leo um und musterte ihn erschreckt. Und ihm fiel ein, dass er kein Aufsehen erregen durfte, unter keinen Umständen, vor allem nicht, wenn es um Squadristen ging. Zitternd wegen des inneren Zwiespalts setzte sich Leo wieder. *Pass auf,* wollte er dem Jungen zurufen, *pass um Himmels willen auf!* Doch der Bäckerlehrling trottete weiter, erschöpft und unaufmerksam. Ohne zu wissen, welche Schlinge sich um seinen Hals legte. Und dann war es zu spät. Die Schwarzhemden kreisten ihr Opfer nach allen Regeln militärischer Taktik ein. Ihr Anführer, tatsächlich der Lange mit der Kappe, brüllte mit einem Mal:

»A NOI!!«

Und dann stürzten sie sich auf den Jungen. Wie ein Krähenschwarm attackierten sie ihn von allen Seiten, begruben ihn unter ihren Fäusten, traten auf ihn ein. Verdammt, es ging so schnell. Die Hilferufe des Jungen bohrten sich in Leos Ohren, und er schoss wieder von seinem Sitz hoch und wollte sich auf den schwarzen Pulk stürzen. Da krallten sich mit einem Mal zwei fleischige, aber erstaunlich kräftige Hände in seinen Arm, und jemand zischte: »Signor Lanteri – nicht!«

Capra. Der Ölhändler hängte sich wie ein Mehlsack an seinen Arm und sah Leo beschwörend an. »Das ist eine Sache unter Sarden. Bitte, Signor Lanteri, Sie können es nicht wissen: Dieser Bursche ist ein stadtbekannter Lump. Und Jungkommunist. Das hier ist Sardinien, so etwas passiert. Besser, Sie halten sich raus. Oh, nein, warten Sie! Schauen Sie doch!«, flehte er dann, als Leo versuchte, sich loszureißen. »Sehen Sie sich um, was machen die anderen hier? Na??«

Tatsächlich. Die Passanten schienen von dem Gewaltakt, der mitten unter ihnen begangen wurde, keine Notiz zu nehmen. Niemand sah hin, niemand verlangsamte seinen Schritt. Niemand sonst schien die Hilferufe des Bäckerlehrlings zu hören. Niemand griff ein, als der Lange mit der Kappe ausholte und …

Leo wandte den Kopf ab, die Hände zu nutzlosen Fäusten geballt. Das Ganze war eine Sache von kaum einer Minute. Im Nu war die Aktion beendet. Die Squadristen verstreuten sich wieder in kleinen Grüppchen. Einige pfiffen dabei leise die *Giovinezza,* das Lieblingslied der Faschisten. Dann zogen sie ungehindert davon und waren bald in den Seitengassen verschwunden. In der Mitte des Platzes, blutüberströmt auf dem Pflaster, blieb ihr Opfer zurück, ganz still im blendenden Sonnenlicht.

Leo riss sich von Capra los und stolperte zu dem Jungen. Er konnte kaum hinschauen. Nein, er durfte nicht hinschauen, wenn er nicht den Albtraum wieder heraufbeschwören wollte, von dem er bis letzte Nacht geglaubt hatte, ihn endlich überwunden zu haben. Doch er sah hin.

Er sah hin, obwohl ihm jedes Detail, jede Wunde, jedes Röcheln unendlichen Schmerz bereitete und die Scham in ihm brannte. Denn Leo erkannte dies alles wieder: So lag man da – zerschlagen –, wenn die Dinge aus dem Ruder liefen. Und ebenso stand man da, wenn die weiß glühende Mordlust verging und man erkannte, dass dort ein Mensch lag.

Ein Mensch! – Gott im Himmel, was hab ich nur getan?!

Leo ging neben dem Bäckerlehrling in die Knie und beugte sich über ihn. *Wie viel Blut in so einem Menschen ist.* Seine Hände zitterten derart, dass sie ihm kaum zu etwas nütze waren. Er betastete die Glieder des Verletzten, prüfte, ob er transportfähig war. Versuchte, sein Röcheln und Flüstern zu verstehen. Sprach beruhigend auf ihn ein. Währenddessen umflossen ihn die Passanten, sorgsam darauf bedacht, nicht zu lang am Unglücksort zu verweilen. Leo achtete kaum auf ihre leisen Worte des Bedauerns.

»*Che cosa brutta* – schlimme Sache.«

»*Poverino* – armer Kerl.«

»Schreckliche Zeiten sind das.«

»Und was tut die Polizei? Nichts.«

»Na ja, wer sich mit *denen* anlegt ...«

Die Sonne stand immer noch recht hoch am Himmel, blendete den Verletzten. Verdammt, wo war Capra jetzt? Leo sah sich nach dem Ölhändler um. Als er dessen Mondgesicht durch den Türspalt seines Ladens lugen sah, winkte er ihn her.

»Signor Capra, helfen Sie mir! Der Junge muss versorgt werden. Nein, Sie kommen wieder her. Sofort.«

Capra trippelte heran. »Aber ich bitte Sie!«, rief er mit bebender Stimme. »Das bringt uns in Teufels Küche! Es ist nicht gut, sich mit Kommunisten einzulassen ...« Er blickte angeekelt auf Leos blutbesudelte Hände, dann sah er sich nach rechts und links um, voller Sorge, wer ihn hier bei dem Niedergeschlagenen entdecken könnte. Leo spürte, wie ihm erneut heiße Wut in die Eingeweide kroch.

»Sie Vollidiot! Wo leben Sie denn? Das waren doch keine Kommunisten.«

Capra starrte ihn an. »Natürlich nicht. Aber der Bursche hier ist einer. Sogar einer ihrer Anführer. Tagsüber Bäckerlehrling, nachts ein General der Bubenarmee von Sassari.«

»Bubenarmee?«

»Ein schrecklicher Haufen! Gassenjungen, Rotzlöffel, mutterlose Tagediebe, dieses ganze heimatlose Pack! Die meisten sind Jungkommunisten. Leben im Dreck der Straße; kennen keine Zucht, gehorchen keiner Obrigkeit, treiben ihren Schabernack mit jedem und hören allein auf ihre jugendlichen Anführer.« Der Ölhändler schüttelte nachsichtig den Kopf.

»Sie können es nicht wissen, Signor Lanteri. Ja, schlimm ist es hier in diesen Tagen. Die reinste Anarchie! In Ligurien, ja, da herrscht Ordnung. Da haben Sie bestimmt nicht so viel Ärger in den Straßen mit Unruhestiftern und Schlagetots ...«

Wenn du wüsstest, mit wem du sprichst, dachte Leo. Laut sagte er: »Mir egal, was dieser Junge sonst so anstellt. Die Schwarzhemden haben ihn zusammengetreten. Einen Halbwüchsigen, schutzlos und allein unterwegs. Da gebe ich Ihnen recht: DAS ist Anarchie. Und jetzt trage ich den Jungen in den Schatten, und Sie holen einen Arzt.« Er fixierte Capra. »Und zwar sofort!«

Der Ölhändler zuckte zusammen und studierte ängstlich Leos Miene. Dann lief er los. Leo schob vorsichtig beide Arme unter die Schultern des Verletzten und schleifte ihn in den Schlagschatten der Kirche. Dort legte er ihn vorsichtig neben dem Treppenaufgang auf den Boden und holte dann den Schuh, der dem Jungen bei dem Manöver vom Fuß geglitten und auf dem Platz zurückgeblieben war. Er war noch nicht wieder in den Schatten zurückgekehrt, da hörte er einen hellen Aufschrei.

»Madre meu, Mario!« Eine zierliche Gestalt kam aus einer schattigen Seitengasse herbeigerannt, ein heller Fleck nur, mit wehendem Kleid. *Ein Kind?*

»MARIO!!«

Das Mädchen sank neben dem Verletzten auf das Pflaster, rief immer wieder seinen Namen, beugte sich über ihn. Den Schuh in der Hand, ging Leo näher heran und erkannte seine kleine Stadtführerin vom Vorabend. Minnià Cadeddus Madonnengesicht war nun schmerzverzerrt, Tränen hinterließen helle Spuren auf ihren mit Straßenstaub bedeckten Wangen. Sie hob den Oberkörper des Daliegenden auf ihren Schoß, wiegte ihn sacht vor und zurück, umfasste seinen Kopf mit beiden Händen, schluchzte und klagte. Sie schien alles um sich herum vergessen zu haben, denn als Leo ihr die Hand auf die Schulter legte, schreckte sie auf.

»Minnià, ich bin es – Leo. Du kennst den Jungen?«

Sie starrte ihn einen Augenblick mit leeren Augen an, dann nickte sie. »Mein Bruder: Mario. Er sollte heute etwas früher von seiner Schicht in der Backstube kommen.« Ihre Stimme brach. »Haben Sie gesehen, was passiert ist?«

Leo schluckte. *Ja, ich habe alles gesehen. Und ich habe nichts getan. Was bin ich nur für ein jämmerlicher Feigling!*

»Ihr wohnt hier, sagtest du?«, fragte er, statt zu antworten, und wies auf das schäbige Mietshaus direkt neben den Schaufenstern des Ölgeschäfts. »Dann öffne die Tür, und wir tragen ihn hinein. Signor Capra holt einen Arzt.«

Während Minnià seinen Anweisungen Folge leistete, kümmerte sich Leo weiter um ihren Bruder. Kaum, dass er Mario Cadeddu hochstemmen wollte, kam dieser zu sich und regte sich. Er stöhnte, blinzelte und machte eine abwehrende Handbewegung.

»Nein, bitte. Es geht schon«, flüsterte er. »Kein Arzt. Es geht schon ...« In den blutunterlaufenen und bereits fast zur Gänze zugeschwollenen Augen des Jungen konnte Leo kaum einen Ausdruck erkennen. Er fasste behutsam nach dessen Schultern, doch Minniàs Bruder entwickelte ungeahnte Kräfte und stieß ihn weg. »Lassen Sie mich!«

Ächzend setzte sich der Junge auf. Jede Bewegung musste ihm unerträgliche Schmerzen bereiten. »Meine Schwester wird mir helfen. Minnià ...«

Er winkte dem Mädchen und verzog sein zerschundenes Gesicht zu einem schiefen Lächeln. »Wir kommen zurecht, keine Sorge. Sarden sind zäh.«

»Aber der Arzt ist sicher gleich da«, setzte Leo an und knirschte innerlich mit den Zähnen. Erkannte ihn hier eigentlich jeder sofort als Fremden? Wozu dann der teure, sardische Hut?

»Kein Arzt«, wehrte Cadeddu jetzt wieder ab. »Signore, ich stehe in Ihrer Schuld. Doch jetzt lassen Sie uns gehen. Wenn wir Hilfe brauchen, schicken wir nach einem Freund, der uns Medizin besorgt. Bitte keinen anderen Arzt. Wir sind arme Leute.«

Er stemmte sich hoch, zog sich an seiner Schwester in

den Stand. *Keine Chance, dass er in diesem Zustand mehr als zehn Meter schafft,* dachte Leo. Noch ein gekeuchter Abschiedsgruß, dann hängte sich Mario Cadeddu schwer auf Minniàs schmale Schultern, und die Geschwister schleppten sich quer über die Piazza und verschwanden im lichtlosen Flur des Mietshauses.

Die Eingangstür fiel hinter ihnen ins Schloss und hielt Leos Blick draußen. Aus ganz billigem Holz bestand diese Tür. Selbst auf die Entfernung hin konnte er sehen, wie ihre blaue Farbe bereits rund um die Scharniere abblätterte.

Als Capra im Laufschritt zurückkehrte, war er allein. »Kein Arzt aufzutreiben«, japste er und hob entschuldigend die Hände. »Die sind wohl alle bei der Achtzigjahrfeier des *ospedale civile*.«

Leo nickte grimmig. Wer sollte hier auch einen Arzt brauchen? *Sarden sind zäh.*

Im Villenviertel von Sassari

Die Nacht war noch nicht völlig hereingebrochen, und auch die Straßenbeleuchtung war noch nicht angegangen. Sassari lag in dumpfem Zwielicht. Ein Licht, wie überzogen von einer zarten, bebenden Schicht. Etwas schien unter dieser Schicht zu lauern, zu wachsen, es sorgte dafür, dass die Hunde der Stadt an diesem Abend nervöser kläfften als sonst. Und noch etwas anderes störte die Hunde: Die Temperatur stieg auf einmal, es wurde sommerlich warm. Eine seltsame Kapriole, die sich das Wetter da erlaubte, übrigens nicht nur auf Sardinien, sondern in ganz Italien.

In Mailand, wo ein Geheimtreffen in der Zentrale des PNF stattfand, riss Parteichef Mussolini ein Fenster auf, in der Hoffnung, sein erhitztes Blut abkühlen zu können. Er wurde enttäuscht.

In Florenz sangen auf einmal die Amseln, da sie sich im Frühling wähnten.

In Finale Ligure kochten die Gemüter derart hoch, dass sich die achtköpfige *squadra* des Städtchens auch ohne Marschbefehl nach Rom aufmachte. Sie wurde allerdings noch am Ortsrand von einer Brigade lokaler Kommunisten gestoppt.

In Reggio Calabria führte die Schwüle in Verbindung mit einem heftigen *scirocco* dazu, dass sich die PNF-Neumitglieder Achille Lupo und Laura Agnelli im Hinterzimmer des schäbigen Parteibüros einem spontanen und reichlich trunkenen Akt der Lust hingaben – was nur Agnelli im Nachgang bereute.

Und auch in Sassari stieg die Temperatur weiter und weiter. Doch hier verfügten die Faschisten dank eines diskreten Unterstützers über einen viel edleren Versammlungsort als in Reggio Calabria. Und hier ging es auch nicht so sehr um Lust. Oder vielleicht doch?

Der Mann mit der Lederkappe und der bulligen Statur, der an diesem Abend die Straße hinabschlenderte und dann den Park der *Villa Mimosa* durchquerte, bevor er am Fuß des Gebäudes an eine Tür klopfte und wenig später im dortigen Souterrain verschwand – dieser Mann hätte den Drang, der ihn schon sein ganzes Leben lang antrieb, vielleicht sogar Lust genannt. Oder Verlangen? Hunger? Hass?

Doch er war nicht der Typ Mensch, der viel über den Grund seiner Taten nachdachte. Wen scherte es, wo er herkam? Und wen ging es etwas an, was ihn verfolgte? Was zählte, das war die Zukunft! Die Zukunft Italiens, die seiner *squadra* – der *squadra* »LA DISPERATA« – und vor allem seine eigene Zukunft!

Deshalb verspätete er sich auch voller Absicht. Denn dann würde Porcu, dieses dumme Schwein, die Stirn runzeln und sich fragen müssen, ob er überhaupt noch das Sagen hatte. Und seine Kameraden, diese Arschkriecher, die würden kapieren, dass nicht mehr Kommandant Angelo Porcu allein die Regeln machte. Dass sich die Zeiten, in denen man ihn springen lassen konnte, nun dem Ende zuneigten.

Denn dies ist der Tag. Dies ist die Stunde.

Er hatte es schon bei D'Avenias Ankunft am Nachmittag in Porto Torres gespürt. Diese Erwartung! Das Raunen, das durch die Menge gegangen war, als der große Dichter Hand in Hand mit seiner Tochter, diesem Blondchen, die Gangway herunterkam. *Und wie sie um ihn rum sind, der Bürgermeister, der Präfekt, all die Speichellecker. Fast wie früher auf dem Markt von Siligo: Fürs fetteste Ferkel macht jeder sein Angebot.*

In Reih und Glied hatten sie auf dem Pier gestanden und salutiert, während das piekfeine Automobil des hohen Gastes mit einem zusätzlichen Hebekran von Bord gehievt wurde. Natürlich reiste ein Raffaele D'Avenia auch auf Sardinien nicht mit der Bahn oder dem Omnibus, zusammengepfercht zwischen Bauern und Arbeitern. Nein, ein Vordenker des neuen, des faschistischen Italiens, der fuhr mit vollem Recht Rolls-Royce. *Und wenn du fürs Ferkel ein gutes Angebot kriegst, dann wartest du nicht. Dann schlägst du zu!*

Die halbe Woche hatten sie für D'Avenias Besuch

exerziert. Er selbst hatte einen Großteil des Drills auf den Maisfeldern von Porcus Onkel übernommen, während sich Porcu in der Präfektur herumgedrückt hatte, ganz offiziell in seiner Funktion als Sesselfurzer bei der Finanzbehörde. *Was hast du faule Sau dort wirklich getrieben? Dem Präfekten den Füller gelutscht? Verdammt, und unsereins schwitzt derweil im Mais.*

»Eia, eia, eia – alalà!«, hatten sie gebrüllt, und wie gut hatte ihr schneidiges Auftreten dem Besucher aus Mailand gefallen.

Ja, der große Raffaele D'Avenia, Visionär der Bewegung und zum *cavaliere* ernannter Mitstreiter bei Fiume, dieses Bild von einem Mann, er hatte ihm aus Glutaugen über einem Menjou-Bärtchen zugelächelt, ihm, dem Sohn eines Viehhirten aus Siligo! Der Gedanke wärmte ihn.

Er würde D'Avenia wiedersehen, schon bald, er würde ihm zeigen, was er wert war. Und dann bekäme er seine Chance, ganz sicher! Denn auf diese Weise konnte es ja nicht mehr weitergehen mit ihm ... Dabei hatte es sich so gut angelassen, im Krieg. Ja, der Krieg, der war was Feines gewesen! Da hatte man sich noch beweisen können. Und da hatte Entschlossenheit auch noch etwas gegolten. Was hatte D'Avenia ihnen in seiner spontanen Begrüßungsrede am Hafen noch einmal zugerufen? »Ehrt den Krieg! Er sei euch Vater, Meister und Grab!« Und jetzt? *Ajò, grabesstill* war's hier inzwischen! Ihm wurde die Zeit so lang, er wusste kaum, wohin mit sich. Und der Unterleutnant reichte ihm nicht, nein, reichte ihm bei Weitem nicht, da ging noch mehr. *Viel mehr.*

Im Weinkeller der Villa herrschte drangvolle Enge.

Porcu hielt wohl gerade eine seiner Ansprachen, denn er hatte sich zwischen den Eichenholzfässern auf einen Hocker gestellt, und seine Stimme hallte durch das Tonnengewölbe des Kellers. *Was bläst du dich so auf? Vielleicht sollten wir dich lieber* Comandante Schreihals *nennen.* Sie waren alle da, auch die Männer, die nachmittags an der Aktion vor *Santa Caterina* teilgenommen hatten: Iustu, Messina, Sala, die Melis-Brüder und dieser Typ aus Ittiri, er vergaß immer dessen Namen.

Er grüßte in die Runde, zündete sich in aller Ruhe eine Zigarette an und tat, als würde er nicht bemerken, wie Porcu seine Rede mittendrin unterbrach und ihn anstarrte.

Erst nach einem langen, genüsslichen Zug richtete er den Blick in Richtung Hocker und grinste Porcu herausfordernd an.

»Ah, mein Lieblingskamerad ist also auch schon da«, ging dieser prompt zum Angriff über, »was musstest du denn noch so Wichtiges erledigen, dich rasieren?«

Porcu grinste in die Runde und rieb sich mit einer abschätzigen Geste das Kinn. Wahrscheinlich zielte er auf sein Pflaster ab, mit dem er den Kratzer überklebt hatte, den ihm Cadeddu verpasst hatte.

»Unsinn! Der Hosenscheißer hat mich gekratzt wie ein störrisches Weib, als ich auf ihm gekniet bin«, erwiderte er, »aber dem hab ich's besorgt.«

Lautes Gejohle um ihn herum bewies, dass er den richtigen Ton angeschlagen hatte. Gut so! Er machte eine obszöne Geste und legte noch einen nach. »*Ajò!* Besorgt hab ich's ihm. Hart!«

Noch mehr Johlen.

Der *comandante* zeigte sich unbeteiligt. Natürlich.

Für solche handfesten Worte war sich dieser Beamtensohn zu fein.

»*Va bene*«, dröhnte Porcu dann. »Nachdem jetzt auch mein geschätzter Kamerad hier seine sodomitischen Ergüsse losgeworden ist, darf ich wohl weitersprechen.«

Kurzes Schweigen, dann explodierte der Weinkeller vor Gelächter.

Sodo-was?! Jede Wette, dass das irgendeine Sauerei ist! Glühend heiß schoss ihm die Scham ins Gesicht, und er kickte einen hölzernen Schöpflöffel zur Seite, der ihm in den Weg gerollt war. *Jetzt lachen sie wieder. Über mich.* Ihn befiel jähe Übelkeit. *Du Dreckskerl! Du und dein hochgestochenes Geschwätz. Aber das treib ich dir noch aus, das Geschwätz!* Er schluckte, atmete flach, bekämpfte den Drang, Porcu gleich hier und jetzt an seine studierte Gurgel zu gehen. Unterdessen sprach der *comandante* unbekümmert weiter, und angesichts der elektrisierenden Neuigkeiten aus Neapel vergaß auch der Mann mit der Lederkappe fürs Erste seine Mordgelüste. Denn konnte es wahr sein?! Dies war *tatsächlich* der Tag. Und dies war auch die Stunde: Man hatte den Marschbefehl gegeben. Es ging auf Rom!

Porcu blies sich auf wie ein Truthahn, ganz so, als führe er selbst das Oberkommando. Gerade beschrieb er ihnen mit tonnenschwerem Gewicht in der Stimme, was erst vor wenigen Stunden in Neapel im *Grand Hotel Vesuvio* geschehen war, einem der Luxushotels für Reiche direkt am Meer, wo die Parteiführung der Faschisten am Rande des PNF-Kongresses zusammengekommen war.

»Was sollen wir noch in Neapel?«, hatte Generalsekretär Bianchi gerufen. »Hier regnet's!«

Der Ruf hatte alle elektrisiert, sich vielstimmig fortgesetzt, bis sein Echo auch die Leute von den Zeitungen erreichte. Diese hatten im Hotelfoyer ausgeharrt und kabelten die Neuigkeit nun in alle Himmelsrichtungen. Und nur wenig später erging der Ruf an die Massen der Squadristen in den Straßen Neapels, an die faschistischen Anhänger im fernen Sardinien und im restlichen Italien. Kurz danach kam dann endlich der Marschbefehl.

Was sollen wir noch in Neapel? In Neapel regnet's!

Porcus Stimme zitterte, als er diese Sätze wiedergab. »Und auf dem Festland heißt es jetzt: Ab morgen früh allgemeine Mobilmachung der Milizen. Kameraden, denkt euch: Es geht auf Rom!«

Der gesamte Weinkeller erbebte.

Allgemeine Mobilmachung!

Ab dem morgigen Tag, verkündete Porcu, würden sie dann marschieren: Die Kameraden aus Umbrien und die aus Venetien, die aus der Toskana und der Lombardei. Massa-Carrara, so habe man gehört, sei schon jetzt auf dem Weg. Alle blickten sie nun in eine Richtung, alle Wege führten zu einem einzigen Ort: *ROM.*

Der Mann mit der Kappe erschauerte beim Klang dieses Namens. Und bei der Vorstellung an die endlosen, fest geschlossenen Reihen, die gen Rom marschierten, mit strammem Schritt, Schulter an Schulter männlich vereint, da wurde ihm ganz anders. *Männer. Ach verdammt, und was ist mit Sardinien?*

»Wir stehen so kurz davor!«, unterbrach Porcus Stimme seine Gedanken. »Wenn wir vor Rom stehen, dann muss der König uns zu sich rufen. Und dann brechen neue Zeiten an. Glorreiche, neue Zeiten!«

Die Männer jubelten. *Diese Idioten, sie hören gar nicht zu. Sie stellen die einzig wichtige Frage nicht.*

»Aber wann marschieren wir? WIR?!«, brüllte er Porcu entgegen. Der *comandante* musterte ihn unter schweren Lidern heraus. Das arrogante Arschloch konnte einen ansehen, dass man sich fühlte wie Schweinedreck.

»Wir warten ab. So lautet die vorläufige Weisung.«

»Abwarten?!«

Ihm schoss das Blut in den Kopf. Aber er war bereit für den nächsten Schritt! Und auch die *squadra* war bereit für den nächsten Schritt, das spürte er genau. Diese Männer. Er hatte sie trainiert, hatte ihnen das Kreismanöver eingebläut. Und nicht der *comandante,* sondern er selbst hatte den Einsatz gegen den kleinen Dreckskommunisten geleitet.

Er baute sich vor Porcu auf:

»Was sagt D'Avenia zu dem Befehl, noch zu warten?«

»Der Befehl kommt von D'Avenia.«

»Wo ist er jetzt?«

»Irgendwo aufs Land gefahren, eine private Gesellschaft im Logudoro, unter Freunden, mit etwas Musik. Ich habe nicht genau hingehört ...«

Er starrte Porcu an, bis er begriff. *Ajò,* was war er für ein Glückskind! Genau, wie es ihm die alte Hexe Titù schon bei seiner Geburt prophezeit hatte. Porcu sprach doch tatsächlich von dem Gesangsabend, den die Frau seines *padrone* gab. Das war es! Seine Wut verwandelte sich in nervöse Aufregung: Der große D'Avenia war ihm schon ganz nah! Was für ein Zufall. Und was hatte der *padrone* nicht letztens gesagt? Nein, gefragt? Gut, es war nichts Großes. Vielleicht hatte er ihn ja auch missverstanden, da wieder nur mit diesem Sauhund Esposito darüber gesprochen worden war. Aber wenn er es schlau anstellte, könnte ihm das den Grund liefern, D'Avenia sofort nachzufahren! Und die Kameraden hätten etwas zu tun. Überhaupt: Würde es nicht auch D'Avenia schätzen, wenn er etwas *tat* und nicht nur herumsaß und Reden schwang wie Porcu? Also, los!

»Männer«, rief er und hob die Arme, »es gibt da vielleicht noch eine kleine Aufgabe, bis wir Rom erobern! Auf dem Gut, wo ich ab und zu nach dem Rechten sehe – ihr wisst schon –, also da ist das Arbeiterpack seit Jahr und Tag immer frecher geworden. Und der Verwalter, der mir zuarbeitet, der hat den Laden nicht im Griff. Viel zu weich. Was meint ihr: Sollen wir da nicht mal ein wenig aufräumen? Ich könnte gleich heute hinfahren und dem *padrone* unsere Hilfe anbieten, was meint ihr?«

Der Keller johlte. Porcu zuckte gleichgültig mit den Schultern. Und der Mann mit der Kappe fühlte sich, als schnappe er sich gerade das fetteste Ferkel überhaupt.

KAPITEL 5

SU MASCHINGANNA / *(auch »Maskinganna« oder »Ingannadore«) Ein weiterer Naturgeist Sardiniens ist der Maschinganna, der »maestro degli inganni« – Meister aller Täuscher. Als ein Gestaltwandler par excellence erscheint er den Opfern seiner Streiche mal als gehörnter Faun, mal als weinendes Kind, mal als schöner Jüngling oder lockendes Mädchen. Je nachdem, was seinen Zwecken gerade nützt. Moral oder Mitgefühl sind ihm fremd. Der Maschinganna kann aber nicht nur fast jede Gestalt annehmen, er besitzt sogar die Gabe der Allgegenwart. Nur sämtliche Symbole des Christentums kann er nicht leiden – um Kreuze und Friedhöfe schlägt er einen großen Bogen.*

* * *

27. Oktober 1922

Isonzo, Podgora, 11. Oktober 1916

Dann eröffnen wir den Sturmangriff. Dabei hat der Frühnebel sich noch nicht aufgelöst. Bis zu den Linien der Österreicher sind es kaum hundert Meter, jedenfalls soweit ich sehen kann. Dazwischen Buschwerk, unebener Boden, Stolperdrähte, ein paar krumm geschossene Bäume. Und Steine. Unzählige Steine, nur wenige Felsen, die Deckung geben könnten. Wir dürfen unter keinen Umständen stehen bleiben, hat man uns Neuen gesagt. »Denkt an den König und lauft zu! Sonst ist eure erste Frontwoche auch

gleich die letzte.« Und so rennen wir los ins Niemandsland. In nome del re e della patria!
Unser capitano stürmt voran, ihn trifft es als einen der Ersten. Eine Kugel reißt ihm die Brust auf. Als Nächstes ist der Hauptmann der Zwölften dran, eine MG-Salve mäht ihm die Beine unterm Körper weg. Wir rennen weiter. Weiter, weiter, sie können uns nicht alle erschießen. Schüsse prasseln auf klingenden Fels. Ich renne durch Pulvergestank. Doch da! Von links deckt uns ein MG mit Flankenfeuer ein. Wir werfen uns zu Boden, jeder sucht Deckung, wo es keine Deckung gibt. Schreie überall, Männer versuchen wegzukriechen, werden getroffen, zucken und bleiben liegen. Ringsum Detonationen, ohrenbetäubendes Krachen und Pfeifen und Dröhnen. Ich liege im Dreck, wie gelähmt, für einen Moment schließe ich die Augen. Ich bin so müde! Hat es mich erwischt? Ach nein, ich bin tatsächlich unverletzt. Über mir werden Männer getroffen, reihenweise. Sie fallen mit ausgebreiteten Armen und schleudern im Sturz ihre Waffe weit von sich. So als seien sie froh, diese nun endlich auf immer loszuwerden. Mein Hauptmann schreit immerzu: »SAVOIA! SAVOIA!« Ich will antworten, bringe jedoch keinen Ton heraus. Ich stelle fest: Ich hasse den König. Und wenn es nur ein Italien unter einem König gibt, dann hasse ich auch Italien.

Leos zweiter Morgen in Sassari begann damit, dass er erneut aus seinen Albträumen aufschreckte. Nach dem Tagebucheintrag und einem kurzen Frühstück in der winzigen Pensionsküche von Assunta Listriu trieb es ihn wieder hinaus auf die Straßen der Stadt.

Die Witterung war deutlich milder geworden, und auch die Sonne schickte ihre ersten Strahlen in die Gassen. *Na, dann bin ich also doch im Süden,* dachte Leo. Als Erstes ging er zur *Piazza Santa Caterina,* sah nach, ob Capra schon aufgetaucht war. Natürlich nicht. Dann klopfte er zwei Häuser weiter bei den Cadeddus. Doch niemand öffnete. Leo sorgte sich um den Jungen. Der junge Mario riskierte eine Infektion, wenn er seine Wunden nicht von einem Arzt versorgen ließ. Minnià hatte von einem Freund gesprochen, den die Geschwister rufen würden. Hoffentlich hatte sie damit nicht einen der zahllosen Scharlatane gemeint, wie Leo sie auf den Plätzen Sassaris gesehen hatte, mit Ständen voller Amulette, Knochenketten, Bergkristallen und getrockneten Eidechsen. Die Amulette kannte er noch vom Isonzo. Verfluchter Aberglaube, die einzige echte Schwäche dieser Sarden.

Er trank einen sämigen Cappuccino in einer Bar auf der *Piazza Azuni.* Es war so warm, dass er sich die Hemdsärmel aufkrempelte. Um die Dachfirste tanzten Schwalben, und die Herbstsonne tat ihr Übriges. Doch der scheinbare Alltag und die Geschäftigkeit in den Straßen konnten ihn nicht täuschen. Seit der Attacke auf den jungen Cadeddu am Vortag machte sich Leo keine Illusionen mehr darüber, wer in Sassari inzwischen das Sagen hatte.

Und wenn es stimmte, was er beim Frühstück in der Zeitung gelesen hatte, dann würden die Faschisten auch bei ihrem Marsch auf die Hauptstadt auf keinen nennenswerten Widerstand stoßen. Mussolini würde Ministerpräsident Facta aus dem Amt jagen, es sei denn, der König machte von seinem uralten Recht Gebrauch und verhängte den Belagerungszustand. Weiß Gott, unsichere Zeiten waren das! *Umso wichtiger,* dachte Leo, *dass ich in Deckung bleibe.*

Er wanderte zum Postamt unweit der *Piazza Castello* und fragte, ob etwas für ihn gekommen sei.

»Sì, Signore!« Ein Schalterbeamter mit Ärmelschonern überreichte ihm ein Telegramm aus Sant'Amato. Die Sache würde sich reichlich ziehen, kabelte sein Vater, es gelte, einige Dinge zu arrangieren, um die Sicherheit bei seiner Rückkehr zu gewährleisten. Leo verstand. *»Arrangieren«,* das hieß bestechen. Vertuschen. Überzeugen, notfalls auch mit Nachdruck, dass es besser sei, Stillschweigen zu bewahren. Sein Vater war darin sehr gut.

Er vertrödelte weiter seine Zeit, bis das Licht endlich schwächer wurde und der Nachmittag in den Abend überging. Dann wusch er sich in der Pension und wanderte zu der Adresse, die Capra ihm genannt hatte.

Der Ölhändler wohnte unweit seines Ladens in einer Seitengasse. Als Leo klingelte, öffnete ihm Capras imposante Frau.

»Sie müssen Lanteri sein!« Die Walküre trompetete einen Willkommensgruß und führte ihn dann in einen efeubewachsenen Innenhof, wo er auf Capra traf, der an einem festlich gedeckten Tisch mit einem Korkenzieher und einer Flasche schwarzroten Weines hantierte.

»*Signore,* wie schön, dass Sie gekommen sind.«

Capra ließ sofort Flasche und Öffner stehen und hopste ihm eilfertig entgegen. Wie beweglich der Mann doch trotz seiner Leibesfülle war! Unterdessen verschwand die Gastgeberin geräuschvoll im Dunkel des Hauses, aus dem schon bald das Zischen von Öl in einer Pfanne zu ihnen drang.

»*Piacere,* Signor Lanteri, nein, wahrhaftig, es ist mir eine solche Freude, dass Sie meiner Einladung gefolgt sind! Mein Schwager wird auch jeden Moment eintreffen. Sie werden sehen, das wird ein wunderbarer Abend, es ist ja auch wieder so herrlich warm geworden.«

Leo ließ sich von Capra die Hand schütteln und verspürte leichten Widerwillen. *Schon vergessen, wie du gestern vor der gleichen Hand zurückgezuckt bist? Als noch das Blut des jungen Cadeddu dran klebte?*

Leo kamen Zweifel am Nutzen dieser Verabredung. Aber war es nicht seine Pflicht, dem Vater wenigstens dieses Mal zu helfen? Als Wiedergutmachung? Nach allem, was er mit seinem unseligen Jähzorn angerichtet hatte? Verdammt, was war er nur für ein Nichtsnutz! Hatte die Familie in Gefahr gebracht, ließ den Vater allein die Folgen seiner Untat bereinigen – und schaffte es nun nicht einmal, diese idiotischen Oliven zu besorgen? *Nein, das zieh ich jetzt durch.*

Leo zwang sich zu einem Lächeln, ließ sich von Capra in einen der Stühle verfrachten und mit einem ersten Glas *Cannonau* bewirten. Der Wein schmeckte vorzüglich, und Leo konnte sich ein wenig entspannen. Er brachte sogar so etwas wie ein Gespräch zustande. Sie hatten jedoch kaum ein Dutzend nichtige Sätze über ligurisches und sardisches Öl gewechselt, da ging erneut die Klingel, und Capra eilte zur Tür. *Der Verwandte also.* Im Durchgang zum Innenhof hörte Leo, wie Capra den Neuankömmling begrüßte.

»Artù, komm rein. Wie geht's?«

Bei der Antwort stutzte Leo. *Die Stimme.*

»Ajò!«, kam es aus dem halbdunklen Gang. »Ganz gut. Hauptsache, ich seh die Sonne.«

Die Stimme und die seltsame Redensart. Woran erinnerte ihn das? Leo schmeckte Metall, atmete Rauch, hörte den Ruf.

»SARDEGNA!« Gesichtslose Männer, die sich den schneebedeckten Hang ins Isonzo-Tal hinunterstürzen, brüllend, mit gezückten Bajonetten. Und dann neben ihm in der Gefechtsstation der Kommentar seines Nachbarn im Halbdunkel. »Ajò, Hauptsache, ich seh die Sonne. Und jetzt zünd ich mir noch eine an.« Ein Sturmfeuerzeug, blasse Augen, schütteres rötliches Haar. Moment, das ist …

»Ich werd verrückt: Liguria!«, ertönte da schon die Stimme.

Arturo Boi, unter den Kameraden seinerzeit ob seines Verhaltens und seiner Statur nur *»buellino«* genannt, Öchslein, breitete die Arme aus. »In meine Arme, Liguria, du Modellsoldat!«

Leo fühlte sich gepackt, umarmt und roch wieder die Körperausdünstungen des ehemaligen Frontnachbarn.

»Das ist ja ein Ding! Wie kommst du hierher, wie geht's dir?!« Boi starrte ihn verzückt an. Er war etwas in die Breite gegangen, hatte eine gesündere Gesichtsfarbe bekommen. Auf seinem Kinn klebte ein Pflaster. Sein Blick hatte etwas Klebriges. Aus irgendeinem Grund wurde Leo rot.

»Oh, mir geht's nicht schlecht. Schlag mich so durch. Ich bin hier geschäftlich unterwegs. Meine Familie macht ja in Oliven drüben an der Riviera.«

»Stimmt, Oliven an der Riviera. Jetzt erinnere ich mich. Und die ligurischen Oliven sind mir die liebsten! Sie und die der Dattelfresser. So schön zart.«

Dattelfresser. Bois Blick glitt über Leo hin, gab diesem das Gefühl, etwas stimme nicht mit dem Sitz seines Kragens. Nur mit Mühe konnte Leo sich zurückhalten, ihn zu richten. *Verdammt.* Er erinnerte sich an die Gerüchte um Boi, an dessen Neigung für blutjunge Kadetten. Vor allem Kadetten aus dem besetzten Libyen. Er wies auf Bois verpflastertes Kinn.

»Hattest du einen Zusammenstoß?«

Boi machte eine wegwerfende Handbewegung. »Beim Rasieren geschnitten.« Er gluckste. »Ich war wohl zu schnell mit der Klinge. Muss mich auch erst wieder ans Leben in Zivil gewöhnen …«

»Seit wann bist du denn zurück?«, fragte Leo erstaunt.

Boi überlegte. »Nicht so lang. Sie hatten mich noch in Albanien interniert, du weißt schon. Und dann war ich noch eine Zeit lang in Somaliland. Doch seit Anfang des Jahres bin ich zurück auf der Insel. Ja, verdammt. So viele Jahre. Aber ich will nicht klagen, bei den *arditi* hatte ich es gut. *Ajò,* und wie gut ich es hatte! Immer was los, keine Langeweile. Schon was anderes als jetzt hier.«

»Aber ich hörte von unserem Gastgeber«, Leo nickte Capra zu, »dass du jetzt auf einem Gut hier im Umland arbeitest?«

»Bei Soriga, stimmt. Da bin ich Verwalter. Ich organisiere die Ernten, berate Don Antonio bei allem, was ansteht. Und ich mache den Landarbeitern Beine, die liegen sonst nur auf der faulen Haut.« Boi warf sich in die Brust, und Leo sah von ihm zu Capra. Hatte der Ölhändler nicht erzählt, jener sei Hilfsverwalter?

Signora Capra kam und tischte auf. *Sa burrida, tatsächlich!* Leo bekam von ihr einen großen Schlag der braungrauen Masse auf den Teller geknallt, dazu drei

Löffel klebriger Teignocken, und nach ein paar einleitenden Worten der Hausherrin begann das Essen.

»Ah, köstlich!«, rief Capra und zwickte seine Walküre in die Seite. »Du kannst zaubern.«

Auch Boi schaufelte den zerkochten Katzenhai ohne das geringste Zeichen von Widerwillen in sich hinein. Nur Leo mühte sich, jeden Bissen der Pampe mit einem möglichst großen Schluck *Cannonau* hinunterzuspülen. Die Gänge, die der *burrida* folgten, schmeckten kaum besser, und so war Leo schon beim Hauptgang – Kalbsleber in Wein-Soße – reichlich angetrunken. Währenddessen hörte er sich Bois Geschichten über die Dummheit der Landarbeiter auf dem Gut des Herrn Soriga an. Eine Menge Geschichten dieser Art gab es, garniert mit Anekdoten von Signora Capra, die einiges über die Frechheiten ihrer Zugehfrau beizusteuern wusste. Als sich das Gespräch den jüngsten Unruhen in der Stadt zuwandte, empörte sich Capra über die faulen Eier, mit denen sein Geschäft beworfen worden war. »Ich hab sie nicht drangekriegt, aber das waren bestimmt diese Hosenscheißer von der Bubenarmee. Diese Höllenbrut. Einsperren sollte man sie! Oder in die Strafkolonie auf Asinara verfrachten!« Capras runde Wangen hatten sich gerötet, und er hieb mit der Faust auf den Tisch. Boi dagegen sagte nur: »Da, wo ich herkomme, ersäuft man die überzählige Katzenbrut …«

Irgendwann hatte Leo genug, hakte ein und fragte Boi geradeheraus nach der *pecora nera*. Doch dieser winkte ab. Sicher, auf dem Grund der *tenuta* Soriga gebe es seltene und bis zu tausendjährige Oliven, genaue Sortenkenntnis besäße er aber nicht. Und der Greis, den er für die Pflege des Hains abgestellt hätte, sei längst so senil, dass er eine reife Olive nicht mehr von einem Ziegen-Kötel unterscheiden könne. »Ich wette mit euch«, schloss Boi, »der merkt nicht mal mehr, wenn er sie frisst, die Ziegenscheiße.«

Allgemeines Gelächter goutierte diesen Witz, und Leo dämmerte, dass er in einer Sackgasse gelandet war. Sollte er wirklich mit dieser schmierigen Kriegsbekanntschaft irgendwo ins sardische Hinterland fahren? Zu einem Sympathisanten der Faschisten? Nein, es musste andere, bessere Möglichkeiten geben.

Leo hatte schon entschieden, Müdigkeit vorzuschützen und sich frühzeitig zu verabschieden, da schlug es draußen auf der Piazza elf Uhr, und Boi klatschte in die Hände.

»So, jetzt müssen wir leider aufbrechen.«

WIR? Ohne auf Leos irritierten Blick zu achten, fuhr Boi fort: »Danke für dieses köstliche Essen und den wunderbaren Abend. Doch zwei alte Kameraden wie wir müssen nun noch weiterziehen und sich über vergangene Zeiten austauschen.«

Alte Kameraden?

Die *brigata Liguria* hatte nur wenige Wochen mit den *arditi* an der Front gelegen, viel kürzer als zum Beispiel mit Bois Landsleuten von der Infanterie, der *brigata Sassari.* Doch das hinderte Boi nicht daran, Leo wie einen verloren geglaubten Blutsbruder zu umarmen und zu knuffen. Und Leo, dem der Wein immer mehr zu Kopf stieg, ließ es geschehen.

Nach einem wortreichen Abschied traten sie vor das Haus der Capras. Kaum standen sie auf der Straße, packte Boi Leos Schulter.

»Und jetzt komm, mein Modellsoldat!«, rief er. »Ich

zeig dir etwas, das du auf Sardinien nie erwarten würdest. Es ist scheußlich. Aber auch scheußlich famos: Dekadenz. Rausch. Entartung. Mannweiber und andere Widerwärtigkeiten. Und dazu die ganze Nacht diese ohrenbetäubende Musik: Jazz.«

Boi sprach das Wort gedehnt aus und schenkte Leo ein breites Grinsen. Die flackernde Straßenbeleuchtung spiegelte sich in seinen kleinen, unsteten Augen. »Es ist ein Sündenpfuhl sondergleichen. Und die werden sich wundern, denn bald legen wir diesen widerlichen Sumpf trocken, bald wird da aufgeräumt. Doch bis dahin, Liguria, komm mit und staune und saufe und tanze ... im *Creole Club!*«

Was Leo in Sassaris erstem Nachtlokal mit moderner, amerikanischer Musik erwartete, warf seine Vorstellung über die sardische Provinz über den Haufen. Er hätte nie zu hoffen gewagt, ausgerechnet hier, im hintersten Winkel Italiens, auf seinen geliebten Jazz zu treffen. Doch selbst auf Sardinien war sie wohl schon angekommen, die neue Zeit. Der Krieg war vorbei, die Zukunft ungewiss, da wollten sich die Menschen endlich wieder amüsieren. Wollten tanzen, trinken, lachen und wenigstens nachts ihre Sorgen und Kämpfe vergessen. Ja, tagsüber, da galt es zuzuschlagen, wenn es um den nächsten Tageslohn ging oder die Politik des Landes. Doch am Abend an der Theke, da herrschte Gefechtspause. Da trank man Seite an Seite in den Nachtklubs und *Tabarins* und prügelte sich allenfalls um die Barmädchen.

So war es in Rom, in Mailand und besonders in Udine, wo zu Kriegszeiten viele US-amerikanische Truppen stationiert gewesen waren, die *Jazz, Ragtime* und den brandneuen *Two-Step* in die Tanzlokale brachten. »Und so ist es auch hier in Sassari!«, rief Arturo Boi, als er Leo ins Halbdunkel des Gewölbekellers zog, in dem sich der *Creole Club* versteckte. Früher hatten die Räume vielleicht als Weinlager gedient, nun drängten sich zwischen den steinernen Bögen eine lang gezogene Bar, eine winzige Bühne mit einem Klavier sowie zahlreiche, meist männliche Gäste, viele in Uniform. Über allem waberten Zigarettenrauch, Whiskydunst und die schwebenden Klänge des *Tiger Rags.*

Meine Musik, dachte Leo und entspannte sich augenblicklich. Seine Größe gestattete ihm einen guten Überblick über das Lokal. *Voll hier. Dunkel und unübersichtlich, sehr gut! Jetzt nur noch ein wenig ducken.* Er zog den Kopf ein und folgte Arturo Boi, der sich durch das Gedränge Richtung Bar schob, wo ein muskelbepackter Barmann mit krumm geschlagener Nase schlanke Gläser mit *spumante* füllte.

»Im Club treffen sich alle!«, rief er Leo über die Schulter hinweg zu. »Die Jungs vom PNF, die sardischen Separatisten um diesen Spinner Lussu, das Bolschewistenpack, auch viele ehemalige Frontkämpfer. Sind alle da und halten die Füße still, weil es hier den besten Bourbon auf der ganzen Insel gibt. Scheißgutes Zeug! Der Chef hier gibt aber auch acht, dass es keinen Ärger gibt.« Boi wies auf den Barmann. »Wo Charlie hinhaut, wächst kein Kraut mehr.«

Besagter Charlie, erfuhr Leo des Weiteren, war ein gebürtiger *sassarese,* den es nach zehn Jahren Box-Karriere in New York zurück in die sardische Heimat gezogen hatte. Hier betrieb er jetzt seit einem Jahr den ersten amerikanischen Musikklub der Insel. »… zusammen mit diesem Negerpianisten, Jackson«, schloss Boi und verzog abschätzig das Gesicht, »den nennt Charlie seinen *›soulbrother‹*.« Er tat, als müsse er ausspucken, und fuhr nach einem schnellen Blick Richtung Bar leise fort: »Aber was hast du auch von einem zu erwarten, der sich dem Kriegsdienst entzogen hat. Der den Schwanz eingeklemmt hat, bevor es zum großen Fick kam, du weißt schon, mit den Österreichern oben im Karst.«

Leo betrachtete Boi angewidert. *Was ist dieser Mann doch für ein Kretin. Und hat keinen Schimmer, weder vom Krieg noch von ...*

Er überlegte einmal mehr, wie er sich Bois klebriger Begleitung entledigen und möglichst unauffällig verschwinden könnte, da unterbrach ein schriller Ton seine Gedanken.

Ein junger Sarde in Uniform hatte eine Trompete gezückt und stieg jetzt auf die Bühne tief im Innern des Lokals. Er trat neben den Pianisten, einen Schwarzen im eleganten Anzug, und spielte ein einsames, getragenes Signal. Die Menge johlte. Dann brach er ab, machte eine winzige Pause und stürzte sich in ein irrwitziges Solo voller Achtelnoten und Synkopen.

Leo durchfuhr ein leiser Stich. *Ich konnte mal genauso spielen. Früher ...*

»Hier tanzen sie dieses ganze verderbte Zeug aus Amerika«, hatte er unvermittelt wieder Bois Stimme dicht am Ohr. Sein ehemaliger Truppenkamerad schob sich so eng an ihn heran, dass Leo von spontanen Fluchtgedanken erfasst wurde.

»Amerika, mein Freund. Wo man die Beine schwingt, als wäre man auf der Plantage. *Onestep, Two-Step, Charleston,* wart's nur ab, diese ganzen Stammestänze, die Leute sind ganz verrückt danach – und du triffst hier die halbe *brigata Sassari.*«

Stimmt, dachte Leo mit Blick auf die Adjustierung der Uniformierten. Ihm kam auf einmal ein Gedanke, und unvermittelt ergriff ihn eine vage Erregung. Was, wenn auch *ER* den Krieg überlebt hatte. Sein unbekannter Retter in der Schlucht. Was, wenn er ihn hier wiederfand? Leo forschte in den Gesichtern der Männer um ihn herum, doch im Licht der billigen Gaslampen waren ihre Mienen schwer zu erkennen. *Und was habe ich unter der Maske schon gesehen? Was außer den Augen …*

Boi hatte an der Bar Getränke geordert und drückte Leo jetzt ein rundes Glas mit einer goldbraunen Flüssigkeit in die Hand. Dabei umschloss er Leos Hand einen winzigen Moment länger als nötig.

»*Kentucky Straight.* Nur das Beste für meinen Modellsoldaten!«

Boi prostete ihm zu, und das Glitzern in dessen Augen bescherte ihm ein ungutes Gefühl im Magen. *Modellsoldat, er soll dieses Gerede lassen!* Leo nahm einen großen Schluck Bourbon und ließ den Alkohol alles Widerliche wegbrennen. Zum Glück tauchten just in diesem Moment ein paar vierschrötige Kerle auf, die Boi mit einem gebrüllten *»Arditi!«* begrüßten, woraufhin sich alle in die Arme fielen. Unter Schulterklopfen und knallenden Wangenküssen prophezeite Boi ihnen allen »einen gottverdammt legendären Abend«. Ein weiterer Mann rief zu einer Runde Kognak, und Bois Truppe stürmte johlend zur Theke.

Gott sei Dank. Leo ließ sich mit gesenktem Kopf ins Gewimmel des Lokals zurückfallen. Fürs Erste war Boi abgelenkt, und er seinem ehemaligen Frontkameraden entronnen.

Leo nahm einen weiteren Schluck Whisky und ließ den Blick schweifen. Das Licht im Raum war nun nahezu vollkommen erloschen, und ein schwacher, bläulicher Scheinwerfer erfasste den schwarzen Mann am Klavier. Der Pianist grinste und zeigte sein strahlend weißes Gebiss. Dann schickte er ein kurzes Nicken in die Menge und stimmte die ersten Takte eines Stücks voller Synkopen an. Sofort fanden sich einige Gäste auf der Freifläche vor dem Piano ein und bearbeiteten den Boden mit stampfenden Füßen. *Grotesk,* dachte Leo. Sie zuckten mit den Schultern und wackelten mit den Köpfen, als seien sie geradewegs einer der berüchtigten Anstalten für Kriegsversehrte entsprungen.

Baby, t'is the two-step, honey ...

Der Pianist hielt seine Augen mit den schweren Lidern halb geschlossen und sang mit heiserer Stimme. Wie hatte Boi ihn genannt? *Jackson?* Seine langen, schwarzen Finger flogen immer schneller über die Tastatur, trieben den Rhythmus voran, begannen zu schweben. Und Leo, der ein wahrhaft lausiger Reiter war, kam es auf einmal so vor, als ritte er auf der Musik im Galopp dahin. Mühelos und mit leichtem Sinn. Keine vier Takte später ertappte er sich dabei, wie er im Takt mitwippte.

T'is a new time, honey ...

Eine neue Zeit, ja, genauso ist es! Und reiten muss ich in diesem neuen Leben nicht mehr, zum Glück. Leo leerte gerade sein Glas, da sprach ihn jemand von hinten an.

»Verrückte Bande, oder?«

Leises Lachen folgte dem Satz, und als Leo die Stimme wiedererkannte, flutete ihn pures Glück. Er fuhr herum.

»Gibt's ja nicht!«

Sein Gegenüber lachte und präsentierte sein wie eh und je nachlässig rasiertes Gesicht. Dottore Elio Spanu hatte anscheinend auch im zivilen Leben weder Zeit noch Lust, viel Mühe auf seine Bartpflege zu verwenden. *Es gibt Wichtigeres, zumindest, solange die Männer mir auf der Bahre wegsterben,* hatte Leo seine Stimme noch im Ohr. Jetzt umarmte er den früheren Feldarzt und presste dessen schmale Schultern fest zusammen. *Vier Jahre.* Und was tat es gut, den Doktor wiederzusehen! Leo verspürte so etwas wie Frieden in Spanus Gegenwart. Dieser hatte damals keine Sekunde gezögert zu helfen, als Leo aus dem Beiwagen des bremsenden Kraftrads fiel; aus Nase und Augen blutend, röchelnd, ein halb totes Wrack. Doch weg von der Front und in Sicherheit.

»Wie geht's der Lunge?«, fragte Spanu jetzt und sah ihn prüfend an.

»Der geht's prächtig«, log Leo, »wenn ich wollte, könnte ich dort drüben auf der Bühne Caruso an die Wand singen …« Mit lautem Auflachen kaschierte er einen Huster, was Spanu mit einem leisen Zucken seiner Brauen zur Kenntnis nahm. Dann beantwortete er die Fragen des Älteren zu seinem Aufenthalt in Sardinien, verschwieg allerdings den Grund für seine überstürzte Abreise von zu Hause.

»Aber welch schöne Überraschung!«, rief Leo schließlich, bemüht, das Gespräch von sich abzulenken. »Ich vermutete Sie nicht auf Sardinien, Dottore. Hatten Sie nicht geplant, im Norden zu bleiben? Es gab doch dort, ehem, gewisse Verbindungen …«

Damit spielte er auf Spanus Verlobung mit einer Witwe aus Udine an, die jener beim gemeinsamen Musizieren kennengelernt hatte. Das Gesicht des Arztes verfinsterte sich.

»Diese Bande sind gelöst. Unterschiedliche Ansichten, auch in weltanschaulicher Hinsicht, Sie verstehen? So spiele ich meine Klarinette also wieder allein. Ich habe mich außerdem Capitano Lussu und seiner liberalen Sardistenpartei angeschlossen und bin hierher zurückgekehrt.«

»Politik? Ausgerechnet jetzt?« Leo betrachtete seinen ehemaligen Arzt zweifelnd.

»Politik, ja, natürlich! Ich habe erkannt, ich brauche meine Heimat. Und meine Heimat braucht mich, jetzt vielleicht noch mehr als früher.«

»Aber Mussolini steht vor Rom. Und Sie sind Arzt, kein Politiker.«

»Deshalb kenne ich mich mit den Vorteilen einer geraden Haltung auch bestens aus.« Spanu leerte sein Glas in einem Zug. »Nehmen Sie auch noch, Lanteri? Ja? Gut!«

Der *dottore* winkte einen der Kellner herbei und orderte zwei Kognak. Leo verfolgte derweil, wie an der Theke das Hallo um Arturo Boi immer größer wurde. Auch ein paar vierschrötige Gestalten hatten sich jetzt dazugesellt, deren schwarze Hemden und silberne Abzeichen sie eindeutig als faschistische Milizen – *squadristi* – auswiesen. Sogar ihre Schlagstöcke trugen sie offen am Gürtel.

Leo drehte der Gruppe langsam den Rücken zu. *Nicht mal die* manganelli *lassen sie zu Hause. Was wird erst sein, wenn der König Mussolini nicht stoppt?* Spanu hatte Leos Anspannung bemerkt, und auf dessen Rückfrage hin berichtete dieser ihm von dem Überfall auf den Bäckerlehrling. Der *dottore* nickte.

»Ich kenne die Geschwister Cadeddu. Minnià hatte gestern auch nach mir geschickt. Mario geht es Gott sei Dank inzwischen besser. Eine schlimme Sache.«

Leo konnte es nicht fassen. »Eine *schlimme Sache?*«

Spanu machte ein bekümmertes Gesicht. »Verzeihen Sie, es ist natürlich ganz und gar furchtbar, was passiert ist! Es passiert hier nur leider immer öfter und …«, er zögerte, suchte nach Worten, fand sie aber nicht. »Das ist sicher nicht nur auf Sardinien so. Gibt es an der Riviera keine Unruhen? Oder Prügeleien in den Straßen?«

Prügeleien?

Leo fühlte, wie ihm heiß wurde. Zum Glück merkte Spanu nichts, sondern redete weiter. »Die Zeiten sind unsicher, sehr unsicher. Und der junge Cadeddu ist quasi unser *Gavroche* hier, so etwas wie ein Held der Straße. Nur leider manchmal zu verwegen und absolut unbelehrbar – ich fürchte, dies ist in diesen Tagen nicht gerade gesundheitsfördernd.«

Bei diesen Worten lag ein trauriges Lächeln auf dem Gesicht des Arztes, und Leo überkam eine Welle der Zuneigung. Er konnte sich an keine längere Unterhaltung mit Spanu erinnern, in der dieser nicht mindestens eine Anspielung auf seinen Lieblingsautor gemacht hätte. Victor Hugo und seine Klarinette, mehr brauchte Dottore Spanu neben dem Arztberuf nicht zum Glücklichsein. Wann immer Leo ihn in einem ruhigen Moment hinter der Front angetroffen hatte, las er in einem abgegriffenen Exemplar der »Elenden«. Und wenn über dem Karst bereits der Geschützdonner das nächste Gefecht, den nächsten Schwung halb zerfetzter Patienten ankündigte, spielte Spanu seelenruhig auf seinem Instrument.

Als Leo erzählte, wie er Boi wiedergetroffen hatte und dass er überlege, eventuell zur *tenuta* Soriga hinauszufahren, wirkte Spanu betroffen.

»Ich möchte Ihnen natürlich nicht in Ihre Angelegenheiten hineinreden«, meinte er dann. »Doch lassen Sie mich Ihnen sagen, dass Arturo Boi in der Stadt keinen guten Ruf genießt. Und auch Don Antonio Soriga ist sicher ein Mann von Stand mit einigem Einfluss, doch umgibt er sich in der letzten Zeit mit Leuten, die – ich will ganz offen sein – Ziele verfolgen, die ich nicht gutheißen kann.«

»Sie sagen, Soriga ist Faschist?«

Spanu machte eine vage Geste. »Sicher ist jedenfalls, dass er entsprechende Gäste bei sich empfängt. Sicher ist auch, dass die sardischen Faschisten, bisher nur ein versprengtes Grüppchen von Spinnern, nun auch in Sassari an Boden gewinnen. Andererseits: Wenn Sie sich für eine altsardische Olivensorte interessieren, dann ist das Gut von Soriga sicherlich einer der besten Orte hier im Norden, um danach zu suchen.«

»Sie würden also hinfahren?«

»Das würde ich. Doch ich würde mich auf keinen Fall länger als unbedingt nötig dort aufhalten.« Spanu sah Leo eindringlich an. »Geben Sie acht auf sich, mein Freund. Vertrauen Sie nur Bois Vorgesetztem, dem Hauptverwalter. Esposito heißt er.«

»Graziano Esposito?« Leo verstand plötzlich. *Der Mann in Porto Torres. Der Lancia. Die Fahrt in die Stadt.* »Ich habe ihn zufällig getroffen, bei meiner Ankunft auf der Insel.«

»Er ist einer der wenigen unter den ehemaligen Neunern, die noch nicht ihr Hirn bei Mussolini abgegeben haben.«

Der Pianist ging fast nahtlos in ein noch schnelleres Stück über, begleitet von allgemeinem Jubel. Mit einem Blick zur Bühne sagte Leo: »Sind Sie eigentlich öfters hier?«

Spanu ließ sich zum Glück auf den Themenwechsel ein und nickte. »Wann immer es meine Arbeit zulässt. Signor Jackson ist einer der größten Virtuosen, die ich je gehört habe. Außerdem ist er ein feiner Kerl, sehr großzügig. Manchmal holt er sogar einen Stümper wie mich mit der Klarinette auf die Bühne. Kommen Sie, lassen Sie uns zur Bühne gehen.«

Die nächste Stunde verbrachten sie damit, dem Pianisten zu lauschen und alte Erinnerungen an die Zeit im Lazarett auszutauschen. Kurz nach Mitternacht, sie hatten ein weiteres Treffen bereits vereinbart, rüstete sich Spanu zum Aufbruch.

»Morgen muss ich ins Hinterland«, sagte er, »hier im Norden gibt es viele Kriegsversehrte, die weiterhin meine Hilfe brauchen. Darunter auch einige mit zerrütteten Nerven.« Er bedachte Leo mit einem vielsagenden Blick. »Sie kennen das. Eine Schande, wie mit ihnen umgegangen wird, eine Schande, sie als *scemi di guerra* abzutun.«

»Was tun Sie für diese Männer?«

»Ich führe ja keine Klinik, habe auch kein Sanatorium oder etwas in der Art. Ich kann nur mit ihnen reden, mir ihre Albträume und Erinnerungen anhören und sie mit Morphin versorgen, wenn es allzu schlimm wird.«

»Und das hilft?«

»Nur kurzfristig. Ich weiß nicht, was wir mit diesen armen Teufeln anfangen sollen. Dies ist auch ein Versäumnis der Regierung und des Königs. Ist das nicht schrecklich? All diese jungen Burschen! Sie haben sie in die Hölle geschickt, und alle, die gezeichnet aus dieser Hölle zurückkehren, beschimpfen sie als Feiglinge und ›Kriegsnarren‹. Meinen Patienten morgen, zum Beispiel, den hat es schwer erwischt ...«

Während des Gesprächs hatten sie sich Richtung Ausgang bewegt und waren schon fast an der Treppe angelangt, als ihnen jemand in den Weg trat.

»Ah, da bist du! Ich habe dich schon gesucht.«

Arturo Bois anfängliches Grinsen gefror, als er Leos Begleitung erkannte. Auch der *dottore* wirkte konsterniert.

»Ich sehe, du hast noch einen alten Bekannten getroffen. Wie geht's, Herr Doktor?«

»Fantastisch, Tenente. Bis jetzt jedenfalls.«

Spanus Ton war spöttisch, und er betonte Bois militärischen Rang, als sei er eine Beleidigung.

Boi zuckte nicht mit der Wimper. »Und Ihren Verrückten, wie geht's denen? Neulich habe ich Santino in den Bergen getroffen, bin mit ihm ein Stück zurück zum Gut geritten. Verflucht, der sah nicht gut aus: Sein Hemd hatte er ausgezogen und trug es in der Hand, dazu seine alte Marke. Und dann dieser starre Blick. Und keine drei Sätze rausgebracht hat er.«

»Vielleicht passte ihm die Gesellschaft nicht?«

Boi lächelte nachsichtig. »Na ja, auf jeden Fall ist es besser, man verlegt sich auf die Verrückten als auf die Politik, nicht wahr?«

»Interessant, dass gerade *Sie* das sagen, Boi!« Spanus

Augen verengten sich zu Schlitzen. »Unser gemeinsamer früherer Vorgesetzter, Capitano Lussu, hat für die liberale Sardistenpartei jüngst sechs Sitze in Cagliari geholt. Aber das ist nicht Ihr Verein, oder?«

Boi schnalzte abschätzig mit der Zunge. »Ich hörte davon. Nun ja, mag sein, dass Lussu gerade Oberwasser hat. Doch das ist nur der Schlussapplaus, Lussu ist Geschichte.« Seine Stimme kippte, bekam einen boshaften Unterton. »Die Sardisten sollten lieber in Deckung gehen. Dieses Übel wird ausgemerzt. Es ist nur noch eine Frage der Zeit.«

»Eine Frage der Zeit, bis was?!«, echote Spanu mit lauter Stimme. »Wollen Sie Lussu etwa drohen? Ihrem eigenen *capitano?*« Das Gesicht des Arztes hatte sich gerötet. Leo hatte den *dottore* auch mitten im Gefecht stets nur besonnen erlebt. Jetzt zitterte er vor unterdrückter Wut.

»Wenn überhaupt noch jemand diese Subjekte, mit denen Sie sympathisieren, daran hindern kann, Schindluder mit unserem Land zu treiben, dann ist das Lussu! Wenn es einen gibt, der das lebt, was uns Sarden und uns Italienern heilig sein sollte, der für das Herzblut steht, mit dem Garibaldi und Mazzini und all die anderen vor sechzig Jahren gekämpft haben, dann ist das Emilio Lussu!«

Boi wandte sich an Leo. »Das nenn ich Korpsgeist. Dottore Spanu folgt seinem *capitano* nicht nur auf dem Schlachtfeld ins Verderben …« Er starrte Spanu an, und ein unangenehmes Lächeln umspielte seine Mundwinkel.

»Das ist kein Korpsgeist. Das ist *common sense!*« Der *dottore,* dessen Mutter, wie Leo wusste, eine englische Lady gewesen war, schnaubte. Dann nickte er Leo zu.

»*Buonanotte,* mein Freund, wir sehen uns. Und kommen Sie heute gut heim.« Mit diesen Worten stürmte Spanu die Treppe zum Eingang hinauf und verschwand.

Boi sah dem Arzt grinsend nach, dann schickte er ihm ein derbes Schimpfwort hinterher.

»Was ist mit dir, Liguria?«, sagte er dann und beäugte Leo fast lüstern. »Du wolltest doch nicht etwa schon gehen, oder?«

Dieser fasste einen Entschluss.

»Weißt du was? Ich fahre doch einmal mit zum Gut. Am besten gleich morgen früh.«

Boi hob irritiert die Augenbrauen. Sie waren ziemlich schäbig, diese Augenbrauen. Rostig gefärbt wie die Reste seines Haupthaars. Gekrümmt, borstig, keine klare Linie darin. Einige bogen sich gar nach oben wie bei einem Faun.

»Hmmm«, machte der Faun jetzt und wiegte langsam seinen Kopf, »im Moment ist das eher ungünstig. Der *padrone* bereitet gerade eine Hochzeit vor. Die Tochter. Außerdem findet die Safranernte statt, danach geht es mit den ersten Olivensorten los, also da ist momentan viel Trubel …«

Leo fixierte Boi.

»Blödsinn. Du bist doch dort der wichtigste Mann, hast du gesagt. Also bring mich hin.«

KAPITEL 6

S'OGU MALU / *(im Sardischen auch »s'ogu pigau« oder »sa pigar'e ogu«, im Italienischen als »il malocchio« bezeichnet). Vielleicht fürchten die Sarden den bösen Blick tatsächlich noch mehr als die Menschen auf Sizilien oder dem italienischen Festland. Auf Sardinien jedenfalls hat der Glaube an den bösen Blick eine jahrhundertealte Praktik des Gegenzaubers hervorgebracht, die sardische »Medizin des Auges«. Für unzählige Heilerinnen in den Städten und Dörfern der Insel gehört es zum Alltag, mithilfe von Olivenöl, Wasser, Meersalz und geheimen Beschwörungsformeln (»is brebus« genannt) die vom bösen Blick Befallenen von Migräne, Rückenschmerzen, Schwermut und beruflichem Unglück zu befreien.*

Beliebte Opfer des bösen Blicks sind glückliche Mütter und ihre hübschen Kinder, Neugeborene, Jungverheiratete, Menschen mit Erfolg oder einem besonderen Talent zur Lebensfreude. Kurz gesagt: Es ist auf Sardinien eher ungesund, von seinen Mitmenschen für glücklich gehalten zu werden. Mit dem bösen Blick kann man sein Opfer auch mittels geheimer Riten belegen, die den derart Verfluchten in schlimme Nöte bringen (so wie es hier im Buch geschieht, wo ein Fluch das Opfer dazu bringt, sich zu erschießen).

Wer als Aussender des bösen Blicks gilt, wird allerdings oft auch recht willkürlich entschieden: Nicht nur Böswillige und Neidhammel werden als Träger des malocchio entlarvt, manchmal heißt es auch, der böse Blick läge im Blut einer bestimmten Familie. Wird man in diese Unglückssippe hineingeboren, kann man gar nicht anders, als »Verderben bringend« in die Welt zu schauen. So etwas ist dann Pech.

Die tenuta Soriga, Codronzanu, Region Logudoro

Bonaria an Gioia aus Mailand,
26. Oktober 1922

Er hat mich angesehen, Gioia! Und es war furchtbar. Die Schwarzhemden sind in die Straße gestürmt und haben die Alpini-Kaserne umstellt. Ich war gerade da, weil Redento sein panino vergessen hatte und ich es ihm bringen wollte. Außerdem hatte ich meinen freien Nachmittag bei den Rossis. Die Faschisten haben die vorderen Wachmänner entwaffnet und den Eingang zur Kaserne besetzt. Sie haben mich zur Seite gestoßen und Redento, meinen armen Redento, rechts und links gepackt. Einen einfachen Pförtner, Madonna, was sind das für Menschen! Der in der Stadt kommandierende Oberst ließ sofort ein Bataillon aufmarschieren. Das ging ganz schnell, binnen weniger Augenblicke standen sich die Männer Nase an Nase gegenüber, alle die Waffe im Anschlag.
»Es lebe das Heer!«, brüllten die Faschisten mit einem Mal. Diese Wirrköpfe! Auch im Bataillon haben sie geguckt. Was sollten die Hochrufe? Aber der Oberst ließ sich nicht einwickeln.
»In fünf Minuten seid ihr hier weg, sonst eröffnen wir das Feuer.«
»Hoch das Heer!«
Der Oberst ließ anlegen und wiederholte, die Faschisten müssten abziehen. Deren Anführer bat sich eine weitere Minute aus, um kurz zu telefonieren. Er ist für

einen Moment von der Bildfläche verschwunden, frag mich nicht, woher diese Faschisten so schnell an ein Telefon kamen und wie das alles genau herging – aber binnen fünf Minuten kam Mussolini. Kam herangebraust in einem offenen Automobil! Maßanzug, Rundschädel, vorgerecktes Kinn, stell ihn Dir genau wie auf den Fotografien vor. Ich hatte ihn zufällig schon am Abend zuvor kurz gesehen, als Überraschungsgast bei den Rossis zum Essen. Er war gerade aus Neapel zurückgekommen, alle waren ganz aufgeregt und hatten kaum darauf geachtet, wie ich den Hauptgang serviert habe. Guter Gott, ich habe dem Mann eine Lammkeule aufgetragen!

Aber jetzt war er hier, und seine Schwarzhemden haben ihm ihr »Alalà!« entgegengebrüllt, und die Luft hat gekocht, und mein Redento steckte da mittendrin. Ich sag Dir, ich habe gezittert vor Angst! Wie Mussolini da aus dem Wagen gesprungen ist, wie ein angreifender Stier. Und wie ist der den Obersten angegangen! Die haben sich angeraunzt, leider war darum herum so ein Gegröle, ich habe kein Wort verstanden. Mussolini hat etwas von dem Oberst verlangt, aber der hat immer nur den Kopf geschüttelt. Irgendwann hat Mussolini auf meinen Mann gezeigt. Er hat den Schwarzhemden, die ihn festhielten, einen Wink gegeben. Einer hat eine Pistole gezückt. Und den Lauf an Redentos Kopf gehalten!

Ich hab geschrien. Ich weiß auch nicht, woher ich den Mut genommen habe. Und dann, ich weiß nicht, wie, haben sie mich vorgelassen. »DUCE!!«, hab ich gebrüllt und diesen idiotischen Titel benutzt, mit dem sich Mussolini von Rossi und seinen Anhängern beim

Essen hat anreden lassen. »Erinnern Sie sich an mich, Duce? Ich bin Köchin bei Ihrem Parteisekretär Rossi, Sie haben mich gestern Abend in seinem Haus getroffen. Wissen Sie noch? Der Pförtner da, das ist mein Mann. Bitte lassen Sie ihn frei! Er hat keinem was getan.«

Mussolini hat mich angestarrt, hat mir direkt in die Augen gesehen! Grauenvoll! Seinen Blick vergesse ich nie mehr im Leben – ich bin ganz sicher, dass er mich erkannt hat. Er hat seinen Leuten einen Wink gegeben, aber ich hab's nicht verstanden. Gioia, in meinem ganzen Leben hatte ich noch nicht so viel Angst.

Dann wurde es dem Obersten zu bunt, er hat das Trompetensignal befohlen. Angriff hieß das. Und wir mittendrin!

Im letzten Moment hat Mussolini einen Befehl gebrüllt, und der schwarze Spuk war vorüber. Sie haben sich in die umliegenden Straßen abgesetzt, seine Schergen sind vom Kasernenvorplatz abgeflossen wie Teer von der Straße.

Und Redento hat wieder seinen Posten im Pförtnerhaus bezogen. Als er abends heimkam, hat er bis ganz kurz vorm Einschlafen nicht geredet. Kannst Du Dir das vorstellen? Er hat kein Wort gesagt! Und sein panino, das hat er nicht angerührt.

Gioia faltete den Brief zusammen und seufzte. *Genug gezögert!* Sie konnte Bonaria nicht länger ihre Verlobung mit einem Mitglied der Familie Marras verschweigen. Außerdem hatte Bonaria den Brief per Express geschickt. Was konnte ihr deutlicher zeigen, dass die Zeit drängte? Dass sie ihre Patin und deren Mann zurück nach Sardinien holen musste?

Gioias Stiefmutter Inés, die sich im Salon zu ihr gesellt hatte und in einem der neuerdings so beliebten Modemagazine blätterte, sah neugierig herüber.

»Ist etwas?«

Gioia schüttelte den Kopf und senkte schnell den Blick, damit Inés nicht den Ärger in ihren Augen entdecken konnte. *Warum bekommt sie immer mit, wenn etwas nicht stimmt? Hat sie sonst nichts zu tun?* Gioia spürte Inés' Blick auf sich ruhen.

»Von wem ist der Brief? Wieder von der alten *pratica,* oder?«

Inés konnte Bonaria nicht ausstehen, nannte sie stets nur »die alte *pratica*«. Kein Wunder, hatte das Ehepaar Titù doch noch zum früheren Hausstand gehört, dem von Gioias Mutter Elena. Und Inés trug Sorge, dass auch ja niemand vergaß, wer hier nun die neue Gutsherrin war. Jetzt verzog sich ihr herzförmig geschminkter Mund zu einem boshaften Lächeln.

»Die wird sich freuen, wenn sie hört, dass ihre Intimfeindin Teresina Marras hier bald ein und aus gehen wird. Mir ist dieser sardische Hokuspokus ja völlig egal, aber ...« Sie ließ den Satz unvollendet und schnalzte mit der Zunge.

Lass sie reden, dachte Gioia und zuckte mit den Schultern. Was ging es die Leute an, worüber sich die entfernten Cousinen und einstmals engen Freundinnen Teresina und Bonaria vor zwanzig Jahren zerstritten hatten? Was bedeutete es anderes, als dass Gioia sich wohl überlegen musste, mit welchen Worten sie ihrer Patin von den neuesten Geschehnissen erzählte. *Aber erzählen muss ich es.*

Vor dem Haus quäkte die Hupe eines Automobils. Inés sprang auf.

»Oh, das muss Boi sein. Er sollte für mich beim Hutmacher nachfragen, wegen des Federbands, das ich mir für die Hochzeit bestellt habe.«

Im Hinauseilen bedachte sie Gioia mit einem auffordernden Wink. »Komm mit! Oder willst du nicht wissen, was er uns für deine Hochzeit mitbringt?«

Gioia folgte ihr ohne großes Interesse. Was sollte das außer nutzlosem Zeug schon sein?

Die meisten größeren Landgüter Sardiniens befanden sich im Inselinneren. Nur dort gab die Erde genug her, nur dort war man halbwegs geschützt vor der Malaria, welche die Küsten und Strände verseuchte. Im Norden der Insel fand man den besten Boden südlich von Sassari in der Region Logudoro.

Logudoro. Land der goldenen Felder und Nuraghen. Schon seit Jahrhunderten herrschten hier die Grundbesitzer. Dies waren keine Sarden im eigentlichen Sinne, sondern Nachfahren der Genueser, Katalanen und Savoyer, die Sardinien nacheinander besetzt gehalten hatten. Der Logudoro nördlich des mächtigen *Monte Santu* galt als beste Region für Pferde, Getreide und Wein. Und hier wiederum die sonnenverwöhnten Hänge südlich der Ortschaft Codronzanu als der fruchtbarste Nährboden für guten *Cannonau.*

Codronzanu, das waren ein paar zusammengedrängte Dächer und ein Kirchlein entlang einer Anhöhe, die nach Norden hin steil ins Tal des *riu Murrone* und zur Bahnstation bei Campomela abfiel. Auf der Südseite ging es gemächlicher hinab. Hier führte eine Schotterstraße am Hang entlang zu den Gütern der beiden wichtigsten Familien des Dorfes. Nahm ein Besucher diesen Weg, erreichte er schon kurz hinter dem Ortsrand das umfriedete Gestüt der Familie Marras. Dann, erst ein ganzes Stück weiter hangaufwärts, kam er zu den schmiedeeisernen Torgittern des größten Landguts der Gegend: der *tenuta* Soriga.

Ein prächtiger Besitz mit einem zweistöckigen Gutshaus im spanischen Stil und einem Dutzend Wirtschaftsgebäuden. Alles, was man von der *tenuta* Richtung Süden überblicken konnte, alles an Feldern, Weinbergen und Olivenhainen, gehörte zum Grundbesitz des Gutes. Die Familie Soriga verband jedoch nicht viel mit dem Land, von dem sie lebte. Der derzeitige *padrone* Don Antonio war ein stolzer Spross der Familie der *Siete Fuentes* von Tortosa, und auch das kunstvoll im Pflaster eingelassene rot-goldene Wappen, welches den inneren Gutshof zierte, erinnerte daran, dass Don Antonios Vorfahren katalanische Granden gewesen waren.

Als Gioia Soriga jetzt in den Hof und auf jenes Wappen hinaustrat, schlug ihr kühle Oktoberluft entgegen, die nach feuchtem Weinlaub roch. Die Schwüle des Vortages war verflogen und der Himmel wieder blank wie ein unbeschriebenes Blatt Papier. *Bereit für den Beginn einer neuen Geschichte,* dachte Gioia und wunderte sich im gleichen Moment über sich selbst. Solch lyrische Anwandlungen hatte sie sonst nie.

Der schwere Lancia der *tenuta,* das erste Automobil im ganzen Umkreis, röchelte ein letztes Mal, dann starb sein Viertaktmotor ab, auf den sich Gioias Vater so viel einbildete. Dieser kam soeben in Reitmontur aus den Stallungen und schob sich gebieterisch an Frau und

Tochter vorbei. Mit gerunzelter Stirn verfolgte er, wie Arturo Boi seelenruhig aus dem Wagen stieg und sich an seine Kappe tippte.

»Bonas dies, padrone!«

Boi tat, als sei es die normalste Sache der Welt, dass er, der den Wagen bisher nur zweimal hatte fahren dürfen, nun vom Fahrersitz kletterte.

Alter Intrigant, dachte Gioia, *was hast du getan, um ans Steuer gelassen zu werden?*

»Esposito?«, brummte Don Antonio nur. Die Verachtung für den Hilfsverwalter war eine der wenigen Gemeinsamkeiten zwischen Gioia und ihrem Vater.

»Ist in der Stadt geblieben wegen der Sachen für Donna Inés und nimmt am Abend die Bahn«, antwortete Boi. »Zumindest hat er das gesagt. Keine Ahnung, warum er das nicht am Morgen erledigt hat. Ich für meinen Teil war seit heute früh um acht wie vereinbart in der Präfektur wegen der Steueranträge. Gott und alle Gipsköpfe im Amt sind meine Zeugen. Als ich fertig und abfahrbereit war, da sagte Esposito, er müsse noch zum Hutmacher, und hat sich abgesetzt. Keine Ahnung, ob's stimmt …«, seine Miene verzog sich zu einem winzig kleinen Lächeln, »… aber ich könnt's für den *padrone* rausfinden.«

Höchstwahrscheinlich war Boi einfach ohne Esposito losgefahren. Es war vielleicht nicht für jeden offensichtlich, doch Gioia hatte schon vor einiger Zeit festgestellt, dass sich die beiden Verwalter zunehmend entzweiten. Esposito und Boi, das waren zwei Hunde, die am gleichen Fleischstück rissen.

»Und was ist mit deinem anderen Auftrag?«, fragte Don Antonio nun etwas leiser. »Ist alles organisiert?«

Arturo Boi nickte. »Sie werden kommen.«

Wer kommt? Gioia hätte die Frage nie laut gestellt. Gute Töchter stellten keine Fragen. Und alle anderen Töchter, vor allem die lästigen, erst recht nicht. So blieb sie stehen, wo sie war, und verfolgte stumm die Szene.

»Wann?«, fragte ihr Vater jetzt.

»Pünktlich zur Safranernte«, versicherte Boi. Seine kleinen, wachen Augen streiften Gioia mit einem gleichgültigen Blick. Seine übliche Masche. In Wirklichkeit, das wusste Gioia, verabscheute der Hilfsverwalter sie zutiefst. Dies war nichts Persönliches zwischen ihnen. Arturo Boi hasste Frauen generell, das bewies er bei jedem seiner Kontrollgänge in den Arbeitersiedlungen, wenn weder kleine Mädchen noch Greisinnen vor seinen Schikanen und den Schlägen seiner Gerte sicher waren. *Was ist mit dir geschehen, Boi? Hat dich deine* nonna *beim Baden verbrüht? Oder haben dich die Mädchen wegen deiner Fusselhaare aufgezogen?*

Der Hilfsverwalter schien sich eine Welt ohne Frauen zu wünschen, eine Welt der Kämpfer, Krieger, Athleten – in der man unter sich war und sich männlichen Freuden ergab: Saufgelagen, Prügeleien, blutigen Wettkämpfen. Eine Welt ohne Frieden. Gioia dankte Gott, dass das Schicksal bisher keine Unglückliche in die missliche Lage gebracht hatte, Arturo Boi zu ehelichen.

Der Hilfsverwalter trug eine *coppola* aus braunem Leinen. Die schob er nun in den Nacken, präsentierte ein paar seiner jämmerlichen Stirnfransen und erstattete Don Antonio Bericht. Gioia hörte nicht hin. Sie hatte entdeckt, dass jemand auf dem Beifahrersitz des Automobils gesessen hatte, der nun aus dem Wagen kletterte.

»Padrone«, hörte sie Boi mit unechter Ehrerbietung

sagen, »da ist noch etwas. In Sassari habe ich einen ehemaligen Kriegskameraden getroffen, einen *gentiluomo* aus Ligurien. Seine Familie hat Besitz in der Nähe von Imperia. Er zeigte Interesse an unseren Oliven, und ich habe mir erlaubt, ihn mitzubringen …«

Ein Kamerad von Boi? Bloß nicht!

Auch Gioias Vater nickte gleichgültig, und der Hilfsverwalter drehte sich zu seinem Beifahrer um. Dieser hatte seine Glieder inzwischen aus dem engen Fond des Wagens gewunden und kam ihnen entgegen. Gioia musste blinzeln, als die Sonne in diesem Augenblick durch die Wolken brach und sie blendete. Ein hochgewachsener Mann mit mächtigen Schultern und leicht schleppendem Gang. Er trug einen breitkrempigen Hut, wie er unter den Vorarbeitern auf dem Land üblich war. Jetzt tippte er sich an die Krempe und bedachte Inés und ihren Vater mit einem respektvollen Kopfnicken.

»*Buongiorno,* Signore. *Buongiorno,* Signora.«

Don Antonio antwortete mit einer nachlässigen Geste, Inés strich sich über die Frisur und kicherte. Der Blick des Fremden wanderte weiter, blieb an ihr hängen. Seine Augen waren hell wie die eines Piemontesen.

»Gioia, meine Tochter.« Das war die Stimme ihres Vaters.

»Mein Name ist Leonida Lanteri«, sagte der Mann und reichte ihr die Hand.

»Sehr erfreut«, sagte Gioia und dachte: *Verdammt. Drei Tage zu spät.*

II

Alte Feinde, neue Freunde

KAPITEL 7

SA ARGIA / *Einer Legende nach verbannte Gott aus Liebe zu Sardinien und seinen gottesfürchtigen und fleißigen Bewohnern alle giftigen Tiere von der Insel. Nur eine Spinne, die zierliche »Mediterrane Schwarze Witwe«, versteckte sich tief im Gestrüpp der Macchia und wurde dummerweise von Gott übersehen, da sie so klein war.*

Dieser göttliche Lapsus beschäftigt die Sarden bis heute. Obwohl schon lange nicht mehr viele der giftigen Spinnen auf der Insel gesichtet werden, wäre die Volkskultur der Insel nicht denkbar ohne die Legenden, Tänze und Riten rund um die Spinne »sa argia«. Bei dieser Spinnenart (zool.: latrodectus tredecimguttatus) sind nur die Weibchen giftig. Zudem verspeisen sie ihre Liebespartner gerne als postkoitalen Snack, wenn diese nach der Paarung nicht schnell genug das Weite suchen (daher auch »Witwe«). Es wundert also kaum, dass der sardische Kult um die Spinne und ihren giftigen Kuss geprägt ist vom Gegensatz der Geschlechter und der uralten Anziehung zwischen Mann und Frau.

* * *

»Sehr erfreut« Goldbraune Augen mit Pupillen, die sich weiten. Nur ein winziges bisschen. Doch wem die Botschaft gilt, den erreicht sie sicher …

Leo erinnerte sich nicht mehr, wann ihm etwas Derartiges zuletzt passiert war. Vielleicht während des kurzen Sommers vor dem ersten Fronteinsatz? Mit achtzehn am Strand von Sant'Amato? Ja, es musste noch dort gewesen sein, anders war es nicht denkbar. Doch nun beschleunigte sich Leos Puls, als sei er wieder ein grüner Junge, ihm wurde warm, als sei bereits Sommer, und er zermarterte sich das Hirn, was er tun oder sagen könnte, um noch ein weiteres Mal dieses Aufleuchten, dieses *Erkennen* in den Augen der Gutstochter zu sehen.

»Sehr erfreut«, wie sie das gesagt hat!

Haselnussbraunes Haar hatte Gioia Soriga, dazu ein klares Gesicht, schmal geschnittene Augen, gerade Brauen und einen entzückenden, kleinen Mund. *Madonna, wen muss ich töten, um diesen Mund zu küssen?!* Als sie ihm die Hand reichte, waren ihre Finger kühl gewesen und erstaunlich lang für ein Mädchen vom Land. Leo kam plötzlich in den Sinn, dass er bei seiner Ankunft trotz des Geknatters des Viertakters irgendwo im Innern des Hauses Klavierspiel gehört hatte. Nur eine kurze Sequenz, mit einer Hand gespielt und so langsam, dass Leo kaum die Synkopen erkannt hatte. Und er hatte sich noch gewundert.

»Sie spielen Klavier?«, fragte er jetzt, und als die schöne Gutstochter nickte, fuhr er fort: »Ich habe Sie vorhin gehört. Erstaunlich, wie Sie Scott Joplin interpretieren. Den *Maple Leaf Rag* in diesem Tempo …«

»Ich spiele keinen Ragtime«, unterbrach ihn Gioia Soriga mit scharfer Stimme. Ihr Vater runzelte die Stirn, und sie ergänzte: »Sie müssen sich irren, Signore.«

»Aber, ich kenne doch die Melodie …«

Leo setzte schon an, die Tonfolge nachzupfeifen, doch Gioia schüttelte den Kopf. Ihre schmalen Augen verengten sich zu Schlitzen. *Nicht!,* befahlen sie ihm stumm.

»Unmöglich«, sagte jetzt auch Donna Inés und warf

ihrem Mann einen Blick zu. »Wir schätzen in unserem Haus keine amerikanischen Verirrungen. Ragtime, Jazz und dazu womöglich noch dieses obszöne Gehopse wie bei den Wilden in Afrika? Ich bitte Sie, das wäre für eine junge Dame wie Gioia wohl kaum schicklich. Gerade jetzt, als *fidanzata.*«

Leo versetzte es einen Stich. Richtig, Boi hatte es erwähnt, das Mädchen war verlobt.

»Aber wir lieben die italienische Oper«, ergänzte Donna Inés und strich sich über ihre sorgsam gelegten Locken.

»Puccini, Mascagni, Giordano – und Verdi natürlich. Wir haben uns just sogar ein Grammophon zugelegt, um die Arien von Caruso zu Hause zu hören. Ach, Caruso! Wussten Sie, dass ich auch selbst singe? Tatsächlich bin ich sogar in der gleichen Straße in Cagliari geboren wie Carmen Melis, die berühmte *primadonna.*« Sie schenkte Leo ein zuckersüßes Lächeln. »Wollen Sie mich singen hören heute Abend, Signor Lanteri?«

Von Don Antonio kam ein Schnauben, und er gebot seiner Frau mit einer abrupten Geste zu schweigen. »Der Herr hat sicher Besseres zu tun. Oder nicht?«

Er fixierte Leo, und diesem fiel schockartig auf, dass er weiterhin Gioias Hand hielt. Mit einer leisen Entschuldigung auf den Lippen trat er zurück. *Verdammt!* In diesem Moment kündigte Hufgetrappel auf der Auffahrt zur *tenuta* einen Reiter an, der nun mit leichtem Trab in den Hof ritt.

Leo hatte die Offiziere der Kavallerie stets um ihren Platz im Sattel beneidet. Wenn ihnen in der Panik des Sturmangriffs die Beine zu versagen drohten, konnten sie sich immer noch auf das Vorpreschen ihrer Tiere verlassen. Doch der junge Mann, der ihnen nun entgegenkam, wirkte auch zu Pferd nicht, als könnte ihn je etwas erschüttern. Ein gut gewachsener Bursche in Leos Alter, von typisch sardischem Aussehen. Er hielt die Zügel gelassen in der Rechten und steuerte sein Tier allein mit dem unsichtbaren Druck seiner Schenkel. Bei ihnen angekommen, bedachte er die Familie Soriga mit einem informellen Gruß.

»Gavino Marras«, stellte Don Antonio den Neuankömmling vor, »mein künftiger Schwiegersohn. Ein Veteran der *brigata Sassari* und Träger einer *medaglia d'oro*. Er kommt gerade von der Universität Sassari zurück, hat dort just seinen Juraabschluss gemacht. *Summa cum laude.*« Der Gutsherr sprach gedehnt, verharrte auf jeder Vokalendung, als müsse er erst nachdenken, wie es weiterginge. *»Sassariii«, »perchéee« – mein Gott,* dachte Leo, *spricht der etwa immer so?* Jetzt schlich sich ein gönnerhafter Ton in Don Antonios Stimme. »Die Familie Marras ist sehr ordentlich – einer der ältesten sardischen Clans hier. Ihr gehört das hübsche Gestüt, welches Sie vielleicht ein Stück weit die Straße hinunter bemerkt haben. In einer Woche werden Gavino und meine Tochter heiraten.«

Der junge Mann schwang sich vom Pferd und streckte Leo lächelnd die Hand entgegen.

»Piacere.«

Marras' Händedruck war fest, seine Stimme leicht heiser. Während Leo sich ebenfalls vorstellte und sie ein paar erste Sätze wechselten, studierte er fasziniert die Gesichtszüge seines Gegenübers. *Was war das?* Nein, ganz sicher, er kannte diesen Mann. *Oder täusche ich mich?* Gavino Marras hatte ein einnehmendes Lächeln und Locken, in denen der Wind tanzte. Doch da war auch eine Ahnung von Unbarmherzigkeit in den Mundwinkeln des Sarden, etwas Wildes versteckte sich unter seinem Charme. *Du kannst auch anders, darauf verwette ich den Rest meiner Lungenflügel. Kenn ich dich von der Front? Und was hat Don Antonio gesagt? Künftiger Schwiegersohn,* brigata Sassari, *Tapferkeitsmedaille in Gold. Du bist also einer wie ich,* dachte Leo, *nur noch etwas besser, mit Studium und der höheren Auszeichnung. Und du willst sie also heiraten ... Darfst du das denn?*

In Gavino Marras' Augen tanzten muntere Blitze. »Auch ein Veteran. Bei der Liguria, ja? Und wo waren Sie eingesetzt?«

»Bis Juni siebzehn auf der Hochebene. Später dann am Isonzo.«

»Verstehe.« Marras nickte und musterte ihn aufmerksam. Und Leo war sich seit Jahren zum ersten Mal bei einem Gesprächspartner sicher, dass jener tatsächlich verstand, was Leo mit »Isonzo« meinte. *Verdammt, den könnte ich mögen,* schoss es ihm durch den Kopf.

»Und was verschlägt Sie hierher ans Ende der Welt?«, fragte Marras weiter. Leo bemühte sich bei seiner Antwort um einen unbestimmten Ton. Besser, er spielte sein Interesse an der *pecora nera* herunter und vermied so genauere Nachfragen. Doch während er dem jungen Sarden in vagen Sätzen von seinem Auftrag und der *frantoio* seiner Familie erzählte, geschah genau das Gegenteil. Don Antonio runzelte die Stirn, musterte Leo mit neu erwachtem Interesse und hakte bei erster Gelegenheit ein.

»Was sagten Sie? Über wie viel Grund an Olivenhainen verfügt Ihre Familie? Vierzig Hektar?«

»Grob gerechnet, ja.«

»Und genau gerechnet?«

»Na ja, die vierzig Hektar, das sind die erntereifen *Taggiasca*-Oliven.«

Er hoffte inständig, Soriga würde sich damit zufriedengeben. Ein Irrtum.

»Und sonst noch?«

»Nun, ehm ...« Leo wand sich. Himmel, warum ließ der Mann nicht locker?! »Neupflanzungen, Brachland und die Haine mit den Sorten, die wir als Tafeloliven kultivieren, sind da nicht mit eingerechnet. Also die *razzola,* die *pignola,* die umbrische *dolce agogia.* Das ganze Zeug eben.«

»Aha«, brummte Soriga. Er kratzte sich am Kinn. »Und wie groß ist der Besitz mit diesem ›ganzen Zeug‹, wie Sie es nennen?«

Leo zuckte die Achseln. »Etwa hundert Hektar.«

»Hundert Hektar!«, entfuhr es Don Antonio, worauf er sich verlegen räusperte. »Nun, das ist ... interessant.«

Seine Stimme verlor sich in seinem Schnauzbart, und es folgte ein kurzer Moment des Schweigens.

Don Antonios Frau, seine schöne Tochter, Arturo Boi und der junge Marras – sie alle schienen die Reaktion des Gutsherrn abzuwarten. *Zu viel Macht hier in einer Hand,* dachte Leo und wünschte sich nicht zum ersten Mal dringend zurück an seine bunte, überfüllte, vielgestaltige Küste, die Riviera.

Währenddessen förderte Don Antonio einen halb aufgerauchten Zigarillo zutage, zündete ihn an, nahm einen tiefen Zug und betrachtete Leo nachdenklich. Wahrscheinlich überschlug er im Kopf, wie viel Öl die Familie Lanteri auf ihrem Grund herstellte, was sie daran verdiente und wie sich das auf Leos Status als Gast auswirkte. Als er den Rauch wieder ausstieß, war er offenbar zu einem Ergebnis gekommen. Sein Gesicht verzog sich zu einem breiten Lächeln.

»Mein junger Freund«, rief er, »ich bin sicher, wir können Ihnen bei Ihrer Suche helfen! Drüben am *Monte Pizzinnu* wachsen ein Dutzend seltene Olivensorten, nur mein alter Pressmeister kann Ihnen sagen, welche. Doch das besprechen wir am besten in Ruhe. Kommen Sie, fühlen Sie sich wie zu Hause …«

Er klopfte Leo mit schwerem Arm auf den Rücken und schob ihn in Richtung Eingang. Mit der freien Hand winkte er den anderen Familienmitgliedern, ihm zu folgen. Dann schien ihm ein plötzlicher Gedanke zu kommen, und er drehte sich um.

»Boi?«

Mit diesem Ruf richtete er zum ersten Mal wieder das Wort an seinen Hilfsverwalter. Arturo Boi schob sich eilfertig neben Leo.

»Padrone?«

»Dein Kriegskamerad hier braucht ein Bett und alles Nötige, um sich für die Soiree heute Abend frisch zu machen. Du kümmerst dich darum.«

»Herr Soriga, das wird nicht nötig …«, begann Leo, doch der Gutsherr schnitt ihm das Wort ab. »Oh doch, auf jeden Fall! Sie sind mein Gast, Signor Lanteri. Und wo wir gerade dabei sind: Nennen Sie mich bitte Don Antonio, wie meine Freunde. Inés! Gioia!!«

Die Frauen bekamen den Auftrag, etwas zu essen für den Besucher herrichten zu lassen, gerne auf der Terrasse, da nun die Sonne herauskäme. Die verbleibenden Männer wies Don Antonio an, ihm zu folgen. Als sie die großzügige Eingangshalle des Gutshauses durchquerten, präsentierte Soriga stolz eine Wandkonsole in einer Ecke, über der ein brandneuer Telefonapparat hing. »Endlich auch außerhalb der Stadt!«

Leo hörte kaum hin, sein Blick folgte Gioia auf ihrem Weg in die Küche quer durch die Halle. Weiße Bluse, offenes Haar, stolze Haltung. Und eine Taille, die ihn lockte, so sehr lockte, sie zu umfassen, dass Leo nicht wegsehen konnte. Erst als Gavino Marras ihn ansprach, wurde es ihm bewusst.

»Wie lange bleiben Sie in Sassari?«

»Hm, eine Weile vielleicht. Können Sie mir etwas empfehlen?«

»In Sassari? Derzeit?« Gavino gab einen komischen Laut von sich, es sollte wohl ein Lachen sein. »Also, dann empfehle ich Ihnen, hier draußen auf dem Land zu bleiben.« Er sah sich unauffällig nach Boi und ihrem Gastgeber um und senkte die Stimme. »Sassari ist in diesen Tagen eher ... ungesund. Zu viele Schwarzhemden, zu viele Kommunisten, zu viel Unruhe. Heikel wie eine Lkw-Ladung Gasminen, wenn Sie verstehen, was ich meine ...«

Sie erreichten die mit Weinreben berankte Terrasse, wo sich ihnen ein überraschender Anblick bot. Mitten auf dem unebenen Naturstein unter den Spalieren, unter rot leuchtendem Laub und den letzten reifen Trauben kniete eine ältliche Bedienstete auf allen vieren und schnaufte. Um ihre Brust und ihren Hals wand sich ein grober Strick, an dessen Ende ein Kind zerrte, das auf ihrem Rücken hockte und immer wieder rief: »Hopp! Hopp! Ala-Hopp!!«

Die Frau bemerkte die Ankommenden als Erste, doch

sie konnte mit dem Strick um den Hals kaum richtig atmen und starrte sie nur ängstlich an. Als der kindliche Reiter, ein etwa fünfjähriger Junge im Matrosenanzug, Don Antonio und seine Gäste bemerkte, öffnete sich sein rosiger Mund, und er schimpfte los.

»PAPÀ!! DU ESEL! Du hast mir immer noch kein Pony besorgt. Ich will ein Pony!! Das hier hört gar nicht richtig. Dabei gebe ich Maddalena die gleichen Kommandos wie Mamma, wenn sie mit ihrer Stute ausreitet.«

Mit diesen Worten stieß er der Knienden die Hacken in die Seite und traktierte sie erneut mit Hopp-Hopp-Rufen.

Herziges Kerlchen, dachte Leo. *Und was sagt sein Vater dazu – der Esel?* In Don Antonios Gesicht vollzog sich eine erstaunliche Wandlung: Es leuchtete auf und wurde ganz weich.

»Beniamino, kleiner Schatz, dein Geburtstag ist doch schon nächsten Monat. Das sind keine drei Wochen mehr, und es gibt Kuchen, Limonade, Maddalena zieht dir deinen besten Anzug an – und dann bekommst du auch dein Pony. Versprochen! Dann brauchst du Maddalena nicht mehr.«

Der »kleine Schatz« gab seiner Kinderfrau ein letztes Mal die Sporen, dann stieg er ab und lief Don Antonio entgegen.

Während die Geschundene mit hängenden Schultern im Haus verschwand, umarmten sich Vater und Sohn, wozu Don Antonio sich hinhockte. Über dessen Schulter hinweg kassierte Leo von dem Kleinen einen seltsamen Blick.

»Und wer ist das jetzt?«

»Ein Gast, mein Schatz. Signor Lanteri vom Festland.

Er war ebenfalls ein Kämpfer im großen Krieg, so wie Boi und Signor Marras.«

»Ach ja?« Beniamino fixierte Leo und zog geräuschvoll die Nase hoch. »Kannst du auch so gut reiten wie ich?«

»Ich reite nicht.«

»Was? Gar nicht?«

»Nie.«

»Wie dumm«, blökte Beniamino und lachte. »Dann wirst du im Krieg aber schnell totgeschossen. Peng!«

»Meinst du?!«, sagte Leo.

Don Antonios stolze Stimme klang ihm noch immer in den Ohren. »Das ist Beniamino, mein jüngster Sohn und Erbe. Eines Tages wird dies alles ihm gehören. Ein Soriga durch und durch ist er, reinstes Katalanenblut. Sie sehen – er träumt jetzt schon von der Kavallerie.«

Der Sohn und Erbe des Herrn von Soriga lächelte. Dann nahm er Leo mit einer imaginären Pistole ins Visier und drückte den Abzug. »Peng! Du bist tot.«

Während die Sonne Richtung Süden wanderte und es zuerst Mittag und dann Nachmittag wurde, nahmen die Männer einen Imbiss aus frischen Feigen, sardischer *coppa* und Ziegenkäse zu sich und plauderten über die neuesten Ereignisse auf der Insel. Beniamino war zu Leos Erleichterung zum Essen ins Haus gerufen worden, und nach einer Weile gesellte sich auch Donna Inés wieder zu ihnen, die sich umgezogen hatte und nun Knie zeigte. Gioia allerdings, die schöne Tochter, blieb unsichtbar, nur leises Klavierspiel im Innern des weitläufigen Gebäudes verriet, wo sie sich aufhielt.

»Sie lässt sich entschuldigen«, sagte ihre Stiefmutter

dazu nur auf Leos vorsichtige Nachfrage und machte eine wegwerfende Geste. Dann fuhr sie fort, die Runde mit aufgekratztem Gekicher und französischen Bonmots zu unterhalten.

Leo lauschte auf die Musik – wieder der *Maple Leaf Rag*, diesmal im Originaltempo –, und er musste unwillkürlich lächeln. Das Mädchen hatte Mumm, keine Frage. Er schaute prüfend in die Runde, zu Gioias Eltern, zu Gavino Marras – merkte es niemand? Nein, auch der junge Sarde wirkte unbeteiligt, Leo blieb wohl ihr einziger Zuhörer. Nach etwa zehn Minuten änderte sich ihr Spiel, sie wechselte in Moll, zu einem getragenen Stück. Was für eine erstaunliche junge Frau, hier am Ende der Welt! Wie einsam sie sich fühlen musste in dieser Einöde, in dieser Familie. Leos Blick streifte Gavino, der sich gerade grinsend ein Stück Schinkenspeck in den Mund schob. Und was würde sich nach der Hochzeit ändern für sie, hier, ein kurzes Stück die Straße herunter im Gestüt der Marras?

Weit draußen über den abgeernteten Feldern kreiste ein Greifvogel, und unter der herbstlichen Pergola wechselte das Gespräch zur allgemeinen politischen Lage. Dazu trank man *mirto* und Kognak. Leo tat es Gavino gleich und überließ dem Herrn des Hauses, seiner Frau und Boi den größten Teil der Redezeit. Don Antonio zeigte sich begeistert über den Faschistenkongress in Neapel, nannte ihn ein Zeichen der Hoffnung.

»Unter den Faschisten würde auch auf Sardinien wieder Ruhe einkehren«, sagte der Gutsherr und zwirbelte an seinem Bart herum, »dann wäre Schluss mit diesen bolschewistischen Zwietracht-Stiftern, dann herrschten hier endlich Gesetz und Ordnung.«

Der junge Signor Marras grinste. »Meine Mutter sagt immer, in Sardinien brauchen wir keine Gesetze aus Rom. Wir haben die *vindicau.*«

Doch sein Verweis auf den altsardischen Rachekodex stachelte Don Antonio nur noch weiter an, über Ehre und Sieg zu schwadronieren. Dank Mussolini sei die Schande von Versailles vergessen, rief er und dehnte die Vokale; der so schmählich »verstümmelte Sieg« – Soriga machte aus dem Lieblingsbegriff der Rechten ein *»vittoriaa mutilataa«* –, ja, er sei überwunden, jetzt gehe es aufwärts mit Italien und zu neuer Größe, jawohl!

Leo überkam der dringende Wunsch, die Runde zu verlassen. Sicher, der junge Marras faszinierte ihn, auch schien er als Einziger in der Runde in Sachen Politik einen Funken Verstand zu besitzen. Doch als Sorigas Gast noch länger auf der *tenuta* zu bleiben, erschien ihm nun ebenso überflüssig wie beängstigend. Sicher war es klüger, die für den Abend angesetzte »Soiree« unter einem Vorwand abzusagen und noch vor Einbruch der Dunkelheit nach Sassari zu verschwinden. Die Bahnstation wartete kaum eine halbe Stunde Fußmarsch bergab, und laut Marras gingen noch Züge. Und riet ihm nicht auch sein Instinkt zur Abreise? Musste er das einzig Schöne an diesem Ort nicht sowieso meiden? Oliven fand man auch woanders. Wozu also noch warten?

Nach einer knappen Stunde Geplauder – man war inzwischen bei Anekdoten aus Kriegszeiten angelangt, und Boi versicherte lautstark, ohne Kognak hätte er nicht überlebt – stand Leo daher auf. Er dankte in die Runde und erklärte so höflich wie möglich, er sei doch in der Stadt recht gebunden, ja, leider, daher wolle er zeitig nach Sassari zurückkehren.

»Und ich will Ihre Gastfreundschaft auf keinen Fall ausnutzen. Ich kam ja ganz unangemeldet.«

»Aber Sie dürfen nicht gehen!«

Donna Inés musterte Leo konsterniert, und auch Don Antonio runzelte die Stirn. »Sie sind mein Gast, Signor Lanteri, ich bitte Sie! Und vergessen Sie mal die Soiree meiner Frau«, er ignorierte Inés' empörten Blick, »es wäre doch zu schade, wenn wir Ihnen morgen nicht unsere Haine mit den tausendjährigen Oliven zeigen könnten!«

Auch die Miene des jungen Marras zeigte Bedauern. »Es ist natürlich Ihre Entscheidung«, meinte er. »Doch bedenken Sie, was ich Ihnen über Sassari sagte.«

Der Einzige in der Runde, der seltsam erleichtert wirkte über Leos Abreisepläne, war Arturo Boi. Und Sorigas kleiner Gutserbe, der just in diesem Moment wieder auf der Terrasse erschien, zeigte seine Freude ganz unverhohlen: »Ja, verschwinde, du dummer Fußsoldat. Wegtreten!«

»Beniamino!« Zum ersten Mal wies Don Antonio seinen Sohn zurecht. »So spricht ein Soriga nicht mit Gästen. Das musst du lernen. Inés?«

Dem auffordernden Blick ihres Mannes folgend, bedachte jetzt auch die Gutsherrin ihren Sohn mit einem strengen Blick. »Was ist das für eine Rede, Beniamino?«, ermahnte sie ihn. »Bedenke deinen Stand und bleib schön brav.«

Der brave Junge störte sich nicht daran und strahlte Leo weiter an. »Ich sagte, du sollst verschwinden, dummer Soldat! HAU AB!«

Peinlich berührtes Schweigen folgte.

»Ich hätte da einen Vorschlag«, sagte Gavino Marras

schließlich. »Natürlich nur, wenn er Ihre Zustimmung findet.« Er hob beschwichtigend die Hände. »Signor Lanteri hatte vorhin Interesse am Gestüt meiner Familie bekundet. Interesse, es zu sehen. Wenn es recht wäre, würde ich ihn einladen, die *scuderia Marras* zu besichtigen und später auch dort zu übernachten.« Er machte eine kurze Pause und sah Leo erwartungsvoll an. »Wäre das vielleicht eine Möglichkeit? Könnten Sie dann vielleicht Ihre Abreise noch aufschieben?«

Leo zögerte, dann siegte seine Neugier, mehr über die Familie Marras herauszufinden und über das seltsame Erkennen, das ihn befiel, wann immer er den jungen Gavino ansah.

Er nickte, und sofort richtete sich alle Aufmerksamkeit auf den Gutsherrn und seine Reaktion. Gastfreundschaft war heilig, auf Sardinien vielleicht sogar noch mehr als anderswo in Italien. Wie würde der Herr von Soriga dieses Arrangement werten – als Affront?

Don Antonio legte die Stirn in Falten, und Donna Inés strich ihm über den Arm. »Was meinst du, Liebling?«

Banges Schweigen.

»Also gut«, sagte Don Antonio schlussendlich, und sein Sohn zielte mit seiner kleinen Hand erneut auf Leo.

PENG!

KAPITEL 8

SOS ZIGANTES *(dt. »die Giganten«) / Dies sind in der Folklore Sardiniens gigantische Riesen, für die in prähistorischer Zeit einst die* »tumbas de sos zigantes« *erbaut wurden, die sardischen Hünengräber. Es gibt auf Sardinien etwa dreihundertzwanzig bekannte Grabanlagen und ganz sicher noch viele weitere, die aber noch im Verborgenen liegen. Die oft millimetergenaue Ausrichtung der Gräber auf bestimmte astronomische Phänomene (z.B. die Tag-und-Nacht-Gleiche oder die Bewegungen einzelner Sternbilder) lässt auf einen hohen Wissensstand ihrer Erbauer im Bereich der Astronomie und Astrologie schließen.*

* * *

Der Salon der tenuta Soriga, Codronzanu, Region Logudoro

Immer wenn Gioia die Partituren von Giuseppe Verdi spielte, dem Lieblingskomponisten ihrer Eltern, fühlte sie sich schuldig.

Schuldig, dass sie mithalf, die Melodien des großen Mannes aus Le Roncole zu missbrauchen. Als musikalisches Futter für die großitalienischen Träume ihres Vaters. Als Vehikel für die Gesangsauftritte von Donna Inés, dieser Dilettantin. Da half es auch nicht, dass sie nach jeder »Soiree«, bei der sie Inés' unsägliches Arien-Potpourri begleiten musste, am nächsten Tag stets Stücke übte, die im Hause Soriga nicht gern gehört wurden – ausländische Musik, von Igor Strawinsky, von Arnold Schönberg oder Lili Boulanger. Oder an besonders wütenden Tagen eben auch Ragtime. Nein, damit wurde sie ihr Schuldgefühl nicht los. Und so setzte sie sich auch an diesem Abend unter den erwartungsvollen Augen der Gäste an den Flügel und lockerte ihre Finger mit der ergebenen Sorgfalt eines Foltergehilfen.

»Meine lieben Freunde«, säuselte Donna Inés, rauschte vor das Instrument und hob ihr Kinn so abrupt, dass die Reiherfeder auf ihrem Stirnband wippte. »Beginnen wir mit der Leonora aus *la forza del destino* – Die Macht des Schicksals.« Gioia traf ein auffordernder Blick unter halb gesenkten Lidern. »Bitte!«

Sie begann in Moll. Und eingehüllt in eine schwere Wolke französischen Parfums, Donna Inés bevorzugte *Guerlain,* bereitete sie ihrer Stiefmutter mit ein paar drängenden Läufen den Boden für ihren Einsatz.

Pace! Pace, pace mio Dio …

Gioia bemühte sich, das Publikum auszublenden, das die Bibliothek füllte, die Vorderen sitzend, die Hinteren stehend, versorgt von zwei Dienstmädchen mit Champagner und *Éclairs.* Sie kannte die Sitzordnung, sie änderte sich bei jeder Soiree nur minimal: Ihr Vater thronte ganz vorn in der Mitte, zu seiner Linken zwei seiner wichtigsten Geschäftspartner aus Sassari, deren Namen sich ebenso glichen wie ihre dümmlich lächelnden Frauen. Monti? Montini? Montellini? Egal, Gioia vergaß ständig ihre Namen, erkannte den Wichtigeren der beiden stets nur an seiner Knollennase.

Zur Rechten Don Antonios saß der Ehrengast dieses Abends, der aus Mailand angereiste Dichter Raffaele D'Avenia. D'Avenia trug ein reichlich affektiertes Bärtchen, geflochtene Lederschuhe und den elfenbeinfarbenen Leinenanzug eines Großwildjägers, ganz so, als sei noch Sommer. Gioias Vater war mit dem Dichter seit seiner Studienzeit in Mailand bekannt, und jener hatte inzwischen Karriere bei den politischen Aufsteigern vom PNF gemacht – Mussolinis Faschistenpartei, für die auch Don Antonio große Sympathien hegte.

Weiter hinten saß Gavino als einziger Vertreter der Familie Marras an diesem Abend. Ursprünglich war auch seine Mutter eingeladen gewesen, doch Teresina, die sich selbst gern als »hoffnungslos unmusikalisch« bezeichnete, hatte Unpässlichkeit vorgeschoben und blieb der Veranstaltung fern. Gerade schlich sich Arturo Boi in den Salon, nervös darauf bedacht, dass niemand sein spätes Erscheinen bemerkte. Wo kam der Mann her? Von seinem Vorgesetzten Esposito gab es weiterhin kein Zeichen, keine Spur.

In einer Ecke am Fenster lehnte Bois geheimnisvoller Kriegskamerad Lanteri an einem der Bücherregale. Er nippte an einem Glas Champagner und ließ den Blick durch den Raum wandern. Dicht vor ihm, so dicht, dass es schon nicht mehr Zufall genannt werden konnte, hatte sich D'Avenias Tochter aus seiner ersten Ehe mit einer Britin postiert, eine blonde Sirene namens Isadora.

Cruda sventura m'astringe, ahimè, a languir –
Wehe, welch grausam Los lässt mich schmachten!

... und welch grausames Los quält uns auch diesmal mit Inés' verhunzten Höhen im Refrain, dachte Gioia. Mit verzweifelt lautem *fortissimo* kaschierte sie die gröbsten Patzer ihrer Stiefmutter. Es wäre allerdings nicht nötig

gewesen: Niemand im Raum zeigte großes Interesse am Gesang der Gastgeberin. Gioias Vater lächelte seiner Frau zwar zu, flüsterte jedoch mit D'Avenia und den Herren aus Sassari. Gavino, ihr Verlobter, spielte mit dem Verschluss seines Feuerzeugs, und die Gattin des knollennasigen Monti oder Montini verfolgte mit Glutblick, wie die schöne Isadora dem leise lachenden Lanteri ein imaginäres Staubkörnchen von der Schulter fegte. Eine charmante Geste, und Gioia fand, dass Lanteri allen Grund haben könnte zu lachen, so wie er von allen Seiten angeschmachtet wurde. Wen wunderte es da, wenn ihm Isadoras Aufmerksamkeiten lieber waren als »die Macht des Schicksals«?
Diese und andere Gedanken gingen Gioia durch den Kopf, während sie ihre Stiefmutter durch diverse Arien von Verdi und Mascagni begleitete, fehlerlos und fast eine Dreiviertelstunde lang, doch ohne besonderes Augenmerk auf das, was sie tat.

Einmal spürte sie Lanteris Blick auf sich. Und einmal war sie sich fast sicher, dass dieser mit Isadora über sie sprach, zumindest deuteten deren beider Blicke darauf hin. Sie versuchte jedoch, dem keine größere Beachtung zu schenken. Was sollte es auch bedeuten? Der Blick des Publikums auf die Klavierbegleitung war nach Gioias Erfahrung stets ein flüchtiger. Sie hatte dieses Programm sicher schon ein Dutzend Mal begleitet, jedes Mal wurde ihr dabei freundlich zugenickt. Doch niemand erinnerte sich später an ihr Spiel, ja, die meisten konnten noch nicht einmal sagen, welche Farbe ihr Kleid gehabt hatte. Doch dann landeten sie bei Puccini, wie immer am Schluss, und es geschah etwas, das Gioia vergessen ließ, wie oft sie Inés bereits begleitet hatte.

Sie hatten mit der Arie der Musetta aus *La Bohème* begonnen. Gioia ließ die Läufe perlen und versuchte, das süßliche Timbre ihrer Stiefmutter zu übertönen, die das Stück jedes Mal dazu benutzte, die große Verführerin zu mimen und sich singend auf dem Schoß ihres Mannes zu räkeln.

»Quando m'en vo«, wiederholte sich der Refrain, und Gioia folgte gerade der Hauptmelodie mit der rechten Hand, da sah sie auf. Über sämtliche Köpfe des Publikums hinweg begegneten ihre Augen denen von Lanteri.

Nur kurz, doch …

Nein! Nein, das geht nicht. Und doch musste sie wieder hinsehen. Sein Blick erwartete sie schon. *Sein Blick und eine wortlose Frage …*

Keine zwei Sekunden ertrug sie es, dann gab sie auf und tat wieder so, als erforderte das Spiel ihre ganze Konzentration.

Ihr Herz galoppierte mit den Arpeggien der linken Hand um die Wette.

E tu che sai, che memori e ti struggi, da me tanto rifuggi? – Und du, der du alles weißt, dich erinnerst und dich vor Sehnsucht verzehrst, du willst mich nun meiden?

Nur die stumpf angeeignete Routine trug sie über die nächsten zehn Takte hinweg. Wie hatte sie diese Musik nur so oft spielen können und doch nie zugehört, nie begriffen, zu was sie aufrief? Was sie ihr befahl? Gioia wechselte von A-Dur nach e-Moll und kämpfte insgeheim mit Atemlosigkeit. Ihre Finger eilten noch voller Elan über die Tasten, doch ihre Handflächen und Fingerkuppen waren längst feucht geworden, und ihr Gesicht schien zu glühen.

»... ma ti senti morir«, schmetterte Inés, und dann war es endlich vorbei.

Gioia verbeugte sich und lächelte tapfer ins Publikum. Aber sie würde nicht mehr zum Regal sehen, nein, ganz sicher nicht! Und als der Applaus verklungen war und sie etwas entfernt Lanteris Stimme im Gespräch mit Isadora hörte, da verließ sie mit gesenktem Kopf den Raum und flüchtete ins Badezimmer.

Zehn Minuten später kehrte sie zurück, während ihr Vater gerade einen Toast auf den Ehrengast ausrief.

»Mesdames et Messieurs«, dröhnte ihr Vater, der von seiner zweiten Frau die Marotte übernommen hatte, die Sätze mit französischen Begriffen zu würzen, »es ist mir eine Ehre, einen der größten Dichter unseres Landes in meinem Hause willkommen zu heißen: Seine Exzellenz, der *cavaliere Raffaele* D'Avenia.«

Mit diesen Worten wies er auf den Mann im Leinenanzug, der daraufhin beschwichtigend die Arme hob. »Es war mir ein Herzenswunsch, dass er seine ersten Tage auf der Insel nicht in Sassari, sondern hier bei uns verbringt. Unter Freunden.«

Don Antonio, von seiner gelungenen Begrüßung ganz ergriffen, begann zu klatschen, und der Rest der Gesellschaft folgte seinem Beispiel. Gioia ergriff ein Tablett mit *Petits Fours,* besser, sie beschäftigte sich mit etwas und hatte zu tun. Während sie die Pralinen durch die Reihen trug und halbherzig die beflissene Gastgebertochter mimte, fuhr ihr Vater mit seiner Ansprache fort.

»Zu meiner großen Freude hat sich der *cavaliere* bereit erklärt, uns eine Kostprobe seiner Kunst vorzutragen. Futuristische Dichtkunst zum Glanz und zur Größe Italiens.« Der derart Angekündigte warf ein geschmeicheltes Lächeln in die Runde. Dann trat D'Avenia vor den Flügel, förderte ein zerknülltes Stück Papier zutage und strich es mehrmals glatt. Er räusperte sich ausgiebig, reckte und streckte sich, bis es Gioia so vorkam, als sei er gleich um mehrere Zentimeter gewachsen. Dann, für mindestens eine halbe Minute, verharrte er still in dieser Position. *Und jetzt?*

Erst nach dem ersten, unterdrückten Huster aus dem Publikum begann D'Avenia, auf einmal zu sprechen. Ganz schnell und gleichförmig, monoton wie eine Maschine.

»Lasst mich die Liebe zur Gefahr besingen, lasst mich von Verwegenheit und Tod erzählen. Denn nur der Krieg, der große Meister, wäscht uns rein. Lasst mich die Gewalt ehren, die pure, reine Gewalt, eine Kraft, die alles zermalmt und zu Boden zwingt. Und lasst mich das Tempo anbeten, diesen stählernen Sturm, der alles Zögerliche mit sich reißt, alles Ungestalte rund schleift. Verachtet alles Schwache, verachtet alle Güte, verachtet alles, was ihr gelesen habt. Es ist nur Papier, lasst es brennen! Verbrennt die Bibliotheken und Museen. Denn dies ist eine neue Zeit, und so seien Eure Götter: Der Rennwagen. Das Automobil. Die Granate!«

Gebannt lauschte das Publikum D'Avenias Worten, nur seine Tochter kicherte leise in ihrer Ecke mit Lanteri, und Gioia hörte, wie dieser raunte: »Ms Isadora, das mit den Bibliotheken ist aber nicht von Ihrem Vater. Da hat er sich wohl ein wenig bei Marinetti bedient.«

Isadora machte »Pssst« und gluckste weiter, alle anderen im Raum nahmen keine Notiz von dem Geturtel bei den Büchern. Zu stark wurden sie von den Versen des *cavaliere* ergriffen, der nun mit einem improvisierten »Manifest des Totalen« zum Höhepunkt seines Vortrags kam. Und Gioia fragte sich, ob denn niemand im Raum außer ihr auf den Inhalt der Rede achtete.

Ihr fröstelte beim Gedanken daran, dass Leute wie D'Avenia dank des schier unaufhaltsamen Aufstiegs des PNF bald noch mehr Einfluss gewinnen würden. *Wo führt das hin,* dachte sie, *wenn die in Rom vielleicht bald das Sagen haben*? Ihr Blick glitt über das Publikum, über Arturo Boi, der mit hochrotem Kopf jedes Wort des Dichters aufzusaugen schien, und zu ihrem Verlobten Gavino. Auch dieser lauschte D'Avenias Rede, zeigte aber keinerlei Regung.

»Wir stehen am Anfang einer Zeit neuer Größe!«, rief dieser jetzt. »Lasst es mich von allen Mauern rufen: Das *imperium romanum* kehrt zurück. Wir sind wieder da! Und gnade Gott allen Zaghaften und Gekrümmten. Wir werden sie vernichten. Sie unter den Hacken unserer Stiefel zermalmen. Wir legen Feuer in die Akademien, verbrennen all das Gelehrten-Gewäsch und die moralischen Traktate. Brennen sollen sie, brennen und zu Asche zerfallen – und mit dieser Asche werden wir unsere Saat düngen, auf dass sie aufgehe in ihrer alles umwälzenden Macht. *Viva il faschismo, viva il duce!*«

D'Avenias Stimme erstarb, er musste Luft schöpfen. Einen Moment lang herrschte Stille im Raum. Gioia sah ringsum in blasse Gesichter, selbst Isadora war verstummt und lauschte ihrem Vater nun mit andächtigem Blick. Nur Lanteri in seiner Ecke hob skeptisch eine Augenbraue. Dann brach Beifall los, alle klatschten wie verrückt, ließen den Dichter hochleben. Und Gioia, die nie froher über ein Tablett in ihren Händen gewesen war als in diesem Moment, verfolgte, wie Lanteri, statt zu applaudieren, seelenruhig an seinem Champagner nippte.

Er verachtet ihn. Wenigstens er.

Wärme breitete sich in ihrem Innern aus.

Vielleicht ist die Lage doch nicht so ausweglos, dachte sie, während sie verfolgte, wie zuerst Gavino den Salon verließ und wenig später dann Boi mit ihrem Vater, der erklärte, es ginge nur um eine kurze Unterredung, er käme sofort zurück. Und als sie wenig später alleine beim Flügel zurückblieb, und Lanteri urplötzlich an ihrer Seite erschien, da beschloss Gioia, nicht noch einmal zu flüchten.

* * *

Der *padrone* hatte ihn, Arturo Boi, für die Unterredung ins Kaminzimmer gebeten. Das war schon einmal ein gutes Omen, ebenso gut wie die Tatsache, dass Esposito an diesem Abend fehlte. *Nur dass dieser Umstand kein Zufall ist.* Boi schnupperte unauffällig am Revers seiner Jacke. Das frische Hemd war eine kluge Idee gewesen. Das Kaminzimmer, der bevorzugte Ort des *padrone* für Gespräche unter vier Augen, befand sich am Ende eines langen Ganges im Erdgeschoss. Eine stickige Höhle mit schwerem, sargähnlichem Mobiliar und einem überdimensionierten Kamin, in dem nun die Flammen eines großen Feuers einen ganzen Stapel grober Scheite verzehrten. Dem würzigen Geruch des Brennmaterials nach hatte der *padrone* wohl eine seiner tausendjährigen Oliven fällen lassen.

Vor dem Feuer im Kamin standen sich zwei wuchtige

Klubsessel gegenüber, dazwischen ein Tischchen mit Rauchwaren und einem Aschenbecher aus geschnittenem Marmor. Der *padrone* ließ sich in einen der Sessel fallen. Dann klaubte er sich einen erkalteten Zigarrenstummel vom Rand des Aschenbechers, entzündete ihn und nahm Boi durch den aufsteigenden Rauch ins Visier.

»Was willst du jetzt von mir?«

Der *padrone* bot ihm nicht an, ebenfalls Platz zu nehmen, also tat er es kurzerhand selbst.

»Ist es gestattet, ja? *Va bene!*« Boi fuhr fort, ohne auf Sorigas konsternierte Miene zu achten. »Es ist so: Bis Allerseelen muss die Lese über die Bühne gehen, sonst ruiniert uns der November den Jahrgang.«

»Ja, und?«, brummte Soriga durch den Rauch hindurch. »Was mischst du dich ein, der *Cannonau* ist nicht deine Aufgabe. Lass das doch Espositos Sorge sein.«

»Esposito ist nicht hier. Und niemand weiß, wo er steckt. Aber ich weiß, was drüben im Dorf in den Hütten der Landarbeiter erzählt wird …«

Soriga überließ den Umgang mit den einfachen Arbeitern vorzugsweise seinen Verwaltern. »So?«, brummte er daher nur und musterte Boi mit hochgezogenen Augenbrauen. »Und was sagen deine ehemaligen Nachbarn?«

Der *padrone* wurde es nie müde, ihn an seine Herkunft zu erinnern. Dies war nichts Persönliches zwischen ihnen. Boi wusste, Soriga tat es weniger aus Bosheit als vielmehr wegen des Erhalts der gottgegebenen Ordnung. Doch Boi wusste auch: Die Tage der alten Ordnung waren gezählt, er musste nur noch ein wenig Geduld aufbringen. Die Zeit arbeitete für *ihn,* nicht für den *padrone,* diesen arroganten Drecksack. Und so bezwang er den Drang, den marmornen Aschenbecher vom Tischchen zu nehmen und ihn in Sorigas Gesicht zu schleudern, ihm damit die gottverdammte Fresse einzuschlagen, immer mitten rein, bis nichts mehr übrig wäre, was man ein Gesicht hätte nennen können. Und Boi lächelte.

»Die Leute finden, Esposito solle sich zum Teufel scheren«, sagte er dann und ließ ein wenig Zeit verstreichen, ehe er fortfuhr »Und sie sagen, der *padrone* könnte ihnen mal den Hintern küssen – *mi scusi,* ich gebe nur Gehörtes wieder –, und erst wenn wir die Tageslöhne verdoppeln, würden sie sich überlegen, noch einmal die Trauben eines Erzkapitalisten zu lesen. *Scusì,* aber so lauteten ihre Worte, *padrone.*«

Sorigas Gesicht hatte sich während Bois Ausführung immer weiter verfinstert, jetzt polterte er los.

»Dieses rote Pack! Wiegelt mir die Leute auf. Und alles geht vor die Hunde.« Soriga zerdrückte die Zigarre in der Marmorschale mit einer Wucht, die an einen Faustausschlag erinnerte. Dann stemmte er sich aus dem Sessel und tigerte mit hochrotem Kopf durch den Raum.

»Was für Kretins! Diese Impertinenz!«

Boi ließ ihn wüten. Bisher hätte es nicht besser laufen können. Er blieb seelenruhig sitzen und lauschte seinem Dienstherrn.

»Na warte, da gehört ein Exempel statuiert! Das lasse ich mir nicht bieten, dieses Tänzchen können sie mit einem anderen aufführen.«

Nach einer weiteren Wutkaskade beruhigte sich Soriga langsam. Er baute sich vor Boi auf und musterte ihn argwöhnisch.

»Und wieso erzählst du mir das? Was sagt Esposito

dazu? Wo steckt er überhaupt? Was tu ich mit dem Pack ohne ihn?«

Jetzt hab ich dich, dachte Boi.

»Das ist die Frage, oder nicht?«, sagte er laut und erhob sich. Sie standen sich nun gegenüber, auf exakt gleicher Augenhöhe, wie Boi mit einiger Befriedigung feststellte. »Wer kann dafür sorgen, dass die Leute wieder spuren? Dass die Trauben rechtzeitig im Maischbottich landen?«

Boi wartete einen Moment, ließ diese Fragen bei Soriga ein wenig wirken. Dann wagte er den entscheidenden Vorstoß.

»Padrone …«

»Ja?«

»Es ist nun leider so«, begann Boi und musste sich kurz räuspern. *Verdammt, was klingt meine Stimme so fremd und dünn?*

»Esposito ist kein guter Verwalter. Er verschwindet, sobald es Ärger gibt. Lassen Sie mich die Sache übernehmen! Ich sorge dafür, dass die *vendemmia* pünktlich stattfindet.«

Schweigen breitete sich im Raum aus, und Boi suchte im Blick seines Gegenübers nach Zustimmung. *Jetzt ist die Katze aus dem Sack. Und nun?* Boi wusste genau, dass es besser wäre, einfach noch ein wenig länger den Mund zu halten und abzuwarten, doch er konnte nicht anders.

»Geben Sie mir Espositos Posten, *padrone.*«

Wieder war es im Kaminzimmer einen Moment lang ganz still.

Boi starrte seinen *padrone* an, in dessen vom Rotwein und Ärger geröteten Augen nun ein Funke glomm. Ja, er konnte Soriga jetzt nichts mehr vormachen, der sah ihm nun durch die Augen geradewegs auf den Grund seiner Seele, und er wusste alles. Er wusste um Bois glühenden Ehrgeiz, diese Flamme, die ihn nährte und gleichzeitig verzehrte. Diese Flamme, die nur in denen brennt, die von ganz weit unten kommen. Ja, Soriga wusste nun alles. Und dann gab dieser einen undefinierbaren Schnaufer von sich und sagte nur ein einziges Wort.

»Raus.«

»Come?«

»Raus sage ich, du dämlicher Esel! Geh zurück in den Salon zu den anderen, ich muss kurz telefonieren. Und komm mir nicht noch mal mit so einem Schwachsinn. Madonna, was für eine Idee!« Das Schnaufen wiederholte sich. Jetzt erkannte Boi, was es in Wirklichkeit war. Soriga lachte.

Wenige Minuten später schlenderte Arturo Boi über den Gang zurück Richtung Salon, von wo ihm Stimmengewirr und Pianoklänge entgegenkamen. Über einem sanften Dur-Dreiklang hörte er D'Avenias melodische Stimme ein neues Gedicht über die Macht des *duce* deklamieren. Und die Kraft entschlossener Männer.

Ja, er würde sich als würdig erweisen. Dann würde sich zeigen, wer in diesen neuen Zeiten das Kommando hatte. Doch sollte er noch in der Nacht nach Sassari zurückkehren, Porcu und die Squadristen instruieren? *Ma certo!* Genug geredet, es ging auch anders. Und wenn er es schlau anfing, bekäme er sogar beides: die Rache an Soriga und den Platz auf der Fähre neben dem *cavaliere*.

Vor der verschlossenen Flügeltür zum Salon, die Hand schon auf der Klinke, zögerte er und schickte einen letzten Blick zurück in den dunklen Gang, an dessen Ende das Kaminzimmer lag.

Du dämlicher Esel ...

Den Aschenbecher hatte Boi nicht benutzt.

Noch nicht.

* * *

»Gefällt es Ihnen, Signorina?«

Gioia, der vor Aufregung ganz flau war und die vielen Stimmen ringsherum in den Ohren klangen, bemerkte erst etwas zeitversetzt, dass Lanteri tatsächlich mit ihr sprach.

»Wie bitte?«

»Das, was man Ihnen hier an Dichtung bietet. Gefällt es Ihnen?«

Wie hell seine Augen sind und wie wachsam.

Hinter Gioia hatte inzwischen Isadora am Flügel Platz genommen. Sie spielte leidlich gut und unterhielt die Gesellschaft mit bekannten neapolitanischen Liedern. Einige der Gäste tanzten, andere sangen mit, darunter auch der *cavaliere* D'Avenia. Unter den Klängen von *Santa Lucia* drang das ferne Klingeln des Telefons aus der Eingangshalle herüber.

»Sie möchten wahrscheinlich nicht tanzen, Signorina.« Wieder seine Augen, seine Stimme. Und die nachgeschobene Frage: »Oder?«

Ein schneller Blick hinüber zu ihrem Verlobten gab Gioia die Gewissheit, dass dieser zu gebannt Isadoras Darbietung verfolgte, um zu bemerken, was am anderen Ende des Flügels vor sich ging. Die Musik wurde lauter, die Ausgelassenheit der Gäste stieg, und so nahm sie

Lanteris höfliche Einladung, ihm in eine etwas ruhigere Ecke zu folgen, an. Sie landeten bei den Bücherregalen neben der Tür, Lanteri bot ihr einen Sessel an, doch Gioia lehnte ab. Stehen war besser. Viel besser, falls man schnell die Flucht ergreifen musste. Aber *irgendetwas sollte ich jetzt wohl sagen,* dachte Gioia und versuchte sich mit einem unverfänglichen Thema.

»Hat man Ihnen am Nachmittag das Gestüt der Familie Marras gezeigt?«

»Ja, eine beeindruckende *azienda.* Ich hatte keine Ahnung, dass die Familie auch Sport- und Rennpferde züchtet. Und so erfolgreich! Der junge Signor Gavino, Ihr …«, ein Stocken, ein schneller Blick, »… Verlobter hat mir den Hengst gezeigt, der vor zwei Jahren den *palio* in Siena gewonnen hat.«

»*Pegaso?* Der große Fuchs? Oh ja, ich habe ihn in dem Jahr auch hier auf der Rennbahn in Chilivani gesehen.« Gioia lächelte. »Er war schneller als grüne Pferde, wie wir Sarden sagen. Aber nach seinem Unfall war es mit der Karriere vorbei. Und er ließ anfangs kaum einen an sich heran. So ein Veteran der Rennbahn, der derart auf Drill und Kampf geeicht ist, muss Ruhe und Frieden erst wieder lernen. Viele schaffen es auch nicht, leider. Aber die Marras haben Geduld. Sie bilden Pegaso zum Reitpferd aus – und er ist auf einem guten Weg. Aber was rede ich hier, alles das hat Ihnen Gavino sicher schon erzählt …«

»Sie kennen sich aus mit Pferden.« Lanteri warf ihr einen anerkennenden Blick zu.

Sie zuckte verlegen mit den Schultern. »Wir sind ja praktisch Nachbarn.« *Und die Tiere freuen sich immer, mich zu sehen,* fügte sie im Stillen hinzu. *Nicht so wie …*

Gioia schreckte auf, als sich die Tür öffnete und ihr Vater in den Salon zurückkehrte. Dieser achtete jedoch kaum auf sie und steuerte den Flügel an. Dort bat D'Avenia seine Tochter gerade, ein ursprünglich harmloses Liedchen zu spielen, welches die Faschisten umgetextet und für sich vereinnahmt hatten.

Giovinezza, giovinezza, primavera di bellezza …

Gioia verfolgte mit heißen Wangen, wie ihr Vater mit dem *cavaliere* im Duett das unsägliche Lied anstimmte. Was musste Lanteri nur von ihr halten? Von ihr, von diesem Abend, diesem ganzen Elend? Ihr Gesicht brannte.

Doch Lanteri drehte der Szene am Flügel den Rücken zu, und Gioia kam es so vor, als gebe es für ihn nur sie im Raum.

»Sie spielen wunderbar Klavier«, sagte er, »sehr klar und sauber, gerade diese letzte Arie gefiel mir außerordentlich. Aus *La Bohème,* wie mir Donna Inés sagte?«

Gioia nickte stumm, da ihr keine passende Antwort einfiel. Lanteri kannte sich mit Musik aus, das musste man ihm lassen. Zuerst seine Bemerkung zu Ragtime bei ihrem ersten Zusammentreffen, jetzt die zu ihrem Spiel. Reichlich ungewöhnlich für einen Olivenbauern, kam ihr in den Sinn, und sie fragte sich, ob der Mann aus Ligurien nicht vielleicht etwas verbarg. War Lanteri tatsächlich der, für den er sich ausgab? Trieb ihn wirklich nur die Suche nach Oliven auf das Gut? Und war »Lanteri« überhaupt sein richtiger Name?

Gioia musterte ihr Gegenüber, während eines der Dienstmädchen ihnen zwei Kelchgläser mit Champagner reichte. Überhaupt, diese Augen, viel zu hell eigentlich. Und diese intensive Aura von Zerstörung, die ihn stets umgab. Ein Ex-Frontkämpfer, sicher – aber genügte dies als Erklärung für den Alarm, den jeder Blick, jede Bewegung des stattlichen Fremden in ihr auslöste? Die wispernde Stimme in ihrem Innern, von der sie außer ihrer Patin Bonaria keinem je erzählt hatte und die sich noch nie geirrt hatte, gebärdete sich seit Lanteris Auftauchen schier närrisch. Kein Zweifel: Bald würde es geschehen. Etwas, das mit Lanteri zu tun hatte. Nur was?

Als das Dienstmädchen weitergegangen war und Lanteri ihr mit einem stillen Lächeln zuprostete, wagte Gioia einen Vorstoß.

»Ihnen gefällt also *La Bohème*. Kennen Sie die Handlung?«

Das Lächeln, das um seine Mundwinkel spielte, vertiefte sich.

»Da muss ich raten: Am Ende sterben beide?«

»Nein, nur sie stirbt.« Gioia nippte an ihrem Getränk. »Reichlich ungerecht, finden Sie nicht?«

Lanteri lachte auf, dann sagte er: »Was Donna Inés da gesungen hat, hörte sich aber nicht nach Tod an.«

»Das war auch keine Arie der Mimi. Sondern eine ihrer Freundin Musetta. Einer Kokotte. Man könnte auch sagen, sie ist das rebellische Gegenstück zu Mimi.«

»Ich mag Rebellinnen«, sagte Lanteri und blitzte sie an, dass ihr die Röte heiß ins Gesicht schoss. »Und ich liebe Musik. Aber Ihren Ragtime heute Mittag, den mochte ich noch lieber. Am meisten Ihre rasante Improvisation später, während wir auf der Terrasse saßen.«

Madre meu, er hat zugehört! Hatte er auch ihr Herzklopfen herausgehört und gespürt, an wen sie während des Spielens gedacht hatte? Gioias Herz machte einen

Sprung, während ihr nervöser Blick den Flügel streifte. Dort wechselte Isadora gerade zu englischen Liedern und wurde dafür vom *cavaliere* ermahnt. »Nicht so viel von diesen verfluchten Briten!« Durch die verschlossene Salontür drang erneut fernes Klingeln.

»Ah, da fällt mir etwas ein. Moment ...«

Lanteri kramte in den Taschen seiner Hose. Dann förderte er ein Kettchen samt Anhänger zutage: Einen Delfin aus Silber, nicht größer als ihre Daumenkuppe.

»Ein Gruß aus meinem Heimatort. Meine Schwester hat ihn mir mitgegeben. Die *stenelle* haben in Sant'Amato ihre eigene Bucht.«

Er sah sich kurz um, dann griff er unauffällig nach ihrer Hand und ließ das Kettchen hineingleiten. Der Anhänger kitzelte auf ihrer Haut, war nicht kühl, sondern gewärmt von seinem Körper.

»Als kleines Dankeschön. An der Riviera schätzen wir gute Unterhaltung.«

Gioia öffnete die Faust, besah sich den Anhänger.

»Wunderschön«, sagte sie leise, »aber ich kann das nicht annehmen.«

Schnell gab sie ihm das Kettchen zurück und sah sich hastig um. Hoffentlich hatte niemand ihr Tun bemerkt.

»Meine Musik ist frei. Und Ihr Geschenk viel zu kostbar.«

Er wollte etwas entgegnen, doch in diesem Moment trat Arturo Boi zu ihnen, das Gesicht hochrot und fleckig. In seltsam abgehackten Sätzen erklärte der Hilfsverwalter, er müsse noch in dieser Nacht nach Sassari zurückkehren, ja, die Situation erlaube keinen Aufschub, und er, Lanteri, solle, da er bei den Marras unterkäme, doch noch schnell mitkommen, er habe sein Gepäck im Automobil vergessen.

Gioia trat zurück und gab den Weg zur Tür frei.

»Signor Lanteri …«

Boi war schon an der Tür und Lanteri drauf und dran, ihm zu folgen. Doch dann neigte er sich im letzten Augenblick nochmals zu ihr.

»Sie sagen, der Delfin ist zu kostbar, um ihn einfach herzugeben. Aber ist mein Herz das nicht auch?«

Gioia holte scharf Luft und sah sich schnell um. *Madonna, der hat Nerven!* Nervös starrte sie auf Lanteris breiten Rücken, als dieser Boi durch die Tür hinaus in den Gang folgte. In diesem Moment stießen die beiden Männer fast mit Don Antonios Sekretär zusammen, einem untersetzten Brillenträger, der ihnen entgegenstürzte, offenkundig im Zustand höchster Erregung.

Der Sekretär schwenkte einen Zettel, auf dem Gioia dessen pedantische Handschrift entdeckte.

»*Padrone,* eine Nachricht! Eine Nachricht aus Rom! Gott im Himmel, es ist nicht zu fassen!!«

Er stolperte zu Gioias Vater, setzte an, etwas zu sagen, doch dieser riss ihm kurzerhand den Zettel aus der Hand und studierte die Botschaft selbst. Don Antonios Gesicht verfärbte sich, wurde zuerst rot, dann blass. Während er las, entfuhr ihm ein Keuchen. Dann ließ er den Zettel sinken und machte große Augen.

»Ein historischer Moment!«, brüllte er mit Tremolo in der Stimme. »Vor wenigen Minuten kam der Anruf: Mussolini steht vor Rom! Der König muss den Belagerungszustand ausrufen!«

Die papierne Notiz in Don Antonios Händen bebte, als er sich straffte und die Stimme erhob. »Meine sehr verehrten Herrschaften, es ist so weit: Italien steht kurz vor einer Revolution!«

Atemloses Schweigen herrschte im Raum, und Gioia kam es vor, als setzte selbst das Ticken der Wanduhr einen Moment lang aus. Dann brach es aus ihrem Vater heraus – donnernd, voller Inbrunst und gänzlich ungedehnt.

»VIVA ITALIA!«

Und das Chaos brach los. Knollennase und sein Kompagnon fielen sofort in die Vivat-Rufe ein, der *cavaliere* riss den Arm hoch zum Faschistengruß, Arturo Boi stürzte zurück in den Raum, dem Dichter zur Seite, und tat es ihm gleich. Währenddessen brach Ms Isadora in schrilles Lachen aus, und Donna Inés kreischte nach mehr Champagner. Ein Tollhaus.

Gioias Blick suchte ihren Verlobten. Gavino Marras stand als Einziger still inmitten der aufgekratzten Gästeschar, totenbleich und wie erstarrt. *Armer Gavino, der König mit dem Rücken zur Wand, für euch Marras muss das ein Drama sein. Und wenn Mussolini gewinnt, was bedeutet das dann für uns?*

Gioias Herz füllte sich mit Sorge. Würde ihr Verlobter auch in die Partei eintreten müssen? Oder vielleicht gar bei den Schwarzhemden mitmachen? *Aber das wirst du nie tun, schon allein aus Sturheit nicht! Ach Gavino, was machen wir nur!*

All die Jahre hatte es nicht sonderlich gestört, dass die Marras treue Royalisten geblieben waren, während Don Antonio Soriga seine jeweiligen politischen Ansichten wechselte, wie es seinen Interessen als Grundbesitzer gerade nützte. Politik, das war Nebensache gewesen, etwas für die Gespräche der Männer bei der Zigarre nach dem Abendessen. Und die Überwindung der leidigen Fehde hatte beide Familien weitaus mehr beschäftigt als das Geschacher um die Macht in Rom. Doch nun? Gioia sah von ihrem jubelnden Vater zu dem schweigenden Gavino, und ihr Puls beschleunigte sich. Mit einem Mal hatte sie nicht mehr das Gefühl, dass die Hochzeit mit den Marras so sicher wie der nächste Sonnenaufgang war. *Was wäre, wenn …?* Und dann suchte ihr Blick den Fremden aus Ligurien. Suchte – und fand ihn nicht. Ihr Vater riss alle Türen zur Terrasse auf und scheuchte seinen Sekretär in den Garten mit der Anweisung, das geplante Feuerwerk zu Ehren D'Avenias bereits jetzt zu zünden. Ja, verdammt, sofort, auf der Stelle! Zur Feier dieses historischen Augenblicks. Die erste Rakete zischte in den jungfräulichen Nachthimmel, Don Antonio ließ höchstpersönlich den nächsten Champagnerkorken knallen. Die Gäste drängten Richtung Terrasse, zu den Blitzen der im Dunkeln explodierenden Geschosse.

Gioia schwindelte es. Die Stimme in ihrem Innern wisperte: »Das Ende! Das Ende!«, was immer auch damit gemeint war, und sie musste sich an einer Sessellehne abstützen.

Das Ende, tatsächlich? Hier im Salon?

In diesem Moment berührte etwas ganz sacht ihren Handteller. Sie ertastete Metall. Gleichzeitig gewahrte sie eine Bewegung in ihrem Rücken. Jemand stand direkt hinter ihr, seine Gegenwart schickte Schauer über ihre Schulterblätter, sein Atem streifte ihr Ohr.

»Gioia.«

Eine kräftige, warme Hand umfing ihre Finger und schloss sie um einen kleinen Gegenstand. *Der Delfin.*

KAPITEL 9

SOS CADDOS BIRDES / *Die geisterhaften »grünen Pferde« sind in der sardischen Folklore scheue, wendige Pferdchen mit grünem Fell, die kaum ein Mensch je zu Gesicht bekommt. Sie lassen sich nicht zähmen und haben noch nie einen menschlichen Reiter getragen. Ihre Seltenheit ist sprichwörtlich, sodass es auf Sardinien heißt: »homine affortunadu pius raru chi sos caddos birdes« – ein glücklicher Mann ist seltener als grüne Pferde. Niemand weiß Genaues über den Ursprung dieser Fabelwesen. Doch manchen Quellen zufolge geht die Legende von den grünen Pferden auf das Mittelalter und die Jahre 1014/1015 zurück, als die Balearen und große Teile Sardiniens vom maurischen Prinzen Mudjahid (in Chroniken auch lat. »mugettus rex«) erobert und besetzt wurden. Die muslimischen Krieger gewandeten sich in Grün und führten grüne Banner mit sich, die Farbe des Islam. Ihre sagenhaft schnellen und leichtfüßigen Araberhengste hinterließen bei den von jeher pferdeverrückten Sarden einen tiefen Eindruck.*

* * *

Isonzo, Bainsizza-Hochplateau, 18. August 1917

Und wieder heißt es: »Fertig machen zum Angriff!« Ein gebrüllter Befehl, der uns hinausschickt, direkt ins Mündungsfeuer der Österreicher. Wir stehen in Reih und Glied, die Gewehre vor der Brust, drücken uns an die Wand des Schützengrabens. Uns gegenüber die von der achten Kompanie, eine lange Reihe. Ich kann sie alle sehen. Alle Kameraden. Einige murmeln vor sich hin, andere blicken starr. Der ganze Graben stinkt, ein scharfer Geruch von Angstschweiß und frischem Urin hängt über unseren Köpfen, ich möchte nicht wissen, wie viele von uns gerade die letzte Kontrolle verlieren. Das ist jedes Mal so. Wir warten, der Ruf wird gleich kommen. Über uns surren die Granaten. Zwei Soldaten gegenüber bewegen sich. Ich sehe, wie sie unmerklich die Position ihrer Gewehre verlagern, sich die Läufe unters Kinn schieben.

»SAVOIIAA!!« Als der Ruf kommt, bückt sich der erste Soldat, drückt ab und sackt lautlos zusammen. Fast unmittelbar darauf folgt ihm der zweite und kippt zur Seite. Alle anderen stürmen aus dem Graben, unter kopflosem Geschrei hinein in das Krachen der Geschütze. Und ich frage mich bis heute: Ist das die Lösung? Wäre das die Lösung gewesen?

Unter panischem Japsen wachte Leo auf, in Schweiß gebadet, nur um im nächsten Augenblick festzustellen, dass der Lärm und die fernen Schreie nicht nur Teil des Albtraums gewesen waren. Er setzte sich auf und lauschte in die Finsternis. War da nicht etwas?! Das geräumige Gästezimmer, das ihm die Familie Marras zugewiesen hatte, war unverändert, in einer Ecke tickte allenfalls die Wanduhr.

Da, da war es wieder! Lautes Poltern hallte im Gebäude wider, und es folgten Geräusche, als finde ein Kampf statt. Ein Überfall? Leo sprang aus dem Bett und klaubte sich sein Rasiermesser vom Waschtisch. Dann huschte er zur Zimmertür und lauschte mit angehaltenem Atem.

»Santino! Santino!!«

Flüche in tiefstem Sardisch hallten vom Hof des Gestüts herauf. Dazwischen immer wieder der Name.

Santino.

Leo schwankte, ob er gehen und nachsehen sollte. Er musste helfen, wenn sich jemand dort draußen in Gefahr befand. Gavino hatte ihn mit warmer Gastfreundschaft auf dem Gestüt empfangen, ihn seiner Familie vorgestellt und ihm schon nach kurzer Zeit das Du angeboten. Und er hatte doch in Sassari in der Zeitung gelesen, dass die Raubüberfälle auf Sardinien seit Kriegsende wieder zugenommen hätten. Andererseits: Kein Mitglied der Familie Marras hatte auf Leo gewirkt, als stünde es einem Überfall hilflos gegenüber. Teresina, das Familienoberhaupt, hatte Leo derart durchdringend angesehen, dass diesem schon ganz mulmig geworden war. Signora Marras brauchte sicher kein einziges lautes Wort, um ihre Herrschaft über das Gestüt zu sichern. Von Gavinos Brüdern war Leo mit geschulterten Jagdflinten begrüßt worden, und seinen jungen Gastgeber selbst hatte er noch nicht ohne seine *resolza pattadesa,* das scharfe Sardenmesser, angetroffen. Ja, Gavino Marras mit seinen stolzen Zügen und den funkelnden Augen erschien ihm sogar fast wie ein junger Bandit.

Wieder ein Poltern, dann erschrecktes Wiehern. *Was geht dort vor sich?* Angespannt presste Leo sein Ohr an die Tür. Mit einem Mal zerriss ein Schmerzensschrei die Stille der Nacht, gefolgt von Hufgeklapper, welches sich schnell entfernte.

Es reicht! Leo sammelte sich, öffnete die Tür und warf einen vorsichtigen Blick hinaus auf die überdachte Veranda, die um den weiten Innenhof des Haupthauses verlief. Er orientierte sich kurz, dann lief er los, über die

Veranda, stets eng an der Hauswand entlang. Die aufgeklappte Rasierklinge hielt er in der rechten Hand dabei Richtung Boden, flach an den Oberschenkel gepresst. Nach der Führung durch Gavino, der ihm die Gebäude, Innenhöfe und Stallungen des Besitzes gezeigt hatte, schätzte Leo, dass der Lärm vom benachbarten Hof gekommen war.

Er huschte über die schweren Holzbohlen der Veranda, schlich auf Zehenspitzen die Treppe hinunter in den unteren Arkadengang, lief diesen hinunter, von Pfosten zu Pfosten, stets auf Deckung bedacht. Es fiel ihm leicht, wieder wie ein Soldat zu handeln.

Er hatte das Ende des Ganges fast erreicht, da hastete ihm im Dunkel eine Gestalt entgegen. Ein Mann, nicht ganz seine Größe, auch er hielt etwas in der Hand. Leo presste sich hinter einen Vorsprung, und als sich der Unbekannte auf seiner Höhe befand, sprang er blitzschnell vor, packte ihn von hinten und hielt ihm die Klinge an die Kehle.

»Still, sonst ...«

Der Mann blieb einen Moment ganz regungslos. Dann raunte er: »Geht man so mit seinen Gastgebern um?«

Verdammt! Leo ließ Gavino Marras los, klappte das Messer zusammen und murmelte eine Entschuldigung. Dann erzählte er von dem Lärm und seiner Annahme, es gebe einen Überfall.

Er konnte den Gesichtsausdruck des jungen Sarden im Dunkeln nicht sehen, doch als dieser antwortete, vibrierte seine Stimme vor Belustigung. »Du musst nicht alle Legenden glauben. Auch unsere Pferdediebe müssen schlafen. Meistens jedenfalls ...«

Gavino, einen halben Kopf kleiner als Leo, reckte sich

und klopfte diesem leicht auf die Schulter. Leo spürte Ärger in sich aufsteigen, schluckte ihn aber hinunter. »Was sollte dann das Geschrei und der Lärm? Ich wollte nur helfen.«

»Und das ehrt dich. Junge, bist du schnell, von dir will ich weiß Gott nicht rasiert werden.« Erneutes Schulterklopfen, diesmal mit mehr Nachdruck. »Doch wir haben hier wieder alles im Griff und ...«

»Wieder?«, hakte Leo ein, doch Gavino ignorierte seinen Einwurf.

»... ich kann dir versichern, dass dies für den Rest der Nacht so bleibt.«

»Aber wer hat gerade geschrien?«, beharrte Leo und schüttelte Gavinos Hand von der Schulter. »Wer ist Santino?«

Der junge Marras legte den Kopf schief und schien zu überlegen.

»Es war nichts«, sagte er dann leichthin, doch mit einem Unterton, der keine weiteren Fragen duldete. »Kein Grund zur Sorge. Das ist Sardinien. Manchmal passieren hier komische Dinge, aber um die kümmern wir uns selbst. *Unser Land, unsere Regeln.*«

Er klopfte ihm ein letztes Mal auf die Schulter.

»Buonanotte.«

Obwohl ihm Gavinos Freundlichkeit echt vorgekommen war, blieb ein ungutes Gefühl. Außerdem hatte er diesen Namen schon einmal gehört. Erst vor wenigen Tagen. Und es war nicht bei den Marras gewesen.

Santino.

Leos Hoffnung, dass sich sein unbehagliches Gefühl am nächsten Tag zerstreuen würde, erfüllte sich nicht.

Obwohl ein sonniger Herbsttag mit strahlend blauem Himmel und mildem Südostwind anbrach, war ihm innerlich eiskalt, und er fröstelte, als er die *scuderia* Marras am nächsten Vormittag verließ. Eine Restwirkung der Träume? Oder des nächtlichen Aufruhrs? Möglich, aber nicht sicher. Außer Gavino war nur seine Mutter Teresina Marras zum Abschied erschienen, die anderen Familienmitglieder waren seit Tagesanbruch auf den Koppeln und in den Ställen bei der Arbeit. Schwarz und undurchdringlich stand die Sardin hinter ihrem Sohn. Tiefe Schatten lagen unter ihren Augen, und sie wirkte erschöpfter als am Vortag. Sie musterte Leo feindselig, und als ihr dieser für die Gastfreundschaft dankte, blieb sie stumm. *Sie misstraut mir,* dachte Leo. *Aber aus welchem Grund?*

Unterdessen hielt ihm Gavino die Hand hin, zögerte und umarmte ihn dann kurz entschlossen.

»Und ich soll dich wirklich nicht zum Gut begleiten?«

»Nein.«

»Nachmittags fahre ich einen unserer Zweispänner hinunter zur Bahnstation Campomela. Ich habe etwas in Sassari zu erledigen und bringe meiner Schwester Missenta bei der Gelegenheit den Wagen. Vielleicht kann ich dich mitnehmen, und wir reisen zusammen? Pass auf, ich komme einfach nachher noch beim Gut vorbei.«

Leo dankte und stülpte sich den Hut über den Kopf. Dann tippte er sich zum Abschied an die Krempe.

»Signora Marras.«

Die Herrin des Gestüts entließ ihn mit einem wortlosen Nicken. Kein Zweifel, etwas war in dieser Nacht geschehen. Etwas, das Teresina Marras Sorge bereitete.

Er wanderte ein Stück hangaufwärts die Schotterstraße entlang und erreichte schon bald die breiten, schmiedeeisernen Torgitter vor der Zufahrt zur *tenuta* Soriga.

Er war ihm nicht wohl dabei, doch er ging weiter, um das Versprechen einzulösen, das er Don Antonio gegen Ende der denkwürdigen Soiree am Vorabend gegeben hatte. *Lanteri, Sie suchen doch diese sardische Olivensorte, oder? Va bene! Ich zeige Ihnen morgen das Gut. Kommen Sie um zehn, wir reiten nach Westen in die Haine!* Es hatte nicht wie ein Angebot geklungen, das man ausschlagen konnte. Und Leo, unter dem Glutblick der Augen von Gioia Soriga, hatte zugesagt.

Im Hof des Gutes wurde er bereits erwartet. Don Antonio saß hoch zu Ross auf einem fuchsfarbenen *sardo,* wie man die hier heimische Pferderasse nannte. Hinter ihm folgte Arturo Boi mit einem Braunen, ebenfalls schon im Sattel, der einen weiteren Fuchs für Leo am Zügel mit sich führte.

»Junger Freund, welche Freude!« Don Antonio, die Augen noch etwas glasig, gab sich ebenso leutselig wie am Abend zuvor. Er erkundigte sich nach Leos Befinden und seinem Logis bei den Marras. Doch schien es ihn nicht übermäßig zu interessieren, denn kaum hatte Leo geantwortet, rief er schon »Schön! Schön!« und begann übergangslos mit einer länglichen Vorstellung des Gutes und seiner Geschichte.

»Vierhundert Jahre sind die Soriga schon hier, sehen Sie hier, unser Wappen, wir besitzen Katalanen-Blut.«

Er ergänzte seinen Vortrag mit raumgreifenden Gesten, wies vom Hof hinüber zum Gutshaus und zu den Wirtschaftsgebäuden, behielt eine Hand aber stets am Zügel.

Leo lauschte nur mäßig interessiert. Sein Blick streifte ein geöffnetes Fenster im Oberstock der *tenuta,* erahnte dort ein helles Oval und hellbraunes Haar, halb verdeckt hinter den Vorhängen. Sein Puls beschleunigte sich. *Gioia?*

Leo kniff die Augen zusammen, und für einen Moment war ihm, als blicke er der schönen Gutstochter direkt in die Augen. Doch er war sich nicht sicher, und nach einem weiteren Herzschlag verschwand das Gesicht, und Leos suchender Blick stieß nur mehr auf wehende Stoffbahnen.

»Zu dumm, nicht wahr?« Don Antonios verärgerter Einwurf kam unerwartet.

»Scusì?«

»Na, das mit dem Reifen! Boi muss über einen Nagel oder was auch immer gefahren sein.«

Erst jetzt bemerkte Leo den Lancia genau unterhalb des Fensters. Er parkte seltsam schief vor dem Gutshaus, sein rechter Vorderreifen war komplett platt.

»Ich habe schon nach einem Monteur geschickt, der sich mit der Karosserie von Automobilen auskennt, spätestens übermorgen ist er hier«, ergänzte Soriga. »Aber lästig ist es schon, auf den Wagen verzichten zu müssen. Erstaunlich, wie schnell sich der Mensch an die Segnungen der Moderne gewöhnt: Automobil, Telefon, Grammophon, Flugzeug, Kinematograf – wir sind wahrlich schon in der Zukunft angekommen. Und welches Land gestaltet diese Zukunft an vorderster Stelle? Italien ist es, unser Vaterland!« Einen kurzen Moment versank er in Träumen zukünftiger Größe, dann erinnerte er sich an sein eigentliches Vorhaben. »Ach ja, Land, kommen wir nun zu den Ländereien. Es sind mehr als hundertfünfzig Hektar, mein Freund, davon achtzig bewirtschaftet. Ich hoffe, Sie haben bei den Marras gut gefrühstückt?«

Er winkte Arturo Boi, und dieser reichte Leo die Zügel hinab. »Na komm, Liguria. So ein Ritt schadet auch dir nicht. Aufsitzen …« Boi grinste, als habe er einen schmutzigen Witz erzählt. *Elender Mistkerl.*

Leo schnappte sich die Zügel, zog sich mühsam in den Sattel. Dann ritten sie los.

Schon nach etwa einer Stunde hatte Leo den Überblick verloren. Zu weitläufig waren die Besitzungen, zu vielfältig die Schätze des Gutes. Allein dreißig Hektar an *Cannonau,* zwölf für die Oliven und den *zafferano,* dazu Haine mit Korkeichen, zwischen denen sich die halbwilden sardischen Schweine tummelten, und ein Vielfaches all dieser Flächen für das Getreide – alles war in einer derartigen Fülle vorhanden, dass Leo schon bald verstand, warum die Sarden diese Gegend stolz ihr »goldenes Land« nannten.

In Kontrast dazu standen die Siedlungen der Landarbeiter, die sie in munterem Trab durchquerten. Fensterlose Hütten aus aufgeschichtetem Gestein, in denen man nicht aufrecht stehen konnte. Dazwischen magere Gestalten, die bei ihrem Anblick innehielten und demütig den Kopf neigten.

Es ist tatsächlich keine Übertreibung, dachte Leo, *Sardinien, das ist Mittelalter.*

Er studierte Don Antonios Miene, während sie die ärmlichen Behausungen passierten. Der Gutsherr hielt sich kerzengerade im Sattel, wirkte gänzlich unbeteiligt und ähnelte in dieser Haltung noch mehr als sonst dem ehemaligen *Generalissimo* der Armee Italiens im großen

Krieg: General Luigi Cadorna. Die hängenden Augenwinkel, der befehlsgewohnte Blick, dazu der Bürstenschnitt und der eisengraue Schnauzbart. Soriga und Cadorna hätten Zwillingsbrüder sein können.

Wie sehr sie sich auch in ihrem Herrschaftsgebaren glichen, erfuhr Leo nur kurze Zeit später. Sie hatten die Siedlung beinahe durchquert, da parierte Soriga sein Pferd und hielt vor der letzten Behausung, einer Hütte aus Steinen und ausgeblichenem Geäst, an, die nicht größer als ein Schafstall war.

Er brüllte einen Namen in breitem Sardisch, den Leo nicht verstand. Dann wartete er regungslos im Sattel, bis ein ausgezehrter Landarbeiter aus der niedrigen Tür der Behausung schlich. Der Mann reichte dem hochrahmigen Pferd des Gutsherrn kaum bis zur Brust, er verbeugte sich vor Soriga so tief, dass Leo kaum verstand, was er sagte.

»Padrone«, sagte der Mann, gefolgt von einem bellenden Husten. Leo wurde die Kehle eng. Er erkannte dieses Husten, würde es für den Rest seines Lebens erkennen. Gasschaden. Und diesen armen Teufel hier hatte es viel schlimmer erwischt als ihn. Doch Soriga blieb ungerührt.

»Du warst nicht da.«

»Padrone, ich …«

»Du warst nicht da, hat mir Boi gemeldet. Wo ist mein Anteil?«

»Padrone, die Ernte war diesmal sehr schlecht, wir sind noch dabei, sie zu trocknen und …«

Mit einer unwilligen Geste brachte Soriga den Mann zum Schweigen. »Interessiert mich nicht. Will ich alles nicht wissen – sag mir einfach, wo mein Geld ist.«

Der Mann begann zu stottern, zu husten und wurde von Soriga übertönt. »Wo ist mein Geld? Wo hast du es? Gib es mir.«

»*Padrone,* ich kann das Darlehen ganz bestimmt schon im nächsten Monat ...«

»Papperlapapp! Das Geld ist längst fällig. Und du weißt, was passiert, wenn ihr eure Schulden nicht zahlt. Du hast den Vertrag selbst unterschrieben. Hast du doch, oder?«

Der Mann ächzte, wollte antworten, doch Soriga ließ ihm dazu keine Zeit.

»Oder nicht?! Ist es nicht so?«

»*Padrone,* bei allen Heiligen«, winselte der Mann. »Erbarmen Sie sich meiner Familie. Ich flehe Sie an ...«

Als hätte jemand sie gerufen, schoben sich nun auch zwei kleine Mädchen aus der Hütte. Hohlwangige, zerlumpte Vögelchen mit übergroßen Augen. Don Antonio schürzte die Lippen unter dem Schnurrbart.

»Tja, dann bleibt mir leider nichts anderes übrig ...«

Er ließ den Satz unbeendet, und Leo verfolgte bestürzt, wie der Landarbeiter still zu weinen begann. Fast gleichzeitig kam ein Aufschrei aus dem Inneren der Hütte, und eine schwarz gekleidete, rundliche Frau stürzte heraus und warf sich vor Sorigas Pferd auf den Boden.

»Nein! Oh bitte, nein«, flehte sie und enthüllte dabei einen Mund voller schadhafter Zähne. »Bei der heiligen Madonna Assunta, haben Sie doch Erbarmen. Geben Sie uns die Jungen zurück. Sie sind Kinder, tragen noch kurze Hosen! Im letzten Brief des Älteren stand, der Kleine verträgt den Staub unter Tage nicht, er hustet sich die Seele aus dem Leib.«

»Ihr kennt die Vereinbarung.« Sorigas Stimme durchschnitt die Luft wie eine Peitsche. Er richtete sich im Sattel auf, sodass man ihn selbst noch in der letzten Ecke der Siedlung sehen und hören konnte. »Und ihr habt sie alle akzeptiert! Eine Familie, die mit den Abgaben in Rückstand gerät, arbeitet ihre Schulden in den Minen im Süden ab. Ist es nicht so?«

Die Frau des Landarbeiters stemmte sich hoch und hockte nun auf den Knien im Schmutz der Straße. »Dann nehmen Sie mich!«, rief sie und streckte dem Gutsherrn die Arme entgegen. »Nehmen Sie mich im Austausch für meine Kinder!«

Sorigas Pferd begann ob des Geschreis zu tänzeln, und die Kniende entkam nur knapp einem Huftritt. Es dauerte einen Augenblick, bis der Gutsherr seinen Fuchs so weit gezügelt hatte, dass er fortfahren konnte.

»Unsinn. Eine wie du kommt mit ihrem fetten Hintern doch noch nicht mal durch den Grubenschacht. Und soweit mir bekannt ist, leisten die Jungen in Sorcinellis Minen in Sulcis gute Arbeit. Kein Grund, sie nicht noch länger dort zu lassen.«

Damit war die Sache für Soriga erledigt, und er wendete sein Tier. »Wir sprechen uns zum Jahresende. Und dann sind wir hoffentlich quitt. *Andiamo!*« Er schnalzte mit der Zunge, ritt um die Kniende herum und würdigte die Familie des Landarbeiters keines Blickes mehr.

Und auch Leo, der dem Gutsherrn und Boi an letzter Stelle folgte, brachte es nicht fertig, der Frau im Staub der Straße in die Augen zu schauen.

Sie ritten weiter, ließen die Siedlung hinter sich.

Don Antonio verfiel wieder in Trab, und Leo starrte wütend auf dessen Rücken. *Hältst dich für Gott, was? Und so einer nennt sich* padrone! Für Leo, wie für jeden

Lanteri, bedeutete Landbesitz vor allem Verantwortung. Von klein auf hatte ihm sein Vater eingetrichtert, dass nicht der Besitz den *padrone* ausmachte, sondern dessen Sorge für Land, Mensch und Tier. »Das alles ist dir nur anvertraut. Es gehört dir nicht.« Ja, an manchen Tagen im Hain war es Leo sogar vorgekommen, als sei es umgekehrt: Als gehöre er selbst dem Land, das er bestellte. Denn dafür lebte ein *padrone* in Sant'Amato: *Für die Erde. Für die Oliven.* Doch hier auf Sardinien galt dieses Gebot der Fürsorge wohl nicht. Hier gab es nur Macht und Ohnmacht. Herren und Sklaven. Leo schauderte. *Was für ein schrecklicher, gottverlassener Ort ...*

Das Land wurde gebirgiger, die Wege uneben, bald erreichten sie den Fuß eines kleinen Berges. Die Olivenbäume standen nun dicht an dicht, gruppierten sich zu Hainen, die sich am Osthang des Berges entlangzogen. Aus dem Hang wuchsen Terrassen heraus, der Weg wand sich zwischen Trockenmauern und aufgeschichtetem Geröll, im Gebüsch sirrten die Zikaden.

Leo dachte an die Olivenhaine an den Steilhängen über dem Meer, zu Hause in Sant'Amato. Er dachte an die Gesänge bei der Ernte, die leuchtenden Gesichter der Erntehelfer, an das Lachen und die fröhliche Vesper spät am Abend im Hain, während draußen über der Bucht der Mond stand, ganz rund und voll. Und Leo bekam Heimweh, so entsetzliches Heimweh, wie er es in den ganzen langen Kriegsmonaten auf dem Karst nicht verspürt hatte. *Warum konnte ich den verdammten Squadristen nicht in Ruhe lassen? Warum musste ich mich einmischen? Oh Gott, was mache ich hier noch? Ich will nach Hause.*

»Welche Olivensorte suchten Sie noch?«, wurde er

von Don Antonio in seinen Gedanken jäh unterbrochen. Leo musste sich einen Moment sammeln, ehe er antworten konnte.

»Die *pecora nera.*«

»Gut, dann fragen wir mal.« Der Herr von Soriga formte seine Hände zu einem Trichter, drehte sich bergan und brüllte: »TZIU FRANCÌ!« Kurze Pause, dann noch einmal. »FRANCÌ!!« Leo entdeckte eine primitive Hütte weiter oben am Hang, eine Art grob geschichteter Gesteinshaufen, ähnlich einem der zahlreichen »Feenhäuser« auf der Insel, der *domus de janas.* Vor dem Eingang der Hütte döste ein winziger Esel.

In diesem Loch lebt jemand?

Don Antonio musste ein drittes Mal rufen, ehe sich etwas tat. Der Esel blinzelte und wackelte mit den Ohren, und aus dem Dunkel des Loches kam eine Stimme, so knarzig wie eine alte Holztür, und fragte, wer hier denn so herumschreie.

»Ich bin es, Tziu Francì – dein *padrone,* verdammt! Und jetzt komm raus.«

»Tss, tss«, knarzte es, »nennt sich *padrone.*«

Gepolter und missmutiges Schnaufen kamen aus dem Loch, mehr nicht. Leo, der sich mit Arturo Boi ein Stück weit hinter dem Gutsherrn hielt, beugte sich im Sattel zu Boi und raunte: »Wer ist Francì?«

»Ein Narr«, gab Boi ebenso leise zurück. »Franciscu Torres glaubt, mit hundert Jahren auf dem Buckel und als ehemaliger Pressmeister könne er sich hier mehr erlauben als andere. Wäre ich hier Hauptverwalter, ich hätte längst …« Boi beendete den Satz mit einer entsprechenden Geste.

Lautes Schimpfen und ein kläglicher Ruf des Esels zogen Leos Aufmerksamkeit wieder zu der Steinhütte. Ein Mann mit schlohweißem Haarschopf stand dort nun im Eingang und blinzelte in die Oktobersonne.

Hundert Jahre soll der sein? Nie im Leben!

Obgleich offensichtlich hohen Alters, hätte Leo den Mann nicht auf hundert Jahre geschätzt. Zu wachsam blitzten seine Augen, zu energisch umschlossen seine knotigen Hände den Stock, mit dessen Hilfe er ihnen nun entgegenstakste.

»So?«, machte er und legte den Kopf schief. »Und was will mein *padrone* noch vor der Mittagspause von mir?«

Man konnte Don Antonio deutlich ansehen, dass er die Meinung seines Hilfsverwalters dahin gehend teilte, was am besten mit dem renitenten Alten zu tun sei. Doch als er antwortete, klang seine Stimme kühl und beherrscht.

»Tziu Francì, wir haben Besuch.« Don Antonio wies auf Leo. »Der junge Herr hier kommt vom Kontinent, aus Ligurien. Seine Familie betreibt dort eine Olivenplantage, und er sucht eine seltene, einheimische Sorte, um sie zu erwerben.«

Er machte eine Pause und fuhr dann noch etwas gemessener fort: »Nur du kennst alle Sorten der Insel, also sag uns, wie …«

»Ich kenne nur alle Sorten der *tenuta*«, unterbrach Tziu Francì seinen Herrn. »Alle Sorten der Insel zu kennen, das kann nur der Allmächtige.« Francìs Blick heftete sich auf Leo. Er lächelte und entblößte dabei einen vergoldeten Eckzahn. Irgendwie verstärkte dieses Zeichen ärztlicher Kunst die Aura des Unvergänglichen, die den Alten umgab, und Leo spürte, wie seine anfängliche Skepsis schwand. *Er ist so lange hier, er wird es wissen,* dachte er und erzählte Tziu Francì, wonach seine Familie suchte.

»Es heißt bei uns an der Küste, diese Olive sei so unverwüstlich und eigen wie ein schwarzes Schaf, daher auch der Name *pecora nera.*« Er blickte dem Alten offen ins Gesicht. »Kennen Sie die Sorte, Signor Torres?«

Der Alte schnalzte mit der Zunge und wackelte mit dem Kopf. »Nenn mich Tziu Francì, wie alle anderen auch. *Ajò,* wie lange hat keiner mehr danach gefragt! Aber gut. Mein Bauch sagt mir, ich muss es dir wohl sagen. Und es wird dich enttäuschen, denn du bist einem Märchen aufgesessen. Einer Legende. Ich kenne sie selbst noch von meinem Großvater, der unter den Savoyern und dem unseligen Carlo Feroce lebte, als dieser die Insel zerteilte wie ein geschlachtetes Lamm.« Das empörte Schnauben seines Gutsherrn ignorierte der Alte. Seine ganze Aufmerksamkeit galt nun seinem jungen Zuhörer vom Kontinent.

»Die *pecora nera* ...«, sagte er und machte eine gekonnte Kunstpause, ehe er fortfuhr, »... die gibt es gar nicht. Es gab sie noch nie! Wir Sarden haben damit nur die Obrigkeit gefoppt. Man konnte die Savoyer so schön ärgern, wenn man ihnen erzählte, dass die *pecora nera* irgendwo tief im Inneren der Insel ganze Täler überzöge. Diese Hohlköpfe haben das geglaubt. Sie haben sogar Expeditionen von Landvermessern ausgeschickt, die in der *Barbagia* nach der Sorte fahnden sollten.« Er kicherte zufrieden. »Manchmal haben wir mit diesen Landvermessern noch sehr schöne Lösegelder verdient. Meist verschwanden sie jedoch einfach im Gebirge und wurden nie mehr gesehen. Tja, und was haben wir Sarden gesagt? *Medas gràzias!*« Der Alte grinste, hob in einer

Geste gespielter Hilflosigkeit die Handflächen und zuckte mit den Schultern. »Sie ist ein Mythos, deine *pecora nera.* Ein alter Witz zur Unterhaltung von uns Sarden. Tut mir leid für dich, Fremder, dass du nun den ganzen langen Weg umsonst gemacht hast.«

Umsonst.

Leo atmete tief durch und versuchte, das Gehörte zu verdauen. *Ja, alles umsonst. Und vielleicht ist es das Beste. Der Auftrag ist erfüllt, jetzt kann ich gehen, vielleicht nach Hause, wenn sich die Lage dort beruhigt hat. Vielleicht auch woandershin. Hauptsache, weg.*

Er dankte dem alten Pressmeister für die Auskunft, und mit einem »Na los! *Andiamo!*« befahl Don Antonio sie zurück, und sie machten sich auf den Heimweg zum Gut.

Sie hatten die *tenuta* erreicht, und Leo war drauf und dran, sich nun endgültig in aller Höflichkeit zu verabschieden. Mit einem leisen Stoßseufzer glitt er aus dem Sattel. Die Innenseiten seiner Schenkel brannten, und seine Hinterseite bestand mit Sicherheit nur noch aus rohem Fleisch. Nein, nie mehr stiege er auf ein sardisches Pferd. Und auch auf sonst keines. Was ritt er hier auch durch die Provinz und machte sich zum Gespött von Greisen? *Sardischen Greisen?!* Dieser Hundertjährige hatte ausgesprochen, was vermutlich jeder hier dachte. Er hatte ihn als das bezeichnet, was er auf Sardinien war und immer bleiben würde: ein *straniero,* ein Fremder. Leos Blick glitt über die Fassade des Gutshauses, suchte das geöffnete Fenster, wo er bei seinem Aufbruch das Profil von Gioia Soriga erahnt hatte. Jetzt war das Fenster verschlossen. *Und auch für sie werde ich ein Fremder bleiben.*

»Nun, mein junger Freund …« Don Antonio schickte sich an, ebenfalls vom Pferd zu steigen. In diesem Moment kam vom Haus ein lauter Schreckensruf.

»Padrone!« Ein Hausdiener lief mit wedelnden Armen über den Hof auf sie zu. *»Padrone!!«*

Der Mann war völlig außer sich. Es sei in der Nacht ein Unglück passiert, ja, ein großes Unglück! Es habe gebrannt, bei den Lagerhallen drüben Richtung Ploaghe. Ein Schwelbrand im Getreide, er hätte alles verzehrt. Gott sei Dank fehlten ja noch der Safran und die Oliven, aber Madonna! Was für ein *inferno!* »Ganz so wie in der Hölle, ja, da war der Teufel persönlich am Werk«, setzte der Diener hinzu und bekreuzigte sich schnell.

Don Antonio runzelte die Stirn. »Ein *inferno?* Nachts? Unsinn, das hätten wir doch bemerkt!«

»Ja! Ehm, nein!«, stotterte der Mann und fügte beschämt hinzu, es sei kein offenes Feuer gewesen, eher ein böses Schwelen und Schmoren, und eindeutig des Teufels, denn wie könne es sein, dass dort, inmitten dieser Höllenglut, ein Mensch verblieben sei und …«

»Warte!« Jetzt hatte der Diener Don Antonios volle Aufmerksamkeit. »Da war jemand drin? Los, sag, wer ist es? Und sprich vernünftig.«

Der Diener schluckte und verbeugte sich. Etwas ruhiger berichtete er dann von dem Fund. Als er geendet hatte, herrschte einen Moment lang verblüffte Stille. Leos Blick schoss zu Arturo Boi, doch dessen Gesicht wurde von Sorigas Gestalt verdeckt, der nun im Sattel wirkte wie erstarrt.

»Du Idiot!«, stieß er dann hervor. »Esposito, du gottverdammter Idiot! Na warte.« Der Gutsherr riss die Zügel herum, stieß seinem Fuchs die Hacken in die Flanken und donnerte in gestrecktem Galopp quer über den Hof zur Zufahrt zurück. Auch Boi wendete sein Pferd und folgte ihm auf dem Fuß. *Und jetzt?*, dachte Leo, *muss ich etwa hinterher?* Vor seinem inneren Auge tauchte wieder das Gesicht Espositos auf. Wie wachsam jener ihn gemustert hatte in der Wartehalle am Bahnhof von Porto Torres. Was er ihm anvertraut hatte auf dem langen Weg nach Sassari. Wie er ihn dort mit Handschlag verabschiedet hatte, immer noch ahnungslos, dass er keinen *arditi*-Kameraden chauffiert hatte, sondern den Mörder eines dieser Kameraden. Keine sechs Tage war das her.

Leo biss die Zähne zusammen, bestieg erneut sein Pferd und folgte den Reitern, die bereits weit voraus entlang der Felder Richtung Osten eilten. Als er endlich zu Don Antonio und Arturo Boi aufschloss, spürte er kaum mehr seine Beine.

Nach zehn Minuten scharfen Ritts stießen sie in einer Senke mitten im Nirgendwo auf die schwelenden Reste eines Gebäudes, das offenbar als Scheune genutzt worden war. Von dem *»inferno«* kündete nur noch eine dünne Säule zähen Rauches, die sich langsam in den Himmel schraubte. Doch es stank entsetzlich: nach Asche, Benzin, verbranntem Korn. Und nach etwas, das in Leo unschöne Erinnerungen an die Front wachrief.

Sie ließen die nervös wiehernden Pferde etwas abseits vom Geschehen am Rand der Straße zurück und eilten das letzte Stück zu Fuß in die Senke. Von der Scheune ragten nur noch verschmorte Balkenreste in den Himmel. Das Gras ringsum war schwarz von Ruß, und überall in den Ecken des zusammengestürzten Gebäudes glommen Glutnester. Ein bösartiges Zischen hing in der Luft, so als lauere eine aufgebrachte Schlange zwischen den verkohlten Resten.

Der Knecht hat nicht übertrieben, dachte Leo. *Muss eine höllische Hitze gewesen sein.*

Eine Handvoll Landarbeiter huschte in einigermaßen sicherer Entfernung um die Scheune und versuchte, der schwelenden Glut mit eiligst herbeigeschafften Eimern voller Wasser beizukommen. Als sie Don Antonio und seine Begleiter gewahrten, blieben sie stocksteif stehen und sahen ihnen stumm entgegen.

»Wo ist der Vorarbeiter?!«, brüllte Don Antonio in das Durcheinander, und als einer der Männer vortrat, raunzte er diesen an. »Wo ist er!? Wo habt ihr Esposito gefunden?«

Er ließ sich von dem Landarbeiter hinter einen Geröllhaufen führen. Leo wartete ab, doch Arturo Boi folgte seinem *padrone*. Beide blieben eine ganze Weile verschwunden.

Leo, der den Rauch in der Luft nicht lang ertrug, ging nach einer Weile zurück zu den Pferden. Was hätte er auch sonst tun sollen?

Er wartete fast eine Viertelstunde, bis Don Antonio mit Boi im Schlepptau zurückkehrte. Das Gesicht des Gutsherrn hatte sich zu einer wütenden Maske verzerrt, sein Mund war ein dünner, weißer Strich.

»Ich bring den um! Wer das getan hat, ich bring den um. Ich werde ihn rösten – noch über dem gleichen Feuer, das er hier angezündet hat.«

»Und Esposito? Ist er tot?«

»Ja, zum Teufel!« Don Antonio schwang sich aufs Pferd und ließ eine ganze Kaskade von Flüchen folgen. Leo kam kurz der Gedanke, dass er sich in Soriga vielleicht getäuscht hatte und dieser sich hinter seiner eisernen Fassade doch um seine Leute sorgte. Aber dessen nächster Satz ließ keinen Zweifel daran, worin Sorigas größte Sorge bestand. »Gottverdammt, wo nehme ich jetzt nur einen neuen Verwalter her?«

Im langsamen Trab ritten sie zum Gut zurück, während Don Antonio die ganze Zeit leise vor sich hin schimpfte. »Nächste Woche steht die Safranernte an, das Wetter bleibt nicht mehr lange so günstig. Danach dann die Olivenernte, Mensch, es ist Saison.«

Und da war sogar etwas dran. Leo verstand den Gutsherrn, wenn ihn auch dessen Kälte angesichts des Todes von Esposito abstieß. Im Grunde war Don Antonio ein Bauer, so wie er selbst. Und von der Jahresernte hing alles ab, das galt in Sardinien ebenso wie an der Riviera.

»Ich bin ruiniert«, klagte Soriga nun, während sie zu dritt in den Hof der *tenuta* trabten. »Wenn ich die Oliven dieses Jahr verliere, dann kann ich mich gleich in der Altstadt von Sassari zu den Bettlern setzen.« Er stieg ab und warf dem erneut herbeigeeilten Knecht die Reitzügel zu. »Ja, zu den Bettlern! Und als reichte das nicht aus, hetzt mir auch noch das verdammte Bolschewisten-Pack die Leute auf.« Er drehte sich zu Leo um und streckte hilflos die Arme aus. »Und jetzt das! Wo nehme ich nur einen guten Verwalter her? Einen, der sich mit Oliven auskennt?«

Ja, woher bloß?

Eine ganze Weile herrschte Schweigen. Aus dem Augenwinkel heraus gewahrte Leo, wie Arturo Boi sich langsam und mit wachsamem Blick an ihm vorbei in Sorigas Gesichtsfeld schob. Doch für den Gutsherrn schien Boi nicht zu existieren. Stattdessen fiel sein Blick auf Leo. Er schürzte die Lippen, legte den Kopf schief, seine Augen verengten sich, und Leo konnte regelrecht zusehen, wie dem Herrn der *tenuta* Soriga die rettende Idee kam.

Oh, nein. Ohne mich.

Leo sah sich schnell um und zog unauffällig den Reisesack mit seiner Habe vom Pferd, den er glücklicherweise bereits zu ihrem Rundritt mitgenommen hatte. *Zeit zu verschwinden.* Er drückte dem Knecht auch seine Zügel in die Hand und trat mit einem unverbindlichen Lächeln in Sorigas Richtung einen Schritt zurück.

»Signor Lanteri, es wäre ja vielleicht möglich …«, begann dieser, wurde jedoch von einem Pfiff unterbrochen und dem lauten Rattern eines altmodischen Zweispänners. Sie drehten sich um, und einmal mehr wuchs Leos Sympathie für seinen Gastgeber in der vergangenen Nacht. Den Mann, der ihm, ohne es zu wissen, das gerade erst wieder erwachte Herz aus dem Leib gerissen hatte. Denn vom Kutschbock aus grüßte Gavino Marras.

Der Rest ging recht schnell über die Bühne. Auch dies war ein Verdienst des jungen Marras, der sich Don Antonios Klagen und die Nachricht von Espositos Tod zwar mit dem nötigen Ernst anhörte, dann jedoch nach einigen wohlgesetzten Worten des Mitgefühls zur Eile mahnte.

»Der Zug fährt pünktlich, wir müssen los.«

Ein Schnalzen, ein Tippen mit der Gerte, ein kurzer Befehl, und schon setzte sich der Zweispänner in Bewegung. *Gerettet.* Leo drehte sich um und schickte einen kurzen Wink zurück. Boi erwiderte den Gruß, doch Don

Antonio reckte das Kinn, blieb im Hof stehen und blickte dem Wagen grußlos nach.

Ciaò, dachte Leo, erleichtert und etwas wehmütig. *Ab jetzt wieder ohne mich.*

Sie passierten das Eingangstor zum Hof und rollten auf die Straße Richtung Tal. Leo drehte sich bereits wieder um, da sah er aus dem Augenwinkel, wie die Tür des Gutshauses aufgestoßen wurde und Gioia Soriga aus dem Haus rannte. Mein Gott, und wie sie rannte! Zuerst zu ihrem Vater, dem sie eine hastige Frage zu stellen schien. Dann, nach einer knappen Antwort ihres Vaters – Leo konnte nicht anders, er musste hinsehen –, rannte sie weiter, ihnen nach bis zum Tor.

Der Zweispänner war schon zu weit gefahren, als dass er ihre Gesichtszüge noch hätte deuten können. Doch er konnte sehen, wie schwer sie atmete, wie sehr sie gerannt sein musste und wie unbeirrt sie ihm nachblickte.

Und das tat sie noch, als sie von der Zufahrt auf die Landstraße bogen und außer Sichtweite rollten.

KAPITEL 10

S'AMMUTADORI / *Dies sind die sardischen Nachtmahre und Alpe, Erben der »incubi« und »succubi« des antiken Roms (allerdings ohne deren erotische Nebenbedeutung).*

Teuflische Dämonen, die sich ihren Opfern im Schlaf auf die Brust setzen und ihnen die Luft abdrücken, auf dass sie Träume voller Angst und Schrecken erleiden. Leise flüstern die Ammutadori dabei den Namen der Unglücklichen, saugen ihnen die Lebenskraft aus dem Leib. Und das Grauen hört mit dem Erwachen beileibe nicht auf: Nicht wenige der Opfer sterben, wenn sie mitten in der Nacht durch boshaftes Flüstern geweckt werden und feststellen müssen, dass ihr Atem gelähmt ist, ihr Körper wehrlos und ihr Geist erstarrt. Nichts hilft gegen diese Kreaturen der Hölle außer einigen sehr alten und wirkmächtigen »brebus« (siehe Beginn Kapitel 3), welche den Dämon austreiben und sein Opfer wieder Luft holen lassen.

* * *

»Was ist? Hast du etwas vergessen?«, kam es unvermittelt von Gavino auf dem Kutschbock neben ihm.

»Nein! ... Nein.« Leo beeilte sich, wieder nach vorn zu sehen. »Ich habe nur euer Dorf noch einmal bewundert, dort so schön am Hang ...« Er machte eine vage Geste, während er versuchte, gelassen zu erscheinen. *Sie ist gerannt! Sie ist bis zum Tor gerannt! Hat sie dir nachgesehen, Gavino? Oder doch vielleicht ...* Leo holte die *amarellis* aus der Brusttasche, nahm sich eine Pastille und hielt die geöffnete Dose Marras hin. Während sich dieser dankend bediente, studierte er dessen markantes Gesicht.

Ist sie dir nachgerannt? Dir, ihrem hübschen Verlobten? Es sollte so sein, aber ... ich kann's nicht glauben. Leo brachte sich die Momente der letzten zwei Tage in Erinnerung, in denen er verfolgt hatte, wie die beiden Verlobten miteinander umgingen. Freundlich? Ja. Vertraut? Auch das. Ja, womöglich sogar liebevoll – so liebevoll, wie sich auch Bruder und Schwester miteinander gaben. Aber mehr hatte er nicht gesehen. Nichts, was eine stolze Sardin wie Gioia dazu treiben könnte, derart zu rennen. Leos Puls beschleunigte sich bei dem einzigen Schluss, den er aus dieser Überlegung ziehen konnte: *Sie ist wegen mir gerannt!* Und während er über die von der Nachmittagssonne erleuchtete Landschaft und die endlos weiten Hügel blickte, da weitete sich auch sein Herz. Und obwohl es ihm völlig sinnlos erschien und er sich sicher war, Gioia Soriga nie wiederzusehen, wurde ihm mit einem Mal ganz leicht. Denn da war sie. Die Liebe.

Endlich!

»Eine schlimme Geschichte, das mit Esposito«, murmelte Gavino neben ihm plötzlich.

Leo erschrak. *Schluss mit der Träumerei,* mahnte er sich und schenkte seinem jungen Retter endlich die Aufmerksamkeit, die ihm gebührte.

»Kanntet ihr euch näher, du und Esposito?«, fragte er.

»Ich habe ihn oft gesehen, wenn ich die *tenuta* besucht habe«, antwortete Gavino.

Wenn du die tenuta *besucht hast. Und Gioia ...*

Jähe Eifersucht flammte in Leo auf, doch er beherrschte sich. *Er hat jedes Recht. Und er wird sie heiraten,* sagte er sich und studierte die ebenmäßigen Züge seines Nebenmannes. Irgendetwas verbarg der junge Marras.

Leo hakte nach. »War Esposito beliebt? Ich meine, mochtest du ihn?«

»Der Mann war ein fähiger Hauptverwalter«, kam es ausweichend, »und er war schon sehr geachtet. Geachteter auf jeden Fall als beispielsweise sein Stellvertreter: Arturo Boi.«

Gavino bedachte Leo mit einem vorsichtigen Blick, wie auch anders, schließlich war Leo von jenem aufs Gut mitgebracht worden. *Höchste Zeit, etwas klarzustellen.*

»Boi ist ein Mistkerl«, sagte Leo, und auf Gavinos Erstaunen hin setzte er hinzu: »An der Front haben sie ihn *buellino* genannt. Weil er durch die Linien der Österreicher gepflügt ist wie ein blindwütiger Ochse. Und weil er jeden höheren Offizier umschmeichelt hat, als besäße er keine Eier. Aber das hat ihn später sogar zu den *arditi* gebracht, immerhin. Ich hatte mit ihm jedenfalls kaum Kontakt, zum Glück, wenn du mich fragst. Es war Zufall, unser Wiedersehen in Sassari. Keine Ahnung, was der Mann von mir will.«

In Gavinos Augen glomm es. »Ach«, sagte er mit einem seltsamen Unterton. »Das *weißt* du nicht?« Doch ehe Leo antworten konnte, wurde er erneut ernst.

»Dann verstehst du vielleicht, warum ich auch mit Esposito nicht gut konnte«, sagte er. »Esposito und Boi, das waren Waffenbrüder.«

Waffenbrüder? Als er Leos ungläubigen Blick auffing, fügte Gavino noch hinzu: »Doch! Die haben sich erst hier bei Soriga zerstritten. Im Krieg haben sie noch Seite an Seite gekämpft. Beide haben bei den Neunern Karriere gemacht, dieser verrückten Spezialeinheit. Und beide kamen aus ärmsten Verhältnissen, quasi geradewegs von der Schafweide. Deshalb haben die sich auch so zerfleischt, die hatten beide diesen grotesken Ehrgeiz.« Gavino zuckte mit den Achseln. »Ich kann sie sogar verstehen. Es ist einfach für uns Marras, Royalisten zu bleiben – wir haben unser Geld mit Remonten für die Krone gemacht. Aber muss man gleich zu den Faschisten gehen? Wenigstens Esposito hätte ich für klüger gehalten.« Gavino schnaubte. »Jedenfalls für klüger als Boi.«

»Aber jetzt ist er tot. Einfach so, ein ehemaliger Elitesoldat …«

»Und keiner weiß, wie's passiert ist.« Gavino rieb sich die Nasenwurzel. »Boi wird sich freuen.«

Er verstummte, und einen längeren Streckenabschnitt verbrachten sie in nachdenklichem Schweigen.

Der Zweispänner passierte jetzt eine Kirche aus schwarz-weißem Naturstein, die trostlos zwischen den vergilbten Hängen wachte. Ringsum erstreckten sich abgeerntete Felder. Ein trockener Wind trieb die letzten Reste Stroh vor sich her, und nahe der Talsohle rupften ein paar ausgemergelte Ziegen an Grasbüscheln, die Leo selbst beim besten Willen nicht als solche ausmachen konnte.

Sardinien? Wirklich das Ende der Welt.

Leo verstand langsam, was sich Männer wie Esposito oder Boi vom Militär erhofft hatten.

Nahe der Talsohle schlängelte sich die Bahnstrecke quer durch die Weiden, die versprengten Häuser von Campomela lagen ihnen zu Füßen. Die Züge der sardischen Bahngesellschaft versorgten das dünn besiedelte Landesinnere mit den Segnungen der Zivilisation. Campomela und Chilivani gehörten zu den letzten Stationen auf der Strecke südostwärts ins wilde Herz der Insel, die *Barbagia,* und das mächtige, unwegsame Granitmassiv des *Gennargentu.*

Leo hatte während der Gesellschaft bei Soriga jede Menge Geschichten über das sardische Bahnnetz gehört. Die meisten dieser Geschichten hatten mit einem Schulterzucken geendet und dem Seufzer: »Was soll's? So ist der *trenino* nun einmal. Immerhin gab es keinen Streik.«

Als Leo mit dem jungen Marras an der Bahnstation anlangte und dieser den Zweispänner einem Knecht seiner Schwester übergab, verstand Leo auch endlich, warum man die Züge »Bähnchen« nannte. Die zwergenhafte Lokomotive mit den vier hölzernen Wägelchen, die gleich darauf unter fröhlichem Fauchen heranrollte, hätte auf dem Festland allenfalls Kindern als Jahrmarktvergnügen gedient.

Leo musste wohl ein entsprechendes Gesicht gemacht haben, denn Gavino lachte auf.

»Klein, aber unverwüstlich«, sagte er und zog Leo zum Fahrkartenschalter. Sie besorgten sich zwei Billetts der dritten Klasse – Leo war dies nur recht, schließlich musste seine Barschaft noch für eine unbestimmte Zeit reichen –, kletterten in den ersten Waggon und suchten sich zwischen schwer beladenen Matronen und Greisen mit Sarden-Kappe einen Sitzplatz an einem der geöffneten Fenster. Der Waggon war in keine Abteile unterteilt, und die engen Bankreihen weckten in Leo unschöne Erinnerungen an überfüllte Truppentransporte. Auch hier schob sich jede Menge Volk mit ihnen in den Waggon, und schon nach kürzester Zeit drängten sich auf den Holzbänken Menschen, Körbe, Blechkessel, Stoffballen und Hühnerkäfige. Aus den Käfigen kam vielstimmiges Gackern und das empörte Kollern eines Truthahns.

»Hier ist Sardinien«, sagte Gavino mit leisem Spott, als er Leos Unbehagen gewahrte. »Und wir sind noch im Großraum Sassari, also quasi in der Moderne. Unten in der *Barbagia* bekreuzigen sich die Hirten, bevor sie in den Zug steigen. Für die ist Dampfkraft noch immer Hexenwerk.«

Der junge Marras wies aus dem Fenster, zu dem mächtigen Tafelberg, der den Horizont im Süden beherrschte. »Dort, ein Stück weit hinter dem *Monte Santu,* beginnt Hirtenland. Da findest du keinen mehr, der Italienisch spricht. Und Bahnstationen auch kaum mehr, was reichlich unbequem ist, denn wenn du dort lebst, bekommst du nur dort noch deine Post, die Tageszeitung oder Zigaretten.«

Das Bähnchen pfiff und ratterte los. Leo musste sich am Fenstersims abstützen, um nicht gegen seine Sitznachbarin zu stoßen, eine uralte Sardin in Tracht. Nach kürzester Zeit spürte er seine langen Beine, die er umständlich gekreuzt und unter die Holzbank geschoben hatte. *Wie ein Truthahn im Hühnerkäfig.*

Leo seufzte und konzentrierte sich auf das, was der junge Marras nun erzählte. »Vergiss den Süden und den *Monte Santu.* Du darfst in Sassari leben, du Glückspilz.« Gavinos Gesicht bekam einen wehmütigen Ausdruck. »Ich beneide dich. Von mir aus hätte das Studium ruhig noch länger dauern können.«

Er beneidet mich, dachte Leo. *Er bekommt Gioia und beneidet mich.* Laut sagte er: »Aber du hast doch dein

Examen in der Tasche, bist ein gemachter Mann, wirst … heiraten.« Leo stockte. »Ich meine, du bist frei – was sorgst du dich?« Gavino sah ihn an. »Frei? Bin ich das?«

Er sah nachdenklich aus dem Fenster. Dann schien er sich einen Ruck zu geben und sagte: »Ich glaube mittlerweile, dass ich dir doch eine Erklärung für das schulde, was gestern Nacht passiert ist.«

Leo war einen Moment lang verwirrt. »Du meinst den Lärm auf dem Gestüt?«

Gavino nickte, und Leo zuckte mit den Schultern. »Es geht mich nichts an. Euer Land, eure Regeln, hast du doch gesagt. Und recht hast du. Dies ist Sardinien, ich bin ein Fremder hier.«

»Ein Fremder, ja. Aber du warst wie ich ein Frontkämpfer. Du bist oft mit der *brigata Sassari* gezogen, hat mir Boi erzählt. Sogar am Isonzo.« Gavino sah ihn nun fast beschwörend an. »Verzeih meine abweisenden Worte letzte Nacht. Den Grund dafür wirst aber gerade du vielleicht verstehen. In gewisser Weise gehört auch er zum Krieg.«

Gavino verstummte. Im Staub vor dem Fenster stampften und fauchten die Kolben, der Wind trieb Rauch ins Abteil. *Wozu über den Krieg reden, gerade hier?* Leo sah Gavino zweifelnd an, und dieser antwortete mit einer hilflosen Geste.

»Wie soll ich das erklären? Also …« Er stockte, musste erst schlucken, ehe er fortfuhr: »Wir Marras haben eigentlich Glück gehabt. Efisio war noch ein Junge, und Piero hat sein Herzleiden, daher blieben meiner Mutter zwei Söhne, die zu Hause blieben. Ich bin aber nicht der einzige Bruder, der an die Front musste.«

»Davon habe ich gehört. Euer Ältester hat auf der Hochebene von Asiago gekämpft.«

»Das stimmt, aber Ettore ist dort oben geblieben. Ich war bei ihm an jenem Tag. Ettore ist nicht zurückgekommen.« Gavino machte eine Pause, dann setzte er erneut an. Seine Stimme war leiser geworden. »Es ist schwer, sehr schwer, einen Bruder sterben zu sehen.« Schweigen. »Es ist aber noch schwerer, einen Bruder leben zu sehen, der lieber gestorben wäre.«

»Was meinst du damit?«

»Ich meine, du hast noch nicht alle Marras kennengelernt. Du hast Santino noch nicht getroffen.«

Da war der Name wieder!

»Wer ist Santino?«, fragte Leo.

»Il mio gemello.«

Leo stutzte. Der junge Marras hatte einen Zwilling?

»Und Santino hat gestern diesen Lärm gemacht? Hattet ihr Streit?«

»Hat sich das so angehört, ja?« Gavino lachte auf, aber es klang nicht froh. »Mit meinem Bruder kann man nicht streiten, nicht mehr. Er ist in die Berge geritten. Das tut er immer, wenn er es nicht mehr aushält.«

»Was nicht aushält?«

»Das, was wir anderen Leben nennen. Es muss für ihn eine Tortur sein.«

»Was ist passiert?«

Gavinos Stimme bekam einen bitteren Unterton. »Der Isonzo ist ihm passiert.«

Isonzo. Immer wieder.

Schweigen breitete sich zwischen ihnen aus, überdeckte das Stimmengewirr im Abteil. Die Welt um Leo herum versank, versank in verbranntes Gras, in aufgerissene Krusten, in zähen Dunst, irgendwo zwischen den Linien, und auch sein Herz sank, sank immer tiefer, in den giftigen Nebel, er konnte sich gerade noch am Abteilfenster festhalten. Er starrte hinaus ins Freie, weit hin zu den Gebirgszügen, am Dampf der Lok vorbei ins klare, reine Blau.

Erst nach einer ganzen Weile bemerkte Leo, dass Gavino längst wieder begonnen hatte zu reden. Dieser sprach jetzt leiser und viel schneller, beinahe hektisch.

»... und dann, kurz hinter Udine, wurden wir getrennt. Weil er Sanitätssoldat war und denen in der Friuli-Brigade alle Krankenträger abhandengekommen waren – frag nicht! –, also daher wurde er dorthin ausgeliehen. Ich kam mit meiner Kompanie nach Gorizia, er wurde ein Stück weiter zur *Friuli* nach Plezzo an die Front versetzt. Nur einen Tag vor der Schlacht. Weißt du noch, wo das liegt? Plezzo?«

»Natürlich. Im oberen Isonzotal.«

»Was dort geschehen ist, also, was *genau* geschehen ist, weiß ich nicht. Ich habe es mir erschlossen aus dem, was Santino später herausgelassen hat, wenn er geträumt hat. Er hat nicht darüber gesprochen – was sag ich, am Anfang blieb er stumm wie ein Fisch! Er war zuerst im Lazarett, und als sie ihn dann zurück zur Einheit geschickt haben, hat er leider nur noch getrunken. Es ist alles ziemlich unklar ...«

»Aber wir haben alle getrunken«, sagte Leo leise. »Wer sich an den Krieg noch klar erinnert, war nicht dabei, oder?«

»Du verstehst das nicht: Santino hat *gesoffen*. Er hat alles in sich hineingeschüttet, zuerst seine Feldration, dann meine, er hat gesoffen, was er kriegen konnte. Nur dann hat er überhaupt schlafen können. Und er hat geschwiegen. Ich kann nur vermuten, was ihm an jenem Tag dort passiert ist.«

Ich weiß, was passiert ist. Alles.

Leo atmete flacher und umschloss den Tragriemen seines Reisesacks mit fester Hand. Er durfte Gavino auf keinen Fall merken lassen, was dessen Bericht in ihm auslöste.

»Verdammt noch mal«, rief der junge Marras jetzt, »das war doch eine Schweinerei! Niemand hatte eine Ahnung, es gab auch kaum Masken, nichts! Sie haben die *Friuli* dort im Stich gelassen, die Soldaten wie Lämmer zur Schlachtbank geführt.« Gavino sah jetzt starr aus dem Fenster und redete noch leiser. »Capitano Lussu hat uns später davon berichtet, aber inoffiziell, es hätte ihn sonst den Kopf gekostet: Die Österreicher haben zuerst Blaukreuz geschossen. Als Maskenbrecher. Ist dir das ein Begriff?«

Leo ächzte leise, zog die Schultern hoch. *Luft!* Gavino interpretierte es offensichtlich als Kopfschütteln.

»Das Blaukreuz verätzt dir den Schlund und brennt dir so in den Augen, dass du die Maske abreißen musst. Bahn frei fürs Grünkreuz – tödliches Phosgengas. Dieses Gift von der Westfront, alle in der Schlucht sind elend krepiert. Und Santino ist im letzten Augenblick da raus. Er hat kurz vorher so ein komisches Gefühl bekommen – das ist bei ihm sehr stark, die Gabe hat er von unserer Mutter. Er hat versucht, die Kameraden zu warnen. Aber es hat wohl keiner auf ihn gehört. Weißt du, wie man unter Gasbeschuss stirbt?«

Ich weiß! Ich weiß das. Hör auf, davon zu reden ...

Leo legte jetzt seine Hände auf die Knie, damit sie

nicht anfingen zu zittern. Er schüttelte stumm den Kopf, zuckte mit den Achseln, gleichzeitig brach ihm der Schweiß aus allen Poren. *Lügner! Du weißt es. Du weißt es genau. Oh Gott, ich brauche Luft.* Die alten Bilder stiegen in Leo auf, und er bekämpfte den Drang, in seiner Not den Kopf aus dem geöffneten Waggonfenster zu strecken – oder gleich ganz aus dem Zug zu springen. *Luft!*

»... anderen waren tot«, murmelte Gavino jetzt. »Irgendwie hat er es aus der Schlucht geschafft, ein Wunder, dass die Österreicher ihn nicht abgeknallt haben. Vielleicht haben sie aber auch seinen Zustand bemerkt. Er ist völlig ungedeckt dort über das Schlachtfeld gerannt, erzählte man mir später, hat alles weggeworfen: Waffe, Jacke, Rucksack. Als man ihn aufgriff, war er nicht mehr ansprechbar. War ganz blau im Gesicht, konnte kaum atmen.« Gavino stockte, atmete tief durch, ehe er mit seinem Bericht fortfuhr: »Es war furchtbar. Santino sind die Nerven durchgegangen. Zuerst war er ganz starr und stumm. Später hat er dann alle Nase lang versucht, sich zu erschießen. Sie haben ihn zuerst in die Etappe gebracht, sich abgemüht, ihn irgendwie wieder fronttauglich zu trimmen. Pah! Wahrscheinlich haben sie überlegt, er könne sich ja auch von den Österreichern erschießen lassen. Und wäre davor vielleicht noch zu etwas nütze.« Er lachte auf, es klang wie ein Bellen. »Doch das hat nicht geklappt. Nach einem weiteren Selbstmordversuch, bei dem fast noch ein Kamerad draufgegangen wäre, hatte Santino dann riesiges Glück. In ihrer Not haben sie ihn zu Dottore Spanu gebracht, Santinos alten Frontarzt bei den Sanitätern. Wäre Spanu nicht gewesen, mein Bruder hätte keine Woche länger überlebt.«

Sie erreichten den Halt Tissi-Usini. Mit einem Schnaufen stoppte die Lok, eine Menge Bewegung entstand. Leos Sitznachbarin verabschiedete sich, an der Tür zum Waggonende kollerte der Truthahn. Leo beruhigte sich langsam ein wenig.

»Und was hat dieser Spanu getan?«, fragte er. Dass auch er in ebenjenem Lazarett von dem *dottore* behandelt worden war, verschwieg Leo.

»Dottore Spanu hat verhindert, dass Santino in eine der Anstalten in der Ebene kam. Du weißt schon, zum Beispiel in eins der Asyle speziell für die *scemi di guerra*, wo die Herren in Weiß mit Reizstrom alles taten, um den ›Kriegsnarren‹ die Feigheit auszutreiben.« Gavino spuckte aus.

»Verbrecherbande! Mein Bruder ist der mutigste Mensch, den ich kenne – er erträgt jeden Tag die Hölle der Bilder in seinem Kopf. Ohne Spanu würde er aber auch das nicht schaffen.«

»Er ist noch in Behandlung?«

»Der Dottore versorgt Santino mit Morphin. Es sorgt für Ruhe in seinem Inneren, sagt Santino, und dass sonst seine ›Zustände‹, wie er sie nennt, unerträglich würden. Unter uns: Ohne das Mittel wäre auch sein Jähzorn kaum auszuhalten. Das ist der Isonzo, der ist wie ein Dämon. Wir leiden alle unter ihm.«

Ein Hauch von Bitternis wallte in Leo auf. *Wir leiden alle unter ihm.* Dies waren auch die Worte seiner Schwester gewesen, als er ein Gespräch zwischen ihr und Enzo daheim in Sant'Amato belauscht hatte.

»Und warum ist dein Bruder heute früh weggeritten?«

»Spanus Kurier mit dem Morphin ist nicht aufgetaucht. Vielleicht gab es einen Zwischenfall in Sassari.« Gavino zuckte mit den Schultern. »Jedenfalls ist Santino nun unterversorgt. Und das treibt ihn die Wände hoch. Unberechenbar ist er dann, wie ein gefährliches Tier, und zu unser aller Schutz hat er sich in die Berge zurückgezogen. Es gibt da ein paar alte Höhlengräber unserer Vorfahren, hoch oben am *Monte Santu.* Da verkriecht er sich manchmal, nur meine Mutter weiß, wo genau. Sie wird auf *Pegaso* hochreiten und ihm das Morphin bringen, sobald ... die Lieferung da ist.«

Das leichte Zögern seines Gegenübers beim letzten Satz ließ Leo vermuten, dass Gavino selbst das Morphin besorgen würde und aus diesem Grund nach Sassari fuhr. Doch er sagte nichts dazu, was ging es ihn auch an? Aber Gavinos Mutter in den Bergen? Auf diesem ehemaligen Rennpferd? Leo stellte sich den *Monte Santu* vor, diesen einsamen Koloss aus Stein, und dazu Teresina Marras zu Pferd in ihrer rabenschwarzen Tracht.

»Deine Mutter reitet diesen Hengst?«

Gavinos Miene hellte sich auf, seine Augen blitzten. »Was denkst du? Meine Mutter ist die Chefin, schon vergessen? *Sie* schult Pegaso um. Es gibt aber auch sonst kein Pferd bei uns, das sie nicht reiten kann. Und alles, was Santino angeht, nimmt sie sowieso selbst in die Hand. Es wurmt sie, dass ihre ganze sardische Heilkunst nicht ausreicht, um ihm zu helfen. Dass nur Spanus Morphin Linderung bringt. Aber noch weniger erträgt sie den Gedanken, einen weiteren Sohn zu verlieren.«

Gavino verstummte, und Leo nickte wortlos. Und als ob der junge Sarde seine Gedanken gehört hätte, schloss er leise: »Ja, der Isonzo lastet auf uns allen.«

Sie verfielen in Schweigen, sahen aus dem Fenster,

wo jetzt die ersten Lagerschuppen und Häuser von Sassari auftauchten. Leo war froh über die Gesprächspause. Er dachte an all die Dinge, die auf ihm lasteten und von denen er Gavino nichts erzählen durfte: die Atemnot und die Träume, das Tagebuch, der erschlagene Squadrist, Gioias Hand in der seinen – und der Delfin darin.

Draußen flogen die letzten Felder entlang der Außenbezirke vorbei, verdorrt und erschöpft, bereit für den Winter. Leo studierte Gavinos Profil vor den Scheiben, und ihn erfasste eine Welle von Zuneigung. Verdammt, wem wollte er noch weismachen, es ginge ihn nichts an? Es sei ihm nicht wichtig? Er *mochte* Gavino. Den Mann, der in sechs Tagen das erstaunlichste Mädchen Sardiniens heiraten würde.

Dieses Mädchen, das doch eigentlich mein Mädchen ist.

Die Sonne hatte ihren Zenit schon überschritten, und es war längst Nachmittag, als der Zug in den Bahnhof von Sassari einfuhr. Dort herrschte reges Kommen und Gehen. Leo und der junge Marras stiegen aus und standen einen Moment lang unschlüssig auf dem Bahnsteig.

»Da wären wir«, sagte Leo. Die Aussicht auf einen stillen Abend in seinem Pensionszimmer gefiel ihm gar nicht. Gavino Marras machte es ihm auch nicht leichter, als er ihn nach kurzem Zögern umarmte.

»Was soll ich sagen?«, rief er und klopfte ihm auf den Rücken. »Es hat mich wirklich gefreut, dass wir uns getroffen haben, Lanteri. Schade, dass wir dir bei deinem Anliegen nicht helfen konnten.«

Der Bahnsteig leerte sich. Leo versuchte ein Grinsen, obwohl ihm nicht danach war. »Sardinien ist groß, das hast du die letzten Tage ja oft genug gesagt. Dann suche ich eben im Süden weiter …«

»Genau, aber lass dich nicht schnappen, du weißt, hier ist alles voller Banditen, eh?« Gavino stieß Leo in die Seite. »Und wenn du nächstes Wochenende noch hier bist, kommst du zur Hochzeit, ja?«

Buon dio in cielo, bloß nicht! Doch der junge Marras wischte Leos Einwände mit einer Handbewegung beiseite. »Ja, was denn, da kommen dreihundert Gäste, glaubst du, das ist alles Familie? Ich lade dich ein, und ich bin der Bräutigam. Also komm. Es wird dir sicher gefallen: Sardische Hochzeiten sind groß und laut, es gibt Spanferkel und guten Wein, es wird getanzt, und die *launeddas* jaulen die ganze Nacht – ein Erlebnis!«

Gavino lachte erneut und knuffte Leo ein letztes Mal. »Also keine Widerrede: Wir sehen uns. Schon nächste Woche! Und bis dahin«, er spreizte Zeige- und Mittelfinger und machte eine entsprechende Geste, »pass schön auf!« Er warf einen Seitenblick auf eine Gruppe Schwarzhemden am anderen Ende des Bahnsteigs, die dort lärmten und pöbelten. »Sassari hat, wie ich schon sagte, im Moment ein eher ungesundes Klima.«

Wie ungesund dieses Klima in nur wenigen Tagen tatsächlich geworden war, wurde Leo erst auf seinem Weg zurück zur Pension richtig bewusst.

Auf den Plakaten an den Fassaden und Ladentüren waren die Farben gekippt. Hatte an ihnen zuvor zwischen dem vorherrschenden Weiß der sardischen Fahne vor allem Rot in allen Schattierungen geleuchtet, dominierte dort nun das Schwarz der Faschisten, geschmückt mit den pompösen Requisiten des antiken

Roms: Adler, Schwerter, Liktorenbündel. An den Ecken der *Piazza d'Italia* sammelten sich wie zuvor die *ragazzi*. Doch jetzt trugen viele ein schwarzes Squadristen-Hemd. Und wenn ihm in den Altstadtgassen ein Mann mit einer Anstecknadel des PNF am Revers entgegenkam, machte dieser sich neuerdings breit und trug einen siegessicheren Gesichtsausdruck zur Schau.

Für den Abend, so verkündeten es die Plakate, war ein Großaufmarsch aller Faschisten Sardiniens in Sassari geplant, Fackelzug inklusive. Kein Zweifel: Während Leo auf dem Land gewesen war – Oliven sichten, Musik hören, sein Herz verlieren –, hatten seine Landsleute eine Tür aufgestoßen, die bereits im Begriff stand, hinter ihnen zuzufallen. Leo hörte es an allen Straßenecken, aus den Rufen der Zeitungsjungen, die die Abendausgabe verkauften, und an der Theke der Bar, wo er einen schnellen *caffè* trank.

»Hast du's gehört? Der König bittet Mussolini zu sich. Der soll sogar ein neues Kabinett bilden.«

»Na ja, wenigstens kein Belagerungszustand.«

»Der König knickt ein. Vor einem verkrachten Französischlehrer, was soll man dazu sagen?«

»Ja, was wohl? *Viva Italia* natürlich! Und du hältst in Zukunft besser den Mund, Antò, sonst sagst du bald gar nichts mehr ...«

»Meint ihr, Mussolini macht Ernst mit der Grundreform? Das wär's, stell dir die Landeigner vor, fett auf ihren Kornsäcken. Und dann? Alles futsch! Haha! Also, wenn er DAS schafft, hat er meine Stimme.«

»Oh, das wird so groß heute Abend auf der *Piazza d'Italia!* ich hab schon die Fackeln besorgt.«

Als Leo endlich in der Pension an der *Piazza Azuni* ankam, hatte sich sein leises Unbehagen in nagende Sorge verwandelt. *Ganz Italien steht in Flammen,* dachte er, *und ich stecke hier fest.* Vor seinem inneren Auge erschien Sant'Amato auf seinem Bergkegel über der Bucht. *Was ist mit unseren Oliven? Wollen die an unseren Grund?!* Mehr denn je wünschte er sich, endlich heimkehren zu können.

Als hätte Assunta Listriu seine Gedanken lesen können, empfing sie ihn mit den Worten: »Signor Lanteri, gut, dass Sie da sind. Vor kaum einer Stunde kam ein Brief vom Kontinent für Sie. Aus Ligurien. Vielleicht eine Nachricht von zu Hause?«

Sie reichte ihm einen zerknitterten Umschlag mit dem Stempel des Postamts von Alassio und begleitete ihn unter neugierigen Fragen bis in sein Pensionszimmer, sodass er beinahe unhöflich werden musste, um sie wieder loszuwerden.

Nachdem er endlich seine Zimmertür hinter der Listriu schließen konnte, setzte er sich aufs Bett, öffnete den Umschlag und zog den Brief heraus.

Leonida, mein Sohn, begann sein Vater, der noch nie im Leben eine Abkürzung gewählt hatte, auch nicht bei der Anrede seiner Kinder.

Sant'Amato, 27. Oktober 1922

Leonida, mein Sohn,
es hat unsere Familie einiges gekostet an Zeit und Aufwendungen, gerade jetzt, wo die Faschisten allgegenwärtig erscheinen. Doch nun ist alles geregelt. Gott allein weiß, welche Sünden ich begehen und wel-

che Schuld ich auf mich laden musste, um deinen Hals zu retten. Doch es ist gelungen: Niemand wird uns mehr wegen jener leidigen Angelegenheit behelligen. Ich fordere dich daher auf, unverzüglich nach Sant'Amato zu deinen Aufgaben zurückzukehren. Dein Platz ist hier in der frantoio, Leonida. Gerade in diesen unsicheren Zeiten braucht das Gut einen weiteren Lanteri (und glaub nicht, ich könnte mir weiter mit Enzo behelfen, wenngleich dieser mir zugegebenermaßen äußerst gute Dienste leistet!). Ich für meinen Teil habe doch nur einen Sohn, und das bist du. Also komm heim. Meinen herzlichen Gruß und gib uns Nachricht, wann wir dich am Fährhafen abholen können.

Dein Vater

PS: Vergiss die Sache mit der Olivensorte fürs Erste. Im kommenden Frühjahr schicke ich Enzo wieder in den Süden, er kann sich dann darum kümmern …

Nun, das war es dann wohl. Mit diesen trockenen Worten entband der Vater ihn von seinem Auftrag. Er rief ihn zurück wie einen Schuljungen, der zur Strafe auf den Flur vor dem Klassenraum verbannt gewesen war. Und er kam mit leeren Händen zurück. Leo hatte erneut versagt.

Ich für meinen Teil habe doch nur einen Sohn …

Klang das nicht auch verbittert? Sein Vater beorderte Leo zurück, und wenn er klug war, folgte er der Weisung. Und war es nicht eine Erleichterung, zu wissen, dass einem zu Hause nicht mehr der Tod drohte? Musste er nicht froh und dankbar sein über eine Familie, deren

Einfluss so weit reichte, dass sie einen Mord kaschieren konnte? Der Brief war vor zwei Tagen abgeschickt worden, inzwischen würde auch daheim der PNF damit beginnen, sämtliche Schaltstellen zu besetzen. Doch welche Leute auch immer nun dort das Sagen hatten, sie würden in irgendeiner Weise seinem Vater verpflichtet sein, das war sicher. Sein Vater würde alles tun, um der Familie – und damit vor allem ihm – das Erbe und die *frantoio* zu erhalten. Darüber konnte er doch wirklich froh und dankbar sein.

Nur ... warum war ihm dann zum Heulen zumute?

Eine Weile saß Leo noch unschlüssig auf dem Bett, den Brief in der Hand. Vor dem Fenster vergoldete die Nachmittagssonne die umliegenden Dächer, und durch die geöffneten Läden drang der Klang eines fernen Chors. Die *Internationale,* die Kommunisten der Stadt sangen sich bereits Mut an für die am Abend angekündigte Gegenkundgebung.

Su lottiam! L'Ideale nostro alfine sarà,
l'Internazionale, futura umanità!

Einen Moment lang lauschte er den Klängen. Vor seinem inneren Auge erschien Gioia Sorigas Gesicht, ganz still und konzentriert, während ihre Finger über die Tasten flogen und ihr Spiel eine ganze Welt eröffnete.

Nicht meine Welt.

Leo rieb sich die Stirn. Dann stemmte er sich hoch, steckte den Brief in die Hosentasche und begann, seine Sachen zusammenzusuchen. Rasierzeug, Jackett, etwas Feinripp-Unterwäsche, sein Reisesack brauchte nicht viel zu fassen. Und wenn er sich sputete, erreichte er noch den Zug Richtung Porto Torres. Dann konnte er dort irgendwo übernachten und gleich bei Tagesanbruch am nächsten Morgen die erste Fähre nehmen, nach Genua, Porto Maurizio oder wenigstens hinüber nach Korsika. Mehr noch: Er wäre vor dem größten Ärger weg aus Sassari. Und Ärger würde es mit Sicherheit geben, selbst Assunta Listriu hatte die Fensterläden im Erdgeschoss bereits fest verschlossen und wegen der erwarteten Straßenkämpfe sogar mit Holzbrettern verstärkt. Mit etwas Glück würde ihn das jedoch nichts mehr angehen.

Fertig. Leo schulterte den Sack und verließ das Zimmer. Er bezahlte bei der Listriu, was er noch schuldig war, und als er aus der Tür der Pension trat, fielen gerade die letzten Sonnenstrahlen in den *Corso Vittorio Emanuele,* kitzelten seine Nase und stachen ihm in die Augen, sodass er sie zusammenkneifen musste. Es war nicht weit bis zum Bahnhof, nur drei, vier Kehren quer durch die Altstadt am Dom vorbei und dann noch ein Stück die *Via del Gran Condotto* hinab. Doch er durfte nicht trödeln, die Pensionswirtin hatte ihm bestätigt, dass der letzte Zug nach Porto Torres um fünf nach sechs abfuhr. »Und unsere Bahn ist berühmt für ihre Pünktlichkeit, Signore«, hatte sie stolz hinzugefügt. Als Leo den Domplatz überquerte, läutete es gerade zum Sechs-Uhr-Gebet. Er beschleunigte seine Schritte.

Er eilte durch das Gassengewirr der Altstadt. Zwischen den hohen Fassaden mit ihren abblätternden Anstrichen dunkelte es früher als auf den Plätzen. Schatten krochen aus den Stichstraßen und Torbögen, seine Schritte klangen hohl auf dem Pflaster. Viele Bürger waren unterwegs, doch die meisten eilten stumm, und ohne aufzusehen, ihres Wegs. Von der Neustadt hallten die ersten Schlachtrufe der Squadristen herüber: *»Eja, eja, eja – alalà!«*, begleitet von einem modrig süßlichen Geruch, so wie er einem entgegenschlagen konnte, wenn man einen halb vergessenen Keller öffnete.

Verwesungsgeruch? Leo brach der Schweiß aus, und die Brust wurde ihm eng. Ach was, bestimmt nur eine verendete Katze in irgendeiner Sackgasse. *Wenn du erst von hier weg bist, wird's besser. Am Meer kannst du frei atmen, denk an das Meer!* Er passierte den Dom und bog um ein paar Ecken in die lange, von Kramläden und billigen Absteigen gesäumte Gasse, an deren Ende sich das Labyrinth der Altstadt zum Bahnhofsvorplatz öffnete.

Keine fünfzig Meter mehr, und er hatte es geschafft.

Die Piazza vor dem Bahnhof lag in der Abendsonne, auch den Kopf der Giuseppe-Mazzini-Büste konnte er am Ende der Gasse nun deutlich erkennen. Ein schmaler Streifen Licht brach dort durch die hereinbrechende Dunkelheit, tauchte den Kopf des Freiheitskämpfers, einen Teil des Portals und die großformatige Wanduhr darüber in warmes Gold – und auf der Bahnhofrückseite ertönte jetzt ein Pfiff.

Schnell jetzt!

Der Zug würde nicht warten, hatte die Listriu versichert. Leo verfiel in Trab, war bereits halb durch die *Via del Gran Condotto*. Er wurde argwöhnisch beäugt, von Gestalten, die vor den geöffneten Ladentüren herumlungerten. Doch man machte ihm bereitwillig Platz, kein Wunder, wo er doch durch die Gasse donnerte wie ein katalanischer Kampfstier. Wie sich die Strecke zog! Der Weg schien kein Ende nehmen zu wollen, und schlimmer noch, die Wände der Häuserzeilen kamen näher, schlossen ihn ein.

Schneller. Leo beschleunigte seinen Schritt noch einmal. Jemand rief etwas weit hinter ihm in der Gasse. Klang das nicht wie »Lanteri«? *Na, es gibt hier doch sicher auch Sarden mit diesem Namen.* Leo fixierte die Bahnhofsuhr. Bald würde ihm die Luft ausgehen. *Egal.*

Erneutes Rufen.

Ein winziges Männchen mit der typischen Mütze eines Korsen trat ihm in den Weg, brabbelte etwas und gestikulierte. Leo schob den Wicht kurzerhand zur Seite und stürmte weiter. Die Dunkelheit senkte sich nun immer schneller über die Stadt, ein letzter Sonnenstrahl fiel in die Gasse, streifte den Messingknauf einer Tür ein paar Meter vor ihm, ließ ihn leuchten. Er hatte es fast geschafft.

»Signor Lanteri!«

Leo konnte die Stimme nicht länger ignorieren. Ein letzter Blick zur Uhr, der Minutenzeiger sprang gerade auf die fünf. Dann drehte er sich um.

Minnià Cadeddus Gesicht war tränenüberströmt. Sie japste, rang nach Luft, kämpfte mit den Worten.

»Signor Lanteri, ich bitte Sie, helfen Sie mir! Mein Bruder, er ... Oh Gott im Himmel! Kommen Sie bitte, wir müssen ihn aufhalten. Sie schlagen ihn sonst tot.«

Leo ließ den Reisesack langsam sinken. Ein weiterer Pfiff gellte vom Bahnhof, und in der Gasse erlosch das letzte Licht.

»Schnell, zur *Piazza d'Italia*«, keuchte Minnià, die durch das Gassengewirr vorauslief. »Wir können ihn vielleicht noch abfangen.«

Leo war nicht so zuversichtlich. Wie fischte man eine Sardine aus einem Becken voller Haie? Wie hielt man Mario und seine Gassenbengel davon ab, beim bisher größten Faschistenaufmarsch Sassaris mit faulen Eiern zu werfen? Und: Wie kamen sie dort lebend wieder raus?

Sie eilten quer durch die *città murata* Richtung Neustadt, ließen auf halber Strecke Leos Gepäck in der Obhut von Assunta Listriu, die just in diesem Moment aus der Tür ihrer Pension lugte. »*Madre meu,* wie furchtbar!«, rief diese und bekreuzigte sich, als sie hörte, was sie vorhatten. »Seien Sie vorsichtig, das ist die reinste Mordbande!«

Wenig später schlichen sie durch das Gnadengässchen, Leo voran, Minnià hinterher. Kurz vor dem Gassenende zog Leo das Mädchen nah an die Hauswand und spähte vorsichtig um die Ecke auf das weite Karree *Piazza d'Italia.*

Was er sah, ließ ihn frösteln.

Sassaris Faschisten mussten doch einen größeren Zulauf haben, als Dottore Spanu geschätzt hatte, denn auf dem Platz wimmelte es nur so von Menschen. Die Nacht brach herein, und Leo musste sich anstrengen, um einzelne Gesichter auszumachen, doch unter den Anwesenden schienen alle Schichten der Gesellschaft vertreten zu sein.

Eine feine Gesellschaft!

Da waren Männer in Anzügen, sogar ein paar Damen, dazu Leute, die aussahen wie einfache Bürodiener oder Angestellte. Dazwischen ein paar vereinzelte Offiziere in Uniform und vor allem jede Menge Schwarzhemden. Den Aufgang zur Empore vor dem Rathaus, das sich die

Amtsgebäude mit der Präfektur teilte, hatte man freigegeben und dort ein Podest errichtet. Darauf drängten sich weitere Männer in Anzügen um ein breites, gezimmertes Rednerpult. Flankiert wurde das Ganze von Squadristen, die ihre *manganelli* schlagbereit in den Händen hielten.

Auch im Gedränge auf der Piazza waren die Schwarzhemden allgegenwärtig. Die Tritte ihrer Stiefel hallten auf dem Pflaster, die schwarzen Totenkopf-Wimpel ihrer regionalen Kampftrupps, der *squadre,* tanzten an langen Stangen über der Menge. Jeder zweite Squadrist trug eine armdicke, lodernde Fackel. Weitere Fackelträger strömten aus den umliegenden Straßen, sie formierten sich paarweise, marschierten in einer langen Reihe auf und umschlossen die Anwesenden mit lodernden Flammen. *Wo war Mario?*

Leo zog sich die Hutkrempe tiefer ins Gesicht, schob Minnià hinter sich und wies sie leise an, ihm zu folgen. Dann huschte er an den Häuserfassaden die Westseite der Piazza entlang und näherte sich auf diese Weise dem Podest.

Dort brandete gerade Beifall auf. Viva-Italia-Rufe begleiteten einen Mann im eleganten, schwarzen Anzug, der nun langsam die Treppe zum Rednerpult erklomm. Oben angelangt, wendete er sich mit ausgestreckten Armen hin und her und begrüßte die Begeisterung seines Publikums mit sichtlichem Genuss. Als er sich in ihre Richtung drehte, erhaschte Leo einen Blick auf sein Gesicht. Es war Raffaele D'Avenia.

»Eja, eja, eja – alalà!!«, schallte ihm der faschistische Schlachtruf aus zahllosen Kehlen entgegen, und er lächelte. Eine Weile musste er warten, bis sich der Jubel so

weit gelegt hatte, dass er sprechen konnte. Dann erhob er seine Stimme.

»Kameraden, ich bin heute zu euch gekommen, mit heißem Herzen bin ich heute hier ...«

Während d'Avenia erneut über »heiligen Blutzoll« und den »verstümmelten Sieg« schwadronierte, rückte Leo noch näher an das Geschehen heran. Minnià hielt sich hinter ihm. Das geplante Eier-Attentat konnte jeden Moment stattfinden. Plante Mario Cadeddu einen Alleingang? Oder hatte er etwa seine Bande mitgebracht? Eine ganze »Bubenarmee«, wie der Ölhändler sie genannt hatte, würde Leo nicht retten können.

Hektisch durchsuchte er die Menschenmenge im Schein der flackernden Fackeln, er kniff die Augen zusammen, ignorierte den beißenden Rauch. Irgendwann entdeckte er einen ersten Jungen. Dann einen zweiten, einen dritten. Bald sah Leo sie überall. Sie drückten sich zwischen den Erwachsenen herum, trugen ihre Mützen in die Stirn gezogen und machten harmlose Gesichter. Die Taschen ihrer Drillichhosen beulten sich verdächtig, darin befand sich vermutlich ihre stinkende Munition. Die jüngsten Eierwerfer waren kaum acht, neun Jahre alt. Einige wirkten sogar fast ordentlich, so als seien sie ihren Müttern vom Abendbrottisch weggelaufen. Andere starrten vor Schmutz, hatten entzündete Augen und wirres Haar, in dem man es förmlich krabbeln sehen konnte. Ein bunter Haufen war diese »Bubenarmee«, vereint in ihrem Hass auf die Großen und das, was diese aus ihrer Zukunft machten.

Unterdessen kam D'Avenia zum Höhepunkt seiner Rede.

»So frage ich euch, die ihr euch heute hier versammelt

habt: Was ist los mit den Faschisten auf Sardinien? *All'armi!* Zu den Waffen, Kameraden! Was wir brauchen, ist Heldenmut! Was wir brauchen, ist Opfergeist!« Er machte eine Kunstpause und fuhr dann abrupt herum zu den erleuchteten Fenstern des Ratshauses, wo zahlreiche Schatten ihr Interesse am Treiben auf der Piazza bekundeten.

»Die Zeit ist reif«, brüllte D'Avenia, »lasst uns vom Bürgermeister dieser Stadt ein eindeutiges Bekenntnis verlangen! Denn dies ist der Tag, an dem sich Italien befreit!«

Jubel brandete auf. Die ersten Schwarzhemden stürmten zum Eingang des Rathauses und randalierten vor dem Portal.

Wo ist Mario, verdammt! Leo suchte immer hektischer nach dem jungen Cadeddu. Erfolglos. Dafür wurde eine andere Ahnung nun zur Gewissheit. In der Menge entdeckte er Arturo Boi. Er trug die schwarze Kluft eines Squadristen, einen Schlagstock an der Hüfte und eine Lederkappe. Leo betrachtete seinen ehemaligen Kriegskameraden, hörte erneut dessen Worte. *Da, wo ich herkomme, ersäuft man die überzählige Katzenbrut ...*

Und im gleichen Moment erkannte Leo ihn wieder. Den Mann mit der Kappe, den er vor wenigen Tagen nur von hinten gesehen hatte. Boi hatte Mario zusammengetreten! Boi war sogar der Anführer dieser Attacke gewesen. *Buellino,* das Öchslein.

Leo wurde übel. *Und was passiert, wenn Mario dir erneut in die Hände fällt?* Er huschte hinter einen Wimpel-Träger, als Bois Blick unvermittelt in seine Richtung glitt. Das schwarze Hemd verwandelte ihn in einen anderen Menschen. Es nahm ihm alles Leutselige, Bäuerliche, verlieh ihm eine Glätte und Strenge, die er zu genießen schien. Doch während Leo für das »Öchslein« seiner Frontzeit nur Widerwillen empfunden hatte, erfüllte ihn der gegenwärtige Arturo Boi mit einem Grauen, wie er es seit seinem allerersten Sturmangriff nicht mehr verspürt hatte.

Das Gros der Schwarzhemden rottete sich inzwischen vor einem Balkon an der Frontseite des Rathauses zusammen.

»Heraus mit dem Bürgermeister!«

»Los, heraus mit ihm!«

»Wir wollen den Verräter sehen!«

»Nieder mit den Bolschewisten!«

»ALALÀ!!«

Erst nach einer Weile öffneten sich Flügeltüren des Balkons, und heraus trat ein dicklicher Mann in Hut und Mantel.

»Da ist er ja! Er zeigt sich, der feine Herr!«

»*Giù il capello* – weg mit dem Hut!«

»Grüßt du so die faschistische Revolution, eh?«

Der Bürgermeister bebte sichtbar und nahm den Hut ab. Er versuchte ein Lächeln, als er mit zittriger Stimme ansetzte.

»Meine Herren Faschisten, ich bitte Sie …«

»Maul halten, Hurenbock!«, kam es von unten. Die nächsten Worte des Bürgermeisters gingen in donnerndem Gelächter unter. Dieser stockte und wedelte hilflos mit den Armen, als wolle er der Menge in stummer Geste befehlen, ihn doch bitte ausreden zu lassen. Endlich kehrte ein kurzer Moment der Ruhe ein. Diesen nutzte der Bürgermeister, um in aller Hast seine Sätze loszuwerden.

»Meine Herren Faschisten! Als untertänigster Diener des Staates stehe ich heute hier, mitten unter euch. Ich gehöre König und Staat mit ganzem Herzen. Und so rufe ich euch zu: Es lebe der *Partito Nazionale Fascista!* Ein Hoch auf Seine Exzellenz Benito Mussolini!!«

Einen Moment herrschte verdutztes Schweigen. Dann setzte zögerlicher Applaus ein, der sich nach und nach steigerte, bis endlich die ganze *Piazza d'Italia* vom Johlen und Klatschen widerhallte. Jemand brach die Tür des Rathauses auf, ein Trupp Schwarzhemden drang ein, und nach einer Weile schleppte man den weiterhin zitternden Bürgermeister auf den Schultern heraus und durch ein Spalier an Fackeln und Uniformen hinüber zu D'Avenias Tribüne.

Der derart Entführte wusste kaum, wie ihm geschah, doch nahm ihn D'Avenia mit ausgebreiteten Armen in Empfang, drückte ihn an sich und präsentierte ihn dann der begeisterten Menge.

»Eja, eja, eja – alalà!«, ertönte wieder der Schlachtruf der Faschisten, und Leo dachte: *jetzt.*

Genau jetzt.

Sein siebter Sinn für den richtigen Angriffsmoment war ihm auch in vier Jahren Frieden nicht abhandengekommen, und so konnte er sofort reagieren, als das erste faule Ei durch die Luft schoss und den Bürgermeister mitten ins Gesicht traf.

Leo stürzte in die Richtung, aus der das Ei kam, und entdeckte endlich das rußgeschwärzte Gesicht von Mario Cadeddu in der Menge. Dieser hatte sich von seinem blutigen Zusammentreffen mit Boi überraschend gut erholt, denn er tauchte wieselflink zwischen zwei Fackelträgern hindurch und nutzte die Verwirrung für eine weitere Attacke. Auch das zweite Ei war ein Volltreffer, ihm folgte sogar ein erstickter Aufschrei. D'Avenia, dem der stinkende Unrat von der Stirn rann, öffnete und schloss den Mund, als sei er ein Fisch auf dem Trockenen. Und ein drittes Ei zerbarst an des Kampfdichters Brust und ruinierte dessen blütenweißes Hemd.

»Verrat! Verrat!!«, japste der Bürgermeister und ruderte erneut mit den Armen. »Ergreift sie!«

Leo war bei Mario angelangt und erwischte dessen Hand, als dieser gerade ein weiteres Wurfgeschoss aus seiner Jackentasche ziehen wollte.

»Lass!«, zischte er leise. »Lass es. Das ist Selbstmord.« Der Bursche starrte ihn hasserfüllt an und versuchte, ihm seine Hand zu entwinden. Weiß Gott, was waren diese Sarden zäh. Nur drei Tage zuvor hatte Leo den Jungen halb tot von der Straße geschleift. *Doch wenn ich ihn nicht stoppe, passiert ihm noch Schlimmeres.* Auch Minnià kam nun hinzu und hängte sich an den Arm ihres Bruders. Dabei flüsterte sie etwas in flehendem Sardisch. Um sie herum herrschte zuerst Schock, dann Chaos. Und über die gesamte Piazza breitete sich ein fürchterlicher Gestank aus.

Raffaele D'Avenia kreischte: »Ergreift sie! Die Drecksbrut! Bringt mir das Gesindel! Her damit!« Dann hörte Leo den jungen Mario neben sich gequält ächzen. Er folgte dessen Blick zur Empore.

Zwei Squadristen zerrten dort ein kaum achtjähriges Bürschchen in zerlumpter Joppe die Stufen hoch zum Rednerpult.

»Dreckige Ratte!«

»Einen haben wir!«

Sie schubsten den Kleinen, stießen ihn zwischen sich

hin und her. Dann schoben sie ihn vor D'Avenia, und der legte los.

»Für wen arbeitest du! Los, rück raus!«

Der Junge tat einen Moment, als müsse er nachdenken. Dann spuckte er dem Dichter ins Gesicht.

D'Avenia erstarrte. Alles erstarrte. Dann griff er in einer einzigen fließenden Bewegung hinter seinen Rücken, förderte eine Pistole zutage und hielt sie dem Jungen an die Stirn.

»Rede! Wer ist es?«

Die Piazza d'Italia verfiel in atemloses Schweigen. *Wir werden alle sterben,* dachte Leo. *Er wird den Jungen erschießen, und dann weiß ich nicht, was ich tue. Aber sterben werden wir.* In diesem Moment kam aus der Menge eine ruhige Stimme.

»Es sind Kinder.«

Dottore Spanu stand in seinem schmalen Anzug vor der Empore. Obwohl nur durchschnittlich groß, schien er aus der Menge herauszuragen.

»Es sind nur Kinder«, wiederholte er und richtete das Wort jetzt an den Bürgermeister. »Gibt es in unserer Stadt keinen Platz mehr für den Schabernack harmloser Straßengören? Und keine Barmherzigkeit mehr für mutterlose Waisen?« Oben auf der Empore wurde es unruhig, und Spanu erhob jetzt die Stimme. »Ich frage Sie das, Herr Bürgermeister, als ein von Ihnen selbst ernanntes Mitglied des Stadtrats. Oder ist Ihnen entfallen, dass ich das bin?«

Der Kopf des Bürgermeisters nahm eine hochrote Farbe an.

»Natürlich kenne ich Ihre Stellung, Onorevole Spanu« sagte er, und es war offensichtlich, dass er Spanu am liebsten wieder aus dem Stadtrat hinausgeworfen hätte. »Doch sehe ich nicht, inwieweit es Sie als Ratsmitglied im Bereich Gesundheit betrifft, wie wir mit kriminellen Elementen in unserer Stadt verfahren.«

Während der Bürgermeister sprach, hatte Spanu die Empore erklommen und war auf D'Avenia zugegangen, der immer noch die Pistole an den Kopf des Jungen hielt. Jetzt hatte er ihn erreicht.

»Die Waffe weg.«

Als D'Avenia nicht reagierte, griff er nach dem Lauf der Pistole, zog ihn zu sich heran, bis er auf seine Brust zielte, und wiederholte: »Senken Sie die Waffe. Bitte.«

Kaum aus der Schusslinie, tauchte der Junge blitzschnell unter den Armen seiner Häscher weg und verschwand von der Bildfläche. Zurück blieben der Dichter, Spanu und eine entsicherte Pistole. Die Menge starrte wie gebannt auf die Szene am Rednerpult, und Leo, der sich mit den Geschwistern Cadeddu am Randbereich des Gedränges aufhielt, beschloss, den Moment der Ablenkung zu nutzen.

»Los, wir verschwinden«, kommandierte er. Und diesmal hatten auch die Geschwister Cadeddu nichts dagegen einzuwenden. Sie huschten zu dritt durch die Menge, schnell und geduckt, während um sie herum die ersten Rufe laut wurden, D'Avenia solle diese Komödie jetzt beenden, um die Gören könnten sich ja auch die *squadre* kümmern. Die ersten Trupps in schwarzen Hemden hatten auch schon die Verfolgung der jugendlichen Eierwerfer aufgenommen, allerorten hörte man Befehle, Gebrüll und das Knallen von Stiefeln auf nachtschwarzem Pflaster. Die Bubenarmee von Sassari würde ihre ganze Wendigkeit und ihr Wissen um die Schlupflöcher in der *città murata* brauchen, um diesem Feind zu entwischen.

Auf der Empore ließ D'Avenia die Waffe sinken, die Spannung löste sich, und vereinzelt wurde sogar geklatscht. Auch Leos Truppe hatte den Rand der Piazza erreicht und hastete bereits Richtung Gnadengässchen. Da erscholl hinter ihnen ein Ruf.

»Dort drüben! He! Da sind welche!«

Dem Ruf folgten weitere aufgeregte Stimmen und erste Verfolger. *Weg hier.* Leo tauchte in die Gasse ein, dröhnenden Pulsschlag im Kopf. Er stürmte in vollem Lauf durch den Spalt zwischen den Häusern, bis er spürte, wie ihm die Luft wegblieb. Dann ließ er Minnià vorauslaufen und eilte mit Mario hinterher. *Weiter, nur weiter.* Hinter sich hörte er viel zu nah die Rufe ihrer Verfolger und den Hall schwerer Schritte. Dann kamen die Schritte auch von vorn. *Nein!* Minnià wählte blitzschnell einen dritten Weg und schlug sich mit ihnen durch eine Gasse, in welcher der Müll schon kniehoch stand. Doch die Schwarzhemden kamen von allen Seiten, sie lärmten in allen Gassen und donnerten durch die Torbögen. Leo gab sich und den Geschwistern keine fünf Minuten mehr, dann hätten die Faschisten ihnen die Fluchtwege abgeschnitten, obwohl sie Haken schlugen wie die Hasen. Es waren einfach zu viele. In einer lang gezogenen, engen Gasse überholten sie eine Passantin, eine Dame im eleganten Mantel, die hier scheinbar seelenruhig entlangspazierte, mit Handtasche und einem großen Hut, der ihr Gesicht halb verbarg. *Oh, heilige Ignoranz,* dachte Leo grimmig, *das Land steht am Abgrund, in den Straßen jagen sie Kinder – und Madame geht ein wenig an die frische Luft.* Als Leo an der Passantin vorbeihastete, rempelte er sie versehentlich an. Teures Parfüm. Weicher Pelzkragen. Ein geschminkter Mund. Er stieß eine Entschuldigung hervor und spurtete weiter.

»Weiter!«, rief auch Minnià leise. »Macht schnell.«

Sie hetzten die Gasse entlang, die Rufe ihrer Verfolger in den Ohren und jetzt auch noch die klappernden Absätze der Passantin. Leo kämpfte zunehmend mit Atemnot, und kalter Schweiß klebte ihm am Rücken. War Mario noch hinter ihm? Ein hastiger Blick zurück, ja, der junge Cadeddu folgte ihnen keuchend.

»In die *Via Pettenadu!*«, rief er. »Zweite links!«

Sie hasteten weiter, bogen in das winzige, feuchte Gässchen, das Mario gewählt hatte.

Ein Fehler.

Nach einem halben Dutzend Metern endete ihr Fluchtweg an einem Bretterzaun. Das Gässchen, sonst ein gewundener Pfad zwischen mehrstöckigen Altstadthäusern, war abgesperrt worden, und hinter dem Zaun ragte mittig der Arm eines primitiven Krans in die Höhe.

»Scheiße!«, fluchte Mario und sah Leo an. »Und jetzt?«

Mit einem Mal wirkte er wieder wie ein Bäckerlehrling. Ein ganz junger Bäckerlehrling. Der Lärm ihrer Verfolger kam näher und näher, und Leo überdachte blitzschnell ihre Möglichkeiten. *Wieder zurück?* Nein, keine Zeit, sie würden ihren Verfolgern direkt in die Arme laufen. *Klettern?* Ging auch nicht, der Zaun war viel zu hoch.

In einer Ecke stapelten sich ein paar Rohre.

Gut, immerhin ein Anfang. Leo griff sich ein Rohr, es lag gut in der Hand. Dann schnappte er sich ein zweites und warf es Mario zu: »Fang!«

Und jetzt ein Versteck. In der Ecke gegenüber stapelte

sich der Abfall der Baustelle: rausgerissene Bretter, morsche Wandpaneele, schimmlige Filzdecken, Holzwolle und die zerbrochenen Reste eines Baugerüsts. Leo kroch zwischen die Paneele und zwängte sich in einen schmalen Hohlraum darunter. Minnià und Mario folgten ihm. Über den Eingang ihres Verstecks zogen sie einen der Filzfetzen. Er stank ekelerregend. *Still jetzt!* Wenn man sie entdeckte, war es vorbei.

Sie lauschten.

In den Gassen hallten die schweren Schritte ihrer Verfolger, dazwischen, ganz leicht und eilig, das helle Klacken von Absatzschuhen. Sie duckten sich tiefer unter die Bretter und hielten den Atem an.

Die Schritte und das Gebrüll kamen nun von allen Seiten. Ihre Verfolger mussten in unmittelbarer Nähe sein. Dann, am Eingang der Sackgasse, rief jemand »Halt!«. Es folgte ein hastiger Wortwechsel, dann erklang eine scharfe Frauenstimme: »Was fällt Ihnen ein, Sie *cretino?* Loslassen, und zwar sofort! Mein Vater ist Stadtrat.«

Dies musste »Madame Frischluft« sein, der herrische Ton passte zu dem, was Leo von ihr gesehen und gerochen hatte.

»Wir wollen Ihnen doch nichts«, brummte ein Mann. Einer ihrer Verfolger? Minnià packte Leos Hand.

»Wie beruhigend!« Der Tonfall der Dame troff vor Herablassung. »Und wem wollen Sie stattdessen etwas? Wer sind Sie überhaupt?«

»*Comandante squadrista* Angelo Porcu.«

»Ach was …«

»Gehen Sie nach Hause. Dies ist kein Ort für junge Damen von Stand.«

»Und das haben Sie zu bestimmen?«

Das musste man der Dame bei all ihrer Ignoranz lassen, sie ließ sich nicht leicht einschüchtern. Auch ihr Gesprächspartner erkannte dies an und bemühte sich um Höflichkeit.

»Wir suchen ein paar anarchistische Unruhestifter. Es gab einen infamen Anschlag auf der *Piazza d'Italia.*«

»Einen Anschlag? Wie unschön. Ist jemand verletzt? Oder gar tot?« Wie blasiert das klang.

»Nun ja, nicht direkt, aber ...«

»Ach, jetzt verstehe ich. Der widerliche Gestank, der von der Piazza kommt, ist es das? *Un attentato con le ouva marce?*« Die Dame gab einen unterdrückten Laut von sich. *Mein Gott,* dachte Leo, *sie lacht.* Erneut war nun die Stimme des *comandante squadrista* zu hören. Jetzt klang sie gefährlich ruhig.

»Vorsichtig, Madame, ganz vorsichtig.«

»Ma certo«, kam es flötend von seinem Gegenüber. »Vorsichtig bin ich immer. Und jetzt nehmen Sie die Gasse dort entlang, da hab ich Ihre Eierwerfer laufen sehen. Und wenn Sie hier nicht länger herumstehen und geachtete Bürgerinnen belästigen, dann schnappen Sie sie vielleicht noch. Dann mal los, nicht wahr?«

Ein knappes »Madame«, dann ein Befehl, und schon donnerten die Stiefel die Gasse hinab, und nach kurzer Zeit war es wieder still zwischen den Hausfassaden. Ein atemloser Moment verstrich. Leo zog den Filzfetzen zurück und wechselte im schalen Licht der Baustellen-Gaslampe einen Blick mit den Geschwistern Caddedu: Minnià stand die Erleichterung ins Gesicht geschrieben, doch Marios Blick blieb wachsam und angespannt. Er deutete mit einem Kopfnicken zum Eingang der Gasse. Von dort hörte man nun wieder das leise Klacken der Absatzschuhe. Ruhige Schritte, fast vorsichtig.

Und dieses Klacken, es kam näher.

Noch näher.

Kurz vor ihrem Versteck in der Ecke verstummte es. Stattdessen kam von dort wieder die Frauenstimme. Doch wie hatte sie sich verändert. Der amüsierte Unterton war verschwunden, ebenso das blasierte Desinteresse – jetzt klang die Stimme fast brüchig vor Aufregung.

»Hallo? Hallo da?? Kommt raus, sie sind weg.«

Leo kroch aus seinem Versteck, schälte sich schimmlige Filzfetzen von den Schultern. Er half Minnià und ihrem Bruder ebenfalls aus dem Verschlag, und dann standen sie stinkend und reichlich abgerissen vor ihrer Retterin.

Es war keine Unbekannte.

Es war Gioia Soriga.

KAPITEL 11

SA PETTENEDDA / *Die Pettenedda ist eine böse Brunnenhexe. Sie wird meist als uralte Frau beschrieben. Die Pettenedda lebt auf dem Grund von Brunnen und verbringt ihr Leben damit, mit ihren überlangen Nägeln ihr heillos zerzaustes Haar zu kämmen, was ihr nie gelingt. Wohl auch aus diesem Grund, so erzählt man sich, ist sie immer sehr wütend. Kinder müssen um Brunnen deshalb einen großen Bogen machen und dürfen sich vor allem niemals über den Brunnenrand beugen. Denn sonst, so heißt es, werden sie von der Pettenedda mit ihren überlangen Krallen in die Tiefe gezogen, müssen ihr dort unten als Sklaven dienen und ihr auf ewig das Haar kämmen.*

* * *

Jetzt gibt es kein Zurück mehr, jetzt hänge ich mit drin.

Gioia umfasste ihre Handtasche fester und reckte das Kinn. Dann wagte sie ein Lächeln.

»*Buonasera,* Signor Lanteri.«

»Signorina Soriga …« Seinem Ton entnahm sie, dass er sie vorher tatsächlich nicht erkannt hatte. »Ich hatte Sie nicht in Sassari vermutet.«

»Wir haben ein Stadthaus hier.«

Sie schwiegen beide. *Diese Augen! Wenn ich ihn noch mal ansehe, sterbe ich,* dachte Gioia und schämte sich gleichzeitig ihres Überschwangs. Doch als sie wieder hinsah, entdeckte sie, dass er seinen Blick nicht abgewandt hatte. Und dass er immer noch lächelte. *Er weiß es. Er hat gesehen, wie ich ihm bei seiner Abfahrt nachge-*

laufen bin. Er weiß, dass ich den Delfin jetzt in der Tasche trage, dass ich ihn mit meiner Hand berühre, so wie ich ihn berühren würde, wenn ich könnte. Oh Gott, er weiß alles. Gioia hielt Lanteris Blick nicht lange stand, sondern wandte sich an die geretteten Eierwerfer.

»Du bist Minnià Cadeddu, richtig? Und dieser Nichtsnutz ist dein Bruder? Ich darf deiner Tante Teresina aber nicht erzählen, was du hier so treibst anstatt ihrem Sohn die Medizin zu bringen, auf die er so dringend wartet.«

»Ich war schon auf dem Weg zum *dottore!*«, rief Minnià hastig. Sie setzte zu einer längeren Erklärung an, wurde jedoch von Lanteri unterbrochen. »Wie auch immer, wir müssen hier weg. Und wir bringen euch nach Hause. Dort schließt ihr euch ein und verlasst das Haus nicht für die nächsten ein bis zwei Tage. Wir kümmern uns auch um den *dottore*. Mich würde sowieso interessieren, wie er die schreckliche Szene auf der Piazza überstanden hat. Wir können alle froh sein, dass er dazwischengegangen ist …«

Welche schreckliche Szene? Gioia hatte nur etwas von faulen Eiern gehört, als sie unweit der *Piazza d'Italia* vorbeigekommen war. Ein Angstschauer überlief sie.

»Der *dottore* hat unsere Aktion zerstört«, schimpfte Minniàs Bruder jetzt, doch Lanteri hob nur die Augenbrauen.

»Spanu hat dir deinen hitzigen Kopf gerettet, Kleiner. Ohne ihn wäre die *Piazza d'Italia* jetzt ein Friedhof für die ganze Bubenarmee.«

Friedhof? Gioia schluckte. Was hatten die Freunde ihres Vaters und deren Schläger mit den Straßenkindern zu schaffen?

Mario Cadeddus Gesicht nahm einen trotzigen Ausdruck an. »Was fällt Ihnen ein …«, setzte er an, doch Lanteris ruhige Erwiderung ließ ihn verstummen.

»Na komm, es reicht. Wir hatten genug Glück für heute. Lass uns gehen.«

Wie hell seine Augen sind, dachte Gioia. *Wie Eis in den Bergen, den hohen Bergen, auf denen im Winter der Schnee liegt. Gibt es Schnee auf den Bergen, dort, wo er herkommt?* Gioia hatte erst zweimal in ihrem Leben Eis gesehen, oben im *Gennargentu,* doch sie konnte sich an die beiden Male deutlich erinnern.

»Was hatten Sie überhaupt vorhin in der Altstadt gesucht, ausgerechnet heute?«, fragte Lanteri etwas später. Sie hatten die Geschwister Cadeddu ohne weitere Zwischenfälle heimgebracht, und Lanteri eskortierte Gioia nun zur *Via Asproni* am Rande der Neustadt, zum Stadthaus ihrer Familie. »Sind Sie deshalb nach Sassari gekommen? Um Ihren Vater zu D'Avenias Auftritt zu begleiten?«

Gioia verspürte einen Stich, und ihr Kopf glühte. Was sollte er auch anderes denken. Von einer, deren Vater Faschist war. Von einer, deren Vater es zuließ, dass seine Leute Kinder zusammenschlugen?

»Nein, bestimmt nicht«, murmelte sie. »Don Antonio ist auf dem Land geblieben. Aber meine …«, Gioia verschluckte im letzten Moment das Wort »Schwiegermutter«. Das fehlte gerade noch, dass sie jetzt auch noch die Hochzeit erwähnte!

»Teresina Marras lud mich ein, mit ihr ein, zwei Tage in die Stadt zu fahren, um ein paar … Dinge zu besorgen«, sagte sie stattdessen. »Heute Abend ist sie wegen ihrer Kopfschmerzen schon früh zu Bett gegangen, und ich wollte einfach sehen, was draußen so vor sich geht.« Von ihrer irrwitzigen Hoffnung, Lanteri noch einmal zu treffen, ihm vielleicht sogar zufällig über den Weg zu laufen, erzählte Gioia nichts. Es war ja auch zu peinlich. Vor allem jetzt, da sich diese Hoffnung erfüllt hatte.

Sie hatten die Altstadt durchquert und eilten nun die *Via Turritana* entlang, die lang und gerade den alten Teil der Stadt mit dem neuen verband.

»Es ist nicht mehr weit, Signore.«

»Signorina, es ist eine Selbstverständlichkeit, Sie bis zu Ihrer Haustür zu begleiten.« Waren sie während der denkwürdigen Soiree am Vorabend fast ein wenig zu vertraut miteinander umgegangen, breitete sich nun eine seltsam verlegene Fremdheit zwischen ihnen aus. Gioia ging schnellen Schrittes und mit hocherhobenem Kopf, während ihr ein verspäteter Adrenalinschub zu schaffen machte. Die ausgestandenen Ängste, die improvisierten Lügen und der argwöhnische Blick dieses Squadristen-Führers ließen ihr noch jetzt die Knie weich werden. Doch niemand, schon gar nicht Lanteri, sollte das merken! Unterdessen stapfte ihr Begleiter neben ihr her, in mehr als angemessenem Abstand, ein stummer hünenhafter Schatten, und Gioia stellte sich die bange Frage, was Lanteri eigentlich in ihr sah: *Ein hübsches Gesicht? Ein verwöhntes Töchterchen? Oder nur ein lästiges Anhängsel?* Bestimmt ärgerte er sich nun, dass er, um der Konvention zu genügen, noch einmal in die Nähe der *Piazza d'Italia* musste, ein wahrlich nicht ungefährliches Unterfangen nach den vorangegangenen Ereignissen. *Doch warum sagt er nichts? Und wo bleibt überhaupt sein Dank?* Hatte sie der ganzen Unglücksbande mit ihrem Ablenkungsmanöver nicht gerade den Hals gerettet? Als er endlich doch noch sprach, sah Gioia im förmlichen Tonfall seiner Stimme ihre schlimmsten Vermutungen bestätigt.

»Heute Nachmittag erhielt ich ein Telegramm. Aus Sant'Amato.«

»Von Ihrer Familie?«

»Ja. Man ruft mich nach Hause zurück.«

»Oh nein!« Gioias Herz setzte einen Moment lang aus. Und dann begann es zu rasen, denn sie registrierte mit Schrecken, dass sie laut gedacht hatte. Sie schlug sich die Hand vor den Mund und blieb abrupt stehen. Lanteri drehte sich nach ihr um. Das Licht der Straßenlaternen blendete sie, sie konnte seinen Gesichtsausdruck nur erahnen.

»Doch«, sagte er leise. »Ich fürchte mein Aufenthalt hier auf der Insel neigt sich dem Ende zu.«

»Und die *pecora nera?*«

Er zuckte mit den Schultern. »Die gibt es vielleicht gar nicht. Zumindest nicht hier. Und nicht für mich.«

»Sehr schade.«

»Ja, sehr schade. Dabei hatte ich gedacht ...« Er brach ab und schwieg. Gioia nahm all ihren Mut zusammen und trat einen winzigen Schritt auf ihn zu. »Was haben Sie gedacht?«

Es dauerte lange, bis er antwortete. »Als ich auf der *tenuta* ankam, dachte ich für kurze Zeit, ich hätte sie gefunden.«

Wieder breitete sich Schweigen zwischen ihnen aus. Doch diesmal hatte es eine andere Beschaffenheit. Endlich sagte sie: »Aber?«

»Aber dann erkannte ich, dass ich falschlag.« Seine Stimme klang belegt. »So ist es, machen wir daraus doch keine große Sache. So etwas ist Pech.«

»Ja ... Pech.«

Er richtete sich auf, nahm eine fast militärische Haltung an und sagte: »Wie auch immer. Ich schaue noch kurz bei Spanu vorbei. Und morgen früh reise ich ab.«

Er zog sich den Hut vom Kopf, fuhr sich durch sein dichtes, dunkles Haar und deutete eine knappe Verbeugung an.

»Nun denn …«

»Nun denn.«

»*Mille grazie* für Ihren mutigen Einsatz, Signorina.«

»Keine Ursache, ich bitte Sie, das hätte doch jeder getan.«

»Nein, hätte er nicht. Sie sind eine sehr mutige Frau. Mutig und …« Er stockte, fuhr sich mit der Zunge über die Lippen. »Ich muss jetzt gehen. Leben Sie wohl, Signorina, gleich morgen Vormittag nehme ich die Fähre zum Festland.« Er verstummte, drehte den Hut in seinen großen Händen.

Oh Gott, nein! Ich kann ihn nicht gehen lassen.

Gioia bearbeitete ihre Fingerknöchel und überlegte fieberhaft, was sie noch sagen oder tun könnte, um Leo Lanteri davon abzuhalten, jetzt aus ihrem Leben zu verschwinden.

Ferne Klänge zogen durch die Gassen. Irgendwo in der *città murata,* von ihrer Position aus nicht zu orten, spielte jemand Klavier, ganz schnell und fröhlich.

Ragtime.

Irgendwo dort, mit dieser Musik, waren Menschen gerade glücklich. Tranken etwas, gaben sich dem Rhythmus hin. Tanzten vielleicht sogar. Aber nicht hier. Ihr wurde klar, dass dies immer so bleiben würde. Sie würde dieser Musik niemals näher kommen als bis auf Hörweite. Da konnte sie in ihrem einsamen Zimmer so viel üben und spielen, wie sie wollte – der Herzschlag jener

Musik würde für sie nie mehr sein als ein fernes Echo. Mehr hielt das Schicksal für sie nicht bereit. Ein Gewicht legte sich auf ihre Schultern, unendlich schwer, es machte sie klein und unendlich müde.

»Dann wünsche ich Ihnen eine gute und sichere Überfahrt«, sagte Gioia. In der Tasche ihres Kostümrocks griff sie nach dem Delfin, der dort die ganze Zeit unbemerkt auf sie gewartet hatte. Sie umschloss das gewärmte Silber, hielt es ganz fest und zwang sich zu einem Lächeln.

»Leben Sie wohl, Signor Lanteri.«

Ein letzter Blick, dann drehte sie sich um. Sie ging mit schnellen Schritten in den Vorhof der Stadtvilla und suchte in ihrer Manteltasche schon nach den Schlüsseln. Sie musste jetzt schnell sein. Erst im Haus durfte sie ausatmen. Durfte sich gegen die Wand lehnen, vielleicht auch hinsetzen, vielleicht weinen. Sie hatte die Tür fast erreicht, da hörte sie hinter sich seine Stimme.

»Signorina, noch eine Frage …«

»Sì?«

Sie fuhr herum, viel zu schnell, wie ihr das Aufleuchten seines Gesichts verriet.

»Hm …«, jetzt stockte er auf einmal. »Ich weiß natürlich nicht, ob Sie zu Hause erwartet werden.«

»Werde ich nicht. Bestimmt nicht!«

Lanteris Blick glitt zweifelnd an der orientalisch anmutenden Fassade der kleinen Jugendstilvilla hoch, die Don Antonio für seine zweite Frau gekauft hatte. Als Hochzeitsgeschenk. Nach Gioias Meinung damit das einzig Schöne, was Inés zum Leben der Familie beigesteuert hatte.

»Sicher?«

Gioia antwortete mit einer ungeduldigen Geste, und er fuhr fort. »Na gut. Wir bleiben auch nicht lang. Haben Sie schon einmal Ragtime aus New York gehört? Ich meine *echten Ragtime,* gespielt von einem echten New Yorker Barpianisten, einem aus Harlem oder Brooklyn.«

Gioia starrte Lanteri an. Sie wusste nicht, was ihr auch nur ein einziger dieser Begriffe hätte sagen sollen. Doch sie verstand genau, was er meinte. Ihre Stimme schwankte, als sie antwortete.

»Und wo wird dieser echte Ragtime gespielt?«

Lanteris Mund verzog sich zu einem kaum sichtbaren Lächeln. Dann streckte er den rechten Arm aus und reichte ihr seine Hand. »Gar nicht weit von hier.«

* * *

Wenn Gioia sich später die darauffolgenden Stunden im *Creole Club* in Erinnerung rief, wunderte sie sich stets über die paradoxe Vielgestalt des Lebens. Wie war es möglich, dass sie an jenem Abend noch nichts ahnte von ihrer Zukunft, vom Schicksal ihrer Welt? Und wie konnte es sein, dass sie im gleichen Moment, dort – mitten im Lärm und im Rausch der Musik – so vieles schon von dem wusste, ja, ganz sicher wusste, was ihr Leben prägen würde. Die Nacht im *Creole Club,* sie bildete in ihrer Erinnerung eine Wegmarke, den Ausgangspunkt von Entscheidungen, mit denen sie den Kurs ihres weiteren Lebens bestimmte.

Das begann schon mit der Wahl ihres Drinks.

»*Pink Lady* oder *Gin Fizz?*«, fragte der Barmann, ein glatzköpfiger *sassarese* mit krumm geschlagener Nase, nach dessen Sprechweise zu urteilen, Gioia sich fragte, wie viele Jahre er im Ausland verbracht hatte. Auf ihr Schulterzucken hin grinste der Mann, hantierte mit ein paar Flaschen, löffelte einen Zitronenschnitz aus einer Schale und präsentierte ihr dann ein niedriges Glas mit einem orangeroten Getränk.

»*Pink Lady* für die *Miss*. Und der *Gentleman?* Ganz neu könnte ich einen *Three Mile* anbieten. Besteht aus Rum, Kognak, Grenadine. Und heißt so, weil sie diesen Cocktail nun drei Meilen vor der Küste New Yorks servieren, auf Jachten in internationalen Gewässern, wegen der Prohibition.« Der Glatzkopf schnalzte abschätzig mit der Zunge. »Puritaner.«

Lanteri lachte und ließ sich einen *Three Mile* mixen. Dann beugte er sich zu Gioia und wies nach vorn zur Bühne. »In einer Bar wie dieser darf jeder nach Gusto spielen, der es kann. Vielleicht möchten Sie auch – später vielleicht …«

»Hmm.« Gioia sah sich verstohlen um. Es war alles so modern hier! Lampenschirme aus Perlmutt und Ebenholz, eckige Formen, Chrom überall. Und Neonlicht!

Gioia registrierte den bohrenden Blick einer Frau mit Zigarettenspitze und kurz geschnittenem Haar, die ein Stück weiter ebenfalls an der Bar lehnte. Ihr Begleiter, ein zierlicher Mann mit Nelke im Knopfloch, raunte ihr etwas ins Ohr, und sie lachte heiser. Dabei ließ sie Gioia keinen Moment lang aus den Augen. *Hier spielen? Auf der Bühne? Hier trau ich mich noch nicht mal in den Waschraum!* Doch sie lächelte Lanteri zu und genoss das warme Gefühl, das ihr dabei durch den Körper schoss.

»Salute.« Sie prosteten sich zu. Die *Pink Lady* schmeckte nach mehr und ließ ihren Kopf ganz leicht werden.

Es sind moderne Zeiten, jetzt oder nie, dachte Gioia und versuchte sich an einem koketten Unterton. »Warum sind wir eigentlich beim Sie geblieben? Sie haben mich doch schon einmal mit meinem Vornamen angesprochen …«

Sie erhob ihr Glas. »Gioia, bitte.« Er erwiderte den Gruß. »Leonida. Oder einfach Leo, das ist besser.« *Ja, viel besser.* Noch ein Schluck, und sie fühlte sich schon fast so mutig wie eine dieser modernen Frauen, vielleicht eine vom Kontinent. »Und verrätst du mir jetzt auch, warum du so ungern wieder heimfährst, Leo Lanteri?« Sie hoffte auf eine galante Antwort. Was außer Leichtherzigkeit blieb ihnen auch übrig in ihrer Situation, außerdem zeigte die Uhr über der Bar schon Mitternacht, und die Zeit – ihre *gestohlene* Zeit – lief unweigerlich ab. Doch auf Gioias Frage hin fiel ein Schatten auf Leos Gesicht. Und der Instinkt, ihr ursardisches Erbe, das niemals trog, meldete mit einem Mal Gefahr. *Ach was, moderne Zeiten!*

»Was erwartet dich zu Hause?«, hakte Gioia nach.

»Mein Vater. Ein Küstendorf. Und die Oliven.«

»Keine …«, sie stockte, wurde rot, »… andere Familie?«

»Eine Schwester. Und Enzo, wenn man den mitzählt.«

»Freunde?«

Er schüttelte den Kopf, murmelte etwas vom Krieg.

»Willst du deshalb nicht zurück? Weil alle tot sind?« Bei dem Wort »tot« weiteten sich seine Augen kaum merklich, und Gioia wähnte sich auf der richtigen Fährte. »Ist jemand gestorben in Sant'Amato, weshalb du jetzt nicht mehr zurückwillst? Hast du Angst, dass dir Ähnliches passiert?« Leo schnaubte und leerte sein Glas in einem Zug. Im hinteren Teil der Bar lärmten ein paar betrunkene Squadristen, und Leo bedachte sie mit einem wachsamen Blick. Gioias innere Stimme verfiel in ein panisches Wispern, und ihr wurde kalt.

»Du bist in Gefahr«, flüsterte sie.

Leo sah sie traurig an. Dann stellte er das Glas ab.

»Nein, ich bin nicht in Gefahr. Ich *bin* die Gefahr.« Und dann beugte er sich vor und begann zu erzählen. Vom Auseinanderfallen der Welt. Vom Krieg. Von der Wut und von den bösen Träumen. Von dem Tagebuch, das er an der Front geführt hatte und in das er wieder schrieb, schon seit Längerem, spätestens seit dem Kampf mit dem Squadristen ...

»Es war Notwehr«, setzte er fast verzweifelt hinzu.

»Ist er auf dich losgegangen?«

»Quasi. Also ...« Er suchte nach Worten. »Beleidigt hat er mich ... verspottet, und ... es ist mit mir durchgegangen, das ist alles. Jeder, der im Krieg war, kennt das ...«

»Mit dir durchgegangen? Was meinst du damit? Hast du den Mann zusammengeschlagen?«

»Jeder, der am Isonzo war, kennt das! Verdammt! Was musste der auch sein blödes Maul aufreißen? Ist er doch selbst schuld, dass ...« Er verstummte.

»Dass was?«, soufflierte Gioia, doch Leo blieb stumm.

»Dass was??«

Leo schwieg. Dann straffte er sich, warf ihr den letzten Satz hin wie einen alten Lappen. »Das ist Krieg. Da sterben die Leute ständig.«

»Du hast ihn ... getötet?« Leos Gesicht war ganz grau geworden, und Gioia warf einen alarmierten Blick in Richtung Bar, wo die Squadristen inzwischen mit dem Barmann stritten. *Oh, das war nicht gut. Nein, gar nicht.*

»Du hast einen von denen getötet?« Leo fuhr sich über das Gesicht und durch das Haar. Er sah zu Boden, Gioia konnte im Lärm des Lokals kaum hören, was er sagte. »Er war so jung. Ich kannte seine Eltern, verdammt! Blutjung und blöd wie ein Kalb. War ganze fünf Monate bei den Neunern gewesen, prahlte herum, beschimpfte mich.« Das Schweigen zwischen ihnen dehnte sich, dann hob er den Kopf.

»Ja, das bin ich, Gioia. Ein Mörder. Einer, der nicht nur im Krieg getötet hat.« Er zuckte mit den Achseln. »Vielleicht willst du jetzt doch lieber gehen?«

Gioia dachte einen Moment nach, ehe sie antwortete. Dann ergriff sie seine Hand und drückte sie.

»Man sagt, dass wir Sarden die Dinge gerne mit Gewalt regeln. *Balentià* zeigt sich im gezückten Messer, heißt es hierzulande, und ich kenne Familien, darunter meine eigene, in denen die Männer wegen der *vindicau* auf Generationen nur die Wahl hatten, entweder ein Mörder zu werden – oder ein Mordopfer.« Sie zuckte mit den Schultern. »Ich bin deshalb nicht die Richtige, über dich zu urteilen.«

Sie wurden von einem kleinen Tumult unterbrochen, als der Barmann die Squadristen mit lauter Stimme aufforderte, das Lokal zu verlassen, und den zwei Muskelpaketen winkte, die den Aufgang zum Eingang bewachten. Nach einigem Hin und Her hatten diese die Schwarzhemden nach draußen befördert, und Gioia konnte weitersprechen.

»Aber eins kann ich dir sagen. Auf Sardinien verfolgen wir unsere Feinde bis in den Tod. Davor schützt dich kein Gesetz und oft auch kein Blutgeld. Wenn Don Antonio oder Boi erfahren hätten, was du getan hast, wärst du von der *tenuta* nicht lebend zurückgekommen. Die hätten dich an die Schweine verfüttert! Mein Vater hat diesem faschistischen Hetzer D'Avenia erst gestern eine große Parteispende zugesagt. Und Arturo Boi würde sowieso alles tun, um bei D'Avenia zu landen.« Sie brach ab. Als sie fortfuhr, schämte sie sich über den brüchigen Klang ihrer Stimme. »Es ist gut, wenn du die Insel morgen verlässt ...« Er nickte, und sie schluckte.

Nein, schlecht ist es. Ganz schlecht. Ich will die Zeit anhalten! Die Uhr über der Bar zeigte halb eins, und von der Bühne kam Beifall. Ein Schwarzer im Frack setzte sich dort an ein verhältnismäßig kleines Piano und blickte auffordernd ins Publikum. Dann rief er etwas auf Englisch in die Menge und begann fast übergangslos, sein Instrument mit gehämmerten Akkorden zu bearbeiten. Erst nach zwanzig Sekunden erkannte Gioia, dass der Mann eine rasend schnelle Version des großen Erfolgs von Irving Berlin spielte, einem jungen Komponisten aus Amerika.

Alexander's Ragtime Band? In Des-Dur? Was für ein Wagnis! Und dazu noch in diesem aberwitzigen Tempo, das niemand auf Dauer durchhalten konnte. Doch was tat der Pianist? Er lachte! War das die Möglichkeit?! Gioia musste reichlich dumm dagestanden sein, ganz weggetreten, womöglich noch mit offenem Mund, denn irgendwann stupste sie jemand in die Seite, und sie entdeckte Leo neben sich, breit grinsend.

»Habe ich zu viel versprochen, Miss?«

»Oh, ich liebe Irving Berlin!« Spontan verfiel Gioia in den exaltierten Ton der Dichtertochter Isadora und musste lachen.

»Dann will ich seine Musik ohne dich nie wieder hören«, sagte Leo ernst. Sein Blick fing den ihren ein, und erst viel später sprach er weiter. »In New York spielen sie nicht nur Ragtime, da machen sie neuerdings noch viel verrücktere Sachen, improvisieren nur noch nach dem Gefühl. Nennt sich Jazz und ist die große Freiheit in der Musik.« Er sah sie an. »Träumst du nicht auch manchmal von ihr, von der großen Freiheit?«

Die Frage holte Gioia aus ihrer Trance zurück in ihr alltägliches Leben. Ihr Leben als Sardin, als Tochter und *fidanzata.*

»Du hast die Möglichkeiten«, sagte sie. »Schau, du bist vom Kontinent und dazu noch ein Mann. Du bist frei wie ein Vogel. Ich habe diese Freiheit nicht. Hier auf Sardinien heißt es ›Schneide die Wurzeln ab, und der Baum stirbt‹. Ich darf gar nicht darüber nachdenken, was ich bin – Baum oder Vogel.«

»Und wenn du es tätest? Zu welchem Ergebnis kämst du dann?«

Sein Gesicht war dicht vor ihrem, und seine Augen gar nicht mehr hell, sondern nahezu schwarz im Halbdunkel.

»Ich weiß es nicht«, log Gioia.

»Ich weiß es schon. Ich habe dich Klavier spielen gehört. Du bist ein Vogel. Und ich schätze, du kannst sogar besser fliegen als ich.«

»Glaubst du?«

»Das weiß ich. Und jetzt trinken wir noch etwas – und dann tanzen wir.«

Drei Stunden später, als die meisten Gäste das Nachtlokal bereits verlassen und die beiden Zeitdiebe auch mit dem Barbesitzer und dem Pianisten schon getrunken

hatten, stellte Gioia fest, dass sie Gavino Marras unmöglich heiraten konnte. *Nicht nur wegen Leo, sondern wegen allem!* Wegen des Glücks, das durch ihr Blut rauschte. Wegen der Musik, die sie ganz erfüllte. Wegen der Tänze, die sie noch tanzen wollte. Wegen ihrer Träume von der Ferne, die viel weiter führten als nach Cagliari. *Das kann mir doch nicht reichen! Nicht nach diesem Abend.*
Aber wie konnte sie Gavino so enttäuschen? Wie ihm derart das Herz brechen? Und wie löste sie diese Verlobung, ohne eine neue Fehde heraufzubeschwören? Nein, das ging nicht. Und vielleicht war es ja auch richtig so. Ach, was sollte sie nur tun? *Bonaria!* Bonaria würde Rat wissen. Ja, gleich morgen wollte sie ihrer Patin schreiben und ihr endlich von der Hochzeit erzählen. Gioia seufzte. Der Abend war zu kostbar für Grübeleien. Und die Zeit zu knapp, um noch vernünftig zu sein. Sie saß mit Leo mittlerweile auf einer Eckbank direkt an der Bühne. Dort stimmte der Pianist jetzt ein paar ruhige Akkorde an, und als er mit warmer Stimme zu singen begann, da stand Leo auf und zog Gioia erneut auf das Parkett.

»Ein letzter Tanz?«

I found my love in Avalon, beside the bay

Ihre Körper waren erhitzt und erschöpft, und Gioia konnte nur noch hin und her tappen wie ein müder Tanzbär. Doch er hielt sie fest, hielt sie und strich mit seinen Händen an ihren Armen entlang. Und sie lehnte sich an ihn, legte ihren Kopf an seine Brust und erspürte den Takt seines Atems.

I left my love in Avalon, and I sailed away

Er schob seine Hände unter ihr Kinn, hielt ihren Kopf umfangen und strich über ihre Wangen, ihre Stirn, ihren Mund. Als wolle er sich alles genau einprägen. Und die ganze Zeit waren da seine Augen, folgten den Liebkosungen seiner Finger und blickten so traurig, dass ihr fast die Tränen kamen. Und auch sein Mund war da, seine Lippen, die feinen Linien um seine Mundwinkel. Gioia atmete ein und erlebte zum ersten Mal etwas, was ihr in den neunzehn Jahren ihres Lebens noch nie, auch nicht mit Gavino, jemals passiert war.

Madre meu, sie *musste* diese Lippen einfach küssen!

* * *

Arturo Boi war versucht, in Deckung zu gehen, als der immer noch wunderschöne, nun aber wutentbrannte *Dichter des Kampfes* Raffaele D'Avenia einen weiteren Schöpflöffel durch das Hauptquartier der Squadristen im Weinkeller der *Villa Mimosa* pfefferte. Doch das war gar nicht mehr nötig. D'Avenias Wurfgeschoss, das nach kurzem Flug an einem Eichenholzfass abprallte, krachte als Querschläger in das Hammelgesicht des Kameraden aus Ittiri, der daraufhin mit einem so dämlichen Blöken zu Boden ging, dass Boi seine Mundwinkel kontrollieren musste.

Doch D'Avenia war alles andere als zum Lachen zumute.

»Dilettanten!«, setzte er seine Wutrede fort, »Elende Versager, das seid ihr! Was gebt ihr Sarden eigentlich so an mit eurer Kriegsvergangenheit? Was soll das?! Prahlt

mit euren Frontkämpfern – und haltet nicht einmal den halbwüchsigen Abschaum der Straße davon ab, mich mit faulen Eiern zu bewerfen? Meint ihr das im Ernst, komme ich dafür den weiten Weg von Mailand her? Rauswerfen sollte man euch aus dem PNF, rauswerfen und auf die Liparischen Inseln schicken! Ach was, die Liparischen sind noch viel zu gut für euch. Ab zu den Kaffern nach Afrika mit euch, Strafdienst leisten!«

D'Avenia musste Luft schöpfen. Sein Gesicht war hochrot angelaufen, und der Schweiß stand ihm auf der Stirn.

Boi nutzte die gewonnene Sekunde, fuhr in seine Brusttasche und reichte dem Dichter ein blütenweißes Taschentuch. Er beschloss, noch nichts zu sagen. Die erste Breitseite durfte sich ruhig Porcu einfangen, wenn der so blöd war, auf D'Avenias Gebrüll einzugehen.

Er war so blöd.

»Aber Euer Exzellenz«, rief Porcu, »das war eine abgekartete Sache, so schnell konnte niemand reagieren!«

»Genau! Reagieren! Das ist doch das Problem. Ihr Problem – Comandante.« Die Anrede spukte D'Avenia Porcu förmlich ins Gesicht. »Sie sollen nicht reagieren, Sie sollen AGIEREN! Nur so gewinnen Sie die Herrschaft über die Stadt. Dass etwas geplant wird, so etwas weiß man doch vorher! Wie gut sind eigentlich Ihre Informanten? Wissen Sie überhaupt, was in Sassari passiert? Und woher kam auf einmal dieser gottverdammte Hampelmann? Spanu! Wer ist das überhaupt?«

»Niemand, Signore. Unwichtig. Nur ein lokaler Quacksalber.«

»So?! Dafür hatte seine Stimme aber einiges Gewicht

bei der Masse, finden Sie nicht? Los! Wer ist das und vor allem: Was müssen wir tun, um ihn auszuschalten?«

»Hm«, druckste Porcu herum, »das wird nicht einfach sein. Spanu ist ein ehemaliger Feldarzt. Er diente bei der *brigata Sassari* und genießt hohes Ansehen unter den ehemaligen Frontkämpfern hier auf der Insel.«

»Ja, und? Ansehen ist veränderbar. Kann man dem Mann beikommen? Hat er irgendwelche Laster? Mensch, Porcu, strengen Sie doch mal Ihren Bumskopf an! Nimmt er vielleicht zu viel seiner eigenen Opiate, säuft er, ist er ein heimlicher Sodomit, oder vögelt er die Frauen der Stadtväter?« Porcu schüttelte hilflos den Kopf.

»Leider ist mir dazu nichts bekannt. Der *dottore* ist verwitwet – die Spanische Grippe, was sonst –, und sein einziges Laster, wenn man das so nennen darf, ist Musik. Er spielt Klarinette, schon lange, auch öffentlich. In Sassari zum Beispiel im *Creole Club*. Darüber schütteln die Leute sicher den Kopf, aber damit ruiniert man nicht seinen Ruf.«

»Kann man ihn dann vielleicht überzeugen? Oder kaufen? Ich unterzeichne für den PNF jede Woche Mitgliedsanträge von ehemaligen Frontkämpfern, darunter auch gar nicht so wenige von der sardischen Aktionspartei. Ist doch klar: Denen ist langweilig, die haben nichts zu tun. Die freuen sich, wenn sie endlich wieder marschieren dürfen. Und das auch noch zu Hause.«

»Spanu ist Gründungsmitglied der sardischen Aktionspartei und ein enger Freund von Capitano Lussu. Dass Sie den jemals ›überzeugen‹ können, bleibt wohl eher ein Wunschtraum. Und kaufen? Ich weiß nicht,

Spanu besitzt einen Grafentitel, den er nicht nutzt. Er ist der letzte Nachkomme einer der ältesten Familien von Sassari – und ihr Alleinerbe.«

»Hmmm …« D'Avenia rieb sich die Nasenwurzel. »Überzeugen, erpressen, kaufen geht also nicht. Aber es wäre wirklich besser, wenn es keinen Spanu in Sassari mehr gäbe, verstehe ich das richtig?«

In seinen Augen glomm es, und Boi wurde warm, sogar regelrecht heiß. *Wir könnten uns verstehen, er und ich. Wir denken ähnlich, kommen auf die gleichen Ideen. Was kann ich tun, damit er das endlich erkennt?*

»Sicher wäre es in den Augen mancher politischer Mord«, murmelte D'Avenia jetzt, und es klang, als führte er ein Selbstgespräch, »doch ich würde es eher einen Akt der Liebe nennen.« Des Dichters Blick glitt sinnend durch den Raum. Sah D'Avenia etwa ihn an? Ihn, Boi? »Versteht ihr? Einen Akt der Liebe und der Treue gegenüber unserer Partei. Eine Treue, die ich belohnen würde. Hier …« Er machte eine Kunstpause und strich sich über sein Bärtchen. »… und in Mailand.«

Er sah in die Runde. Und dann, Boi erkannte es genau, ja, dann blickte ihm der große Raffaele D'Avenia direkt in die Augen.

»Wer von euch will mich nächste Woche begleiten, wenn ich zurückreise und dem Duce von unserem Erfolg berichte?«

* * *

Die Nacht war fast vergangen, und über den stillen Dächern Sassaris dämmerte bereits der Morgen, als sie endgültig aus dem Gewölbe des Kellerlokals hinauf ans

Licht traten. Ein trüber Tag würde es werden, der Himmel war bewölkt, und leichter Regen hatte eingesetzt.

Gioia schmiegte sich in Leos Arm, und zusammen gingen sie so langsam wie möglich durch die Straßen der Stadt bis in die Neustadt und zu ihrem Zuhause. Sie nahmen nicht den direkten Weg, sondern nutzten die schmalsten Gassen und unauffälligsten Gänge. Wege, die verbargen, dass sie zu zweit waren und dass sie sich umarmten. Sie hatten sich die ganze Nacht ihr Herz geöffnet, hatten geredet, getanzt, gelacht und geküsst – doch jetzt passierten sie schweigend die *Via Giardini* und bogen in die *Via Cavour*.

Es gab nichts mehr, was noch hätte gesagt werden müssen. Nichts mehr, was unklar gewesen wäre. Jetzt blieb nur noch eines zu tun. Gioia atmete, presste ihr Gesicht an Leos Hemdbrust, so fest, dass er für einen Moment ins Taumeln geriet. Sie hüllte sich in seine Wärme und seinen Geruch. *Wir haben doch gewusst, dass es nur dieser Abend sein wird,* sagte sie sich. *Wir haben es gewusst.*

Sie drückte seinen Arm, barg ihren Kopf an seiner Schulter und wischte sich verstohlen das Gesicht.

Bewahre dir diesen Augenblick, dachte sie, *behalte ihn in deiner Erinnerung. Die Art, wie er dich festhält, das dumpfe Rasseln in seiner Brust, den Hauch von Pfefferminz in seinem Atem und wie das Licht des frühen Tages in sein Haar fährt, bewahre es alles auf. Du wirst lange davon zehren.*

Da, das Haus. Sie waren fast angekommen. Auf Höhe der Villa Soriga hielt Leo an, zog sie hinter einen der Eckpfeiler der gegenüberliegenden *parrocchia San Giuseppe* und umarmte sie. Er umfasste ihr Gesicht mit beiden Händen, bedeckte es mit Küssen. Flüsterte immer wieder ihren Namen.

Vorbei.

»Leb wohl«, sagte Gioia, und er nickte. Sie hatte das Tuch angenommen. Sie würde in fünf Tagen heiraten, so wie es die Tradition gebot. Und nichts und niemand würde dies ändern. Gioia löste sich aus Leos Armen. Sie schämte sich nicht dafür, dass ihr die Tränen die Wangen herunterliefen.

»Leb wohl«, flüsterte sie noch einmal.

»Leb wohl ...«

Im Dunkel des Flurs angekommen, blieb sie stehen, die Hand vor den Mund gepresst. *Leise.* Niemand durfte sie hören. Zwar schlief die alte Haushälterin in ihrem Hinterzimmer wie ein Stein, man musste sie mit lauten Rufen und oft sogar Knuffen wecken, wenn man sie nachts brauchte. Doch was war mit den Gästen im Haus? Wie tief schliefen diese?

Gioia zog sich leise den Mantel aus und legte ihren Hut auf die Ablage. Nur schnell aus den Sachen, schnell ins Zimmer und allein sein. Allein sein und dem Echo seiner Berührungen nachspüren, ehe es verblasste. Und dieses Echo auf ihrer Haut festhalten, es bannen, bis es sich in Erinnerung verwandelte. Eine Erinnerung, die sie heraufbeschwören könnte, wann immer es nötig war. Denn mehr würde ihr nicht bleiben neben dem silbernen Anhänger.

Aber wie kann ich so leben? Wie kann ich leben, hier, als verheiratete Signora Marras, und nicht wissen, nie mehr, wie es ihm geht? Was er tut? Ob er glücklich ist, Frau und Kinder hat? Ob er noch lebt? Wie halte ich das nur aus?

Bevor Gioia irgendetwas dagegen tun konnte, kroch ihr der Kummer in die Kehle und ließ sie aufheulen. Er packte und schüttelte sie und zwang sie zu Boden, bis ihre Knie nachgaben und sie hocken blieb, vor der Garderobe im Dunkel des Flurs, schluchzend und wimmernd.

Keine *Contenance* mehr, kein Stolz.

Nichts.

In diesem Zustand dauerte es einen Moment, bis Gioia gewahr wurde, dass jemand mit ihr sprach.

»Schau an«, sagte eine Stimme, ganz ruhig und kalt. »Da ist sie also wieder, die Signorina Soriga. Was wohl mein Sohn sagt, wenn er erfährt, dass seine Verlobte des Nachts durch die Stadt streunt wie eine läufige Hündin und sich hinter Kirchenpfeilern herumdrückt. Im Arm eines Diebes ...«

Im fahlen Licht, welches der anbrechende Tag durch das Fenster über der Haustür schickte, tauchte im Flur das gespenstisch wirkende Gesicht von Teresina Marras auf. Gioia starrte Teresina an. Diese lächelte dünn.

»Du solltest lieber auf die Alten hören, sie haben immer recht. Wie heißt es noch? ›*Fura chie venit da'e su mare* – wer übers Meer kommt, der will uns bestehlen.‹«

III

Der Wind dreht

KAPITEL 12

S'ACCABADORA / *(wörtlich übersetzt: »Die, die es zu Ende bringt«) Eine als solche bezeichnete Frau hat im Dorf nach uraltem Brauch einen ebenso geachteten wie gefürchteten Nebenberuf als »Sterbeamme«: Die Accabadora wird gerufen, wenn es gilt, sterbenden Menschen den Todeskampf zu verkürzen. Sie leistet damit aktive Sterbehilfe, und obwohl diese Praxis eher im Verborgenen gehandhabt wird und vor der Obrigkeit verständlicherweise geheim gehalten wurde, ist sie Teil der sardischen Tradition und hielt sich in abgelegeneren Gegenden der Insel bis in die Mitte des 20. Jahrhunderts.*

Die sardische Schriftstellerin Michela Murgia hat mit ihrem vielfach ausgezeichneten Roman »Accabadora« diese Figur auch außerhalb Italiens bekannt gemacht. Sie beschreibt das Tun der femina accabadora so: »Sie betrachtet sich als letzte Mutter, die manche zu Gesicht bekommen. Ihr Handeln entspringt einem mütterlichen Impuls. So wie sie als Hebamme bei der Geburt die Nabelschnur durchtrennt, so schneidet sie den letzten Faden des Lebens ab und begleitet den, der nicht sterben kann.«

(Quelle: Luzia Braun / ZDF Aspekte über Verlagsseite Wagenbach Verlag)

* * *

Sassari

Der Wind hatte gedreht, stellte Leo fest. Jetzt trieb ein nasskalter Westwind vom Meer feinen Nieselregen in die Stadt und überzog die Platten, Bordsteine und Rinnen mit einem dünnen Film salziger Nässe.

Leo trottete die Straße hinab. Die durchwachte Nacht steckte ihm in den Knochen, und er hätte gern ein, zwei Stunden geschlafen, der Zug nach Porto Torres ging auch erst am späten Vormittag. Doch dafür hätte er erneut ein Zimmer bei Assunta Listriu nehmen müssen, für einen ganzen Tag. Und dafür war ihm sein Geld zu schade. Überhaupt das Geld: Es wurde knapp, vor allem nach der vergangenen Nacht, wo er im *Creole Club* wie im Rausch Getränke bestellt und spendiert hatte, alles nur, weil ihn das Zusammensein mit *ihr* so trunken gemacht hatte. Weil er, wenn auch nur für ein paar kostbare Stunden, im Glück gebadet hatte.

Also: Jetzt noch kurz zu Spanu und dann auf zum Bahnhof.

Er holte seinen Reisesack in der Pension ab und prüfte seine Barschaft. Gut, einen vernünftigen Platz auf der Fähre und eine Bahnfahrkarte zweiter Klasse konnte er sich noch leisten. Doch für mehr als einen Imbiss im Wartesaal des Bahnhofs würde es danach nicht reichen.

Kurz vor dem Amtsgericht strömte ihm ein großer Pulk an *strilloni* entgegen, anscheinend befanden sich in der Nähe gleich mehrere Zeitungshäuser. Die Zeitungsjungen schwenkten die druckfrischen Morgenausgaben ihrer jeweiligen Blätter und lieferten sich einen gebrüllten Schlagabtausch.

»Nach Marsch auf Rom: Faschisten bilden neue Regierung!«

»Mussolini in Rom: Ist dies das Ende der Republik?«

So riefen die Zeitungsjungen der liberalen *Nuova Sardegna* mit Tremolo in der Stimme. Die Zeitungsjungen der *Unione Sarda* dagegen jubelten.

»Sieg für Mussolini im Kampf um Rom!«

»Rom ist unser! Mit Mussolini beginnt eine neue Zeit!«

Nun war es also geschehen. Die Faschisten hatten gewonnen. Leo überlegte einen Moment, ob dieser Umstand seine Rückkehr nach Sant'Amato behinderte. Doch die Worte seines Vaters hatten sehr bestimmt geklungen – »niemand, schon gar kein Faschist« würde ihn mehr behelligen. Wahrscheinlich hatte der alte Lanteri dem PNF einen Batzen Geld gespendet, vielleicht war er gar selbst in die Partei eingetreten. Leo hätte es nicht verwundert, seinen Vater bei der Rückkehr als lokalen Funktionär anzutreffen. In jedem Fall konnte und sollte er zurückkehren, was hielt ihn noch hier?

Was, außer …

»Triumph für Mussolini!«, brüllte ein Junge neben ihm. »Extrablatt! Mussolini in Rom! Das Imperium Romanum kehrt wieder!«

»Imperium Romanum, *che idiozia*«, kam es von rechts. Im nächsten Moment erschien neben ihm die lange, schmale Gestalt von Dottore Spanu. Leo konnte sich den Besuch also sparen. »Wissen Sie, ich wollte es zuerst nicht glauben. Doch die *Unione Sarda* ist jetzt ein Faschistenblatt.« Der Doktor verfolgte die Schwadron der Zeitungsjungen mit kummervollem Blick. »Zuerst kaufen sie sich eine Zeitung, dann kaufen sie sich die Abgeordneten und die Industrie – und danach? Weiß denn keiner mehr, wie das Römische Reich endete?«

»Es wurde von den Goten überrollt?«

»Esatto!« Spanu nickte grimmig und sah sich nach seiner Begleitung um. Minnià Cadeddu hielt sich an seiner Seite, als suche sie Schutz vor der Horde singender Schwarzhemden, die ihnen in diesem Moment auf der Straße entgegenkam.

»Und blutig wird es auch diesmal enden, fürchte ich. Dabei leben wir noch im Schatten des letzten großen Gemetzels.« Spanu legte schützend den Arm um seine junge Begleiterin. »Doch Schluss mit den trüben Gedanken, oder? Minnià hier war bei mir, das Mittel für den jungen Santino holen.«

Leo seufzte. Einen Moment lang war er versucht, Minnià zu schelten, weil sie nicht auf ihn gehört hatte und zu Hause geblieben war. Doch dann ließ er es bleiben.

Unser Land, unsere Regeln.

Dies war Sardinien, hier war er ein Fremder, und nichts, was er sagte oder tat, hatte irgendeine Wirkung. Menschen wurden verprügelt, Menschen wurden verheiratet – und das würde er nicht ändern. Ja, es wurde wirklich Zeit zu gehen.

Trotzdem fiel es Leo erstaunlich schwer, sich von seinem ehemaligen Feldarzt und dem jungen Mädchen zu verabschieden. Er nahm Minniàs leisen Dank »für alles« entgegen, und ließ es sogar geschehen, dass ihn der *dottore* zum Abschied umarmte.

»Und Sie wollen wirklich nicht noch ein paar Tage bleiben?«

»Eher nicht.«

»Es hat mich sehr gefreut, unser Wiedersehen! Bitte schreiben Sie mir doch gelegentlich, wenn Sie zurück sind. Erzählen Sie mir, wie es Ihnen geht in Ihrem hübschen Sant'Amato. Ich würde mich freuen.«

»Danke, *dottore,* das werde ich – und leben Sie wohl.«

Am Bahnhof angekommen, leistete er sich ein Croissant und einen reichlich wässrigen Kaffee. In der Bahnhofshalle warteten ihm entschieden zu viele Menschen, und so setzte er sich vor dem Portal auf die überdachten Stufen des Aufgangs und studierte ein letztes Mal die Straßen, die ins Stadtzentrum hineinführten.

Ciaò, Sassari.

Auch auf dem Bahnhofsvorplatz hatte man die Zeichen der neuen Zeit erkannt und die Büste des Freiheitskämpfers in eine Trikolore und in die Fahne des PNF gewickelt.

Armer Mazzini, so spannen sie selbst dich für ihre Zwecke ein. Leo biss in das Croissant, kaute und schluckte. *Staubtrocken.* Er musste viel von dem dünnen Kaffee trinken, um die Bissen hinunterzukriegen. Das Atmen fiel ihm heute auch schwerer als sonst, bestimmt eine Spätfolge der Nacht in dem rauchigen Lokal. *Egal.* Leo schloss für einen Moment die Augen, lauschte auf das leise Plätschern des Regens auf dem Vordach über ihm und atmete langsam aus. Das, was ihm das Herz so schwer machte, begrub er tief in seinem Innern. *Bald bin ich zu Hause.*

Da rief jemand auf der Straße seinen Namen. Leo zwinkerte irritiert, bemerkte im Nieselregen zuerst die lackglänzende Karosserie eines schweren Luxuswagens, der scheinbar aus dem Nichts auf dem Bahnhofsvorplatz aufgetaucht war. Dann erst erkannte er den Mann am Steuer.

Arturo Boi beugte sich aus dem offenen Chauffeurs-Abteil, lupfte seinen Bowler und enthüllte ein paar dünne Strähnen. Dann schenkte er Leo ein merkwürdig starres Grinsen.

»Auf geht's, Liguria. Mein *padrone* will dich sehen.«

»Na und? Ist er mein *padrone?*«

Boi rieb sich mit zwei Fingern über die Stirn, wo sich ein paar Schweißtropfen gesammelt hatten.

»Das ist wahr. Wahr ist aber auch, dass der nächste Zug nach Porto Torres hier erst in vier Stunden abfährt – und Don Antonio bittet dich nur um eine Stippvisite. Eine kurze Unterredung, nicht mehr. Und sollte es nötig sein, bringe ich dich später direkt nach Porto Torres.« Er klopfte mit seiner lederbehandschuhten Hand auf den Lenker. »Mit diesem grauen Geschoss hier ist das ein Klacks …«

»Ich kenne den Wagen. D'Avenia fährt ihn.«

In Bois Augen glomm es auf, und er lächelte. »Richtig, dies ist ein Silver Ghost.« Der englische Name ging ihm überraschend leicht über die Lippen. »Der Wagen des hochverehrten *cavaliere* D'Avenia. Und ich fahre ihn heute.« Sein Lächeln erstarb. »Was sitzt du da noch herum. Steig ein.«

»Was will Soriga?«

»Ich denke, er will dir ein Angebot machen. Ich an deiner Stelle würd's sofort annehmen.«

»Und warum hat er es dir dann nicht angeboten? Wollte er dich etwa nicht?«

Volltreffer. Boi blinzelte kaum merklich, eine leichte

Röte überzog sein Gesicht. »D'Avenia braucht mich«, meinte er dann lapidar. »Also, was ist jetzt, kommst du?«

»Und was passiert, wenn ich es nicht tue?«

Boi ließ einen Moment verstreichen, ehe er antwortete. Seine Stimme nahm einen nachdenklichen Klang an. Leo ertappte sich dabei, dass ihn selbst in seiner warmen Jacke fröstelte. »Was passiert? Das kann ich dir nicht sagen. Vielleicht sogar ... nichts.« Er schien im Geiste eine Liste durchzugehen. »Anders als andere in Codronzanu – die Landarbeiter etwa oder die Royalisten-Sippe der Marras – hat Don Antonio bisher treu zum *Duce* gestanden. Warum sollte er sich also Ärger einhandeln. Er oder seine Familie ...«

Leo erstarrte. *Dieses Dreckschwein.*

»Drohst du der Familie Soriga? Oder den Marras?« Ohne dass es ihm bewusst gewesen wäre, war er aufgesprungen.

»Aber nicht doch«, sagte Boi und bohrte versonnen mit einem kleinen Finger im Ohr herum. »Ich nehme nur Anteil am Wohlergehen der Familie meines *padrone.*« Er zog den Finger heraus und begutachtete ihn zufrieden. »Und ich denke, das solltest du auch tun. Vier Stunden nur. Oder fünf.«

Er wies einladend hinter sich. »Was ist jetzt – kommst du?«

Tenuta Soriga, Codronzanu

In Don Antonios Arbeitszimmer hatte man trotz des wechselhaften Wetters die Flügelfenster geöffnet. Leo erhaschte einen Blick auf das Pflaster des rückwärtigen Hofs und die dortigen Stallungen. Aus dem Ostflügel der *tenuta* kam wieder Klavierspiel, jemand intonierte *All by myself,* brach jedoch auf einen Ruf hin abrupt ab. Leo atmete wieder aus, während eine quälende Mischung aus Erleichterung, Sehnsucht und Wut in ihm aufwallte.

Nie wieder Irving Berlin.

Für derlei Details hatte der Herr des Hauses jedoch kein Gespür und keinen Blick. Don Antonio Soriga war bei Leos Eintreten hinter seinem schweren Schreibtisch aus Tropenholz aufgesprungen und eilte jetzt auf ihn zu.

»Mein junger Freund! Ich freue mich, dass Sie meiner Einladung gefolgt sind.« Er lotste Leo zu zwei Polstersesseln, die sich um ein niedriges Tischchen duckten, und wies auf eine Holzschachtel, die nebst passendem Gerät auf dessen Marmorplatte wartete.

»Auch eine Zigarre?«

Um Himmels willen. Höflich schüttelte Leo den Kopf und verfolgte mit Grausen, wie sich Don Antonio eine Zigarre anzündete.

»Ahhh, es geht doch nichts über eine gute *Romeo y Julieta*«, seufzte dieser und lehnte sich in einer Wolke dichten Rauches im Sessel zurück. Leo atmete so flach wie möglich und drehte sein Gesicht unmerklich zum Fenster. *Komm endlich zur Sache, verdammt.*

Von draußen drangen Pferdegewieher und die Rufe und Pfiffe der Knechte ins Zimmer.

»Zu Allerheiligen morgen findet eine Prozession statt«, sagte Don Antonio, »die Familie Marras stellt dafür die Pferde und hat auch uns ein paar exzellente Tiere überlassen.« Der Gutsherr musterte Leo eine Weile, dann grinste er breit. »Aber ich sehe schon: Allein der Gedanke an einen Pferderücken lässt Sie ganz blass werden. Nun, es macht nichts, zur Not können Sie auch das Automobil nutzen.«

»Nutzen? Wozu?«

»Für einen jungen Menschen wie Sie«, sagte Soriga und drehte im Aschenbecher langsam und umständlich die Asche von seiner Zigarre, »dazu noch einen Veteranen mit der *medaglia di bronzo – perbacco!* –, für den ist die Handhabung eines Motorwagens doch ein Kinderspiel.«

Boi hatte geplaudert, wie konnte es anders sein? Leo spürte, wie seine Beklemmung in Gereiztheit umschlug.

»Es wäre mir recht, Signore«, sagte er schärfer, als er es beabsichtigt hatte, »wenn Sie mir rundheraus sagen würden, was diese Unterredung hier soll.«

Don Antonio hob beide Arme in einer entschuldigenden Geste, und seine Stimme nahm einen klagenden Tonfall an.

»Können Sie sich das nicht denken, junger Freund? In Nöten bin ich, jetzt noch mehr als gestern.«

In Nöten? Der Mann ist gut! Leo dachte an den Fund des toten Esposito und Sorigas darauffolgenden Wutausbruch. War das tatsächlich nur einen Tag her?

»Sie sehen mich als einen Mann, der in ernsten Schwierigkeiten steckt. Die Erntewoche für Safran? Haben wir schon fast verpasst. Und auch mit den Oliven müssen wir zusehen, dass wir loslegen, das Wetter schlägt schon um, der Winter steht vor der Tür. Es muss etwas geschehen.« Er sah Leo eindringlich an.

»Was ist mit Boi?«

Soriga lachte trocken. »Der? Ich bitte Sie, Arturo Boi ist ein Nichts. Ein Schläger aus der Gosse, den der Krieg hochgespült hat in unsere Kreise. Sicher gut genug, um den Arbeitern Beine zu machen und uns das Bolschewistenpack vom Hals zu schaffen. Aber ich bitte Sie: Boi kann doch nicht denken! Das müssen Sie doch auch schon erkannt haben – Ihr Frontkamerad kann ja nicht einmal richtig lesen und schreiben.«

Hoffentlich lauscht Boi jetzt nicht an der Tür, dachte Leo. Laut fragte er: »Und deshalb wollen Sie ... was?«

Don Antonio machte ein kummervolles Gesicht. Man sah ihm an, wie schwer ihm die folgenden Worte fielen: »Nur kommende Woche, Lanteri. Die Safranwoche. Damit wir uns hier keinen weiteren Ärger einhandeln. Ich habe im Süden schon nach einem Ersatz für Esposito geschickt. Ich habe gute Beziehungen dort, zu Sorcinelli, zu Zapata. Ich glaube, sogar Francesco Argiolas – Gott verfluche sein Händchen für *Cannonau!* – würde uns am Ende noch aushelfen. Doch diese eine Woche jetzt, die bräuchten wir hier, um ...« Er verstummte, sah Leo erwartungsvoll an und hob in einer Geste gespielter Hilflosigkeit die Hände, die ekelerregende Zigarre zwischen Zeige- und Mittelfinger geklemmt. Ein Schwall Rauch stob in die Richtung seines Gegenübers.

Ärger einhandeln. Genauso hatte Boi es beschrieben.

Leo stemmte sich aus dem viel zu niedrigen Sitzpolster des Sessels.

»Geben Sie mir einen Moment?«, bat er Don Antonio und flüchtete zum offenen Fenster. Während er tat, als bewundere er den Ausblick, überlegte er fieberhaft, wie er aus dieser Zwangslage herauskommen könnte.

Im Landesinneren war das Wetter an diesem Tag trockener als in den Küstenregionen. Sogar die Sonne hatte sich während ihrer Fahrt zum Gut gelegentlich gezeigt. Ein paar schmale Strahlen brachen auch jetzt durch die Wolkendecke. Als Leo nach unten in den Hof blickte, versammelte sich dort gerade etwa ein Dutzend Reiter. Die Geschirre ihrer prächtig geschmückten Pferde blinkten im Schein der Sonne, allesamt trugen sie sardische Tracht: schwarze *birritta,* wollene Stulpen, dazu ein besticktes Wams und weite, weiße Hemden. Ein kurzer Ruf – und die Gruppe setzte sich in Bewegung.

Ihnen voran ritt Gavino auf einem Rappen. Die lässige Haltung des jungen Marras hätte Leo überall wiedererkannt. Die anderen Reiter folgten ihm dichtauf.

Erst beim genaueren Hinsehen erkannte er auch Gioia unter den Reitenden. Sie trug eine schlichte, dunkle Tracht und ritt so nahe unter dem geöffneten Fenster vorbei, dass Leo wahrscheinlich nicht einmal besonders laut hätte rufen müssen, damit sie ihn hörte. Ihr Gesicht war blass, die Miene konzentriert. Die Schatten unter ihren Augen zeugten von einer Nacht ohne Schlaf. Er sah ihr nach, bis sie im Gefolge der anderen Reiter das Tor passiert hatte und zwischen den Bäumen Richtung Dorf verschwand.

Ohne den Blick vom Tor zu nehmen, sagte Leo: »Gut, ich mache es. Aber das wird teuer. Und ich habe zwei Bedingungen.«

»Welche?«

»Erstens: Ich wohne weiterhin in Sassari. Ich helfe tagsüber auf dem Gut und fahre nachts zurück in die Stadt.«

Don Antonio nickte und machte eine wegwerfende Handbewegung. »Der Lancia ist spätestens morgen wieder fahrtüchtig. Sie haben ihn zur freien Verfügung. Zweitens?«

Leo drehte sich um. »Ich bleibe nicht länger als fünf Tage. Ich nehme die Fähre am Tag vor der Hochzeit, dann reise ich ab.«

Keine Viertelstunde später eskortierte ihn Arturo Boi in D'Avenias Silver Ghost zur Siedlung der Landarbeiter.

Scuderia Marras, Codronzanu

Etwas stimmte nicht, das spürte Minnià Cadeddu genau. Sonst wäre *tzia* Teresina nicht so still am Fenster gestanden, von wo gerade das Brummen eines vorbeifahrenden Automobils kam. Sie hätte nicht durch die Vorhänge gelugt und mit einem Mal fast zischend eingeatmet. Sie hätte nicht Unverständliches gemurmelt. Und eine *mano cornuta,* das Handzeichen gegen den bösen Blick, hätte sie auch nicht gemacht.

Als sich die Tante jedoch zu Minnià umdrehte, zeigte ihre Miene den gleichen Ausdruck müder Strenge wie sonst auch.

»Ist vielleicht jemand zur *tenuta* gefahren?«, wagte Minnià ihre Patentante zu fragen.

»Mein Kind«, versetzte Teresina, »Talent hin, Talent

her, wenn ich dich in der ›Medizin des Auges‹ schulen soll, dann musst du als Erstes lernen, besser zuzuhören.« Sie fixierte das Mädchen. »Ich sagte gerade, Arturo Boi habe nun wohl auch noch den spärlichen Rest seines Hammelverstands verloren. Warum sagte ich das wohl?«

»Weil Boi dort draußen vorbeigefahren ist?«

»So ist es! Am Steuer des Wagens von D'Avenia, diesem Erzfaschisten. Und sein Beifahrer war wer?«

»Ich weiß nicht. D'Avenia selbst?«

»Blödsinn! Überlege! Wie willst du gegen das Böse antreten, wenn du nicht einmal die simpelsten Schlüsse ziehen kannst …«

Arturo Boi in D'Avenias Wagen. Und ein Beifahrer, aber wer? Minnià überlegte verzweifelt, da fuhr ihr Teresina schon dazwischen.

»Der Fremde war's! Der Fremde vom Kontinent. Jetzt treibt er sich schon wieder auf dem Gut herum, dieser Dieb. Der Teufel soll ihn holen.«

Minnià bekam einen freudigen Schreck. Lanteri war zurückgekehrt! Hatte ihr inneres Gefühl sie also doch nicht getrogen.

»Aber«, rief sie verwirrt, »Signor Lanteri stört doch nicht! Im Gegenteil, Mario und mir hat er sehr geholfen.« Sie schilderte die Ereignisse der vergangenen Nacht auf der *Piazza d'Italia*. Dabei wurde ihr ganz warm, und als sie von Lanteris selbstlosem Einsatz, von ihrem engen Versteck unter dem Müll und Gioia Sorigas Ablenkungsmanöver berichtete, glühten ihre Wangen geradezu.

»Lanteri hat sich verhalten wie ein Ehrenmann, wie ein echter *gentiluomo*«, schloss sie etwas atemlos.

»Ich kenne die Geschichte«, sagte Teresina nur. Dann sah sie ihre Nichte prüfend an, so lange, bis diese unter ihrem Blick errötete.

»Was ist?«, beschwerte sich Minnià. »Darf man hier nichts Freundliches mehr über Fremde sagen?«

»Aber sicher doch. Das tun hier ja auch einige.« Teresina sah Minnià scharf an. »Der verdreht einem ganz schön den Kopf, nicht wahr?«

»Tut er nicht!«

»Aber ganz bestimmt. Brauchst es gar nicht zu leugnen. Den Blick kenne ich. Verliebt wie ein Mondkalb.«

»*Tzia* Teresina!«

»Und wie ich feststellen musste, bist du nicht das einzige Opfer dieses Rattenfängers. Aber das hat jetzt ein Ende …«

»Was hast du vor?!«, fragte Minnià bang. Statt zu antworten, studierte Teresina die Dinge, die sich auf dem Tisch befanden: eine Schale Wasser, ein paar Körner grobes Salz, Streichhölzer und ein kleiner Krug Olivenöl.

Die Tante schwieg weiter, schien sich ganz in den Anblick der Schale zu versenken, bis sich das Wasser darin ohne irgendein Zutun kräuselte.

In Minnià stieg Beklommenheit auf. Nur Auswärtige hätten in Teresina Marras lediglich eine Landfrau mittleren Alters gesehen. Die Leute von Codronzanu wussten es besser: Wer unter rätselhaftem Kopfweh litt, ging zu *tzia* Teresina und ließ sich vom bösen Blick befreien. Mit Wacholderfeuern, deren Rauchsäulen kerzengerade nach oben stiegen, besänftigte Teresina die Geister und bat sie um Schutz für ferne Familienmitglieder. Wenn es mitten im Sommer plötzlich regnete, hatte Teresina nachgeholfen. Wenn ein Ochse im benachbarten Campomela von einem Tag auf den anderen lahmte, gehörte er meist ebenjener Sippe, die sich zuvor lautstark gegen die Wiederwahl von Missenta Marras zur Bürgermeisterin des Ortes ausgesprochen hatte. Und wann immer ein Mann in die Berge ging und sich dort scheinbar grundlos erschoss, dann wussten alle, dass Teresina ihn mit dem *s'ogu malu solo* belegt hatte, einem Fluch, der bewirkte, dass ein Mann von einer unüberwindbaren Todessehnsucht ergriffen wurde, sobald er längere Zeit sich selbst überlassen blieb.

Minnià straffte sich. *Nein!* Sie würde nicht zulassen, dass man Signor Lanteri in lokalen Ärger hineinzog, lieber lenkte sie Teresinas Unmut auf sich selbst.

»Aber ist der Besuch auf dem Gut denn nun so wichtig?«, rief sie. »Musst du nicht zu Santino in die Berge reiten?«

»Das muss ich.« Teresinas Gesicht nahm einen undefinierbaren Ausdruck an. Minnià hätte schwören können, dass ihre Tante etwas im Schilde führte.

»Minnià, mein Kind«, sagte diese plötzlich in viel freundlicherem Ton. »Vielleicht kannst du doch etwas tun, um den Fremden für dich zu gewinnen ...«

So deutlich sieht man es mir an?! Minnià stotterte eine Rechtfertigung, doch die Tante brachte sie mit einer unwirschen Handbewegung zum Schweigen.

»Ich bitte dich, lass die Ausflüchte. Freue dich lieber, denn ich kann dem Liebesglück vielleicht ein wenig auf die Sprünge helfen. Mit einem kleinen Ritual, du weißt schon. Doch dazu fehlt mir noch etwas. Weißt du, wo Lanteri in der Stadt logiert?«

Mehr als ein Nicken brachte die verwirrte Minnià nicht zustande, und Teresina lächelte.

»Sehr gut! Für das Ritual müsstest du dort etwas stibitzen. Etwas, das der Fremde an seinem Herzen getragen hat. Sein Hemd zum Beispiel.«

Die Tante beschrieb Minnià die Wirkung des Zaubers, und deren Herz füllte sich nach Tagen der Sorge und Ängste zum ersten Mal wieder mit Zuversicht. Wenn sie Lanteris Hemd besorgte, könnte es klappen. Und wenn eine das Wissen und die Macht hatte, Unmögliches möglich zu machen, dann Teresina. Minnià wurde von einer Woge puren Glücks erfüllt. *Die gute Tante!* Vor Freude wäre sie am liebsten vor Teresina auf die Knie gefallen und hätte ihr die Hände geküsst.

Per Dio, dachte sie, *gelobt seien Gott und alle seine Engel. Jetzt wird alles gut.*

KAPITEL 13

SU MORTU MORTU *(bzw.* **»IS ANIMEDDAS«** *oder* **»SU PRUGADORIU«** *im Süden der Insel) / Einer der schönsten Bräuche auf Sardinien rund um Allerheiligen ist SU MORTU MORTU, das »sardische Halloween«. Inzwischen vermischt sich das Fest immer mehr mit dem weltweiten Trubel um Halloween. Doch ursprünglich zogen am Allerseelentag (2. November) die Kinder Sardiniens verkleidet als »tote Seelen« von Haus zu Haus und baten als Stellvertreter der Verstorbenen um eine süße Gabe, auf dass diese ihnen die Zeit im Fegefeuer erleichterte. Je nach Wohlstand des Haushalts bekamen die Kinder Rosinen, Mandeln, Walnüsse oder auch spezielles Gebäck (z.B. die »Ossus de mortu«, Mandelgebäck in Knochenform).*

* * *

Codronzanu, Region Logudoro

»*Seu su mortu mortu!*« Die massiven Holzbohlen der Gutstür erzitterten, lautes Klagen und Klopfen hallte durch die Halle. »*Seu su mortu mortu, carki cosa po sas ànimas* – Wir sind die wahrhaft Toten, gebt uns etwas für die Seelen.«

Gioia hob den schweren Korb. »Soll ich öffnen?«

Ihre Stiefmutter schüttelte den Kopf. »Warte noch.«

Sie standen bereit – Gioia, Donna Inés und die Kinderfrau Maddalena –, um die frisch gebackenen Zuckerplätzchen und die *ossus de mortu,* die »Knochen der Toten«, an die Kinder des Dorfes zu verteilen. Wie jedes Jahr zu Allerseelen wanderten die Geister der Verstorbenen auf der Erde umher und verlangten nach Stärkung, um ihr Leiden im Fegefeuer zu lindern. Die Kinder halfen ihnen dabei, indem sie schaurig geschminkt von Tür zu Tür liefen und lautstark nach Süßem verlangten.

Billige Bettelei, nannte Donna Inés das. Ihr war jeglicher Kontakt mit den Dörflern zuwider, und auch dieses Jahr hatte sie der Kinderfrau strenge Weisung gegeben, Beniamino früh ins Bett zu bringen und ihn für die Abendstunden in seinem Zimmer einzuschließen.

»Diese Dorfkinder stecken ihn mir sonst mit irgendeinem Fieber an«, sagte sie und starrte feindselig auf die Tür, hinter der das Jammern nun erneut anhob. Maddalena, die sich neben der Hausherrin hielt, bekreuzigte sich unauffällig. »Der Herr sei ihrer Seele gnädig«, sagte sie leise, »wer könnte besser für die Toten bitten als die armen Menschlein, die selbst noch kaum in der Welt angekommen sind und diese womöglich bald wieder verlassen?«

»Lass das Gefasel vom Tod«, versetzte ihre Herrin. »Lustig wollen sie's haben, diese Rotzlöffel, sich die Gesichter weißen und den Bauch mit Kuchen vollschlagen. Das ist alles! Nun, genug mit der Tradition, macht jetzt die Tür auf. Je früher wir sie reinlassen, desto schneller sind sie auch wieder weg …«

Die Kinderfrau tat, wie ihr geheißen, und binnen weniger Augenblicke füllte sich die von Kerzen erleuchtete Halle mit Tuchgespenstern, Kobolden im Schafsfell und bocksfüßigen *diavoletti.*

Gioia drückte die *ossus de mortu* – duftende Mandelmakronen – in schmale Kinderhände, und kaum dass die Körbe der Frauen geleert waren, verschwanden die kindlichen Bittsteller und irrlichterten durch die Dämmerung zum nächsten Haus.

»Na also!«, rief Inés. »Das wäre wieder einmal geschafft. Ich geh mir die Hände waschen.« Sie drückte Maddalena ihren Korb in die Hand und verließ die Eingangshalle.

Gioia folgte den Spuren der Kinder hinaus auf den Hof. Die Dämmerung war bereits weit fortgeschritten, die Welt versank allmählich im Dunkel. Der Regen der vergangenen zwei Tage hatte am Morgen aufgehört, seitdem lief die Safranernte auf Hochtouren. Nur während einer kurzen Zeitspanne konnten die zartvioletten Blüten der *crochi* gepflückt werden, und schon bei Sonnenaufgang waren die Pflückerinnen und Landarbeiter auf die Felder gegangen, allerdings unter Protest. Seit dem Tag, an dem sie Esposito tot aufgefunden hatten, war kein weiterer ohne Ärger vergangen. Und auch, dass *er* jetzt hier war, im Presshaus, in den Lagergebäuden oder draußen auf den Feldern, hatte daran nicht viel geändert. *Verdammt, warum hast du zugesagt? Was tust du mir damit an!*

Sie hatte ihn seit seiner Rückkehr nur wenige Male für einen kurzen Augenblick gesehen, und der anfängliche Schock, ihn tatsächlich hier auf dem Gut zu wissen – zum Greifen nah! –, war einer dumpfen Trauer gewichen. Was machte es für einen Unterschied, ob er hier war oder weit weg an seiner fernen Küste? Was änderte es für sie? Änderte es etwas für ihn? Scheinbar nicht, sonst hätte er den Auftrag ihres Vaters nicht angenommen. In zwei Tagen heiratete sie Gavino Marras. Und der, den sie bei sich wieder »Lanteri« nannte, nicht mehr Leo, wäre dann schon auf der Fähre und hätte die Insel verlassen. Gioia dachte an die gemeinsam durchwachte Nacht in Sassari, und ihr Herz krampfte sich zusammen. *Denk nicht mehr daran!*

Sie überlegte, ob sie im kleinen Lagerhaus vorbeisehen sollte. Unzählige Erntehelferinnen zupften dort die roten, süß duftenden Stempelfäden von den violetten Blütenblättern und gelben Staubgefäßen, eine mühselige Arbeit, die sich bis in die späte Nacht hineinziehen würde. Doch dabei wurden alte Lieder gesungen und verrückte Geschichten erzählt, und es ging auch sonst recht lustig zu. Zumindest war es so in den vergangenen Jahren gewesen. Und Lanteri war mit dem Wagen zu einer Runde um das Gut aufgebrochen, es bestand also keine Gefahr, dass sie sich über den Weg liefen.

Gioia hatte das Lagerhaus fast erreicht, da hupte es, und das Automobil kam zurück. Lanteri saß am Steuer, und Arturo Boi hatte sich hinten im Fond breitgemacht. *Schon fast wie ein padrone,* dachte Gioia und war froh, dass ihr Vater sich in sein Arbeitszimmer zurückgezogen hatte. Sie wusste nur zu gut, wie Don Antonio auf eine derartige Provokation reagiert hätte, und für solch eine Reaktion fehlte ihr heute die Kraft.

Lanteri öffnete die Fahrertür und griff beim Aussteigen nach etwas auf dem Beifahrersitz. Dann steuerte er geradewegs auf sie zu, eine breitschultrige, dunkle Gestalt mit einem fahlweißen Stück Stoff in der Hand. Zuerst glaubte Gioia für einen Moment, er trage das Kostüm eines der kindlichen Gespenster bei sich, dann entpuppte sich der Fetzen als ein zusammengeknülltes Hemd.

»Ist Don Antonio in seinem Arbeitszimmer, Signorina Gioia?« Lanteris Stimme klang gepresst vor Anspannung. »Führen Sie mich bitte zu ihm. Es ist dringend …«

»Signorina Gioia«, das bin ich jetzt also wieder für dich, ja? Im nächsten Augenblick erkannte Gioia, dass Boi ebenfalls ausgestiegen war und ihm auf den Fuß folgte.

»Folgen Sie mir«, murmelte sie.

Vor dem Arbeitszimmer blieb Gioia unauffällig neben der geöffneten Tür stehen, während Boi und Lanteri klopften und auf Don Antonios ersten ärgerlichen »Herein«-Ruf ins Innere marschierten. Don Antonio ließ die Zeitung sinken und runzelte die Stirn. Die abendliche Lektüre der *Unione Sarda* gehörte zu seinen Lieblingsbeschäftigungen, und normalerweise verbat er sich während dieser Zeit jede Störung und wurde fuchsteufelswild, wenn man sich nicht daran hielt. »Was soll das?! Machen die Landarbeiter Ärger?«

»Nein«, versicherte Boi, ehe Lanteri etwas sagen konnte. »Nichts Nennenswertes. Ich habe meinen *manganello* einmal sprechen lassen, seitdem sputen die sich.«

»Interessant, zwei geprügelte Arbeiter und einen Jungen mit blauem Auge hältst du also für nicht nennenswert«, versetzte Lanteri, dann brach es aus ihm heraus. »Wie hier mit den Leuten umgegangen wird, ist eine Schande!«, rief er, und seine hellen Augen verengten sich zu schmalen Schlitzen. »Ich werde das, wenn ich hier Verwalter sein soll, keinen Tag länger hinnehmen. Doch darum geht es jetzt nicht. Hier!«

Lanteri hob den Arm und präsentierte Don Antonio

das Stoffstück. Jetzt erkannte Gioia, dass es sich um das ehemals weiße Hemd eines Mannes handelte.

»Das hat mir ein Landarbeiter gegeben, der bei den Aufräumarbeiten rund um die abgebrannte Scheune eingesetzt war.«

»Was ist das, ein Hemd?«

Lanteri nickte. »Und dabei hat der Arbeiter dies hier gefunden.« Seine Hand fuhr in die Hosentasche und förderte etwas zutage, das an einer Kette hing und metallisch glitzerte. Gioia konnte es nicht genau erkennen. *Ein Anhänger?*

»Eine Legitimationskapsel«, sagte Lanteri.

»Die eines Soldaten«, ergänzte Boi und grinste. »Wollen Sie wissen, was auf der Marke im Innern steht?«

Leo setzte an zu sprechen, doch Boi kam ihm zuvor. Er sagte einen Namen. Überraschtes Schweigen folgte, dann erhob sich Don Antonio von seinem Sitz.

»Marras? Ist das möglich?«

Er ging um den Schreibtisch herum und begutachtete den Fund. Sein Gesicht zeigte Verwirrung. »Aber warum Marras? Er hatte mit dem Verwalter doch kaum etwas zu tun.«

»Jetzt vielleicht nicht«, sprang Boi ihm zur Seite, »doch womöglich früher? Ich meine, die Marke …« Er ließ den Rest des Satzes offen, doch Don Antonio verstand auch so.

»Eine offene Rechnung?«

Boi zuckte mit den Schultern. »Oder jähe Mordlust? Marras wäre nicht der erste Kriegsnarr, dem die Nerven …«

»Stopp!«, kam es jetzt von Lanteri. »Das Wort sollte kein Veteran in den Mund nehmen. Auch wenn die Sache mit der Kapsel zugegebenermaßen merkwürdig ist.« Nachdenklich betrachtete er die Gegenstände in seiner Hand. Tiefe Schatten lagen unter seinen Augen.

»Wie auch immer«, schaltete sich Don Antonio wieder ein, »man sollte der Sache nachgehen. Lanteri, Sie schauen vor Ihrem Rückweg in die Stadt vielleicht einmal im Gestüt drüben vorbei und zeigen das Hemd? Im Moment werden dort die Zweijährigen angeritten, Signora Teresina und wenigstens einer der Brüder werden also mit Sicherheit dort sein. Boi übernimmt in der Zwischenzeit die Ernteaufsicht. Es scheint ja im Moment zu reichen, dass jemand den Leuten Beine macht.«

Gioia fiel auf, dass der Hilfsverwalter ungewohnt gelassen wirkte. Sonst stets in Bewegung und von einer nervösen Aura umgeben, wirkte Arturo Boi nun völlig gelassen, ja fast unbeschwert. *Dieser Fund hat dich nicht überrascht,* schoss es ihr mit plötzlicher Klarheit durch den Kopf, und sie beschloss, Lanteri später von ihrer Beobachtung zu berichten. Einstweilen jedoch verließ sie ihren Horchposten, bevor ihr Vater Lanteri und Boi verabschiedete. *Es ist nicht gut, wenn Frauen mehr wissen als Männer.* Dieser Satz ihres Vaters klang Gioia in den Ohren, als sie über den Flur zu einem der angrenzenden Zimmer huschte. *Es ist zumindest nicht gut,* ergänzte sie grimmig, *wenn man sie dabei erwischt.*

Wenig später verfolgte sie von einem der Fenster, die auf den Hof gingen, wie Lanteri einen Beutel aus dem Fond des Automobils nahm, das Hemd hineinstopfte und den Hof Richtung Straße verließ. Steinchen knirschten bei jedem Schritt seiner Stiefel, und ein auffrischender Wind fuhr in sein dichtes Haar. *Da gehst du hin,* dachte Gioia. *Da gehst du hin, meinen Bräutigam zu befragen.* Ein dumpfer Druck lag auf ihrer Brust, und erschreckt erkannte sie das Gefühl, das diesen Druck hervorrief: Es war Angst.

* * *

Zu Leos Bestürzung machte sein Besuch auf dem Gestüt die Sache nur noch schlimmer.

Er traf reichlich spät ein, der köstliche Geruch von gegrilltem Fleisch sagte ihm, dass sich die Familie Marras bereits zum Essen versammelt hatte. Das verschwitzte Dienstmädchen, das ihn gemeldet hatte, verschwand denn auch gleich wieder in der Küche, durch deren angelehnte Tür Leo auf einer altertümlichen Kochstelle ein Spanferkel am Spieß entdeckte.

Porceddu arrostu, natürlich. Was gäbe es bei einer traditionellen Familie wie den Marras sonst an Allerseelen?

Leo registrierte erst jetzt, was für einen fürchterlichen Hunger er hatte. Den ganzen, mühseligen Tag über in den Olivenhainen und auf den Safranfeldern hatte er kaum mehr als ein wenig Brot und Käse zu sich genommen. Doch wie hätte seine Vesper üppiger ausfallen können als die der Arbeiter, die zudem auch noch die knochenharte Arbeit des Pflückens verrichteten?

Mit knurrendem Magen trat Leo ins Esszimmer, wobei er unter dem niedrigen Türsturz den Kopf einzog.

Der Raum, mit rußgeschwärzter Balkendecke und Wänden aus Granitstein, wurde von einer lang gezogenen Tafel beherrscht, an der sich die vielköpfige Familie schon fast vollständig eingefunden hatte. Teresina Marras thronte am Kopfende, zu ihrer Rechten saßen Piero und Efisio, vis-à-vis eine erschöpft wirkende Matrone mit drei Kindern. Eine der älteren Töchter? Zwischen ihnen auf der Tafel dampften Schüsseln, türmten sich Fleischstücke auf Platten. Weiter vorn wollte Gavino Marras gerade Platz nehmen. Bei Leos Eintreten sprang er jedoch sofort wieder auf.

»Was für eine Überraschung!«

Der junge Sarde begrüßte ihn erfreut. »Es ist also wahr, was ich gehört habe? Du bist doch geblieben?« Ehe Leo antworten konnte, kam vom Ende des Tisches die Stimme der Hausherrin.

»Nun, Soriga zahlt seinen Knechten sicher nicht den schlechtesten Lohn.«

Leo bemühte sich, Teresinas Spitze zu ignorieren. Was interessierte es ihn, was diese Frau gegen ihn hatte? Jetzt zählte nur, ob jemand aus der Familie Marras etwas über den Verbleib von Santinos Marke wusste. Doch sollte er hier einfach so das Hemd und die Marke aus dem Beutel ziehen und ein Familienfest stören? Leo zögerte, und als Gavino ihn nach einem schnellen Blick zum Kopf der Tafel einlud, mit ihnen zu essen, nahm er die Einladung widerstrebend an.

»Wunderbar, setz dich!« Gavino rief nach dem Mädchen. »Bring uns noch ein Gedeck.«

Nachdem das Mädchen das Verlangte gebracht hatte, türmte Gavino ihm Fleisch, goldgelbe Polenta und gegrillten Radicchio auf den Teller, und Leo musste sich zusammenreißen, um nicht sofort über die Köstlichkeiten herzufallen. Wann hatte er das letzte Mal ein Milchferkel gegessen?

»Ajò, ehrliche Arbeit macht hungrig«, kam es gehässig vom Kopf der Tafel. *Was für eine Hexe,* dachte Leo.

Unterdessen setzten die restlichen Familienmitglieder ihr Gespräch fort, das sich um den Wunsch des jüngsten Sohnes Efisio drehte, der sich zum Geburtstag ein Grammophon wünschte.

»Efisio, ich bitte dich!«, rief Piero. »Was glaubst du, wie lang es dauert, bis so ein Kasten vom Kontinent geliefert wird. Oben auf der *tenuta* haben sie eins im Juli bestellt, es ist jetzt erst angekommen. Und du willst eins bis Heiligabend? Das wird knapp, sehr knapp.«

»Das Grammophon muss ja nicht pünktlich kommen, ich bin doch kein Wickelkind mehr.«

»Sie haben an Heiligabend Geburtstag?«, fragte Leo zwischen zwei Bissen eines Bratens, der dem seiner *nonna* daheim in Sant'Amato in nichts nachstand.

»Eine Zumutung, nicht wahr?« Der jüngste Marras rollte mit den Augen. »Und ich hätte fast noch eine Schwester gehabt, die ein Jahr zuvor auch an Heiligabend geboren wurde.«

»Fast?«

»Sie hat nur eine Stunde gelebt.«

»Oh, das tut mir leid.«

Leo hatte seine Antwort an Teresina Marras gerichtet. Diese verzog keine Miene, dafür antwortete Piero. »Das muss es nicht. Es war das größte Glück meiner Mutter, dass dieses Kind gestorben ist. Wie es so schön heißt: *Un anzone guastat totu su masone* – ein schlechtes Schaf verdirbt die ganze Herde. Sonst hätten wir …« Er stockte plötzlich, wurde rot. »Aber verzeihen Sie mir, diese Familiengeschichten langweilen Sie sicher …«

»Tun sie überhaupt nicht. Es klingt nur so … so …«

Leo bemühte sich, ein anderes Wort für »herzlos« zu finden. »... *erstaunlich,* was Sie über dieses verstorbene Kind sagen.«

»Na ja, Sie kommen vom Kontinent«, sagte Piero. »Aber Sie sind schon ein paar Tage hier. Hat Ihnen in diesen noch niemand von den *cogas* erzählt?«

»Cogas?«

»In anderen Gegenden Sardiniens nennt man sie auch *surbiles, strias, surtoras.* Oder *bruxas.*« Piero bekreuzigte sich. »Nie gehört?«

Leo schüttelte den Kopf. Was kam jetzt? Wieder so ein Geisterglaube?

»Sie verwandeln sich gern in Fliegen oder Stechmücken. So gelangen sie zu ihren Opfern. Sie kriechen durchs Schlüsselloch und trinken das Blut kleiner Kinder. Die *cogas* sind des Teufels. Jedes Mittel ist daher recht, ihr böses Treiben zu verhindern.« Ein Blick in Richtung seiner Mutter, dann wandte sich Piero wieder ihm zu. »*Jedes* Mittel ...«

Für einen Moment herrschte Stille im Raum, und Leo überkam das Gefühl, dass ihm wichtige Dinge zum Verständnis dieser Familie fehlten. Dann legte Teresina Marras ihr Besteck hin und lehnte sich in ihrem Stuhl zurück.

»Wie auch immer, Piero. Unser Gast ist bestimmt nicht hergekommen, um sich einen Vortrag über sardische Traditionen anzuhören – oder, Signor Lanteri?«

Sie tupfte sich mit einer Serviette aus gestärktem Leinen den Mund ab und lächelte ihn an. Im weichen Licht der Kerzen auf dem festlich geschmückten Tisch wirkten ihre Züge nun beinahe mädchenhaft, dabei musste sie ihr fünftes Lebensjahrzehnt längst erreicht haben.

Immer noch eine schöne Frau, kam es Leo plötzlich in den Sinn, *schön und voller Geheimnisse. Und hart wie Olivenholz.*

»Sie haben recht, Signora Marras«, sagte er. »Ich wollte nur nicht Ihre Gastfreundschaft beleidigen und dieses wahrhaftig köstliche Mahl mit Geschäftlichem stören.«

»Stattdessen soll ich meine Zeit mit höflichem Gewäsch verplempern?«

»Mamma!«, fuhr Gavino auf, doch Leo beschloss, nicht darauf einzugehen.

»Don Antonio macht sich Sorgen. Sie haben bestimmt gehört, dass es in einer seiner Scheunen gebrannt hat«, kam er direkt zur Sache. Es war ein Fehler gewesen, Gavinos Einladung zum Essen anzunehmen, und er wollte nun nicht länger als unbedingt nötig bleiben. »Es gibt Anzeichen dafür, dass das Feuer absichtlich gelegt wurde. Und man hat in der abgebrannten Scheune Graziano Esposito gefunden, den Hauptverwalter der *tenuta* Soriga – tot.«

Teresina Marras schürzte die Lippen.

»Ich hörte davon. Ärgerlich. Und was hat das mit uns zu tun?«

»Na ja …« Leo schob sich das letzte Bratenstück auf die Gabel. »Esposito ist nicht bei diesem Brand gestorben, sondern schon vorher. Er wurde erschossen.«

»Ach ja?« Teresina Marras wirkte nur mäßig interessiert. *Per Dio,* dachte Leo, *hat diese Frau Nerven.*

»Und jetzt fand man in der Nähe der Scheune das Hemd eines Mannes und eine Legitimationskapsel mit einer Erkennungsmarke«, fuhr er fort. »Die Beschriftung der Marke besagt, dass es …«

»Lassen Sie mich raten«, unterbrach ihn Teresina. »Es ist die Marke von Santino?«

»Woher wissen Sie …«

»Sie finden eine Soldatenmarke, und jetzt kommen Sie hierher – in *mein Haus*, an *meinen Tisch* – und suchen Santino wie einen Mörder? Das hätten Sie sich sparen können! Er ist nicht hier.«

Sie starrte Leo böse an, und dieser platzierte sein Besteck sorgfältig auf dem nun leer gegessenen Teller. *Was habe ich dieser Frau getan, dass sie mich so hasst?*

Einen Moment lang herrschte betretenes Schweigen am Tisch. Dann sagte Gavino langsam: »Ich bin aber schon der Meinung, dass wir Don Antonio eine Antwort schulden. Übermorgen heirate ich seine Tochter. Dann sind unsere Familien sowieso miteinander verbunden, und seine Sorgen sind auch unsere Sorgen.«

Seine Tochter. Leo versetzte es einen jähen Stich, und er hoffte, dass Gavino ihren Namen nicht aussprach. Er wollte den Namen nicht hören, nicht aus dem Mund des Mannes, der sie ihm wegnahm …

Teresina schwieg weiterhin, doch Piero pflichtete seinem Bruder bei.

»Ich denke auch«, begann er mit einem zögerlichen Blick in Richtung seiner Mutter, »wir sollten Soriga helfen, herauszufinden, was geschehen ist. Vielleicht kann Santino ja auch herunterkommen und …«

»Santino bleibt, wo er ist«, fuhr ihm Teresina in die Parade. »Ich lasse nicht zu, dass man ihn hier befragt. Es wäre unverantwortlich in seinem jetzigen Zustand …«

Sie lehnte sich im Stuhl zurück, verschränkte ihre Arme.

»Geht es ihm denn schlechter?«, fragte Leo ungerührt weiter.

»Ging es ihm je besser?«, fragte Piero mit bitterem Lachen. »Sie waren doch auch am Isonzo, Gavino hat es mir erzählt! Dann wissen Sie doch, in welchem Zustand die Männer von dort zurückkamen! *Wenn* sie zurückkamen.« Piero fuhr sich über die Stirn. »Es ist absurd, zu denken, Santino könnte mit dem Feuer etwas zu tun haben. Oder mit dem Tod von Esposito. Der Einzige, den Santino jederzeit töten könnte, *jederzeit töten will* – das ist er selbst. Doch dafür sind seine Hände nicht mehr ruhig genug.«

Das Wort »Kriegsnarr« hing im Raum, Leo konnte es fast greifen.

»Ich würde gerne mit ihm sprechen«, sagte er.

»Das geht nicht.«

»Ich könnte ins Gebirge reiten, oder wo immer er ist, und mit ihm reden. Nur reden. Ich habe gehört, dass er seit dem Ende des Krieges eine Schwäche für Feuer entwickelt hat ...«

»Wo haben Sie das gehört?«, fragte Piero bestürzt. »In der Stadt? Da wird viel geredet, vor allem viel Unsinn!«

Leo zuckte nur mit den Schultern. Teresina, die ihn scharf beobachtet hatte, stand auf.

»Nein, das hat er nicht aus der Stadt.« In ihren Augen glomm es. »*Sie* hat Ihnen das erzählt, richtig? Sie hat auch die Sache mit dem Kapellchen mitbekommen, und natürlich hat sie nichts Besseres zu tun als ...«

»Wen meinst du, Mamma ... Gioia?«

Da! Jetzt war es doch geschehen. Gavino hatte ihren Namen gesagt. Und jetzt reichte es Leo. Es reichte ihm alles: diese Insel, das ständige Raushalten und Fremdsein, die Zustände, das Gutsherrengehabe und der dumpfe Aberglaube, der Sippenkult, die Eifersucht und vor allem diese unpassende, erbitterte, absolut hoffnungslose Liebe – er hatte es alles satt! Wut stieg in Leo auf, und er nahm Gavino ins Visier. Dieser erwiderte seinen Blick, und etwas zwischen ihnen kippte. Aus dem Blick wurde ein stummes Messen. Ein Ringen. Nein, so sah man einen Freund nicht an, eher einen ... Gegner? Gavinos Augen verengten sich zu Schlitzen, und er erhob sich ebenfalls. Der junge Marras ähnelte nun mehr denn je einem sardischen *balente,* einem jener gesetzlosen Rächer, die Sardinien in ganz Italien als »Banditennest« in Verruf gebracht hatten.

»Was hast du mit meiner Verlobten zu schaffen?«

»Nichts«, entgegnete Leo. »Don Antonio hat mich gebeten, herauszufinden, wer auf seinem Grund Feuer legt und Menschen umbringt. Das ist mein Auftrag. Nur das!«

Gavino starrte ihn weiterhin an, sagte leise: »Dann hast du noch viel zu tun, denn hier kommst du nicht weiter.«

Piero Marras, sichtlich darum bemüht, den Frieden am Tisch wiederherzustellen, hob die Hände. »Gut, dann können wir uns alle doch auch wieder beruhigen. Und vielleicht ist es ja keine schlechte Idee, wenn Signor Lanteri einmal mit Santino spricht. Zum Beispiel, wenn er das nächste Mal herkommt, seine Medizin zu holen, oder, Mamma?«

Teresina funkelte ihren Sohn böse an, doch dieser griff schnell nach ihrer Hand. »Mach dir keine Sorgen. Es kommt schon alles in Ordnung. Und dann ist Hochzeit. Hörst du, Gavino, Hochzeit!«

Der so Gerufene ließ sich nur unwillig dazu bewegen, wieder Platz an der Tafel zu nehmen. Missmutig spießte er sich das letzte Bratenstück auf der silbernen Platte in der Tischmitte auf die Gabel. Dann, ohne aufzusehen, entließ er Leo mit einer knappen, herrischen Handbewegung.

Ganz recht, dachte dieser, *Zeit zu gehen.*

Es wäre nicht nur ein Akt der Höflichkeit gewesen, der Familie Marras für das Essen zu danken, das wahrhaft köstlich gewesen war und seinen Magen wärmte. Doch Leo beließ es bei einem kurzen Nicken und dem Versprechen, wiederzukommen. Dann bückte er sich unter dem Türrahmen hindurch und verließ den Raum.

Keine fünf Minuten später, er war bereits auf dem Rückweg zur *tenuta,* erwischte er eine Stechmücke, die unter dem Rand seines aufgekrempelten Hemdärmels auf seinem Unterarm saß und sein Blut saugte. *Stechmücken im November?* Leo schnaubte und klatschte die Mücke mit der flachen Hand zu Brei.

* * *

»Wann hast du ihm erzählt, dass Santino das Kapellchen abgefackelt hat …?« Den Gesichtsausdruck ihres Verlobten konnte Gioia im Halbdunkel der Terrasse nicht erkennen, doch Gavinos schwerer Atem und sein Tonfall verrieten ihr, wie aufgebracht er war. *Er muss den kompletten Weg vom Gestüt hierher zum Gut gerannt sein.* Gioia schnupperte unauffällig – hatte er beim Allerseelenessen zu viel Wein getrunken?

»Komm erst mal herein«, murmelte sie, »sonst sieht dich womöglich noch jemand. So spät am Abend.«

»Na und? Mit wem, wenn nicht mit mir, dürfest du hier um die Uhrzeit gesehen werden? Sag schon: Mit wem?!« Er starrte sie an.

»Jetzt komm schon.«

In ihrem Zimmer lotste sie Gavino zum Sofa. Ihre Gedanken überschlugen sich. Was hatte man ihm erzählt? Schöpfte er Verdacht? Sie musste ihm erst einmal entlocken, wie viel er wusste.

»Wem soll ich erzählt haben, was Santino getan hat?«

»Dem Ligurer! Eurem neuen Verwalter. Lanteri. Stimmt es?«

»Hm, ich bin mir nicht sicher. Möglicherweise?« Gioia bemühte sich um einen neutralen Ton. »Hier wurde dieser Tage viel über Brände gesprochen, wie du dir denken kannst. Kann sein, dass ich es erwähnt habe.«

»Und dabei hast du nicht daran gedacht, was das für ein Bild auf Santino wirft?«

»Na ja, jeder auf dem Gestüt weiß doch, dass die Sache mit der Kapelle eher ein Versehen war.«

»Dein Vater weiß das nicht! Und Lanteri auch nicht. Und jetzt schleppt er dieses Hemd mit sich herum und Santinos Marke, und ehe wirs uns versehen, kommen die *carabinieri* aus der Stadt und fangen an, Fragen zu stellen und ...« Gavino hatte sich in Rage geredet. Jetzt stockte er, sah sie an und zuckte hilflos mit den Schultern. »Ich will nicht, dass man ihm noch mehr wehtut, er ist mein Bruder.« Er biss sich auf die Zähne und blinzelte Richtung Zimmerdecke. Gioia hatte ihren Verlobten bis auf das Missgeschick mit dem Stock in ihrer

Kindheit niemals weinen sehen, doch jetzt würde sich das womöglich ändern.

»Entschuldige bitte«, murmelte sie leise.

»Wo ist Lanteri jetzt?« Gavino fuhr sich mit der Hand über die Augen. Hoffnung schimmerte in seinem Gesicht auf.

»Vielleicht kann ich ja noch einmal mit ihm reden.«

Gioia schüttelte den Kopf. »Er ist weg, in die Stadt gefahren.« Sie hoffte inständig, dass Gavino nicht die Enttäuschung in ihrer Stimme registrierte, als sie ihm von Lanteris Arrangement mit ihrem Vater erzählte: die Unterkunft weiterhin in der Stadt und seine Abreise am Tag vor der Hochzeit.

»Gut, dann spreche ich morgen mit ihm.« Gavino musterte sie mit einem prüfenden Blick. »Am letzten Tag vor unserer Hochzeit.«

Ach ja, die Hochzeit ...

Gioia schwieg, sah zu Boden. Schwieg weiter, bis er leise ihren Namen sagte. Und ihn lauter wiederholte, als keine Reaktion kam.

»Verdammt, Gioia! Was ist mit dir los? Was willst du noch? Mein Versprechen steht: Wir gehen nach Cagliari. Wir fangen neu an, im Süden. Niemand redet uns dort rein.«

»Ach ja?«

»Aber sicher doch! Ich mache Karriere in der Präfektur, und du bekommst eine richtige Klavierlehrerin, meinetwegen eine, die jeden Tag kommt.«

Eine richtige Klavierlehrerin? Na, prächtig! Was will ich mehr?! Bitterkeit stieg in Gioia auf. »Wie großzügig von dir«, sagte sie laut. »Und du glaubst weiterhin, Don Antonios Unterstützung hätte keinen Preis?«

Sie schnalzte verächtlich mit der Zunge, bereute es aber sofort. Hatte nicht auch sie noch vor wenigen Tagen von einem Neuanfang geträumt? Hatte nicht auch sie gehofft, wegzugehen und ihrer Familie eine gute Tochter bleiben zu können? Jetzt kamen ihr diese Träume wie die eines dummen Mädchens vor. Nichts würde sich ändern, nicht, solange sie auf der Insel bliebe.

Vom Fenster kam wieder Gavinos Stimme, diesmal viel leiser. »Also steht sie nicht mehr, unsere Abmachung? Kommst du nicht mit?«

Einen langen Moment sahen sie sich an. Gavino hatte seine Jacke ausgezogen, jetzt lehnte er sich ans Fensterbrett, kratzte sich unbeholfen hinter dem Ohr und erwartete ihre Antwort. Sie schwieg.

»Ich bin nicht blöd, Gioia«, sagte er dann, »ich kenne dich außerdem schon unser ganzes Leben, ich ...« Er stockte, fuhr fort: »Schau mich an. Schau mir in die Augen und sag es: Wen liebst du?«

Oh Gott, und jetzt?!

»Dich?«, stieß sie hervor, die Stimme viel zu dünn.

Gavino zuckte mit keiner Wimper. »Den Namen will ich.«

»Aber ich liebe dich!«, rief Gioia. Und das war nicht einmal gelogen. Da stand er, ihr armer Bräutigam, ihr *chibuddone,* so liebenswert und vertraut und voller Sorge! Sie lief auf ihn zu, küsste ihn, schmiegte ihren Kopf in seine Halsbeuge. Und erst als sie sicher sein konnte, dass er nicht mehr in ihrem Gesicht lesen konnte, fügte sie hinzu:

»Und nur dich.«

Sassari, Provinzhauptstadt

Es war schon fast zu leicht gewesen, das Hemd aus Lanteris Unterkunft zu stibitzen. Gerade in einer Nacht wie dieser, wo die Stadt von Kostümierten nur so wimmelte, die Masken und zerschnittene Laken mit sich herumtrugen. Ein kurzes Gespräch mit der vom *mirto* ihrer Nachbarin erheiterte Assunta Listriu, die sie unter einem Vorwand bat, ihr doch kurz Lanteris Zimmer zu öffnen. Dann mit einem Griff das angeschmutzte Oberkleid vom Stuhl geschnappt und unter den Mantel geschoben – und schon hatte Minnià, was sie brauchte.

Jetzt eilte sie durch die nächtliche Stadt und sagte sich immer wieder, dass sie keine Diebin sei. *Nein, bestimmt nicht!* Nur ein junges Mädchen, das sich zu helfen wusste. Und wenn alles glattging, dann würden sie in wenigen Jahren gemeinsam darüber lachen. »Sardischer Zauber«, würde er rufen und sie lachend umarmen, sie, die dann schon eine richtige Frau war und mit ihm weit weg auf dem Kontinent an der Küste. Wo er geboren war und sie mit ihm lebte, an diesem Ort, dessen Namen sie sich so gut merken konnte: Sant'Amato. Klang das nicht wunderhübsch? Versprach nicht schon der Name, dass man dort nur lieben und glücklich sein konnte?

»SU MORTU! MORTUUUU!!«

Schauriges Geheul riss sie aus ihren Gedanken. Ein paar Skelette sprangen ihr entgegen und lärmten mit hölzernen Rasseln, bevor sie lachend und kreischend in einer der Gassen verschwanden.

Minnià lief die lang gezogene *Via Turritana* entlang und erreichte nach einigen Hundert Metern die selbst an diesem Festtag weitaus stillere *Via Giardini,* die Grenze zur Neustadt.

Von oben kam leises Schreien, und Minnià entdeckte die Fledermäuse, die unter dem kalten Licht der Sterne zwischen den Dachfirsten hin und her stoben. *Ja, über der Riviera wölbt sich der gleiche Himmel wie über Sassari. Dort blinken die gleichen Sterne. Warum sollte ich Sassari vermissen? Tzia* Teresina hatte ihr aufgetragen, auch noch etwas von Dottore Spanus Medizin zu besorgen, Santino ginge es schlecht, er käme mit der bisherigen Menge keine ganze Woche mehr aus. Sie musste also noch einmal beim Haus des Doktors vorbeisehen, ehe sie zum Bahnhof laufen und den ersten Zug Richtung Süden nehmen konnte. Der *dottore* litt unter schlechtem Schlaf und hatte Minnià versichert, sie könne auch nachts jederzeit bei ihm klopfen, er sei sowieso meist wach.

Sie hatte die *Piazzetta Garibaldi* erreicht, ein enges Karree mit umlaufenden Arkaden und einem Backsteinbrunnen in der Mitte, der eingezäunt war und offenbar ausgebessert wurde. Minnià lief zum Haus des Doktors und klopfte an der Tür. Keine Reaktion. War der *dottore* vielleicht ausgegangen? Minnià glaubte zwar nicht, dass der *dottore* am Geisterumzug teilnahm, doch er spielte zum Vergnügen mehrmals in der Woche Klarinette im *Creole Club,* vielleicht sollte sie dort nachsehen?

Minnià machte kehrt und lief zum Nachtlokal. Doch irgendwie musste sie ihn verpasst haben, denn dort sagte man ihr, er sei soeben heimgegangen. Also wieder zurück. Müdigkeit kroch Minnià in die Glieder, und sie hätte einiges für ihr Bett und ein paar Stunden Schlaf gegeben. Doch daran würde sie erst im Zug denken können.

Inzwischen ging auch das Allerseelenfest zu Ende. Der Lärm der Klappern und Kostümierten verklang, nur selten huschte noch eine vermummte Gestalt an ihr vorbei.

Als sie erneut die *piazzetta* erreichte, stieß gerade der Mond durch die Wolken und tauchte den Platz in ein fahles Licht. Irgendwo schlug eine Kirchturmuhr dreimal. Eine schemenhafte Gestalt überquerte den Platz, und Minnià war sich fast sicher, dass dies der *dottore* war. Sie wollte schon rufen, da tauchten aus den tiefschwarzen Schatten der Arkaden zwei weitere Gestalten auf und eilten stumm auf den Mann zu.

»Was zum Teufel ...« Ja, eindeutig, der Ruf kam von Spanu. Doch wer waren die anderen? Einem Instinkt folgend, huschte Minnià unter die Arkaden und verbarg sich im Dunkel eines Hauseingangs. Währenddessen hatten die beiden Männer Spanu erreicht und sprachen ihn an. Minnià konnte nicht verstehen, was sie sagten, sie sprachen zu leise. Doch im Licht des Mondes blinkten nun die silbernen Abzeichen ihrer Uniform und das glatt polierte Leder ihrer Stiefel. *Per Dio, Schwarzhemden!* Der Schreck fuhr ihr in alle Glieder.

Die Squadristen nahmen Spanu in ihre Mitte, etwas an dem Mann, der ihr den Rücken zukehrte, kam Minnià bekannt vor. Der andere redete auf den *dottore* ein, und als er sein Gesicht dem Mond zudrehte, erkannte sie im fahlen Licht das Gesicht von Angelo Porcu, dem *comandante* der hiesigen *squadra* »LA DISPERATA«.

Was wollen die Schwarzhemden vom Doktor? Minnià verfolgte mit angehaltenem Atem die Szene.

Während Porcu noch auf den *dottore* einredete, trat der andere Mann einen Schritt zur Seite und klaubte von einem aufgeschichteten Haufen neben dem Brunnen einen Backstein.

Was …? Minnià atmete scharf ein.

Der Mann wog den Quader in der Hand, als wolle er sein Gewicht prüfen, dann hielt er ihn unauffällig in Hüfthöhe und bezog wieder seinen Posten im Rücken von Spanu.

Dieser hielt seinen Instrumentenkoffer fast wie ein Schild vor der Brust und versuchte, beide Schwarzhemden im Blick zu behalten. Ansonsten blieb die Piazza menschenleer.

Minnià, allein in ihrem Versteck, presste sich die Hand vor den Mund. Ihre Gedanken rasten. Sollte sie die Polizei rufen? Zu heikel. Oder ihren Bruder? Der trug Maske und feierte mit der Bubenarmee. Die Marras? Alle in Codronzanu. Und Lanteri? Keine Ahnung, wo der Fremde steckte. *Madre meu,* und sie hatte zuvor noch drei Kreuze gemacht, ihn nicht zu sehen! Die Stimmen auf der Piazza wurden jetzt lauter, und Minnià hörte den *dottore* fluchen. Als hätte sich die Zeit verlangsamt, sah sie den Mann in Spanus Rücken einen Schritt zurücktreten und den Arm mit dem Backstein hoch über den Kopf heben.

Was?! Nein!

Mit einem dumpfen Geräusch landete der Quader auf Spanus Kopf, und dieser ging lautlos in die Knie. Minnià schlug beide Hände vor den Mund und gab einen erstickten Laut von sich.

NEIN!!

Gerade einmal fünfzig Meter von ihr entfernt wurde der *dottore* mit einem Backstein erschlagen.

Spanus Angreifer schlug mit dem Stein auf den Arzt ein, bis dieser am Boden lag, dann trat er zwei-, dreimal mit seinen schweren Stiefeln auf den Blutüberströmten ein, wartete, ob noch eine Reaktion kam, und schickte einen letzten präzisen Tritt hinterher. Angelo Porcu beobachtete die Szene seelenruhig, dann hob er die Hand.

»Hör auf, es reicht«, sagte er mit leiser Stimme. »Lass uns verschwinden.«

»Moment, wir müssen sicher sein«, sagte der andere. Im gleichen Moment, in dem Minnià die Stimme erkannte, drehte der Mann sich um, und fahles Mondlicht erhellte seine Züge. Minnià wurde eiskalt.

Arturo Boi beugte sich über den Arzt und winkte Porcu her. »Deine Pistole«, forderte er.

»Was willst du mit der?«

»Gib sie mir! Wir müssen sicher sein, denk an den Auftrag …«

»*Vaffanculo,* warum nimmst du nicht deine eigene?«

»Warum, warum, die musste ich verschwinden lassen, erklär ich dir ein anderes Mal – jetzt gib schon her!«

Er wedelte auffordernd mir der Hand, und Porcu griff langsam nach seiner Waffe.

»Ich bin der *comandante*. Ich werde es selbst machen.«

»Wenn du gern die Schmauchspuren an den Fingern hast, bitte! Ich hab die Handschuhe an … Mein Gott! Jetzt rück schon raus, jeden Moment kann einer kommen!«

Nach einem letzten Zögern übergab Porcu seinem

Komplizen Boi die Waffe. Dieser beugte sich über den *dottore* und richtete ihm für einen Moment den Lauf der Pistole auf die Brust. Doch dann, in einer einzigen fließenden Bewegung – Minnià konnte das Geschehen nachher kaum mehr in die richtige Reihenfolge bringen – packte Boi den Arm des Doktors, hob ihn an, presste den Griff der Pistole in dessen erschlaffte Hand, zielte und drückte ab.

Der Knall hallte über die ganze Piazza. Minnià, die nicht verstand, was geschehen war, presste sich die Hände auf die Ohren.

Einen Moment lang stand Angelo Porcu noch da, als sei er unversehrt, nur ein dunkles Rinnsal floss von der Stirn über sein Gesicht vorn in den Hemdkragen. Dann ging auch er genauso stumm in die Knie, wie es der *dottore* nur kurze Zeit vor ihm getan hatte.

Ihrer beider Mörder stand langsam auf und wischte sich den Straßenstaub von den Knien. Die Pistole ließ er in Spanus Hand zurück. Die zuvor verstummten Fledermäuse unter den Dachrinnen nahmen ihre nächtliche Jagd wieder auf. Und während aus der Altstadt erneut die Totenrasseln herüberklangen, prüfte Arturo Boi ein letztes Mal die Umgebung und verließ mit federndem Gang die Piazza.

Minnià blieb zurück in ihrem Hauseingang. Sie rührte sich nicht, auch nicht, als in einigen Wohnungen rund um den Platz herum die Lichter angingen, Fenster geöffnet wurden, Schreckensrufe folgten und nach einigem Geschrei und Gerenne die *carabinieri* gelaufen kamen. Starr vor Angst, blieb sie in ihrem Versteck hocken und beobachtete, wie man die Toten und den Unglücksort untersuchte. Auch als die Polizei ausschwärmte und nach möglichen Zeugen des Kampfes zwischen Spanu und Porcu fahndete – denn was konnte es anderes sein als ein Streit mit unglücklichem Ausgang? –, blieb sie still in ihrer Nische.

Erst als der Leichenwagen kam und die Toten abholte, um sie zur weiteren Untersuchung in die Questura zu bringen, erhob sie sich und folgte ihm ein Stück weit. Als der Wagen abbog, lief sie geradeaus weiter, immer weiter die Straße entlang, bis zum Bahnhof. Über der Stadt dämmerte es schon, ein trüber Tag kündigte sich an. Wind kam auf und fegte feuchte Luft durch die Gassen. In anderthalb Stunden ging Minniàs Zug.

KAPITEL 14

SU BOES & SU MERDÙLES / *Der Karneval auf Sardinien ist ein Fest uralter Bauernriten – am ehesten vielleicht zu vergleichen mit der Fastnacht im alemannischen Raum (Schwaben, Baseler Land). Sardische Masken sind düster und mysteriös, mit ihnen wird das ewige Ringen mit Mutter Natur zelebriert. Bekannte Figuren sind:*

»Su boe« (der Ochse) und »Su merdùle« (der Hirte) aus Ottana: Die Boes, in Schafspelze gehüllt, mit gehörnter Holzmaske und einem kiloschweren Behang an Bronzeglocken treiben durch den Ort, gezähmt von den Merdùles, die mit knallenden Peitschen und Schauermasken versuchen, die umtriebige Herde in Schach zu halten.

Die »Thurpos« aus Orotelli, schwarz gekleidete und mit rußgeschwärzten Gesichtern maskierte Figuren, stellen während eines Umzugs bäuerliche Szenen nach: Saat, Aufzucht und Ernte.

Die »Mamuthones« und »Issohadores« in Mamoiada: Zwölf Mamuthones, schwarzfellige Zottelkerle mit Masken und scheppernden Kuhglocken auf dem Buckel, werden von den Issohadores, weiß maskierten Männern im roten Wams, mit Seilen durch den Ort getrieben. Gerne werfen die Issohadores ihr Lasso auch nach Zuschauern aus und »fangen« junge Frauen als Zeichen der Fruchtbarkeit und als gutes Omen für das kommende Erntejahr ein.

Fast allen Karnevalsfiguren ist gemein, dass sie bei ihren Umzügen viel Krach machen und in irgendeiner Form miteinander ringen. Das Leben als Kampf, so sieht es die sardische Kultur.

Codronzanu, Region Logudoro

»Sie haben versagt, Lanteri. Gehen Sie!«

Don Antonio Soriga machte sich nicht die Mühe, vom Pferd zu steigen. »Sie sind entlassen. Fahren Sie zurück an die Riviera, hier gibt es nichts mehr für Sie zu tun.«

Leo biss die Zähne so fest zusammen, dass sein Kiefer knackte. »Wir hatten eine Vereinbarung!«

»Und was hat die mir eingebracht? Einen Dreck! Nein, noch besser: Einen Streik hab ich am Hals – und das, obwohl ich Sie geholt habe! Und dafür wollen Sie auch noch Geld, Lanteri? Nichts von dem, was hier geschafft wurde, ist durch Ihr Zutun geschehen. Also bezahle ich Ihnen auch genau das: nichts.«

Leo trat einen Schritt zurück und straffte die schmerzenden Schultern. Heute war sein letzter Tag. In den vergangenen Nächten hatte er nie länger als drei Stunden geschlafen. Er hatte alles getan, um den Erntehelfern die schwere Arbeit im Hain und auf den Feldern zu erleichtern, hatte versucht, sie aufzurichten und mit dem Nötigsten zu versorgen. Doch Boi und Soriga hatten pausenlos quergeschossen. Hatte Leo im Olivenhain eine Pause angeordnet, wurde sie, kaum dass er dem Hain den Rücken kehrte, von Soriga wieder aufgehoben. Hatte er die Safranpflückerinnen mit einem Extrakrug Wasser versorgt, kippte Boi ihn aus, kaum dass er gegangen war, und beschimpfte die Pflückerinnen als untüchtig und faul.

Und jetzt, kurz vor Schluss, wollte man ihn ganz loswerden? Weil er sich weigerte, Menschen zu schinden? Nein! Die Erschöpfung, die Angst um Gioia, alles wurde hinweggefegt von einer Welle des Zorns. Unbändige Wut erfasste Leo. Kurzerhand stellte er sich zwischen Soriga und die streikenden Landarbeiter.

»Va bene, padrone.« Die Ehrbezeichnung spuckte er dem Gutsherrn quasi ins Gesicht. »Aber ich bleibe.«

Leo war zur Siedlung der Landarbeiter geeilt, als von dort die Nachricht kam, diese würden sich weigern, zurück auf die Felder und in die Haine zu gehen. Bei seiner Ankunft hatten sie sich schon zwischen den Hütten auf der löchrigen Landstraße versammelt. »Wir streiken«, hatten sie gerufen. Und: »Es reicht!«, sowie: »Soll der Herr Soriga doch zusehen, wie er seinen kostbaren Safran und seine Oliven erntet.« Leo hatte ein letztes Mal versucht, die Lage zu beruhigen.

Doch dann war Don Antonio in gestrecktem Galopp in der Siedlung erschienen, Arturo Boi im Schlepptau, die Situation war eskaliert und Leo gefeuert worden.

Und da standen sie nun.

Don Antonio musterte die erhitzten Gesichter der Umstehenden, dann setzte er sich aufrecht im Sattel hin und brüllte: »Hört her! Dies ist mein letztes Angebot. Ihr geht sofort wieder an die Arbeit, und wir vergessen, was ihr euch geleistet habt.« Er zügelte sein Pferd, das begonnen hatte zu tänzeln. »Schaut hinter mich! Ja, schaut her! Arturo Boi und seine Leute stehen schon bereit. Genauer gesagt: Sie sitzen euch schon im Nacken. Ein Wort von mir, und sie schlagen alles in Stücke.«

Leo sah sich bestürzt um. Tatsächlich: Während ihres Disputs war von einer Abordnung Schwarzhemden unbemerkt die Siedlung umstellt worden, Leo hatte keine Ahnung, wie sie dies so schnell bewerkstelligen konnten, vielleicht hatten sie sich auch bereits zuvor in der

Nähe der Siedlung versammelt. Es waren sicher zwei Dutzend Mann in Squadristen-Montur, mit grauen Armeehosen, Lederkäppis und den unvermeidlichen Schlagstöcken. Einer von ihnen schwenkte sogar einen Totenkopfwimpel, als ginge es gegen eine Armee, nicht gegen Tagelöhner, Safranpflückerinnen und ihre Kinder. Sie alle saßen nun in der Falle. *Und ich habe nichts geahnt.* Leo fluchte lautlos. Soriga und Boi hatten ihm von Anfang an misstraut. Vermutlich hatte Boi die gesamte *squadra* aus Sassari hergebracht, um den Landarbeiterstreik auf der *tenuta* zu brechen. Leo fühlte hilflose Wut in sich aufsteigen. »Das lasse ich nicht zu!«, brüllte er und stellte sich schützend vor die ersten Reihen der Landarbeiter. Der Himmel hatte sich weiter zugezogen, jetzt begann es zu allem Überfluss, auch noch zu regnen. *Bravo,* dachte Leo verdrossen, *hätte es nicht früher regnen können? Dann hätten sie die Leute heute gar nicht zu den Feldern gerufen. Bei Regen keine Ernte. Und damit womöglich auch kein Streik.*

Jetzt trat Arturo Boi vor. Seine Miene zeigte einen undefinierbaren Ausdruck. Er schlug sich mit dem verdickten Ende seines *manganello* leicht in die Handfläche und trat so dicht vor Leo hin, dass dieser sein Rasierwasser riechen konnte. Es war mittlerweile das gleiche, das D'Avenia benutzte.

»Liguria«, murmelte Boi fast zärtlich, »alter Modellsoldat. Kamerad! Ich bitte dich ein letztes Mal: Halt dich raus. Spiel nicht den Helden, hier siegt die Politik. Und da hat sich der Wind gedreht.«

»Ich bin verantwortlich für diese Leute!«

»Nicht mehr. Schon vergessen? Du wurdest gerade gefeuert.«

»Und was ist mit *deiner* Verantwortung? Was ist mit *deiner* Ehre?«

»Der Sieg, alter Kamerad, ist mir Ehre genug.«

Boi probierte ein joviales Lächeln, das jedoch nach wenigen Augenblicken erstarb. »Also?«, fragte er. »Freund oder Feind?«

Leo sah Boi gerade in die Augen.

»Feind.«

»Also gut, wie du willst.« Boi umfasste seinen Schlagstock mit beiden Händen. »Du wirst das merken.«

»Ach ja?«, erwiderte Leo. »Nur ich?«

Ohne Vorwarnung holte er aus und schlug Boi mit einem einzigen Fausthieb zu Boden.

Wenige Augenblicke darauf fand er sich im Auge des Sturms wieder. Als sei er erneut auf dem Schlachtfeld. Schreie gellten, ein schwerer Schlag zwang auch ihn in die Knie. Er stürzte, krachte auf unebenen Boden, rappelte sich wieder auf. Er schlug, er riss, er prügelte, mit tauben Fäusten, bis sich alles drehte. Mütter strauchelten neben ihm mit schreienden Kindern auf dem Arm, Halbwüchsige brachen blutüberströmt zusammen. Und er wütete und brüllte: »Ihr Schweine! Ihr Schweine!« Und doch half nichts, was er tat. *So wie es noch nie geholfen hat.*

Geschützt hinter den Linien der Schwarzhemden, verfolgte Don Antonio das Gemetzel, ungerührt und immer noch zu Pferd. Der Regen wurde stärker. Dann fielen die ersten Schüsse. *Dies ist also das Ende,* dachte Leo. *Schon verrückt, da habe ich die Naklo-Schlucht überlebt, um hier zu sterben.* Er drückte einer Frau gerade einen angeschossenen Jungen in den Arm, da traf ihn von hinten ein schwerer Schlag. Er taumelte, ging in die Knie. Schwindel erfasste ihn, und er kippte um. Über ihm drehte sich der Himmel, wirbelte und kreiste. Alles verschwamm vor seinen Augen. Weitere Schüsse krachten, und Leo hielt sich den Kopf. Ihm wurde schwarz vor Augen.

WAS ...? Noch während er krampfhaft versuchte, bei Bewusstsein zu bleiben und sich vom Boden hochzustemmen, stülpte ihm jemand etwas über den Kopf, etwas aus schwerem Stoff – vielleicht ein Sack? –, der scheuerte und kratzte wie grobes Leinen. Dann wurde an ihm gezerrt, man schleifte ihn über den steinigen Boden davon. Leo keuchte. Panik. Dunkelheit. Ein letztes Geräusch, Stimmen, die immer ferner schienen. Und dann war es vorbei. *Stille.*

Die Naklo-Schlucht bei Plezzo,
24. Oktober 1917, fünf Uhr

Wenn der Isonzo der Vorhof zur Hölle ist, dann ist die Naklo-Schlucht ihr Eingangstor. Ich erinnere mich genau. Wieder bin ich dort, es ist neblig und noch ganz früh am Morgen, es hat kaum begonnen zu dämmern. Wir liegen tief unten in unserer Stellung, der unsichtbare Gegner weiter vor uns. Wir warten. Der Befehl zum Vorstoß wird bald kommen. Es ist eisig kalt hier unten zwischen den Felsen, in der Luft kann man schon den ersten Schnee riechen. Jedenfalls, wenn man den Gestank ausblendet. Irgendwann bekomme ich den Auftrag, der Abordnung der brigata Sassari etwa dreihundert Meter hangaufwärts eine Meldung zukommen zu lassen. Hier, in der Talsohle, sind die Felswände noch bewachsen und nicht ganz so steil. Also breche ich auf, immer bergan. Im Zwielicht bewege ich mich geduckt, lautlos, ich bin behutsam wie ein Hase. Das ist meine Spezialität, nur deshalb bin ich noch hier. Es gibt alle möglichen Arten von Soldaten: mutige Löwen, stolze Adler, rasende Stiere, sture Böcke, schlaue Füchse – sie alle überleben am Isonzo keine Woche. Wer überlebt, und auch nur mit Glück, das sind die Hasen. Die Vorsichtigen. Die, die nicht den Helden spielen. Ich schleiche also weiter den Berg hoch, Stückchen für Stückchen, ich ducke mich platt ins Gebüsch, die Scharfschützen der Österreicher haben gute Augen.

Oben bei den Sarden angekommen, erstatte ich Bericht, berate mich mit dem dortigen Leutnant. Dann muss ich wieder los. Ich bin kaum auf dem Rückweg, laufe durch die verkohlten Reste des Waldes, da höre ich von ferne ein dumpfes Krachen. Einen langen Moment passiert gar nichts, dann erscheint es mir, als würden die Hochnebel dichter, und fast gleichzeitig kommt der Alarm. »GAS!«

Das tödlichste Wort. Dabei habe ich es noch nie laut ausgesprochen gehört. Bis jetzt gab es das nur an der Flandernfront. Ich habe auch gar keine Maske. Niemand in meiner Einheit hat eine. Wozu auch? Wir haben nichts Konkretes erzählt bekommen, niemand spricht mit uns über so etwas. Aber wir hören natürlich, was geflüstert wird in den Gräben. Von einem Gift, das einem die Lunge wegfrisst. Oder die Haut abschält. Von einem Tod, der lautlos kommt und keinen verschont. Und jetzt ist er hier, der Tod. Oh Gott, wohin?! Meine Gedanken rasen, ich versuche, mich zu orientieren. Weiter hoch muss ich, auf jeden Fall

hoch, denke ich, Gas sinkt doch nach unten. Oder?? Ich laufe los. Mein Herz rast. Ich habe solche Angst! Beim nächsten Atemzug kann es schon passieren. Neben mir irgendwann ein weiterer Soldat. Welch eine Überraschung! Er trägt eine Gasmaske – und eine weitere in der Hand. Er wirft sie mir herüber.
»Hier! Nimm!« Ich schaffe es kaum, mir das unheimliche Gerät überzuziehen, so sehr zittern meine Finger. »Und jetzt weiter hoch! Nur dort ist noch Atemluft!« Weiter, immer weiter bergauf geht es, in der Hoffnung, dem Gas zu entkommen. Wenn wir Pech haben, laufen wir auch direkt hinein.
Egal, weiter!
Dann der Alpenhochwald. Es ist still, sehr still hier und wunderschön. Ich würde mir wünschen, ich könnte hier stehen bleiben. Tautropfen tanzen im ersten Morgenlicht. Irgendwo schlägt leise eine Amsel. Ich atme jetzt doch tief ein, was mir unter der Maske reichlich Mühe bereitet, die Maske stinkt widerlich nach Gummi. Ich weiß genau, dass dies bald mein kleinstes Problem sein wird. Doch was ich nicht weiß, ist, dass dies die letzten tiefen Atemzüge meines Lebens sind. »Gas! Gas!«

Minnià war den ganzen Weg von der Bahnstation bis hoch nach Codronzanu gerannt. Die sich drohend auftürmenden Wolken und der hereinbrechende Regen hatten sie nicht aufgehalten, auch nicht der Wind, der ihr die Tropfen ins Gesicht trieb. Als sie das Tor des Gestüts Marras passierte, kamen von den Feldern weit im Osten, in der Nähe der Landarbeitersiedlung, mehrere Schüsse, doch sie achtete nicht darauf.

Unter ihrem Mantel barg Minnià immer noch das zerknitterte Hemd. *Sein Hemd.* Sie strich mit der Hand über den Baumwollstoff, griff hinein, hielt sich daran fest. *Wo bist du jetzt? Die Welt bricht auseinander, geht es dir wenigstens gut?*

Mitten im Hof des Gestüts stand ein fertig gesattelter Rappe im strömenden Regen. Ein Stück weiter entdeckte Minnià die Tante, die gerade einen mannsgroßen und offenbar schweren Sack aus grobem Leinen auf dem Rücken eines weiteren Pferdes befestigte.

»Gott im Himmel, *tzia!*«, rief Minnià. »Es ist ein furchtbares Unglück passiert!« Sie war so aufgelöst, dass sie sich mehrfach verhaspelte, ehe sie einen halbwegs geraden Satz herausbrachte. Als sie die Szene auf der *Piazzetta Garibaldi* beschrieb, fuhr Teresina herum, totenbleich. Von der anderen Seite des Pferdes kam ein Schreckenslaut, und erst in diesem Moment erkannte Minnià, dass die Tante beim Befestigen des Sackes Hilfe hatte. Ein Mann tauchte hinter dem Pferderücken auf, und Minnià wäre vor Schreck fast ohnmächtig geworden.

In den Jahren seit dem Krieg hatte sie Gavinos Zwillingsbruder nur selten zu Gesicht bekommen.

Dies lag zum einen daran, dass Santino Marras den größten Teil des Jahres in den Bergen verbrachte. Zum anderen wurde Santino von seiner ganzen Familie vor neugierigen Augen geschützt. Als ob dies geholfen hätte! Minnià kannte die Geschichten, die man sich in Codronzanu erzählte, wusste um die Sorge der Leute, dem »Kriegsnarren« Marras könnten endgültig die Nerven durchgehen. Sie fürchteten, aus ihm könne so einer werden wie der einst berüchtigte Bandit *Muto di Gallura,* dem auch ein Unglück die Seele derart verfinstert hatte, dass man ihn am Ende jagen und erschießen musste wie einen tollwütigen Hund.

Doch der Mann, der nun auf Minnià zulief und sie bedrängte, zu wiederholen, was sie soeben gesagt habe – ja, es noch einmal zu sagen, denn es könne nicht wahr sein, nein, bestimmt nicht, sie müsse sich irren –, dieser Mann hatte nichts von einem *balente*, eher glich er einem der Gespenster vom vergangenen Allerseelentag.

Äußerlich eher unauffällig und etwas schmaler als sein Bruder, konnte Santino dennoch niemanden täuschen: Mit ihm stimmte etwas nicht. Sein Gang war seltsam steif, so als könne er seine Knie nicht mehr richtig beugen. Als er Minnià am Arm packte, zitterten seine Hände so stark, dass es für diese ein Leichtes gewesen wäre, sich aus seinem Griff zu lösen. Doch das tat sie nicht. Zu sehr erschauerte sie unter seinem Blick. Diesem brennenden Blick!

»Bitte, nein«, flüsterte sie und zog den Kopf zwischen die Schultern. Und dann war zum Glück *tzia* Teresina zur Stelle, fasste ihren Sohn am Arm, zog ihn von Minnià weg und umarmte ihn fest. »Schschsch«, machte sie und versuchte, seinen Kopf gegen ihre Schulter zu pressen, »schschsch, Santino, Santeddu, hör nicht hin, darum kümmern wir uns später …«

»Aber was erzählt sie da? WAS IST MIT SPANU?!« Santinos Stimme wurde laut und kippte, er wand sich in den Armen seiner Mutter.

Teresina starrte Minnià an und fragte leise: »Hast du das Morphin?«

»Aber wie denn? Er wurde doch …« Minnià wischte sich die Regentropfen vom Gesicht. Ihre Augen brannten. Weinte sie etwa?

»Was ist passiert? WAS?!«, rief Santino. Er wollte sich auf Minnià stürzen, doch seine Mutter hielt ihn zurück.

»Nur eine Gassenprügelei, da unten in der Stadt ist im Moment viel Unruhe. Wahrscheinlich ist nichts passiert, und sie lügt …«

»Ich lüge nicht! Er ist tot.«

»Tot?«, rief Santino und gab einen Laut von sich, der auch von einem gequälten Tier hätte stammen können. Seine Mutter starrte Minnià wutentbrannt an.

»Hör nicht hin! Sie lügt, wenn sie den Mund aufmacht!«

Sie fluchte in tiefstem Sardisch und zischte dann: »Ins Haus mir dir, du Wechselbalg. Hier einfach so reinzuplatzen, und dann auch noch ohne Morphin. Siehst du nicht, dass wir hier Wichtigeres zu tun haben? Hinein mit dir, ins Haus, um dich kümmere ich mich später.«

Sie wandte sich wieder ihrem Sohn zu, der heftig zitternd und murmelnd neben dem Pferd stand.

»Hör mir zu, Santeddu. Es gibt keinen Grund zur Aufregung. Was? Nein, hör mir zu: Ich bin deine Mutter. Ich bin fünfzig Jahre alt, ich habe zwölf Kinder geboren – zwölf!« Sie bekreuzigte sich. »Und beim Leben dieser zwölf Kinder beschwöre ich dich: Hör nicht auf das Gerede dieses Görs. Reite, Santino, und tu, was ich dir aufgetragen habe!«

»Aber …«

»Reite, habe ich gesagt!«

Mit wenigen Schritten war sie bei dem Rappen, schnappte sich die Zügel und nötigte ihren Sohn, aufzusteigen. Kaum saß dieser mehr schlecht als recht im Sattel, drückte sie ihm die Zügel des Packpferds mit der

Sackladung in die Hand und gab dem Reittier einen kräftigen Schlag auf die Kruppe.

»*Vai, vai!* Los jetzt!«

Von Santino kam keine Reaktion, doch der Rappe gehorchte dem Befehl seiner Herrin und setzte sich in Gang. Das Packpferd folgte ihm auf dem Fuß. Am Tor nahmen die Tiere wie von einem geheimen Band gezogen die Straße bergan und verfielen schon bald in Trab. Nach kurzer Zeit waren Pferde, Reiter und Ladung im strömenden Regen verschwunden.

Teresina, die das Geschehen stumm verfolgt hatte, drehte sich zu Minnià um.

»Hast du wenigstens das Hemd? Gut! Gib es mir, ich fange sofort an. In der Küche kannst du dir derweil von *nonna* Maria etwas zum Essen geben lassen.«

»Aber … muss ich nicht …?«, wandte Minnià ein. Jetzt, wo sie ihre kostbare Beute hergeben sollte, zögerte sie. Und verlangte ein richtiger Liebeszauber nicht auch nach Habseligkeiten *beider* Seiten? Doch die Tante gab ihr darauf keine Antwort. Sie streckte nur die Hand aus und sagte: »Gib mir das Hemd und lass mich allein.«

KAPITEL 15

SU NURAGHE *(dt. Femininum, ital./sard. Maskulinum) / Die Nuraghen sind Turmbauten der Bronzezeit und gehören zu den rätselhaftesten und schönsten Wahrzeichen Sardiniens. Sie überziehen das Land in großer Zahl und prägen vor allem den Nordwesten der Insel. Ihr einstiger Zweck ist umstritten: Dienten sie als heidnische Kultstätten? Grabanlagen? Oder Festungen?*

Eine der schönsten und höchsten Nuraghen »Santu Antine« circa 1450 v. Chr.) liegt im Logudoro bei Torralba – in Sichtweite des Monte Santu und kaum fünfundzwanzig Kilometer von Codronzanu (ital. »Codrongianos«) entfernt, einem wichtigen Schauplatz im Roman.

* * *

4. November 1922, Monte Santu, Region Logudoro

Von ferne gesehen machte Sassari an diesem Samstag im November einen friedvollen, ja geradezu schläfrigen Eindruck. Die Gebirgszüge im Nordosten schützten die Stadt vor den schärferen Ostwinden, fern an der Küste bei Castelsardo schimmerte es graublau, und rundherum dehnte sich welliges Land bis zu den Toren der Altstadt, dem *grande cuore stanco,* dem »großen, müden Herz« der Stadt, wie es in einem altsardischen Lied hieß. Ja, Sassari wurde besungen, auf dem Festland nannte man sie manchmal sogar »die Heitere«. Von Näherem betrachtet war Sassari an diesem 4. November jedoch alles Mögliche, nur nicht heiter und friedvoll.

Ursprünglich zum Gedenken an den Sieg Italiens im großen Krieg eingeführt, hatten sich die Faschisten den »Tag der nationalen Einheit« nicht nur auf Sardinien längst als ureigenen Festtag auserkoren. Wer immer mit der Gegenwart nicht zurechtkam und meinte, Italiens Größe sei allein in der Vergangenheit zu suchen, der hatte sich ein schwarzes Hemd übergezogen, sich auf den Plätzen zusammengerottet und brüllend die Rückkehr des Imperium Romanum gefordert. *Eja, eja, eja – alalà!*

Dieses Imperium stand nun kurz vor seiner glanzvollen Wiedergeburt, und man kann sich denken, wie laut die Schwarzhemden an diesem Tag brüllten, nun, da ihr *duce* in Rom das Sagen hatte.

Die neue Regierung hatte zur Feier des Tages auch auf Sardinien so einiges geplant: In den beiden größten Städten Cagliari und Sassari rief man zu Massenaufmärschen auf, verteilte grün-weiß-rote Fähnchen und Anstecknadeln. Teilnehmern von auswärts versprach man sogar die Kostenübernahme für Fahrt und Unterkunft. In Cagliari folgten dem Ruf fast zwanzigtausend Anhänger, in Sassari waren es nur ein Drittel weniger. Und das Wetter spielte mit: Zwar zog es an diesem Tag kalt von der Küste her in die Altstadt von Sassari. Doch es blieb trocken, und so verlief der Aufmarsch der Faschisten vorerst ohne Störung. Und was für ein glanzvoller Marsch dies war! Den schwarzen Reihen der Squadristen folgten die Fackelträger, dann die Mannschaften der Garnison, die zuvor auf der *Piazza d'Armi* gleich noch eine Parade veranstaltet hatten. Rechts und links am Bordstein drängten sich die *sassaresi* und verfolgten das Treiben. Sie alle nahmen das

Schauspiel hin, je nun, was blieb ihnen auch anderes übrig, Rom hatte entschieden, dagegen anzugehen, wäre Wahnsinn. Und so schwenkten die Einwohner der Stadt die Trikolore und blieben, ob Bürger oder Arbeiter, lieber in Deckung. Fast alle hielten still.

Doch nicht die Bubenarmee.

Als die Schwarzhemden im Paradeschritt Richtung Stadtzentrum marschierten, in ihrer Mitte Raffaele D'Avenia samt seinem Silver Ghost – nun mit offenem Verdeck –, da kam aus der Menschenmenge eine glockenhelle Stimme.

»Nieder mit dem Faschismus!«

Zum Entsetzen der Marschierenden pflanzte sich der Ruf mit jedem ihrer Schritte weiter fort, er hallte durch die Straßen und Gassen bis hin zur *Piazza d'Italia.*

»Nieder mit dem Faschismus!«

Und schon wieder flogen faule Eier.

Che infamità! Der Bürgermeister auf seinem Rathausbalkon fiel in Ohnmacht. Mehrere Infanterieeinheiten nahmen D'Avenia und seine Schwarzhemden zum Schutz in ihre Mitte. *Carabinieri* schwärmten aus, um die jugendlichen Störenfriede zu ergreifen. Doch die Polizei war machtlos. Sie konnte ja wohl kaum am helllichten Tag auf wehrlose Kinder schießen! Und die Buben waren flink, entwischten im Gewühl wie Fischchen im Bach dem Kescher. Es war ihnen nicht beizukommen. Und bald hörte man in den Straßen, was Mario Cadeddu, ihr General, als Losung ausgeben hatte: »Wir erkennen Mussolini nicht an! Was immer die Alten unterschrieben haben, es gilt nicht für uns.« Ja, dies war kein ruhiger Tag für Sassari.

Doch von alledem wusste Leo Lanteri nichts, als er fern der Stadt erwachte und sich auf einem Felsvorsprung wiederfand, an der Flanke eines Berges hoch oben über den Hainen und Weizenfeldern in der Ebene.

Sein Kopf dröhnte, und erst nach und nach nahmen seine Sinne ihre Arbeit wieder auf. Er lag auf der Seite, auf nacktem Gestein, die Arme gefesselt auf dem Rücken. In seinem Mund steckte ein ledrig schmeckendes Stück Stoff. Sein ganzer Körper schmerzte. Ein schwacher Windhauch brachte den Geruch von brennendem Holz und frischem Schnee mit sich. Dann kamen auch die Geräusche zurück: Irgendwo hinter ihm knackten Scheite in der Glut eines Feuers, von hoch oben kam der heisere Ruf eines Falken. Er musste sich gerührt oder ein Geräusch gemacht haben, welches sein Erwachen verriet, denn nun hörte er, wie jemand aufstand, und Schritte, die näher kamen. »Na also. Ich dachte schon, ich hätte zu fest zugeschlagen.«

Leo spannte seinen ganzen Körper an, in Erwartung des Schlimmsten. Er ballte die Hände zu Fäusten. Was käme jetzt? Jemand beugte sich über ihn. Ein Mann. Aber nein, den hatte er noch nie gesehen. Leo blinzelte. Im Gegenlicht konnte er sein Gegenüber kaum erkennen. Dann sah er ihm ins Gesicht.

Die Augen! Eins braun, eins hellgrau. Wie die seines Retters in der Naklo-Schlucht.

Dann die Ähnlichkeit mit seinem Bruder.

Leo schnaubte. Er versuchte, den Knebel mit der Zunge aus dem Mund zu stoßen. Keine Chance.

»Tut mir leid, Kamerad«, sagte Santino Marras und betrachtete ihn mitleidig. Nein, nicht ganz, er sah durch Leo hindurch. »Du wirst Gavinos Hochzeit nicht stören.«

Er erkennt mich nicht mehr, schoss es Leo durch den Kopf. *Er weiß nicht, wer ich bin.* Mühsam stemmte er sich hoch, stützte sich auf einen Ellbogen und sah sich um. Sie lagerten auf einem schmalen Felsplateau, eine Art Vorsprung an der Nordflanke des Berges. Im Fels entdeckte er eine Höhlung im Gestein. Dies musste ein *domu de janas* sein, ein sardisches Feenhaus. Und tief unter ihnen, in der Ebene, erstreckten sich die Felder. *Dies ist vielleicht das Felsengrab seiner Ahnen,* dachte Leo. *Das, von dem Gavino erzählt hat. Aber was will er hier – mit mir?*

Santino kehrte zum Feuer zurück und hockte sich davor. Er lehnte sich an sein Gewehr, als gebe ihm die Waffe nötigen Halt, und starrte in die Glut. Er schien jedes Interesse an seinem Gefangenen verloren zu haben. Auch ansonsten schien etwas nicht mit ihm zu stimmen. Und dies war der gleiche Mann, der ihn in der Naklo-Schlucht gerettet hatte?

Leo rutschte näher zum Feuer. Er beobachtete seinen Entführer von der Seite aus. »*Unberechenbar ist er dann, wie ein gefährliches Tier ...*« Gavinos Satz kam ihm in den Sinn, und er versuchte, alles, was er über Santino gehört hatte, mit dem zu verbinden, was er sah. Doch es passte nicht.

»*Mein Bruder ist der mutigste Mensch, den ich kenne.*«

Santino Marras saß am Feuer und hielt den aufgestellten Lauf seines Gewehrs im Arm wie eine Stütze. Er sprach leise mit sich selbst, und als Leo näher rückte, schälten sich einzelne Sätze und Wörter aus dem Geflüster.

»Nicht frontfähig ... hat er gesagt ... *dottore* ... und jetzt? ... wo auch die anderen sind ... wie war das? ›Spanu!‹ hat der *capitano* gebrüllt, ja, das war es, ›Spanu, deine verdammte Menschenfreundlichkeit bringt dich noch ins Grab‹.«

Spanu?! Leo schnürte es den Hals zusammen. *Was ist mit Spanu?* Er gab einen Laut von sich, und als Santino sich zu ihm umwandte, schüttelte er seine Schultern und presste die Zunge gegen den Knebel. Er starrte Santino flehend an. *Nimm ihn weg! Mach mich los!*

Santino Marras verfolgte seine Befreiungsversuche zunächst ohne großes Interesse. Dann jedoch beugte er sich zu Leo hinüber und nahm ihm den Knebel aus dem Mund.

»Besser, Kamerad?«

Leo ächzte und würgte. Es dauerte, bis seine Zunge den wiedergewonnenen Platz im Mund richtig nutzen konnte. *»Grazie.«*

Er schob seinen verkrampften Unterkiefer hin und her, räusperte sich. Dann fragte er nach dem Doktor.

»Spanu?« Santino hatte Mühe, seine ruhelos umherwandernden Augen auf Leo zu konzentrieren. »Spanu war mein Freund.«

Plötzlich schien ihn die Bedeutung dessen, was er gesagt hatte, zu überwältigen, und seine zweifarbigen Augen weiteten sich.

»Mein Freund. MEIN FREUND, IHR BASTARDE!«

Er sprang auf, riss das Gewehr vom Boden, legte an und nahm zuerst die Ebene mit ihren Hügeln und Ländereien ins Visier. Und dann Leo.

Mit einem leisen Klicken entsicherte er die Waffe.

»Ihr Bastarde.«

Leo wollte etwas erwidern, irgendetwas sagen, doch seine Angst war so groß, dass er kein Wort herausbrachte. *Er wird schießen, ganz sicher. Schau ihn dir an, er ist völlig neben der Spur. Der schießt dich über den Haufen, einfach so!* Leo versuchte, zu schlucken und sich möglichst nicht zu rühren. Verdammt, wie kam er hier nur wieder heraus? Doch unvermittelt ließ Santino das Gewehr wieder sinken.

»Ja, er war mein Freund«, sagte er mit einem fast erstaunten Unterton. »Der Letzte unserer Kompanie, der mit mir vom Karst herunterkam.«

Jetzt sprach er Leo ganz vertraulich an. »Kennst du den *Montasio* auf dem Karst, Kamerad?«

»Ja.«

»Weißt du, wie kalt es dort ist im Winter auf zweitausend Metern Höhe?«

Ich weiß sogar, wie eisig es auf zweieinhalbtausend Metern Höhe ist, dachte Leo, doch er beließ es bei einem stummen Nicken. Solange Santino das Gewehr nicht wieder aufnahm, war alles gut.

»Schau hier.« Jetzt hielt er Leo seine Linke hin, deren Mittel- und Zeigefinger nur noch aus Stummeln bestanden. »Mir sind dort oben die Finger erfroren. Und trotzdem wollte mich der Hauptmann zurück auf den Berg schicken. Spanu hat durchgesetzt, dass ich im Sanitätskorps bleiben konnte. Er hat sogar eine offizielle Rüge dafür kassiert. Und später dann, als mir die Nerven durchgingen und mir das Leben so unerträglich wurde, dass ich nicht mehr konnte, nicht mehr wollte, da hat er mich bei sich behalten und auf mich aufgepasst. Hat mich nicht zu den weißen Folterknechten geschickt. Keine Elektroschocks für mich. Nur dank ihm. Spanu war meine Sonne, meine Wärme, mein Freund fürs Leben.«

Er fuhr sich über sein Gesicht. »Mein Freund war stärker als der Schmerz. Stärker als der Tod, nach dem ich mich nun sehne, in jedem wachen Moment zwischen Morgen und Abend. Mein starker Freund, das war er. Und jetzt haben sie ihn getötet, einfach so, erschlagen wie einen Hund haben sie ihn, und ich soll so weitermachen, als wäre nichts geschehen?« Er äffte die Stimme seiner Mutter nach. »*Vai, vai,* Santeddu, hör, was ich sag, und reite!« Er lachte auf. »Und jetzt bist du vorausgeritten. Spanu, mein Freund ...« Wieder lachte er, es hätte aber auch ein Schluchzen sein können.

Erschlagen wie einen Hund.

Leo spürte, wie sich in ihm ein Abgrund auftat.

Genau das ist passiert.

Sein Blick irrte ins Tal, über die Felder, zum Horizont, wo er die Küste vermutete. Konnte das sein? Aber wann war das geschehen? Und warum? Plötzlich erfasste Leo eine panische Unruhe und das Gefühl drohenden Unheils.

Was geschah dort unten? In der Stadt, auf der *tenuta? Ist Gioia in Gefahr?* Er musste nachsehen. Und als Allererstes musste er diese Fesseln loswerden.

Ein schneller Blick auf den jungen Marras sagte ihm, dass ihm dieser dabei keine große Hilfe sein würde. Marras war in sein stummes Brüten zurückgefallen und starrte ins Feuer.

Was hatte er über Gavinos Hochzeit erzählt?

Leo dachte einen Moment nach, dann bemühte er sich um einen Plauderton und sprach Santino an.

»Wer behauptet eigentlich, ich wolle eine Hochzeit stören?«

»Meine Mutter. Sie hat recht, oder nicht?«

»Ach was«, sagte Leo. »Ich will nur nach Hause.« Verdammt, seine Hände fühlten sich schon ganz taub an. »Sag, kannst du mich losmachen? Schau, ich kann mich kaum mehr rühren. Und du hast dein Gewehr. Was kann schon passieren?«

Santino musterte ihn kurz. Dann zuckte er mit den Schultern, bückte sich und löste Leo zu dessen grenzenloser Überraschung fast beiläufig die Fesseln. Wie gut das tat!

»Danke«, murmelte Leo und rieb sich die wund gescheuerten Handgelenke. Ein leichter Wind kam auf, und er merkte mit einem Mal, wie durstig und hungrig er war.

»Jetzt solltest du aber gehen«, kam es vom Feuer, wohin Santino zurückgekehrt war. »Hier wirst du nicht mehr gebraucht. Geh!«

Leo zögerte. »Du hast mich Kamerad genannt«, sagte er dann leise. »Es stimmt, ich war dabei. Willst du nicht mitkommen? Mir mehr vom *Montasio* erzählen, und was du erlebt hast?«

Santino lehnte das Gewehr wieder gegen seine Schulter, umarmte es und schmiegte sich mit der Wange an den Lauf. Er deutete ein Lächeln an.

»Nein. Davon kann man nicht erzählen. Geh jetzt. Der Weg ist schwer genug. Und ich will allein sein. Aiò! Los, GEH!«

Leo war keine Minute bergab gelaufen, da kam der Schuss. Sein Hall trug weit durch die Luft und über das leere Land, und Leo, der reflexhaft zu Boden gefallen war, blieb reglos liegen und rechnete mit einem zweiten Schuss. Doch nichts geschah. Eine große Schwäche überkam ihn, eine Art Schwindel, vielleicht war er doch getroffen? Der Wind pfiff über den Berghang, und hoch über ihm zog ein Schlangenadler seine Kreise. Leo betrachtete den großen Vogel, in seinem Geist kreiste er selbst dort oben und sah sich unten liegen.

Was siehst du, biancone*? Ich sehe einen einsamen Tod auf nacktem Fels. Sinnlos, unerkannt und von niemandem betrauert. Nach fünf Jahren Aufschub, die du nicht genutzt hast.* Die Sonne blendete Leo, und er schloss die Augen. *Vorbei.*

Er dachte an Gioia, an ihr Lächeln und ihre warmen Hände.

Dachte an seinen Vater.

Dachte an Sant'Amato.

Und er hatte sie nicht einmal gefragt, ob sie mit ihm dorthin käme.

IV

Sardische Hochzeit

KAPITEL 16

SA PATTADESA *(oder »Sa resolza pattadesa«) / Scharfe Hirtenmesser sind Teil der uralten Kultur Sardiniens, und es gibt sie auf der ganzen Insel in vielfältiger Form. Die berühmteste Klinge kommt aus dem Bergort Pattada in der Provinz Sassari im Norden Sardiniens, daher: sa pattadesa (übersetzt: »die aus Pattada«).*

Das Messer besitzt eine lange, schmale Stahlklinge mit markanter Kontur, geschliffen in der Form eines Myrtenblatts (»foza de murta«). Sein Griff besteht aus Widder- oder Mufflonhorn und wird oft zusätzlich mit Silberapplikationen verziert. Die resolza pattadesa begleitete die sardischen Frontkämpfer auch in den Krieg, das Messer gehörte zur offiziellen Ausrüstung der »brigata Sassari« während des Ersten Weltkriegs.

* * *

4. November 1922, Porto Torres, Hafen

Bonaria Titù, ihr sardisches Tuch fest um den runden Kopf gewickelt, stand mit der Reisetasche in der Hand gleich vorne an der Reling auf dem Deck. *Schon halb vier, ich komme zu spät!* Sie konnte es kaum erwarten, dass man die Gangway freigab, über die sie die Fähre verlassen konnte.

»Porto Torres, willkommen! Alle von Bord!«, riefen die Matrosen und folgten mit der sardischen Entsprechung. *»Benènnidu à Portu Turre!«*

Wie zur Bestätigung dieses Grußes brachen jetzt auch ein paar Sonnenstrahlen durch die dichte Wolkendecke. Doch Bonaria hatte dafür keinen Blick. Kaum dass sie ihren ersten Schritt auf heimischen Boden getan hatte, eilte sie den Kai entlang Richtung Bahnhof. Sie ignorierte den festlich geschmückten Anleger und die aufgekratzte Stimmung ringsum. Dabei trug Porto Torres, von den Stockfisch-Kellern angefangen bis zu den Dachfirsten, Trikolore. Auch Bonarias Dienstherr Onorevole Rossi – oder sollte sie nicht lieber sagen, Ex-Dienstherr? – hatte diese Woche eine »Wegscheide für Italiens Schicksal« genannt. *Soll er doch zur Hölle fahren,* dachte Bonaria, *sollen doch die ganzen Kontinentalen zur Hölle fahren! Die »sardische« Perle hat sich davongemacht. Ich bin wieder zu Hause.*

Am Rand des Kais stand ein schweres, silbergraues Automobil mit eingeklappter Windschutzscheibe und gefaltetem Verdeck. Bonaria hatte derart edle Karossen bisher noch nie auf der Insel gesehen. Dies war die Art Wagen, die auch Onorevole Rossi für seine Dienstfahrten bevorzugte, vor allem neuerdings, seitdem ihm ein hoher Posten in Mussolinis erstem Kabinett winkte. Das Gefährt glänzte in der Nachmittagssonne wie eine fette Insektenlarve. Man hatte es mit armdicken Tauen verschnürt, und der größte Löschkran im Hafen schickte sich bereits an, es an Bord der wartenden Fähre zu hieven. *Sieh an, es geht also zum Festland.*

Unweit des Wagens hatten sich ein paar gut gekleidete Herren eingefunden, die jeden Handgriff an dem Wagen beäugten. In ihrer Mitte ein *gentiluomo,* dessen rasante Erscheinung Bonaria nun doch einen zweiten Blick auf ihn werfen ließ. Das Bärtchen, diese Glutaugen – kannte sie den nicht aus dem Kino? Rodolfo Valentino, hier auf Sardinien? Nein, unmöglich. *Und selbst wenn, dir rennt die Zeit davon!*

Bonaria verließ den Kai und hastete Richtung Bahnstation.

Der Vier-Uhr-Zug verspätet sich sicher um ein paar Minuten. Warum sollte er ausgerechnet heute pünktlich fahren? Nein, er ist sicher da. Verdammt, er muss.

Ihr Magen brannte wie Feuer – ihr altes Leiden –, und sie hätte sich gerne irgendwo hingesetzt, um einen Moment zu verschnaufen. Um noch einmal den Brief durchzugehen und sich im Geiste die rechten Worte zurechtzulegen. Vor allem, um sich dabei unauffällig ein wenig den Leib zu halten. Doch das ging nicht. Nicht, wo schon das erste Signal des Zuges von der Bahnstation kam.

Der Mann am Fahrkartenschalter, der sich als ein Bekannter von Redento entpuppte, beeilte sich mit dem *billettu* und gab seinem Kollegen auf dem Gleis einen Wink, sie durchzulassen. Der Zug pfiff ein letztes Mal, und während überall die Türen zuknallten und das Streckensignal die Abfahrt freigab, erklomm Bonaria mit ihren viel zu kurzen, krummen Beinen und der Reisetasche noch schnell den Aufgang zum letzten Waggon. *Geschafft.*

Der Zug setzte sich zischend in Bewegung, und sie bekreuzigte sich, während die Räder unter ihren Füßen stampften. *Wir fahren! Wir fahren und kommen rechtzeitig an. Gepriesen seien die Mutter Gottes und alle Heiligen!*

Der Zug rollte aus dem Ort und bald über die staubige, gleichförmige Küstenlandschaft. Bonaria suchte sich in der zweiten Klasse einen Sitzplatz am Gang. Besser, sie käme in Campomela schnell zur Waggontür, könnte ohne Verzögerung aussteigen und hätte noch genug Zeit für das letzte Stück Fußweg. Sie konnte nicht damit rechnen, dass jemand vom Gut ausgerechnet heute an der Bahnstation zu tun hatte, es sei denn, um ein paar geladene Hochzeitsgäste abzuholen. Denn sie, Bonaria, war nicht geladen. Sie wurde noch nicht einmal erwartet.

Im Abteil ihr gegenüber hatte eine junge Arbeiterin Platz genommen. Gedankenverloren studierte Bonaria ihr Gesicht. Dann setzte Erkennen ein.

»Minnià Cadeddu, richtig?«

Nach wenigen kurzen Sätzen hatten die alte *pratica* und das Mädchen die wichtigsten Neuigkeiten ausgetauscht und waren bereits in den vertrauten Dialekt von Codronzanu verfallen. Was aus Minnià, dem Straßenkind, geworden war, gefiel Bonaria außerordentlich. Auch verdiente Achtung, wie sich Teresina Marras um das Mädchen kümmerte, obwohl sie nur entfernt mit ihm verwandt war. Doch etwas ist seltsam an dem Kind, dachte Bonaria und richtete ihr inneres Auge ganz auf Minniàs Ausstrahlung. *Was liegt dir auf der Seele? Was hast du vor?* Und dann spürte sie es. Sie sah genau hin, musterte das Mädchen, wie es dort saß auf seiner Bank, und erschauerte.

»Und du fährst auch zur Hochzeit?«, fragte sie betont beiläufig. Keine Ahnung, was das Mädchen vorhatte, doch es würde blutig enden.

»Ja.«

»Als Gast deiner Tante?«

»Als mein eigener Gast.«

Minnià war bei diesen Worten totenbleich geworden.

Sie sah zu Boden und knetete ihre Hände im Schoß. Gleich daneben unter dem Stoff ihres Rockes zeichneten sich die Umrisse eines kurzen Messers ab. Bonaria seufzte.

»Willst du irgendwann auch einmal heiraten, Minnià?«

Das Mädchen schwieg.

»Und irgendwo dort draußen sieht er vielleicht jetzt gerade zum Himmel. Der Mann, den du einmal heiraten kannst. Den wirst du aber nie treffen, wenn du nach Codronzanu fährst. Oder?«

Das Mädchen schwieg weiterhin. Seine Hände strichen zitternd über die Waffe im Stoff ihres Rocks, und Bonaria wurde nervös. *Ich erreiche sie nicht …*

»Minnià, ich bitte dich, fahr nicht hin«, beschwor sie das Mädchen. »Für eine wie dich gibt es doch genug Ehemänner. Große Männer, kleine Männer, dicke, reiche, kluge Männer, manchmal auch ganz stattliche, schau dich nur mal um …« Bonaria wusste, sie redete blanken Unsinn, doch in wenigen Minuten würden sie in Sassari einfahren, der letzten größeren Bahnstation, bevor der Zug ins Logudoro stampfte. Ins Logudoro und zu dieser unseligen Hochzeit!

»Schau«, wiederholte sie in ihrer Not, »gerade vorhin erst, in Porto Torres, da ging ein Mann an Bord, der sah aus wie Valentino! Hübsch wie ein Schauspieler! Sieh dich doch nach so einem um.«

Bei ihren letzten Worten geschah Erstaunliches. Minnià erwachte wie aus einem Traum und starrte Bonaria an.

»Wie ein Schauspieler, sagst du?«

»Ja.«

»Und groß war der?«

»Richtig groß! Nahezu stattlich!«

»Und auf die Fähre zum Festland ist er?«

»Na ja, er war knapp davor …«

Minnià Cadeddu schien zu überlegen. »Er ist also fort?«, sagte sie dann. »Und ihm fehlte nichts?«

Per Dio, was hatte die Kleine denn jetzt schon wieder! Bonaria zuckte mit den Schultern. »Soweit ich es beurteilen kann, ging es dem Mann glänzend.«

Minniàs Miene wurde weich, und sie lächelte. »Dann ist es gut«, murmelte sie. Und Bonaria seufzte ein zweites Mal – diesmal vor Erleichterung.

Der Zug hatte abgebremst und rumpelte nun zwischen Lagerhallen und billigen Neubauten seinem nächsten Halt entgegen: Sassari.

Die Verabschiedung der beiden Reisegefährtinnen war ebenso kurz wie herzlich, dann stieg Minnià in Sassari aus dem Zug, und Bonaria setzte ihre Reise ohne weitere Zwischenfälle fort. Keine zwei Stunden später rumpelte der Zug durch das Tal des *riu Murrone,* das Signal kam, und sie stand auf. *Wie lange war ich nicht mehr hier? Fünf Jahre?* Es ging einmal durch den Mittelgang, dann die Trittstufen hinunter, und dann stand sie mitten im gleißenden Licht einer schon fast winterlichen Sonne auf dem Gleis.

Campomela.

Für einen kurzen Moment wurde Bonaria von irrwitzigen Fluchtgedanken übermannt, dann umfasste sie den Griff ihrer Tasche fest und machte sich auf den Weg.

Es muss sein, sagte sie sich.

* * *

Als ihr Vater in den Salon trat, um sie zu holen, überkam Gioia auf einmal der Mut der Verzweiflung. *Nein, ich tue das nicht! Auch nicht für Gavino.*

»Komm herunter, es ist Zeit.«

Don Antonios elegante Gestalt, herausgeputzt mit Frack, Zylinder und weißen Handschuhen, füllte den Türrahmen. Lanteri ist weg, hatten sie ihr gesagt. Teresina Marras war extra zur *tenuta* heraufgekommen, um ihnen dies zu berichten. »Er ist in den Zug gestiegen, Missenta hat's gesehen. Er ist weg. Gottlob, Don Antonio, nun haben Sie keine Scherereien mehr mit dem Mann. Jetzt ist alles aufs Beste geregelt.«

Gioias Vater war aufgesprungen und hatte ein weiteres Mal über die Frechheiten dieses Ligurers geschimpft, der ihn daran gehindert hatte, auf seinem eigenen Grund und Boden für Ordnung zu sorgen. Niemand hatte Interesse dafür gezeigt, dass Gioia den Raum verließ, das Haus verließ und in die Haine lief. Und als sie drei Stunden später zurückkehrte, kümmerte es auch niemanden.

Jetzt ist alles aufs Beste geregelt!

Gioia drehte sich abrupt zum Fenster, eine Hand auf dem warmen Holz des Flügels, und versuchte vergeblich, die Kontrolle über ihren flatternden Puls zurückzugewinnen. Wenn sie jetzt als gute Tochter ihrem Vater in die Halle folgte, wenn sie unter seinem Segensspruch den Kopf neigte und dem *monsignore* zur Kapelle folgte, dann hatte nichts in ihrem Leben mehr einen Wert. Dann verriet sie nicht nur die Begegnung mit Lanteri, dann verlor sie auch sich selbst. Ihre Fingerspitzen folgten der Maserung des Tastaturdeckels. Sie dachte an Puccini, an Verdi, an die Musik, die ihre Heimat gewesen war. Und an die Heldinnen dieser Musik. *Mimi? Tosca? Ach, was wisst ihr schon? Sterben ist leicht, das Weiterleben ist das Schwere.*

Übelkeit stieg in ihr auf, ihr ganzer Körper sträubte sich gegen das, was nun folgen würde. Denn folgen würde es, das war sicher. Rettung für die Braut gab es im Roman, in der Oper, aber nicht auf Sardinien. Dort gingen Bräute mit ihren Vätern in die Halle, ließen sich zum Altar führen und taten, was man von ihnen verlangte. Denn ein Baum ohne Wurzeln stirbt. Oder?

»Worauf wartest du, Gioia?« Die Stimme ihres Vaters bekam einen ungeduldigen Unterton.

Zur Hölle mit den Wurzeln! Vor dem Fenster erglühte die Landschaft, als die Sonne durch die aufreißende Wolkendecke brach. Gioia blinzelte ins Sonnenlicht. Weit im Nordwesten, in Richtung des *Monte Santu,* taumelte ein Raubvogel im auffrischenden Wind. Was hatte er gesagt?

Du bist ein Vogel. Und ich schätze, du kannst sogar besser fliegen als ich ...

Gioia straffte sich.

»Ich bleibe«, hörte sie sich mit dünner Stimme sagen.

»Pardon?«

»Ich bleibe hier. Ich gehe nicht mit.«

Don Antonio runzelte die Stirn, dann schnaubte er. »Schon gut, aber jetzt schaut niemand zu. Du kannst dir das Geziere für die Halle aufsparen.«

Er machte eine unwillige Geste. »Los jetzt! Alle warten.«

Du kannst fliegen. Lanteris Stimme im Ohr, drehte sich Gioia um, sah ihrem Vater gerade in die Augen und schüttelte den Kopf. Ungläubiges Schweigen. Dann kam Don Antonios Stimme, ganz leise und kalt wie Eis.

»Du kommst jetzt her. Sofort.«

»Nein.«

»Du kommst her, gehst mit zur Kapelle, und dort wirst du Gott verdammt noch mal den jungen Marras heiraten!«

Fliegen.

Gioia umfasste den Rand des Flügels fester, ihre Hände hatten angefangen, unkontrolliert zu zittern. »Ich heirate nicht. Keinen Marras und auch sonst niemanden.«

Mit wenigen Schritten durchquerte ihr Vater den Raum. Sein Griff umfasste ihr Handgelenk so stählern wie ein Schraubstock.

»Du verfluchte kleine Hexe«, zischte er, das Gesicht nur wenige Zentimeter von ihrem entfernt. »So stur! Wenn ich es nicht besser wüsste, würd ich glauben, Elena hätte sich damals mit einem Esel vergnügt und mir dessen Brut untergeschoben.«

»Sprich nicht so von meiner Mutter, du hast sie einmal geliebt«, brach es aus Gioia heraus. Doch das machte ihren Vater nur noch wütender.

»Ich bin vor allem dein *padrone*«, donnerte er. »Noch ein Widerwort, und ich jage dich aus dem Haus. Ich jage dich aus dem Haus und verbrenne deinen Besitz. Diesen Flügel hier zuerst.«

»Aber ...«

Er donnerte seine Faust auf die Tastatur, ließ den Flügel aufschreien wie ein Tier. Dann holte er ein zweites Mal aus und schlug ihr mit dem Handrücken auf den Mund. Es war ein harter, präziser Hieb, der ihre Lippen gegen die Schneidezähne drückte und sie aufplatzen ließ. Gioia stolperte rücklings in die Vorhänge am Fenster, schmeckte Blut.

Er wartete ab, bis sie wieder zu Atem gekommen war. Dann reichte er ihr sein Taschentuch, beobachtete ohne Eile, wie sie sich notdürftig herrichtete, und sagte mit überraschend sanfter Stimme: »*Andiamo.* Dein Bräutigam wartet.«

* * *

Udine, 3. Dezember 1917

Seit letzter Woche liegen wir zusammen mit den Kameraden der brigata Sassari zur Retablierung in der Etappe. Wir sind noch so dicht hinter der Front, dass wir den Geschützdonner weiterhin Tag und Nacht in den Ohren haben. Wegen der Folgen des Gasangriffs erhalte ich eine lungenheilkundliche Behandlung bei einem der Feldärzte der Sarden-Brigade. Dottore Spanu ist ein enger Freund von Capitano Lussu, dem legendären Anführer dieser an Legenden nicht armen Truppe. Und er ist Sarde, so wie alle anderen. Und doch kommt es mir vor, als käme er aus einer anderen, einer besseren Welt. Nichts kann ihn erschüttern. Nie sehe ich ihn mutlos. In seiner Gegenwart ist mir, als scheine die Sonne auch jetzt noch, im vierundzwanzigsten Monat, den ich in diesem Krieg überlebe. Manchmal trinken wir Kognak zusammen und plaudern, auch wenn Spanu es nicht gern sieht, dass ich trinke. Dann sprechen wir über unser Zuhause, über Literatur und Musik. Der dotto-

re ist ein belesener Mann, er trägt stets ein Buch bei sich. Wenn man es genau nimmt, ist es immer dasselbe Buch: »Die Elenden« von Victor Hugo. Und er spielt Klarinette, so wie ich früher. Ich weiß nicht, wer unter den hohen Herren ihm einen Gefallen schuldet, und wie vielen von ihnen er mit seinem Skalpell vielleicht das Leben gerettet hat. Jedenfalls kommt seine Klarinette überallhin mit, ebenso wie sein Arztkoffer. In diesen Nächten findet an dem uns nächstgelegenen Frontabschnitt eine große Offensive statt. Es ist grauenvoll, der Himmel wetterleuchtet vom Schein der Mörsergranaten. Und jeder weiß, wie viele jetzt dort oben sterben. Jeder weiß, schon nächste Woche ist vielleicht er selbst dran. Wir sitzen beisammen, unterhalten uns leise, Masini neben mir trinkt still und konzentriert seine ganze Wochenration Kognak. Die Nacht ist eiskalt und sternenklar, und so können wir jede Explosion verfolgen, glasklar wie ein verfrühtes Silvesterfeuerwerk: ihren mörderischen Bogen in die feindliche Stellung, ihr senfgelbes Aufleuchten und das dumpfe Krachen, wenn sie den Tod bringt.

Doch dann erklingt unter dem Donner plötzlich eine Melodie. Es ist Spanu. Er spielt das Klarinettensolo aus Verdis Tosca – »e lucevan le stelle« –, und während seine Töne in den Nachthimmel aufsteigen, erkenne ich, welches Glück ich bei alldem habe. Denn es stimmt nicht, was man mir kurz vor meinem ersten Fronteinsatz vorausgesagt hat. Der Krieg wird dein altes Leben auslöschen, hat man mir gesagt. Du wirst in Feuer getauft werden und dich an nichts mehr erinnern, Soldat. Nicht daran, wer du warst,

vor dem Krieg. Nicht daran, was dich zum Menschen gemacht hat, was dir wichtig war, welche Musik dir gefiel, und nicht daran, wen du geliebt hast, bevor das hier alles losging.
Das Spiel des Doktors beweist mir: Sie liegen falsch. Ganz falsch. Denn ich bin jetzt im vierundzwanzigsten Kriegsmonat. Und ich erinnere mich an alles. An jede einzelne Sekunde.

Es hatte gedauert, bis Leo aufgestanden und zurück zum Feenhaus gelaufen war. Noch länger hatte es gedauert, bis er ein Stück entfernt am Berghang eine Stelle gefunden hatte, wo es zwischen den Felsen genug Erdreich gab, um eine ausreichend tiefe Grube ausheben und den toten Santino begraben zu können. Gewiss, die Zeit verrann, und er würde Codronzanu womöglich nicht mehr rechtzeitig erreichen. Doch Santino dort oben ungeschützt auf dem Felsen liegen lassen? Den wilden Tieren und den Elementen ausgesetzt? Dies konnte er nicht zulassen.
Jetzt schichtete Leo die letzten Steine auf das Grab. Sein Herz wurde schwer. *Leb wohl, mein Kamerad. Leutnant Lanteri wird dich nicht vergessen.*

Dann machte er sich auf den Weg ins Tal.

* * *

Dumpf hallten die Trommelschläge der *tumbarinos* durch die Gassen von Codronzanu, überlagert vom Quäken der *launeddas.* Die heiratsfähigen Burschen und Mädchen des Dorfes posierten rechts und links des Weges von der Gutskapelle zum Gestüt und warfen sich verstohlene Blicke zu. Gioia erinnerte sich: Noch wenige Monate zuvor, bei der Hochzeit des Bürgermeistersohnes im Mai, hatte sie selbst dort Spalier gestanden.

Über der Festgesellschaft riss die Wolkendecke vollends auf, und der Wind trieb nur noch eine Herde flinker Wölkchen vor sich her. *Chelu biaittu,* blauer Himmel, jubelten die Gäste – brauchte es einen weiteren Beweis für den göttlichen Segen, unter dem diese Hochzeit stand? Hochrufe und Glückwünsche kamen allenthalben von rechts und links. Sackladungen an Weizen wurden geworfen. Die schneeweißen Ochsen, die die *traccas* mit dem Hausrat und dem Ehebett zogen, waren mit den schönsten und schwersten Bronzeschellen behängt, ihre Schädel mit bunten Bändern umwunden, auf den Spitzen ihrer Hörner steckten Orangen.

»Seht nur, die Braut. *Itte bellu!*«

»Und so eine schöne Zeremonie. Ich musste weinen.«

»Habt ihr gesehen, wie kurz Gavino die silberne Hochzeitskette gehalten hat?«

»Oh ja! Doch jetzt ist sie ihm sicher.«

»Dass wir das noch erleben: ein Marras und eine Soriga.«

»Du sagst es, jetzt ist alles möglich: Demnächst versöhnen sich die *ammuttadori* noch mit den himmlischen Heerscharen.«

»Was für ein Fest!«

Ja, dies war eine überaus prächtige Hochzeit, in der Tat. Wenn Gioia allerdings unter dem Rand des Schleiers, der ihre angeschwollene Oberlippe nur notdürftig kaschierte, das Gesicht ihres frisch angetrauten Ehemannes studierte, dann sah sie darin nur einen Spiegel ihres eigenen Kummers. *Gavino, armer Freund,* dachte sie, *was tue ich dir an.*

Die Brautleute ritten nebeneinander, auf prächtig geschmückten Rappen, im Rücken das Lachen von Gavinos ebenfalls berittenen Brüdern und das Knattern von Don Antonios Automobil, in dem ihre Familie gemeinsam mit Teresina Platz genommen hatte. Gavinos Schwestern folgten zu Fuß im Pulk der übrigen Festgäste.

Ein Marras und eine Soriga. Nur deshalb gehörten Gavino und sie zueinander. Nur deshalb hatte Teresina sie nach der Zeremonie mit verkniffenem Lächeln und der althergebrachten Formel zum *cumbidu,* dem sardischen Hochzeitsmahl, ins Haus der Marras gebeten. Alles nur, damit nicht irgendwann die alte Fehde wiederaufflammte und Menschen sterben mussten. Aber spürte Teresina nicht auch, dass der Plan nicht aufging? Dass etwas ganz anderes in der Luft lag, eine Art Druck, schwer wie ein Leichentuch? Gioia, die schon den ganzen Morgen über von schwarzen Ahnungen geplagt worden war, wusste: Mit dieser Hochzeit hört das Sterben nicht auf. Mit dieser Hochzeit fängt es wieder an.

Auch das Tor und der Innenhof des Gestüts schwelgten in einem Meer aus Blumen, Kränzen und Gewinden. Wo hatte Teresina Marras im Spätherbst nur diese Blütenfülle aufgetrieben? Es musste sie ein halbes Vermögen gekostet haben. Da das Wetter gut zu bleiben versprach, hatten die Knechte und Bediensteten alle Tafeln in den Hof geräumt und unter freiem Himmel gedeckt. Unweit der Tafel beim Grillhaus hatte man eine große Feuerstelle errichtet, und darum herum steckten ein halbes Dutzend Ferkelchen auf eisernen Spießen. Ja, die Marras ließen sich wahrhaft nicht lumpen an diesem Tag. Gioia verspürte einen leichten Anflug von Übelkeit, ob wegen des Anblicks der aufgespießten Tiere oder wegen einer neuen Vorahnung, konnte sie nicht sagen.

Wie es die Tradition wollte, stieg Gavino als Erster vom Pferd und reichte ihr dann die Hand, auf dass sie es ihm gleichtat. Sein Gesicht war ernst, seine Haltung stolz, kerzengerade, und wie schon während der Trauung in der Kirche gelang es ihm irgendwie, dass sich ihre Blicke kein einziges Mal kreuzten. Gioia versetzte es einen Stich.

Fragst du dich nicht, was mit meiner Lippe geschehen ist? Willst du nicht wissen, wer mich, deine Frau, geschlagen hat?

Gavino führte sie zum Kopf der Festtafel, wo man sie bereits erwartete. Ihre Schwiegermutter würde zukünftig über Gioias Wohlverhalten wachen und ihr den zustehenden Platz an der Tafel und im Clan der Marras zuweisen. Und Teresina, deren Züge an diesem Tag womöglich noch etwas schärfer hervortraten als sonst, wies auf den Stuhl neben sich. »Hier ist dein Platz, meine Tochter. Hier an meiner Seite.«

Sie sprach die althergebrachten Sätze langsam und deutlich, im Blick eine Drohung, die nur Gioia verstand. *Hier ist dein Platz, denn hier kann ich dich gut im Auge behalten.*

Gavino ließ sich auf ihrer anderen Seite nieder, und dann nahm das Fest seinen üblichen Verlauf: Die Rundgesänge der Männer. Ein erster *ballu tundu.* Das Anschneiden des ersten Ferkels. Die Hochzeitssuppe. Alles rauschte an Gioia vorbei, während ihr Kopf zu dröhnen begann und die Tafel vor ihren Augen verschwamm. Wohin sie sich auch wendete, überall sah sie nur lachende, erhitzte Gesichter: Piero, Missenta, Efisio, den *monsignore,* ihre Stiefmutter, ihren Bräutigam. Sie entdeckte ganz in der Nähe sogar Arturo Boi, der sich einen Sitzplatz gesichert hatte und offenbar – bester Laune – irgendein Liedchen summte. Das halbe Dorf nahm an der Feier teil, und wer nicht mehr Platz an der Tafel fand, der drückte sich mit Dutzenden anderen im Pulk darum herum.

»Ajò, langt alle zu! Die Suppe ist delikat«, befahl Teresina den Tafelnden, »für die Brühe habe ich höchstpersönlich dreien meiner fettesten Hennen den Hals umgedreht.«

Sie machte eine entsprechende Handbewegung und winkte dann den Trägern mit den Schüsseln. *Ganz die stolze Gastgeberin,* dachte Gioia. *Und warum auch nicht? Dies Fest ist dein Werk, auf diesen Tag hast du hingearbeitet. Und jetzt hast du es geschafft.* Gioia studierte das Gesicht ihrer Schwiegermutter, registrierte deren fahrige Gesten.

Immerhin: Auch du bist heute reichlich nervös …

Die *minestra maritata* kam an ihren Platz, mit dem großen Suppenlöffel, den sie und Gavino sich als Zeichen ihrer ehelichen Verbundenheit teilten. Als ihre Finger sich beim Umschließen des Holzgriffs streiften, lief Gioia ein Schauer über den Rücken. Gavino hielt den Löffel so fest umschlossen, dass seine Knöchel weiß hervortraten. Seine Hände waren eiskalt.

Zwei Stunden später färbte sich die Sonne schon golden und war im Begriff, den westlichen Berghängen in die Arme zu sinken. Die vier besten Sänger von Codronzanu – unter ihnen Piero Marras – stimmten gerade eine uralte sardische Ballade an, das Lied vom Teufel und seiner Frau: *»A chi dengas arrori, no ti goias occannu …«* Vielstimmig und gleichzeitig monoton hallte ihr Gesang über den Innenhof des Gestüts, begleitet vom Quäken einer einsamen Flöte.

Da entstand in der Menge der Gäste, unweit des Hoftors, eine nervöse Unruhe. Stimmen wurden laut, erregtes Gemurmel, dann wichen die Gäste rechts und links zurück und bildeten eine Gasse für den, der dort kam.

Nein.

Der in den Hof trat.

Nein!

Der ihr mit langsamen Schritten entgegenging.

Nein, bitte!

Gavino neben ihr atmete zischend ein. Gioia sprang auf. Das Geschirr auf der Tafel klirrte. Die Flöte jaulte ein letztes Mal auf und erstarb. Leo Lanteri blieb erst dicht vor der Tafel stehen.

* * *

Bonarias Füße schmerzten auf dem unebenen Schotter der Landstraße. Sie hatte die Bahnstation bei Campomela verlassen und mühte sich nun entlang der Dörfer und Hügel hinauf zum Ziel.

Padrigia. Die Inschrift am Ortsrand verkündete es immer noch stolz: Hier war einmal der König vorbeigeritten, 1861, auf einer seiner ersten Reisen nach der Krönung zum Herrscher des vereinten Italien.

Santissima Trinità di Saccargia. In christlicher Zeit hatten sie auf den heiligen Ort eine Basilika gesetzt, in der Hoffnung, dadurch etwas von seiner uralten Kraft abziehen zu können. Bonaria verzog bei diesem Gedanken das Gesicht. *Als ob es auf diese Weise funktionieren würde!*

Campu Pischedda. Unweit davon hatten die Weiden ihrer Familie gelegen. Hier hatte sie als Säugling im Schatten der Myrten geschlafen, während ihre Mutter die Tiere gemolken hatte.

Der Weg war weit und steil, viel steiler als in ihrer Erinnerung. War dies schon ein erstes Anzeichen des Alters? Pah! Ihre Mutter, die den sardischen Gruß *»A kent'annos!«* wörtlich genommen und ebenjenen Weg hinauf ins Dorf tatsächlich hundert Jahre lang fast täglich gegangen war, hätte sie ausgelacht. »Selber schuld, Mädchen! Hast zu lang das weiche Brot der Kontinentalen gegessen. Hier, nimm!« Und dann hätte Bonaria nur noch gute Dinge zu essen bekommen: *Pecorino sardo.* Knuspriges *pane carasau,* frischen *ricotta* von der eigenen Ziege.

Doch die Ziegen und die Mutter, sie gehörten in ein anderes Jahrhundert. *Jetzt sind wir die Herde dieses teuflischen Bocks Mussolini,* dachte Bonaria, *und der führt uns auf ganz andere Weiden. Oh gesegnete Zukunft!* Sie bekreuzigte sich und wich einem Omnibus aus, der sie mit grellem Hupen überholte. *Eine Zukunft, in der wir über den Haufen gefahren werden, noch ehe wir sechzig sind!*

Sie schickte dem Fahrer des Busses einen Fluch hinterher, der umso grimmiger ausfiel, als sie einmal mehr an dem Sinn ihrer Mission zweifelte. *Sie werden mir nicht glauben,* dachte sie. Ja, das wäre die wahrscheinlichste

Reaktion, vor allem, da sie nichts nachweisen konnte. Es galt nur ihr Wort. Ihr Wort gegen das der Marras. *Sie werden mich für spinnert erklären und hinauswerfen lassen! Und vermutlich haben sie damit sogar recht.* Denn war sie nicht eine Närrin?! Gerade als *pratica* hätte ihr klar sein müssen, dass niemand seinem Schicksal entkommen konnte. Diesem Richtspruch, der galt, vom allerersten Atemzug an. Welche Arroganz hatte sie nur dazu getrieben, sich dem entgegenzustellen? *Schau dir an, was jetzt geschieht, schau dir diese Hochzeit an!* Bonaria kam es vor, als erlaubten sich die Geister einen bösen Scherz. Ausgerechnet dieses Kind! Mit dem Marras-Erbe im Blut. Und hatte sie es im Brief nicht schon zwischen den Zeilen gelesen, diese Beklommenheit? Diese Vorahnung kommenden Unheils?

Trotz der herbstlichen Witterung wurde Bonaria warm, und sie knöpfte ihre Jacke auf. Weiter voraus, auf der Anhöhe, tauchte der Campanile von San Paolo vor ihr auf. Die Dächer von Codronzanu unterhalb des Turmes schoben sich wie zum Schutz zusammen. Die Trauung war bestimmt bereits zu Ende. *Na, das wird was geben,* dachte Bonaria, und mit jedem Schritt bergan nagte der Zweifel mehr an ihr, wurde ihr Unbehagen, wieder einmal in den Lauf der Dinge einzugreifen, größer.

Wozu sich einmischen? Ein kurzes Stück weiter zögerte Bonaria sogar, in den Fußpfad einzubiegen, der den Aufstieg nach Codronzanu um ganze vier Kehren abkürzte, als ihr von ebenjenem Pfad Arturo Boi entgegenkam.

Durch Gioias Briefe wusste sie, dass Boi, dieser mutterlose Unglücksmensch, im Krieg eine erstaunliche

Karriere gemacht hatte und nun auf der *tenuta* Soriga sogar als Hilfsverwalter untergekommen war. Auch sein Äußeres trug diesem Aufstieg Rechnung. Der stämmige Mann mit der *birritta* und dem feinen Hemd, der an Bonaria nun grußlos und leise vor sich hin pfeifend vorbeimarschierte, hatte kaum noch etwas mit dem blau angelaufenen Bündel gemein, das Bonaria einst aus dem Bauch seiner toten Mutter geschnitten und unter Aufbietung all ihrer Kunst ins Leben zurückgeholt hatte. Nicht schlecht für den Sohn eines Schweinehirten. Und erst recht nicht schlecht für eine Totgeburt.

Es war Bonaria gleichgültig, dass Arturo Boi sie übersah – oder jedenfalls so tat. Schon als ganz junge Frau, als sich ihre Fähigkeiten erst entwickelten, hatte sie bereits festgestellt: Am Anfang und am Ende des Lebens geschehen Dinge, die den Leuten Angst machen. Daher ging man ihr manchmal aus dem Weg oder begegnete ihr mit Scheu. *Doch dafür ist unsereins da,* dachte Bonaria. *Für den Anfang und das Ende. Und manchmal auch für die dünne Grenze dazwischen.*

Arturo Boi war so ein Kind der Grenze gewesen. Und nur dank ihrer Entscheidung, sich einzumischen, lief er hier den Berg hinab, mit einem Liedchen auf den gespitzten Lippen. *E allora?! Wäre die Welt nicht ärmer ohne dieses Pfeifen? Ohne einen Arturo Boi?*

Bonaria sah dem jungen Mann einen Moment lang hinterher, und eine große Ruhe breitete sich in ihr aus. Dann straffte sie sich und bog von der Straße auf den Pfad.

Doch, es muss sein.

Eine Viertelstunde später erreichte sie das schmiedeeiserne Tor des Gestüts Marras. Die Torflügel waren verschlossen, und auf der von Korkeichen gesäumten Zufahrt zum Gestüt entdeckte sie lediglich zwei Burschen, die dort in Festtagskleidung an einem der Bäume lehnten und rauchten, die leichten Flinten geschultert. Doch vom inneren Hof und dem Hauptgebäude kam erregtes Stimmengewirr und der Duft von Bohnen und gebratenem Fleisch.

Sie haben die minestra maritata schon hinter sich ...

Bonaria studierte das geschmiedete Wappen auf dem Tor. Dann schloss sie die Augen und sagte die Worte, richtete ihren Willen auf einen bestimmten Punkt. Es dauerte nicht lang, und leises Quietschen antwortete ihr. Dann schwangen die Torflügel auf, und Bonaria ging hindurch.

* * *

Als die Flöte erstarb, senkte sich Stille über die Hochzeitsgesellschaft. Aus dem Augenwinkel sah Gioia ihren Vater aufspringen, Gavino neben ihr erhob sich ebenfalls. Lautes Löffelklirren zu ihrer Linken ließ vermuten, dass auch ihrer Schwiegermutter die Freude an der Suppe abrupt vergangen war. Doch all das trat zurück hinter Leos abgezehrtem Gesicht und der Frage, die sie schon erahnte, ehe er sie aussprach.

»Kommst du mit?«

Gott im Himmel, welch ein Wahnsinn! Ein absurdes Hochgefühl jagte durch Gioias Körper. *Ich bin keine gute Tochter mehr.* Ohne zu zögern, nickte sie, und der Anflug eines Lächelns huschte über Leos Gesicht.

»DU DIEB!« Gavino knallte seine Serviette neben seinen Teller und beugte sich über den Tisch. »Du hast kein Recht, sie zu fordern. Sie ist meine Frau.«

»Ich fordere nicht. Ich frage sie. Und ihr habt kein Recht, sie zu zwingen.«

»Niemand hat sie gezwungen«, ließ sich jetzt Don Antonio vernehmen, »das ist eine Lüge! Die Lüge eines infamen Verführers und Frauenverderbers.« Auch der Gutsherr riss sich die Serviette vom Hals und warf sie auf den Tisch. Donna Inés quiekte schrill und hängte sich an seinen Arm. Nur von dem Platz, wo Arturo Boi gesessen hatte, kam kein Laut. Der Hilfsverwalter war offenbar unbemerkt gegangen.

»Gioia? Hat dich jemand geschlagen?« Leo blickte sie forschend an, dann sagte er leise: »Ich werde verhindern, dass so etwas noch einmal geschieht. Und ich werde verhindern, dass noch mehr Unglück passiert …«

Ein Schatten glitt über sein Gesicht, traurig sah er sie an. *Was ist geschehen, amore meu?* Bestürzt wollte Gioia etwas sagen, da kam von links die ängstliche Frage ihrer Schwiegermutter.

»Wo ist Santino?«

Doch ihre letzten Worte gingen unter, denn nun verlor Gavino die Beherrschung. »Es reicht!«, brüllte er mit hochrotem Kopf. »Ich hör mir diese Verdächtigungen nicht mehr länger an! Glaubt dieser Kontinentale, wir haben nichts Besseres zu tun, als unsere Bräute zu prügeln? Glaubt er, wir leben hier im Mittelalter? Und regeln nichts ohne Blutvergießen?«

Er fegte mit der Linken Besteck und Teller vom Tisch, zückte mit der Rechten seine *pattadesa,* ließ sie aufschnappen und trieb sie mit einem harten Hieb durch das Leintuch in die Tischplatte.

»Dann bitte! BLUT kann er haben!«

Gavino ging um die Tafel herum, wobei er sich langsam die bestickte Jacke von den Schultern streifte.

Er passierte seinen Bruder Piero, dieser reichte ihm wortlos sein eigenes Hirtenmesser. Dann stellte sich Gavino vor Lanteri hin und machte eine kurze Geste mit dem Kinn in Richtung Tischplatte.

»Nimm das Messer und verteidige dich!«

Gioia schlug sich die Hand vor den Mund. *Gott im Himmel!* Niemand war mit der *pattadesa* so flink zur Hand wie Gavino. Doch Lanteri zuckte nur mit den Schultern, zog das Messer aus der Tischplatte, richtete sich auf und lockerte die Schultern. Die beiden Kontrahenten begannen, sich langsam zu umkreisen, und atemloses Schweigen senkte sich auf den Hof. Niemand rührte sich, niemand sprach. Nur neben ihr, als erwache sie soeben aus einem Traum, wiederholte Teresina: »Wo ist Santino?«

Gioia wollte sich zu ihr drehen, doch da kam Gavinos erste Attacke. Er griff sehr tief an, schwenkte sein Messer in Hüfthöhe von links nach rechts. Die Klinge durchschnitt die Luft so schnell, dass Gioia sie kaum sehen konnte. *Nein!*

Leo duckte sich und konterte. Als Gavino zurückwich, klaffte der Hemdstoff an seinem Oberarm auf und wurde dunkel von Blut. Doch er schien es nicht zu bemerken, seine Augen glühten, und er sprang ein paar Schritte zurück. Gioia entfuhr ein Schrei.

»Hört auf! So hört doch auf!«

Gavino wich weiter nach hinten, und Lanteri folgte ihm, bis fast in die Menge der Hochzeitsgäste hinein, die gebannt und zunehmend aufgekratzt das Geschehen verfolgten. Über ihnen war der heisere Ruf eines Raubvogels zu hören. Ein Luftzug vom Grillhaus trug den Geruch rohen Fleisches zu Gioia herüber. *Warum in aller Welt geht niemand dazwischen?*

Gavino schwang die Klinge nun bedächtig hin und her, als wolle er eine Wiese mähen. Er duckte sich, wippte in den Knien. Gioia las mörderische Wut in seinen Augen.

Ich muss etwas tun! Aber was? Sie ballte die Hände zu Fäusten und schickte ein stummes Gebet gen Himmel. Der entscheidende Angriff würde bald kommen. Mit einem Mal bewegten sich beide Gegner gleichzeitig. Gavino schnellte vor, fuhr mit seiner *pattadesa* durch die Luft, und als er zurücktrat, hatte er Leo einen Schnitt im Oberschenkel beigebracht, aus dem Blut schoss. Und Leos Hand war leer.

Gavino hatte das Messer mit dem Fuß in die Menge der Gäste gestoßen. Von dort kam ein vielstimmiger Aufschrei. Die Luft flirrte vor Spannung.

»Halt!« Klar und fest hallte die Stimme einer Frau über den Hof. »Hört auf mit dem Streit. Er ist unnötig.«

Als Gioia sie erkannte, setzte ihr Herz einen Moment aus, dann begann es zu tanzen. *Jetzt wird alles gut!*

Bonarias Kommen war zuvor von niemandem bemerkt worden. Wie aus dem Boden gewachsen, stand die gedrungene Gestalt ihrer Patin plötzlich am Ende der Hochzeitstafel gleich neben Piero Marras. Ganz so, als gehöre sie immer noch hierher und habe Codronzanu allenfalls für eine kurze Stippvisite ins Nachbardorf verlassen.

Jetzt starrten alle Bonaria an wie einen Geist, konnten sich nicht rühren, auch Gioia musste sich erst wieder fangen. »Was machst du hier?«, brachte sie dann heraus.

»Als Erstes beende ich diese dumme Messerstecherei«, sagte Bonaria und trat zwischen die beiden Kontrahenten. Sie ging auf den perplexen Gavino zu und nahm ihm kurzerhand das Messer aus der Hand.

Gioia, die es nicht mehr aushielt, eilte um die Hochzeitstafel herum zu ihrer Patin und wollte sie umarmen. Doch diese wehrte sie mit ernstem Gesicht ab. »Warte bitte.«

Und dann erhob sie die Stimme, sodass sie bis in alle Winkel des Hofes drang. »Hört her! Ich bin gekommen, den langen Weg vom Festland her, um euch zu sagen, dass diese Hochzeit ein Frevel und ungültig ist.« Nach einem kurzen Schreckmoment brach ein Sturm der Entrüstung los, der den ganzen Innenhof erbeben ließ.

»Sie ist ein Frevel«, wiederholte Bonaria und übertönte den Tumult, »denn sie ist wider die Natur! Seid still und hört zu …«

Sie wartete, bis die lautesten Rufer verstummt waren, dann zog sie ein gefaltetes Stück Papier aus der Tasche. Gioia erkannte das gelbe Papier, auf dem ihre Patin stets ihre Briefe verfasste. *Was hast du vor?* Bonaria entfaltete das Papier und strich es glatt. Dann schien sie sich innerlich zu wappnen, und begann, mit lauter, nun ein wenig zittriger Stimme vorzulesen.

»Meine liebste Gioia, Kind meines Herzens, Tochter, die mir Gott nicht vergönnt hat. Deine Hochzeitspläne zwingen mich, dir etwas zu enthüllen, von dem ich hoffte, dass es niemals …«

Plötzlich stockte die Patin, dachte nach und schüttelte den Kopf. »Nein, lies später selbst. Ich mache es lieber kurz.«

Bonaria straffte die Schultern und richtete sich kerzengerade auf. Dann blickte sie fest in die Runde und erklärte in zwei schmucklosen Sätzen, warum Gioia Soriga niemals Gavino Marras hätte heiraten dürfen. Einen Moment lang herrschte ungläubiges Schweigen. Dann brach die Hölle los.

KAPITEL 17

SA COGA / *Sie sind die sardischen Vampire, die blutsaugenden Hexen der Insel, die cogas (manchmal auch strias). Sie können sich in fliegende Insekten verwandeln, oft erscheinen sie auch in Gestalt einer großen Katze. In der Nacht suchen sie die Dörfer, die Schlafzimmer und Krippen heim, immer auf der Suche nach menschlichem Blut, vorzugsweise dem von ungetauften Säuglingen.*

Theoretisch kann jeder zur coga werden, der ein sehr kompliziertes Ritual durchführt, das während der Nacht ausgegrabene Leichenteile, das Blut eines jungfräulichen Mädchens und verschiedene andere Raritäten beinhaltet. Tatsächlich sind es jedoch, wie im Rest Europas auch, überwiegend Frauen, die als coga gebrandmarkt und verfolgt werden.

Es ist aber auch zu leicht, eine sardische Hexe zu werden: Wird ein Mädchen beispielsweise als siebte Tochter einer Familie geboren – coga! Erblickt das Mädchen zufälligerweise am Heiligabend um Mitternacht das Licht der Welt – coga! Und entdeckt man bei dem Neugeborenen dann auch noch auf dem Rücken etwas, das man als Kreuz oder kleines Schwänzchen interpretieren könnte – coga!

Seit Urzeiten gab es auf Sardinien daher den blutigen Brauch, neugeborene Mädchen, auf die eines oder mehrere der oben genannten Indizien zutrafen, direkt nach der Geburt zu töten oder sie in der Wildnis auszusetzen.

* * *

Meine liebste Gioia,
Kind meines Herzens, Tochter, die mir Gott nicht vergönnt hat. Deine Hochzeitspläne zwingen mich, dir etwas zu enthüllen, von dem ich hoffte, dass es niemals zur Sprache kommen wird. Ich habe so lange über die Sache Schweigen bewahrt, dass ich mich nun schwertue, zu entscheiden, wo ich anfangen soll. Doch zuvor sei versichert, Gioia, dass ich immer nur dein Bestes im Sinn hatte.
Doch beginnen wir vielleicht etwas früher.
Erinnerst du dich an die alten Häuser beim Kastanienbaum, kurz vor der Auffahrt zum Gut? Die sie vor zehn Jahren abgerissen haben? Dort haben Redento und ich gewohnt, damals, als das neue Jahrhundert gerade erst begonnen hatte und die ganze Welt noch dachte, es würde ein prächtiges Jahrhundert werden, eins der Wunder und des Fortschritts, selbst für Sardinien. Wie dumm wir gewesen sind!
Ich habe damals schon als Hebamme gearbeitet, und unsere Nachbarn waren eine entfernte Cousine von mir und ihr Mann: Teresina und Iacone Marras. Sarden vom alten Schlag und arbeitsame Leute, sie träumten von einer eigenen Pferdezucht und waren damals bereits gesegnet mit einem Haus voller Kinder. Oh, ich sage dir: Gott allein weiß, wie sehr ich Teresina um ihre Kinder beneidet habe! Redento und ich warteten Jahr um Jahr auf ein Kind, doch nie wurde was draus. Ähnlich schlecht erging es nur der Gutsherrin eine Viertelmeile weiter bergan – Donna Elena Soriga. Elena war zudem noch mit dem Schicksal geschlagen, dass sie in meinem Beisein nacheinander drei Söhne geboren hatte, die jedoch binnen

weniger Stunden gestorben waren. Doch sie verlor nie die Zuversicht. Auch in jenem Jahr, 1900, war Donna Elena erneut guter Hoffnung, und diesmal hatte sie mich als Geburtshelferin sogar dauerhaft bei sich einquartiert, zur Sicherheit.

Außer Donna Elena war auf der tenuta allerdings niemand mehr besonders hoffnungsfroh. Don Antonio, dem seine Frau stets gleichgültig gewesen war – leider, mein Kind, ich kann's nicht beschönigen –, weilte schon seit einigen Wochen in Sassari. Er war zutiefst erbost über das Ausbleiben eines lebenden Gutserben, und es war ihm unerträglich, Zeuge einer weiteren Pleite zu werden. Doch entschuldige! Die Geschichte der drei weißen Gräber hinter dem Gutshaus kennst du ja, ich sollte nicht derart weit ausholen. Doch so jedenfalls standen die Dinge, als das geschah, von dem ich dir nun berichten muss.

Der Winter im Jahr 1900 war der früheste und kälteste, den Sardinien bis dahin erlebt hatte. Schon seit Anfang Dezember überzog strenger Frost den Norden der Insel. Mensch und Tier litten Not in jenen Tagen, die Vögel fielen erfroren von den Ästen, die Stämme der Oliven barsten in der Kälte. Im Dorf hatten wir unsere liebe Mühe, genug Brennholz aufzutreiben, fast jede Familie schlief nur noch dicht gedrängt neben dem Herd. Nebenan sorgte unser Nachbar Iacone besonders gewissenhaft für die tägliche Ladung Holz, denn auch die Familie Marras erwartete weiteren Nachwuchs. Teresina stand nur wenige Wochen vor der Geburt ihres elften Kindes.

Ein Segen, fragst du mich? Aber sicher doch ein Segen!

Nur dieses Kind sorgte eben auch für bange Erwartung, für sehr bange Erwartung, denn Teresina hatte bereits sechs Töchtern das Leben geschenkt. Viele Frauen der Marras haben das Sehen im Blut – Teresina, wie du weißt, besonders stark. Zudem ist sie wie ich eine erfahrene pratica, eine Heilerin. Doch kein Ritual, keine Augenmedizin und auch sonst kein Zauber verriet ihr das Geschlecht ihres Kindes. Ein siebtes Mädchen stand zu befürchten. Schlimm genug, denkst du jetzt. Doch es kommt noch schlimmer: Als Teresina am Ende einer besonders kalten Woche gegen Ende Dezember plötzlich und deutlich vor der berechneten Zeit bemerkte, dass ihre Niederkunft unmittelbar bevorstand, da läutete die Glocke von San Paolo gerade zur letzten Nachmittagsandacht.

Es war Heiligabend.

Ja, so standen die Dinge, als ich zum Haus der Marras gerufen wurde. Und deshalb empfing Teresina mich auch ohne das Lächeln einer Mutter, die darauf hofft, schon bald ihr nächstes Kind in die Arme schließen zu können.

»Du musst es irgendwie drin halten!« Das rief sie mir schon entgegen, als Iacone mich zu ihr führte, ehe er zurück in die große Küche trottete, zu einem Kessel Brotsuppe und einer Schar hungriger Kinder, die das Weihnachtsessen sehnsüchtiger erwarteten als ein weiteres Geschwisterchen. »Ich bin bereit, alles zu tun – nur halt es drin!«

Die klamme Schlafstube, in der Teresina niederkommen sollte, wurde nur von einer eisernen Kohlenschale beheizt. Doch während des schnellen Laufs von der tenuta Soriga zu den Marras herunter hatte ich ein

Stück weit die Wärme des Gutshauses halten können. Ich untersuchte Teresina auf dem Bett, das nach altsardischer Art quadratisch in der Mitte des Raumes stand. Ihre Wehen kamen in reichlich kurzen Abständen, und ihr Wasser war auch schon abgegangen. Ich stellte Teresina ein paar letzte Fragen und musste ihr dann jede Hoffnung nehmen, die Geburt weiter hinauszögern zu können.

»Dein Kind ist schon zu weit auf dem Weg, es ist ja zudem nicht dein erstes. Du kannst also nur noch beten, dass es nach Mitternacht herauskommt. Wenn du mir allerdings ein Wort dazu erlaubst …«

Teresina hielt sich den Bauch und presste die Lippen hart aufeinander. Doch an einer Wehe schien dies nicht zu liegen.

»Sprich«, sagte sie knapp.

»Nun ja, cugina …«, begann ich, bemüht, unsere Verwandtschaft herauszustreichen und damit vielleicht meinen Worten mehr Gewicht zu geben. Teresina blieb völlig ungerührt.

»Was denn?«

»Also, nicht jedes Schauermärchen muss heute noch … verstehst du?«

Sie funkelte mich böse an. »Wenn man dich so hört, Bonaria, könnte man meinen, es ginge nur um eine zerbrochene Taufkerze oder den Schabernack harmloser Kobolde.«

»Es ist Aberglaube! Und grausam noch dazu.«

»Pff, und das sagt eine pratica!«

Teresina schnaubte, holte dann jedoch zischend Luft und krümmte sich auf dem Bett. Das nun war eine Wehe, und sie war stark, ja, eindeutig. Es würde

schnell gehen, viel schneller als bei der Geburt der Zwillinge Gavino und Santino knapp drei Jahre zuvor.
Ich sah kurz nach den Utensilien, die auf dem Waschtisch in einer Ecke bereitstanden. Eine Geburt? War im Hause Marras fast Alltag. Als die Wehe abebbte, fand auch Teresina zu ihrer gewohnten Geschäftsmäßigkeit zurück.
»Lass uns nicht streiten … Cousine.« Das letzte Wort betonte sie spöttisch. »Ich habe dich allein um Hilfe bei dieser Geburt gerufen. Was auch immer geschehen mag, sobald das Kind da ist, muss dich nicht interessieren.«
Der Ausdruck in ihrer Miene veranlasste mich, trotzdem zu fragen: »Und was tust du mit dem Kind, wenn es tatsächlich ein Mädchen …?«
Teresina unterbrach mich. »Ja, was glaubst du wohl?« Sie starrte mich an, die Augen brennend vor Sorge und Kummer. »Was tu ich mit einer Höllengeburt? Wie schütze ich uns alle vor der coga, die vielleicht aus meinem Schoß kriecht?«
Wieder verzerrte sich ihr Gesicht unvermittelt vor Schmerz, und sie stöhnte auf. Die nächste Wehe trieb sie quer über das Bett, ließ sie auf allen vieren kriechen wie ein Tier. Ja, Gioia: So leiden alle Frauen, wenn ihre Zeit gekommen ist. Und du wirst dies auch erleben, wenn ich auch hoffe, dass dies noch nicht allzu bald sein wird. Du hast so viele Fähigkeiten, so viele Träume – und die Zeiten sind unsicher geworden. Viel zu unsicher, um eine Familie zu gründen. Doch entschuldige, ich schweife erneut ab. Kehren wir zurück zu jener Nacht vor Weihnachten, zurück

zu den Geburten und dem Schrecklichen, das Teresina plante.

Ich wagte ihr nicht mehr zu widersprechen, hatte auch alle Hände voll zu tun, meiner Verwandten in ihrem Schmerz beizustehen, bis Teresina wieder die kurze Zeitspanne erreicht hatte, in der sie einen Moment lang durchatmen konnte.

»Und wie wirst du es machen?«, fragte ich leise, worauf sie abwinkte.

»Iacone wird sich kümmern. Ich habe ihm schon gesagt, was zu tun ist. Wenn es geboren ist, wird er es nehmen und rausbringen.«

»Raus?«

»Ja, raus. Es kommt weg, damit es kein Unheil anrichtet.«

Entschuldige, Gioia, ich muss dies genau so schreiben. Ich habe mir geschworen, dir alles zu erzählen. Und was gibt es da zu beschönigen? Du weißt selbst: Dies ist Sardinien, so werden die Dinge hier geregelt. Und Teresina hat es sich weiß Gott nicht leicht gemacht. Es schaudert mich immer noch, wenn ich an ihr Gesicht denke, als sie sagte: »Es kommt weg.«

Ja, so würden sie es also handhaben, streng nach der Tradition. Und der Abend schritt voran, wurde zur Nacht, als ich Teresina für einen kurzen Besuch auf der tenuta verließ, um dort nach Donna Elena zu sehen, nur um festzustellen, dass diese inzwischen ebenfalls in den Wehen lag.

Donnerwetter, das wird was werden!, dachte ich. Und recht hatte ich! Während sich auf dem Gutshof und im Dorf alles herrichtete zur Mitternachtsmesse, blieben die Gebärenden in meiner Obhut zurück.

Iacone würde die halbwüchsigen Töchter und ihre jüngeren Geschwister zur Mitternachtsmesse eskortieren und so bald als möglich allein zurückkehren. Donna Elena hatte den meisten Bediensteten für den Abend freigegeben. Und so eilte ich schon nach kurzer Zeit zwischen dem prächtigen Gutshof und dem bescheidenen Heim der Familie Marras hin und her, ganz allein lief ich durch den glitzernden Schnee.

Es würde nicht mehr lange dauern, das sagte mir meine Erfahrung. Beide Frauen hatten starke Wehen, beide litten Schmerzen, verließen sich darauf, dass ich ihnen Zuspruch spendete.

Donna Elena wahrte dabei bis zum Schluss eiserne Zurückhaltung. Als eine echte sassaresa alter Schule hätte sie es niemals zugelassen, mehr als ein Seufzen auszustoßen. Wie sehr sie litt, bewiesen allein ihre aufeinandergepressten, weißen Lippen und die wächserne Gesichtsfarbe. Kurz vor halb zwölf Uhr hatte sie es dann geschafft: Mit einem Laut tiefster Entkräftung fiel sie zurück auf das Bett, während ich das soeben geborene Kind in meine Arme nahm. Ein klägliches Häuflein, viel zu klein, die Händchen leicht bläulich verfärbt und die Augen fest geschlossen.

»Was ist es, Bonaria?«

Donna Elenas Stimme war nicht mehr als ein Flüstern.

»Eine kleine figlia. Und wunderhübsch dazu«, sagte ich, und Gott ist mein Zeuge, ich meinte es tatsächlich so. Denn was nützt es den Menschen, wenn man ihr Elend durch Hiobsbotschaften und düstere Reden vergrößert? Das Neugeborene war ohne Zweifel in

keinem guten Zustand, man musste abwarten, ob es sich vielleicht noch fing – doch sollte ich Donna Elena damit ängstigen? Eine Frau, die soeben ein weiteres Mal nicht den ersehnten Stammhalter geboren hatte? Der vielleicht nur eine kurze Zeitspanne vergönnt war, sich an ihrem Kind und der überstandenen Geburt zu erfreuen?

Ich versorgte das Neugeborene so gut wie möglich, und als ich feststellte, dass Donna Elena in einen erschöpften Schlaf gefallen war, legte ich es ihr vorsichtig in den Arm. Ich beschloss, Mutter und Kind fürs Erste schlafen zu lassen und bei meiner Verwandten nach dem Rechten zu sehen. Es ging nun auf Mitternacht zu, und ich musste mich sputen.

Im Hause Marras angekommen, ging auf einmal alles ganz schnell. Bei Teresina setzten die Presswehen ein, und das ganze Gebäude hallte von ihren Schreien wider! Oh, es war grauenvoll, dies mit anzusehen! Diese sture, zähe Frau, wie sie gegen ihren eigenen Körper kämpfte. Wie sie das Kind davon abhalten wollte, herauszukommen. Oh nein, nicht schon jetzt! Ich habe sie angefleht, endlich loszulassen, sich nicht länger dagegen zu sperren, endlich ein Ende mit dieser Quälerei zu machen, sie töte ja ihr Kind und sich noch mit dazu! Doch ebenso hätte ich auch einen Wacholderstamm anbrüllen können, so wenig richteten meine Worte aus.

Dann aber entschied die Natur, und unter einem letzten, markerschütternden Schrei der Mutter glitt das Kind – ein Mädchen – aus Teresinas Leib und rutschte in einem Schwall Blut auf das Bett. Und just als die Kleine dort lag, glitschig und verschmiert, begannen

die Glocken von San Paulo, zur Mitternacht zu läuten.
Weihnachten.
Zuerst herrschte erschöpftes Schweigen im Raum. Dann mischte sich Teresinas vom Schreien schon ganz heisere Stimme unter das Geläut der Glocken.
»Du sagst nichts, Bonaria? Nun, dann muss ich nicht fragen. Nimm es an dich, bring es weg, mir aus den Augen. Bis Iacone von der Messe kommt. Er hat versprochen, spätestens in einer Viertelstunde hier zu sein.«
»Willst du sie dir nicht ...«, begann ich, doch sie fiel mir barsch ins Wort.
»Wag es nicht.«
»Nur einmal.«
»Verdammt! Tu, was ich dir sage: Nimm es und schaff es weg!«
Sie wandte den Kopf zur Wand und begann, langsam und tief durchzuatmen. Sie sammelt sich für das Unfassbare, schoss es mir durch den Kopf. Sie rüstet sich für das, was nie verwunden werden kann: den Verlust des eigenen Kindes. Ich erschauerte. Madre meu, dachte ich, was hat diese Frau für eine Kraft. Und was für eine Katastrophe, dass sie diese Kraft nicht zum Guten nutzt.
Ich nahm das Kind, und einer spontanen Eingebung folgend, griff ich mir mein Dreieckstuch und wickelte es dort hinein. Dann verließ ich die Kammer, huschte die Treppe hinunter und durch die nun verlassene Küche nach draußen. Währenddessen kam von oben aus der Kammer ein lang gezogenes Heulen, ein Jammern wie von einem leidenden Tier. Ja, Teresina,

dachte ich, niemand außer dir wird je ermessen können, was dich diese Entscheidung kostet.
Draußen schlug mir dichtes Schneetreiben entgegen, und meine Empörung legte sich. Was hatte ich mir da nur eingebrockt?! Und jetzt? Sollte ich Iacone ein Stück weit entgegengehen und ihm das Kind übergeben? Vielleicht fasste er sich ja auch ein Herz und überzeugte seine Frau, das Mädchen zu behalten und erst einmal abzuwarten? Doch als ich mir Iacones verschlossenes, zerklüftetes Antlitz in Erinnerung rief, wusste ich, dies war reines Wunschdenken. Iacone war seiner Frau ein treuer Vasall. Und das hier war Sardinien, hier sprachen die Geister allein zu den Frauen. Er würde tun, was Teresina ihm aufgetragen hatte.
Ich blickte auf das Bündel in meinem Arm. Zwischen den Falten meines dickwollenen Tuchs verschwand das Gesichtchen der Kleinen fast vollständig. Doch sie hatte die Augen geöffnet und betrachtete mich mit ernster Aufmerksamkeit. Dies allein war nichts Besonderes, für gewöhnlich blieben die gesunden Säuglinge nach der Geburt einige Stunden lang hellwach, ganz so, als wollten sie sich jedes Bild, jeden Geruch, jedes noch so kleine Detail der Welt einprägen, in die man sie soeben geworfen hatte.
Doch unter dem Blick dieses Mädchens flutete mich tiefe Scham. Ich schämte mich für unseren Aberglauben. Für unsere Anmaßung, zu meinen, wir wüssten um das Schicksal jedes Menschen. Ich schämte mich dafür, eine dumme, sardische Landfrau zu sein. Ich gurrte etwas Tröstliches in die Tuchfalten, schob das Bündel kurzerhand unter den Aufschlag meines Man-

tels – und anstatt auf Iacone zu warten, eilte ich über den Hof und lief die Straße hinauf bis zur tenuta.
Erfülle deine Pflicht wenigstens dort, dachte ich und beschleunigte meine Schritte durch den glitzernden Schnee.
Unter meinem Mantel gluckste es leise im Wolltuch.
In der tenuta führte mich der Haushofmeister – er und seine Frau waren allein auf dem Gut zurückgeblieben – gleich in das Obergeschoss und zu Donna Elenas Zimmer.
»Hat sie weitergeschlafen?«, fragte ich ihn, worauf er mir versicherte, sie habe jedes Mal, wenn sie nachgesehen hätten, tief und fest geschlafen.
»Der reinste Frieden, so ein schönes Bild – wie eine Madonna sieht sie aus«, ergänzte seine Frau, die hinzugeeilt war.
Ich dankte und schlüpfte ins Halbdunkel des Zimmers. Tiefe Stille herrschte im Raum, verstärkt noch durch das trübe Licht der Gaslampe auf einem Tischchen beim Fenster und den lautlos fallenden Schnee vor den Scheiben.
Ich tappte auf Zehenspitzen über den Teppich zum Bett und wusste es, noch ehe ich es erreicht hatte: Donna Elenas Kind war gestorben.
Seine Seele musste die Welt so leicht wie auf Engelsflügeln verlassen haben, denn es lag mäuschenstill und unverändert in Donna Elenas Arm, die immer noch schlief und nicht ahnte, dass sie nun bei Signor Carboni, dem Bestatter, einen weiteren Kindersarg würde bestellen müssen. Und dass sie weiterhin niemanden auf der Welt haben würde, dem sie etwas bedeutete.

Ich beugte mich über das tote Kind, strich ihm über das kalte Köpfchen, da kam von seinem lebendigen Gegenstück in meinem Mantel ein erneutes Glucksen. Nein, eher eine Art forderndes Quietschen. Ein Laut, wie dazu geschaffen, Mütter zu wecken …

Gioia, mein Liebes! Ich würde gerne berichten können, dass ich das Nächste wohlüberlegt und in vollem Bewusstsein der daraus resultierenden Folgen tat. Aber ich habe mir vorgenommen, strikt bei der Wahrheit zu bleiben. Und die Wahrheit ist: Ich habe nicht überlegt. Ich habe es einfach getan.

Donna Elena war noch nicht ganz erwacht, da griffen schon hungrige Händchen in ihr Nachtgewand. Ich war mit dem vertauschten Säugling noch nicht ganz aus der Tür, da erklang schon klägliches Quäken im Zimmer. Und ich ging, weil ich wusste, dass auf der tenuta nun alles gut werden würde.

Der Rest war einfach: Das tote Baby im Arm, lief ich zu Teresina zurück, zeigte es ihr und wurde Zeugin, wie diese vor Kummer und Erleichterung aufheulte, mir den kleinen Leichnam entriss und sich mit ihm im Schlafzimmer einschloss. Das Totengeläut und den Priester organisierte Iacone. Erst zwei Tage später – zum Ende der Weihnachtsfeiertage – kam Teresina wieder aus dem Zimmer und beendete die selbstgewählte Totenwache. Sie ließ Signor Carboni rufen, bereitete dem Kind ein ordentliches Begräbnis und sprach mit mir nie wieder über die Geschehnisse in der Weihnachtsnacht.

Nicht nur das: Teresina begann, mich auch bei anderen Gelegenheiten zu meiden, und einige Zeit später stellte ich fest, dass sie im Dorf unwahre Geschichten über mich herumerzählte. Geschichten darüber, wie ich ihr Kind aus Neid mit dem bösen Blick belegt und dieser es umgebracht hätte. Geschichten, die leider geglaubt wurden.

Was weiter geschah, das weißt du. Mir tut bei alldem auch nur leid, dass ich dir bis jetzt nie erzählen konnte, warum man in der Familie Marras so schlecht auf mich zu sprechen ist. Für alles andere trage ich die Verantwortung. Soll Gott über mich richten und das, was ich im eiskalten Winter des Jahres 1900 getan habe. Ich stehe dazu.

Ja, so habe ich die Welt getäuscht, und es gab nie einen Grund, die Wahrheit zu enthüllen. Bis heute. Denn auch wenn du nie zweifeln musst, wer deine Mutter war – Donna Elena war es, und nie hatte ein Kind eine Mutter, die diesen Namen mehr verdiente! –, so solltest du doch erfahren, wer dich geboren hat. Wessen Blut in deinen Adern fließt. Und wer deine wahren Brüder und Schwestern sind. Dies habe ich nun getan, meine geliebte Gioia, möge Gott mir mein langes Schweigen verzeihen. Es geschah allein aus Liebe.

Deine Patin Bonaria

KAPITEL 18

SA VINDICAU *(oder »sa vindita«, italienisch »vendetta«) / Geschichten über Blutrache und tödliche Stammesfehden, auch »disamistade« genannt, haben auf der Insel Tradition. Dabei benutzen die Sarden ihre Flinten heutzutage tatsächlich meist nur noch zur Wildschweinjagd und mögen es nicht, wenn man ihre uralte Hirtenkultur auf diesen einen Aspekt reduziert. Das Prinzip der vindicau hat ihren Ursprung im »Kodex der Barbagia«, einem archaischen Stammesrecht, welches das Zusammenleben in den Bergdörfern Zentralsardiniens regelte. Im Kodex wurde festgelegt, welche Sühneleistungen für Gewaltverbrechen, Ehrverletzungen und Diebstähle galten (ähnlich dem alttestamentarischen »Auge um Auge, Zahn um Zahn«). Man kennt die Blutrache auch in anderen Regionen Europas und der Welt (Sizilien, Albanien, Arabien, Kaukasus, Zentralasien), und selbst heute fordert sie leider immer noch Menschenleben.*

Zurück zu Sardinien: Im Zuge der wirtschaftlichen und politischen Krisen auf der Insel im 19. und frühen 20. Jahrhundert geriet die vindicau ein wenig außer Kontrolle, und die Fehden häuften sich. Im Dorf Orgosolo im Herzen der Barbagia zum Beispiel forderte eine Fehde um 1910 fünfzig Menschenleben. Und der berüchtigte Bandit Muto di Gallura begründete sein mörderisches Tun unter anderem damit, dass er sich in ein Mädchen verliebt hatte, das bereits mit einem anderen verlobt war und seinen Heiratsantrag ablehnte.

* * *

Alles, was direkt auf die Enthüllung von Gioias alter Patin folgte, vermengte sich in Leos Erinnerung später zu einem heillosen Durcheinander. Es geschah alles gleichzeitig: Gavino brüllte »Nein!«, Gioia gab einen erstickten Laut von sich, ihre Knie schienen nachzugeben, und sie musste sich an der Tischkante abstützen. Don Antonio schlug sich mit der Rechten an die Brust und japste, während Donna Inés kreischte: »*Mais oui!* Ich hab's gewusst! ICH HAB'S GEWUSST!«

Nur Teresina Marras blieb ganz still. Totenblass und ohne ihre wiedergewonnene Tochter auch nur eines einzigen Blickes zu würdigen, erhob sie sich und baute sich vor Leo auf.

»Sag mir endlich«, befahl sie ihm mit zitternd erhobenem Zeigefinger. »Wo ist Santino? Was hast du mit ihm gemacht?«

Leo zögerte, doch nur kurz. *Es hat keinen Zweck,* dachte er, *sie hat ein Recht, es zu erfahren.* Leise schilderte er ihr die Geschehnisse am *Monte Santu.*

»Erschossen?« Teresina wurde kreidebleich. »Er … Erschossen?«

Von Gavino kam ein Laut, eine Art Wimmern, so hell, wie Leo es bei einem erwachsenen Mann nicht für möglich gehalten hätte. Dann ging der junge Sarde langsam in die Knie, hielt sich den Körper mit verschränkten Armen. Als könne er ihn so lindern, den Schmerz.

»Aber warum hat er das getan?«, rief Gioia mit Tränen in den Augen. »Und warum jetzt?«

Leo zögerte erneut. Dann berichtete er, was ihm Santino über den Mord an Spanu erzählt hatte.

»Der lügt doch! Womöglich hat er den *dottore* selbst erledigt.« Don Antonios Gesicht nahm ein gefährlich violettes Rot an, sodass Leo schon fürchtete, er könne vor Wut explodieren. Und konnte man es ihm verdenken? Leo hatte dem Mann nicht nur die Hochzeit ruiniert, nein, jetzt musste Don Antonio auch noch erkennen, dass es mit dem kostbaren Katalanenblut in seinem Haus gar nicht so weit her war. Dass er all die Jahre das Nachbarskind mit großgezogen hatte, ganz gewöhnliche Bauernbrut. Und dann der Skandal! Leo konnte es sich lebhaft vorstellen: Hier draußen in der Provinz würde die Geschichte schneller die Runde machen, als er an Wegzeit zum Fährhafen benötigen würde. Ganz Sassari würde es erfahren. Und – *al diavolo!* – ganz Sassari würde lachen. Jetzt zeigte Don Antonio mit dem Finger auf ihn. »Der Mann muss vor Gericht«, brüllte er. »Fasst ihn!«

Zeit für den Rückzug, beschloss Leo. Sein Soldateninstinkt übernahm das Feld und sondierte die Lage. *Gioia?* Lehnte immer noch wie eingefroren zwei Armlängen neben ihm am Tisch und zeigte keine Reaktion. *Fluchtmöglichkeiten?* Waren so gut wie ausgeschlossen. Überall drängten sich die Menschen, das Tor riegelten nun die vier Schwarzhemden ab, die Leo schon bei seiner Ankunft bei Sorigas Automobil hatte stehen sehen. *Andere Gegner?* Don Antonio war in seinem Stuhl zusammengesackt, und Gavino Marras kniete noch immer am Boden, ohne Messer, doch dessen Brüder beäugten ihn feindselig und wurden unruhig. *Hilfe?* Nicht in Sicht. Jedenfalls keine außer der alten Patin, die sich nun neben ihn schob und ihm zunickte.

»Sie sind Signor Lanteri, oder?«, raunte sie so leise, dass nur Leo es hören konnte. Auf sein Nicken hin fuhr sie fort: »An Ihrer Stelle würde ich verschwinden. Ich wüsste auch einen Weg.«

»Ohne Gioia gehe ich nicht.«

»Natürlich nicht.« Bonaria Titù schnaubte. »Die nehmen wir mit. Wo sonst sollte sie jetzt auch hin?«

Wir? Leo wunderte sich, doch da war die untersetzte Patin schon an Gioias Seite und hakte diese kurzerhand unter.

»Jetzt noch ein wenig Konzentration«, sagte sie und lächelte ihn entschuldigend an. »Ich bin etwas aus der Übung. Aber das wird schon …«

Sie nickte Leo auffordernd zu.

»Auf geht's, kehren wir diesem Ort den Rücken.« Unter leisem Gemurmel schob sich die Patin durch die zusammengedrängte Hochzeitsgesellschaft. Die Finger ihrer freien Hand malten dabei rätselhafte Kreise und Zeichen in die Luft.

Leo konnte später nicht mehr sagen, wie es genau vonstattengegangen war, dass er dort einfach so hinausspazieren konnte. Mit zwei Frauen, von denen eine ein Brautkleid trug. Vorbei an allen Gästen, an dem schwer atmenden Don Antonio und den verbleibenden Männern der Familie Marras, an den Squadristen am Tor und an all diesen anderen Sarden, die ihre Hirtenmesser und Gewehre schon in den Händen hielten und denen der Hass im Gesicht stand. Und doch war es so.

Das ist Sardinien, manchmal passieren hier komische Dinge, hallte Gavinos Stimme in Leos Kopf. Er umschloss Gioias Hand ganz fest und folgte der Patin hinaus, vom Tor auf die Straße, dort ein Stück bergab und nach wenigen Metern zu ihrer Linken auf einen Pfad, der über den Abhang ins Tal von Campomela führte, hinein in die Weiden und Haine. Niemand folgte ihnen. Binnen Minuten hörten sie nur noch das Blöken der

Schafe und das Gebimmel ihrer Glocken. Sie erreichten die ersten Korkeichen und tauchten unter ihrem Blätterdach in eine andere Welt ein.

* * *

Zwei Tage später kehrte Leo zum *Monte Santu* zurück, in Begleitung von Gavino und Teresina Marras. Bonaria hatte das Treffen diskret vermittelt, auf dass die Familie Marras ihren toten Sohn heimholen und beisetzen konnte. Ein Unfall in den Bergen, so lautete nun die offizielle Todesursache, damit bei den *patres* von San Paolo keine Irritation entstand und Santino seinen Platz im Familiengrab bekam und nicht, wie die anderen Selbstmörder, ohne Ehren in der steinigsten Ecke des Gottesackers verscharrt wurde.

Die Sonne stand schon tief, als sie den Nordhang des *Monte Santu* erklommen. Im Westen näherte sich ihr blassgoldenes Rund den Tafelbergen hinter Siligo; Codronzanu, ein Stück weiter, schimmerte im Abendlicht. Am Himmel glänzte schon der Abendstern: blass und kalt, völlig gleichgültig.

Es wird Zeit zu gehen.

»Hier ist es.« Leo führte seine Begleiter zu der kleinen Senke hinter dem Felsvorsprung. Ihm war elend zumute, und mit einem erschöpften Seufzen blieb er stehen. Ein unauffälliger Seitenblick in Richtung des jungen Marras sagte ihm, dass es Gavino nicht anders ging. Teresina Marras selbst blieb still. Ihr Haar war binnen weniger Tage ergraut, Kummer und Schuld hatten tiefe Kerben in ihr Gesicht gegraben.

Vor der Grube, in der Santinos Überreste lagen, standen sie eine Weile. Dann ging Teresina in die Knie und begann, die Steine wegzuräumen. Dabei schluchzte sie leise, ein Geräusch, das Leo schier das Herz brach. Ihm kamen Bonarias Worte in den Sinn: *Sie selbst hat ihn getötet. Vor lauter Angst und Aberglaube hat sie ihren eigenen Sohn verflucht. Was für eine Tragödie! Mit allem, was sie tat, wollte sie allein ihre Familie schützen – und hat sie genau dadurch zerstört.*

»Ich danke dir«, sagte Gavino leise zu Leo, ohne ihn anzusehen. »Bitte geh jetzt. Wir kümmern uns um ihn.«

Einen Moment herrschte Stille.

»Geh!«, wiederholte Gavino in schärferem Ton. Seit der Hochzeit zwei Tage zuvor wirkte auch er stark verändert. Doch im Gegensatz zu seiner Mutter, die an Kraft eingebüßt hatte, war ihm diese zugeflossen, glühend und reißend wie ein Lavastrom. War Teresina durch das Geschehen stumpf und matt geworden, hatte es ihn geschärft und gehärtet. Mit wachsamen Augen sondierte er nun den Steilhang und die darunterliegende Ebene, starrte Richtung Norden, als reiche sein Blick bis zur Küste. Er reckte den Kopf, blähte die Nasenflügel und nahm Witterung auf. Die Fährte war augenscheinlich ganz frisch. *Meine Mutter sagt immer, in Sardinien brauchen wir kein Gesetz. Wir haben die* vindicau. Leo erinnerte sich an Gavinos Worte an jenem ersten Nachmittag auf dem Gut. Waren seitdem wirklich nur neun Tage vergangen?

Wie auch immer. Zeit zu gehen.

»Ich nehme sie mit«, murmelte Leo. Er sagte nicht, wen er meinte. Die Marras würden es auch so wissen. Der Aufstieg hatte sie fast zwei Stunden gekostet, der Abstieg würde nur unwesentlich schneller gehen. Leo nahm seine Jacke, die er zuvor ausgezogen hatte, wieder vom Boden auf und wandte sich zum Gehen.

»Adiosu …«

Den sardischen Abschiedsgruß auf den Lippen, hatte er sich schon abgewandt, da hörte er hinter sich die brüchige und kaum hörbare Stimme von Teresina Marras.

»Pass gut auf sie auf.«

7. November 1922, Porto Torres

Sie hätten fast versäumt, rechtzeitig aufzustehen, um ihre Sachen noch pünktlich zu packen und die Fähre erwischen zu können. Zu schwach drangen die Geräusche und Anforderungen der Welt durch die fest verschlossenen Fensterläden der versteckten Mansarde, die ihnen eine Verwandte von Bonarias Mann Redento überlassen hatte.

Zu unwichtig war geworden, was jenseits ihres Betts stattfand. Denn hier im Halbdunkel schlossen sie den Bund, der sie fortan unauflöslich miteinander vereinte. Hier zählten nur sie: Leo und Gioia. Gioia und Leo. Und alles andere ging wie das Tuten der abfahrbereiten Fähre an ihnen vorüber. Bonaria hatte Mühe, überhaupt Gehör zu finden, als sie ihnen die wichtigsten Neuigkeiten überbrachte:

Dass Don Antonios Herz nach all der erlittenen Unbill nun doch wieder im Takt schlage, laut seinem Arzt wohl ein Wunder.

Dass Teresina keinen Fuß mehr vor die Tür setze – die

Ärmste! – und Piero die Leitung des Gestüts übergeben habe.

Dass Minnià Cadeddu mit Totò Ledda ins politische Exil nach Südfrankreich gegangen sei, nach einer Blitzverlobung im Kreise der Genossen.

Dass Arturo Boi sich wohl tatsächlich an der Seite des Cavaliere D'Avenia nach Mailand abgesetzt habe …

… verfolgt von Gavino Marras, der schon die darauffolgende Fähre genommen hatte und zuvor dabei gesehen worden war, wie er die Tür zu Bois Unterkunft auf dem Gut mit dem rituellen Rachemal des *vindicau* markiert hatte.

Ja, so viel war geschehen in diesen kurzen Tagen. Doch für Leo und Gioia spielte all das kaum noch eine Rolle. Nur mit Mühe konnte Bonaria die beiden rechtzeitig aus dem Bett klopfen, sie in ihre Sachen scheuchen und zum Kai eskortieren. Nur mit Küssen und sanftem Drang bekam Gioia ihren Leo zur Gangway geschubst, als dieser den Namen der Fähre auf dem Schiffsrumpf entdeckte: *ventura*. Und nur dank Bonarias guter Beziehungen zur Schiffsmannschaft – Kapitän Titù entpuppte sich als ein alter Bekannter von Redento – erreichten sie, dass man extra für sie noch einmal die Gangway ausfuhr, worauf sie sich in aller Eile von der Patin verabschiedeten und als Letzte an Bord stolperten.

Die Sonne übergoss den Hafen von Porto Torres mit warmem Gold, die Möwen lärmten, und für einen Moment glaubte Gioia weit hinten am Horizont, ganz schwach im Dunst der Berge, eine Rauchsäule zu erahnen. Doch vielleicht entsprang dies auch nur ihrem Wunschdenken.

»Addio Sardegna!«, jubelte ein kleiner Junge neben ihr an der Reling und winkte fröhlich hinunter zum Anleger.

»Adiosu«, murmelte auch Gioia und winkte ihrer Patin ein letztes Mal zu. Dann folgte sie Leo über steile Stiegen hoch zum Vorderdeck, wo dieser ihnen schon zwei Sitzplätze unter dem Sonnensegel gesichert hatte. Leo war fast so außer Atem wie sie selbst. Er klopfte auf den freien Platz neben sich.

»Gioia.« Langsam breitete sich ein Lächeln auf seinem Gesicht aus. Eines von der Sorte, die ihr Herz hüpfen ließ.

»Was ist?«, fragte sie.

Ein leiser Ruck. Dann erwachte der Motor der *ventura* zu neuem Leben, und die Fähre setzte sich in Bewegung.

Ende

NACHWORT

Dieser Roman hat etwas Besonderes: einen Kronzeugen.

Ich bin schon bei meinen ersten Recherchen zum Buch auf ihn gestoßen, und seitdem hat er mich mehr als ein Jahr lang fast täglich begleitet.

Sein Name ist Emilio Lussu.

Der in der Nähe von Cagliari geborene Autor, Offizier und Politiker Lussu ist einer der berühmtesten Söhne Sardiniens. In Italien kennt man ihn vor allem durch seinen Kriegsroman *Ein Jahr auf der Hochebene* (neu übersetzt 2017 im Folio Verlag erschienen). Das Buch, ein erschütternder Bericht über Lussus Fronterlebnisse im Ersten Weltkrieg, ist Pflichtlektüre in italienischen Schulen und dort so bekannt wie hierzulande Remarques *Im Westen nichts Neues*. Außerhalb Italiens kennen den Autor, der zeit seines Lebens ein überzeugter Antifaschist war, leider nur wenige.

Emilio Lussu war ein bemerkenswerter Mann und ein vielseitiger Autor, aus seiner Feder stammen nicht nur Romane, sondern auch Reportagen, Essays und politische Analysen. Doch für dieses Buch ist vor allem sein Bericht über die Tage und Wochen von Mussolinis Machtergreifung von Interesse, Titel: *Marsch auf Rom und Umgebung*. Darin beschreibt Lussu, wie sowohl auf dem italienischen Festland als auch auf seiner Heimatinsel Sardinien im Herbst 1922 die Machtverhältnisse zu kippen beginnen, wie Benito Mussolini und seine Faschisten an Boden gewinnen und schlussendlich die Macht übernehmen. Lussu hat dies alles hautnah auf Sardinien miterlebt, und er beschreibt es trotz aller Lakonik und Ironie (beide Stilmittel beherrscht Lussu meisterhaft) derart packend, dass man glaubt, man stünde unmittelbar daneben. Muss ich an dieser Stelle noch erwähnen, dass dieser Bericht für mich ein Glücksfall war?

Lussu also, und Sassari, und Sardinien: Dies waren die Eckpunkte, von denen ausgehend ich diese Geschichte entwickelt habe, später kamen noch unzählige weitere Quellen (siehe Literaturverzeichnis) sowie die unterschiedlichsten Experten hinzu. Vieles im Buch basiert auf historisch belegbaren Ereignissen und Personen. Aber nicht alles:

Auf Sardinien

Die größten Faschisten-Aufmärsche im Oktober 1922 auf Sardinien und die heldenhafte »Bubenarmee« gab es nicht in Sassari, sondern in Cagliari, der Inselhauptstadt. Im Norden Sardiniens waren alle Unruhen, Kundgebungen und Fackelzüge zumindest vor der Machtergreifung noch kleinformatiger, ich habe mir diesbezüglich ein paar dramaturgische Freiheiten erlaubt.

Es gibt in Sassari von der *Piazza d'Italia* aus gesehen auch leider kein Gnadengässchen *(Vicolo della misericordia)*, und nach einem historischen Beleg für den *Creole Club* wird man lange suchen. Doch ähnliche Lokale kamen zeitgleich auf dem italienischen Festland in Mode. Und gebürtige Sarden, die zeitweilig oder dauerhaft nach Amerika gingen, gab es zuhauf. Im *Creole Club* haben Leo und Gioia übrigens ein Gespräch, das einen berühmten Satz aus der TV-Serie *Breaking Bad* enthält.

Dies musste sein, da ich als ein großer Fan der Serie einmal in meinem Leben den Satz »Ich bin die Gefahr« irgendwo in einem Text verstecken wollte. Möge man mich deswegen teeren und federn, es ist als Hommage gedacht.

Alle weiteren Handlungsorte in Sassari sind historisch verbürgt und von mir persönlich begutachtet worden. Ich habe während der Recherche selbst in einer kleinen Pension an der *Piazza Azuni* gewohnt, ich habe die *Villa Mimosa* besucht (in deren Keller sich im Buch die *squadra* von Boi trifft). Ich hatte das Glück, in einer Seitenstraße die bezaubernde kleine Villa Ricci zu entdecken (im Buch das Stadthaus der Familie Soriga) und bin sämtliche Wege kreuz und quer in der *città murata* abgelaufen. Auch weitere Ortsnamen und Eckdaten wie zum Beispiel: Wo stand die Mazzini-Büste vom *Emiciclo Garibaldi* damals im Oktober 1922? Vor dem Bahnhof! Wie hieß die *Via Brigata Sassari* vor 1925? *Via Giardini!* – gebe ich korrekt wieder. Dies interessiert aber sicher nur diejenigen Leser, die meinen Spleen für historische Details teilen.

Auch alle Dörfer im Logudoro südlich von Sassari gibt es genauso wie im Buch beschrieben – im Falle von Codrongianos wurde nur der sardische Ortsname »Codronzanu« übernommen. Das Landgut Soriga allerdings ist fiktiv und vereint in sich die Charakteristika mehrerer Güter jener Gegend. Das Gestüt Marras wiederum hat weiter südlich beim *Monte Santu* eine reale Entsprechung, die mir als Vorlage diente. Im Stall der *tenuta* der Gebrüder Calvia wurde einst das berühmte italienische Rennpferd *Uberta de Mores* geboren und aufgezogen. Ich hatte das Vergnügen, diesen Stall zu sehen, und musste die Geschichte unbedingt im Roman unterbringen.

Bei den Szenen rund um die Riten und Feste der sardischen Volkskultur (z. B. »su mortu mortu« oder die »Hochzeitskette«) habe ich mich sehr um Authentizität bemüht. Manchmal allerdings hatte die Dramaturgie Vorrang: Es gab und gibt auf Sardinien unzählige Hochzeitsbräuche, allerdings vermutlich keine »Tuch-Zeremonie« zehn Tage vor der Hochzeit. Ebenso wird es schwer sein, historische Belege für Kindstötungen im Zusammenhang mit lokalem Hexenglauben zu finden. Dies sind auch keine Geschehnisse, über die in einem sardischen Dorf laut gesprochen wird. Aber ähnliche Praktiken werden in der sardischen Literatur (z. B. bei M. Murgia, S. Niffoi und V. Roggeri) mehrfach erwähnt, und ausgesetzte bzw. todgeweihte »verhexte« Neugeborene sind Bestandteil einiger sardischer Volksmärchen. Also kann man vermutlich für Gioias Geburtsjahr 1900 davon ausgehen, dass solche Dinge zu dieser Zeit noch im teils äußerst rückständigen Hinterland von Sardinien möglich waren.

Auf dem Festland

Im Buch wird Leo Lanteri zu einem der wenigen Überlebenden des ersten Gasangriffs der Mittelmächte am Isonzo (heute Soča in Slowenien) in den frühen Morgenstunden des 24. Oktober 1917.

Dieses furchtbare Ereignis – bei diesem Angriff starben Hunderte italienische Soldaten in der Naklo-Schlucht bei Flitsch (ital.: Plezzo, heute Bovec) – markiert zugleich den

Beginn der 12. Isonzo-Schlacht bei Caporetto (dt. Karfreit, heute Kobarid in Slowenien). Die Schlacht endete mit einer nachhaltig als traumatisch empfundenen Niederlage für Italien und führte zu einer schweren Krise in der italienischen Militärführung, in deren Folge dem damaligen Generalstabschef Luigi Cadorna der Oberbefehl entzogen wurde.

Bis heute ist unter Militärhistorikern umstritten, welche Arten von Kampfgas in der Naklo-Schlucht nun genau zum Einsatz kamen, auch meine Nachforschungen ergaben kein klares Bild. Ich habe mich daher aus dramaturgischen Gründen für eine mögliche Variante – die des berüchtigten »*Buntschießens*« (siehe Glossar) entschieden –, auch, weil jene Praktik in meinen Augen das ganze Ausmaß an mörderischer Effizienz und Vernichtungswillen zeigt, mit dem dieser Krieg geführt wurde.

Alle Szenen in Mailand und Neapel wiederum (z. B. vor der Alpini-Kaserne oder beim PNF-Kongress im *Grand Hotel Vesuvio*) habe ich möglichst nah an den historischen Geschehnissen im Herbst 1922 entlang erzählt. Nur die Eheleute Titù und den faschistischen Signor Rossi mit seinem Faible für sardische Hausmannskost – die gibt es tatsächlich nur im Buch.

ESSEN & TRINKEN

In diesem Roman tauchen Spezialitäten auf, für die man eine sardische Gutsküche samt Holzofen braucht (und Mut!) oder ein großes Feuer: *su porcheddu* das Spanferkel, *sa burrida* Katzenhai in Walnuss-Marinade oder parafrittus – frittierte Schmalzkrapfen –, dies alles sind keine Dreißig-Minuten-Gerichte für den modernen Hobbykoch.

Daher hier stattdessen zwei Rezepte aus dem Bereich jener flüssigen Freuden, die just mit Beginn des *Jazz Age* von Nordamerika aus ihren Siegeszug um die Welt antraten (trotz oder wegen der Prohibition in den USA 1920–1932?), nämlich …

… COCKTAILS

Ausgesucht hat diese ebenso berühmten wie historisch verbürgten Zwanziger-Jahre-Rezepte übrigens eine Autorin, die ihr Studentenleben seinerzeit als Cocktailmixerin finanziert hat. In diesem Sinne, *cin-cin!*

THREE MILE COCKTAIL / (Leos Drink zu Beginn der alles verändernden Nacht im *Creole Club*, im Buch Kapitel 11 – dort wird auch der ungewöhnliche Name des Drinks erklärt)
3 cl Weißer Rum
1,5 cl Kognak
1,5 cl Grenadine
1,5 cl Frischer Zitronensaft

Alle Zutaten werden in einen Shaker auf Eis gegeben und kräftig geschüttelt. Anschließend in eine vorgekühlte Cocktailschale abseihen und mit Zitronenzesten garnieren.

PINK LADY / (Gioias Mutmach-Drink in ebenjener Nacht, Kapitel 11)
5 cl Gin
1 cl Grenadine
1 Eiweiß

Alle Zutaten in einen mit Eiswürfeln gefüllten Cocktailshaker geben und energisch schütteln. In ein Cocktailglas abseihen und mit einer Maraschino-Kirsche garnieren.

MUSIK

Die Ragtimes, Jazz-Standards, Opernarien und Volksballaden in der Reihenfolge ihres Erscheinens im Roman:

Nick LaRocca – »TIGER RAG« (1917)

(Leo mit Boi im Creole Club, Kapitel 5)

Der Musikjournalist Hans-Jürgen Schaal nennt das Stück in seinem Buch »Jazz-Standards« den »Inbegriff dessen, was Jazz um 1920 in weiten Teilen der Welt bedeutete: schnelle, rhythmische, wilde, ekstatische Tanzmusik mit kollektiver Improvisation, knappen Riffs und witzigen Breaks«.

Scott Joplin – »MAPLE LEAF RAG« (1899)

(Leo trifft Gioia, im Buch Kapitel 7)

Scott Joplin, der »König des Ragtime«, hat mit »THE ENTERTAINER« auch den zweiten Ragtime komponiert, den noch heute fast jeder sofort mitsummen kann.

Giuseppe Verdi – »PACE, PACE, MIO DIO« (1862)

Arie aus der Oper »Die Macht des Schicksals«

(Donna Inés singt, im Buch Kapitel 8)

In dieser bekannten Arie betet die schmachtende Hauptfigur für einen baldigen Tod. Im Roman beten viele darum, dass Donna Inés endlich aufhören möge zu singen.

Giacomo Puccini – »QUANDO M'EN VO« (1896)

Arie aus der Oper »La Bohème«

(Tiefe Blicke, im Buch Kapitel 8)

Auch bekannt als »Musettas Walzer«, eine der schönsten Puccini-Arien. In den darauffolgenden Duett- und Quartett-Passagen liefert der Meister zudem die perfekte Musik zur Dynamik leidenschaftlicher Liebesbeziehungen.

Irving Berlin – »ALEXANDER'S RAGTIME BAND« (1911)

(Gioia im Creole Club, im Buch Kapitel 11)

Der kleine »Israel Beilin« aus New Yorks Lower East Side, Sohn russisch-jüdischer Immigranten, jobbt schon im Kindesalter um 1900 als Zeitungsjunge. Als »singing waiter« in Cafés bringt er sich später selbst das Notenlesen und Klavierspielen bei. Der Rest ist Geschichte.

Al Jolson – »AVALON« (1920)

(Gioia küsst Leo, im Buch Kapitel 11)

Seinerzeit ein Hit. Für »Avalon« wird Al Jolson allerdings verklagt: Der Agent von Giacomo Puccini wirft ihm vor, er habe die Melodie abgekupfert, diese entspräche der Arie »e lucevan le stelle« (in Dur gesetzt). Der Agent gewinnt den Rechtsstreit und kassiert 25 000 Dollar.

Irving Berlin – »ALL BY MYSELF« (1921)

(Auf dem Gut, im Buch Kapitel 12)

Zur Biografie des berühmten Jazz-Songwriters (»Cheek to Cheek«, »Puttin' on the Ritz«, »There's no Business Like Show Business« u. v. m.) siehe weiter oben. »All by myself« wurde bis dato über hundertdreißig Mal gecovert, u.a. von Ella Fitzgerald, Dave Brubeck und Bing Crosby.

Giacomo Puccini – »E LUCEVAN LE STELLE« (1896)

Arie aus der Oper »Tosca«

(Spanus Requiem, im Buch Kapitel 16)

Im Roman erklingt das todtraurige Klarinettensolo, welches die berühmteste Tosca-Arie einleitet (s.o. Eintrag zu »Avalon«), vor fernem Geschützdonner. Dies musste sein.

»A CHI DENGAS ARRORI ...« (Volkslied)

(Auf der Marras-Hochzeit gesungen von einem sardischen »canto a tenores«, im Buch Kapitel 17)

Der canto a tenore ist über 3000 Jahre alt, eine der ältesten Gesangsformen Europas und die Seele der sardischen Volksmusik. Ein polyfoner Männerchor, bestehend aus vier Sängern mit verschiedenen Stimmlagen, die *»bassu«* (Bass), *»contra«* (Bariton), *»mesu oche«* (Altstimme) und *»oche«*, die Vorsinger genannt werden und sich im Kreis aufstellen.

DANK

Ich danke allen von Herzen, die mich bei der Arbeit an diesem Roman begleitet haben und mir mit Informationen, Rat und Anregungen zur Seite standen.

Da ist zuvorderst meine Familie, die immer für mich da ist.

Dann gilt mein Dank den drei bewährten Geburtshelferinnen meiner Bücher. Ohne meine Lektorin Christine Steffen-Reimann, meine Redakteurin Dr. Heike Fischer und meine Agentin Lianne Kolf hätte diese Geschichte vermutlich weiter nur in meinem Kopf und einem schwarzen Notizbuch existiert.

Auch den anderen engagierten Buchmenschen bei Droemer Knaur gilt mein Dank: Monika Neudeck und Patricia Keßler, Elena Hönig, Nicole Müller und Hanna Pfaffenwimmer, Markus Röleke, Katharina Scholz und Christiane Thöming, hier stellvertretend für die engagierten Verlagsvertreter, die meine Bücher in den Buchhandel und zu den Lesern bringen. Ihnen allen ein ganz herzliches MILLE GRAZIE!

Wenn man allerdings ein schlecht recherchiertes Buch schreibt, nützt einem auch das tollste Verlagsteam nichts. Daher an dieser Stelle ein Hoch mit Tusch und Sternchen auf meine Experten! Gerade bei zeitgeschichtlichen Romanen ist Sorgfalt in den historischen Details Pflicht. Hier gilt mein Dank Dr. Carlo Gentile vom Institut für Judaistik an der Universität Köln, Dr. Francesco Frizzera vom Italienischen Kriegsmuseum in Rovereto und Prof. Manfried Rauchensteiner, dem früheren Direktor des Heeresgeschichtlichen Museums in

Wien. Es begeistert mich immer wieder, mit wie viel Langmut, Großzügigkeit und Akribie die Welt der Wissenschaft uns Romanautoren begegnet. So wird die Recherche für mich zu einem der schönsten Arbeitsschritte an einem Buch.

Für Sardinien und die sardische Volkskultur wiederum war meine erste Ansprechpartnerin die deutsche Reisejournalistin Nicole Raukamp. Sie lebt seit vielen Jahren auf der Insel und bietet mit ihren Reiseführern und dem großartigen Sardinienblog *»pecora nera«* (https://pecora-nera.eu) die beste und ausführlichste Informationsquelle für alle deutschsprachigen Fans der Insel. Vielleicht hat es jemand bemerkt? Ich habe sogar den Namen ihres Blogs im Buch verewigt – als seltene Olivensorte.

Bei meinen Recherchen in Sassari und im Norden Sardiniens habe ich unendlich hilfsbereite Menschen getroffen, die mir die Eigenheiten ihrer Region nahegebracht haben. Besonders möchte ich hierbei Signor Marco Calvia danken, dem Besitzer eines großen Landguts etwas südlich vom *Monte Santu*. Durch ihn habe ich entscheidende Details über den Ackerbau und die Viehzucht im Logudoro erfahren und durfte im Stall der Stute *Uberta* stehen, einem der legendärsten sardischen Rennpferde.

Fast jede Recherche führt mich auch in die Welten meiner schreibenden Kollegen. Daher schulde ich auch denen großen Dank, deren Werk mir beim Verständnis des Romanschauplatzes Sardinien weitergeholfen hat: Michela Murgia, Milena Agus, Grazia Deledda, Gavino Ledda, Salvatore Niffoi, D.H. Lawrence und Emilio Lussu.

Am Schluss entscheiden aber Sie, meine Leserinnen und Leser, ob Ihnen »Die sardische Hochzeit« gefallen hat. Ich freue mich daher auch stets über eine kurze Rezension oder Rückmeldung, z. B. über *gritlandau.de* oder Social Media. Glauben Sie mir, oft ist Schreiben ähnlich wie Singen allein im Wald – schon schön, aber hört je einer zu?

Ich danke Ihnen jedenfalls für Ihre Zeit und die Aufmerksamkeit, die Sie diesem Roman geschenkt haben, und hoffe, ich habe Sie gut unterhalten.

Grit Landau, Bonn im November 2019

LITERATURLISTE

Romane & Anthologien

1. Agus, Milena: *Die Frau im Mond,* Roman. Hamburg: Hoffmann und Campe, 2013.
2. Deledda, Grazia: *Marianna Sirca,* Roman. Düsseldorf & Zürich: Artemis und Winkler, 2004.
3. Fois, Marcello: *Sardische Vendetta,* Roman. Berlin: List, 2008.
4. Helprin, Mark: *Ein Soldat aus dem Großen Krieg,* Roman. Berlin: S. Fischer Verlag, 2016.
5. Hemingway, Ernest: *In einem anderen Land,* Roman. Reinbek bei Hamburg: Rowohlt, 2018.
6. Karlinger, Felix: *Das Feigenkörbchen – Volksmärchen aus Sardinien.* Kassel: Röth, 1973.
7. Ledda, Gavino: *Padre Padrone – Mein Vater, mein Herr,* Roman. München: Deutscher Taschenbuch Verlag, 2015.
8. Lussu, Emilio: *Ein Jahr auf der Hochebene,* Roman. Wien, Bozen: Folio-Verlag, 2007.
9. Murgia, Michela: *Accabadora,* Roman. Berlin: Verlag Klaus Wagenbach, 2014.
10. Niffoi, Salvatore: *Die barfüßige Witwe,* Roman. Wien: Zsolnay, 2011.
11. Niffoi, Salvatore: *Die Legende von Redenta Tiria,* Roman. Wien: Zsolnay, 2007.
12. Roggeri, Vanessa: *Das wilde Herz des Wacholders,* Roman. München: Deutscher Taschenbuch Verlag, 2015.

Sachbücher & Reiseliteratur

1. Isnenghi, Mario: *La grande guerra – L'immensa ferita d'Europa.* Firenze: Giunti Editore, 2019.
2. Lawrence, D.H.: *Das Meer und Sardinien – Reisetagebücher.* 4. Auflage, Zürich: Diogenes, 1985.
3. Lussu, Emilio: *Marsch auf Rom und Umgebung – ein Bericht.* Wien: Europa Verlag, 1971.
4. Mantelli, Brunello: *Kurze Geschichte des italienischen Faschismus.* Dt. Erstausgabe, Berlin: Wagenbach, 1999.
5. Murgia, Michela: *Elf Wege über eine Insel – Sardische Notizen.* Berlin: Wagenbach, 2012.
6. Napoli, Claudio in: Zibaldone – Zeitschrift für italienische Kultur der Gegenwart, Nr. 46, Herbst 2008: *Der Faschismus in Sardinien.* Tübingen: Stauffenburg Verlag.
7. Palla, Marco: *Mussolini e il fascismo – L'avvento al potere, il regime, l'eredità politica.* Firenze: Giunti Editore, 2019.
8. Rauchensteiner, Manfried in: Die Presse (19.10.2007). *Die Gaswerfer von Flitsch.* Abgerufen 2. Januar 2019, von https://www.diepresse.com/338148/die-gaswerfer-von-flitsch
9. Raukamp, Nicole: Sa *Sardigna – Das Reisebuch aus Sardinien: für das ganze Jahr auf den Spuren eines schwarzen Schafs,* edizione pecora nera, 2018, Mannheim.
10. Sander, August: *Eine Reise nach Sardinien – Fotografien 1927.* Schirmer/Mosel Verlag GmbH, 2010, München.
11. Thompson, Mark: *The White War – Life and Death on the Italian Front 1915–1919.* London: Faber and Faber, 2008.
12. Woller, Hans: *Mussolini – der erste Faschist. Eine Biografie.* 1. Auflage, München: C.H. Beck, 2016.

GLOSSAR

»A kent'annos!« Ein alter sardischer Gruß, mit dem man sich ein 100-jähriges Leben wünscht: »Auf einhundert Jahre!«

Adiosu! Sardischer Abschiedsgruß.

Ajò! Sardischer Ausruf, bedeutet: »Nun denn!« oder »Also gut!«

Arditi (»die Kühnen«) Ursprünglich die Sturmtruppen der italienischen Infanterie im Ersten Weltkrieg, später entwickelten sich aus ihnen verschiedene rechts- und linksextremistische paramilitärische Gruppen in Italien.

Fare una bella figura Italienisch für »eine gute Figur machen, sich gut darstellen«. »Fare bella figura« war und ist in Italien stets sehr wichtig.

Birritta Sardische schwarze Kappe für einen Mann, Bestandteil der Tracht.

Bonas dies Sardisch für »Guten Tag«.

Buntschießen Der Name einer Kriegstaktik im Ersten Weltkrieg beim Einsatz von chemischen Kampfstoffen. Dabei werden verschiedene giftige Gase »bunt« miteinander kombiniert: Zuerst setzt man den Gegner Kampfstoffen aus, die seine Nasen- und Rachenschleimhäute so stark reizen (sog. »Blaukreuz«, auch »Maskenbrecher« genannt), dass er kaum anders kann, als seine Gasmaske abzunehmen. Daraufhin folgt dann der Beschuss mit potenziell tödlichen Lungenkampfstoffen wie z.B. Phosgen oder Diphosgen (unter dem Sammelbegriff »Grünkreuz« bekannt). Die Behältnisse und Granaten mit den entsprechenden Giftgasen waren mit einem farblich entsprechenden Kreuz markiert, daher die Unterscheidung und der Begriff »Buntschießen«.

Buonanotte Italienisch für »Gute Nacht«.

Brigata Sassari Eine fast nur aus Sarden bestehende Truppenabteilung der italienischen Infanterie, im Ersten Weltkrieg mehrmals für ihren Heldenmut ausgezeichnet.

Che infamità! Italienisch für »Was für eine Frechheit!«.

Chelu biaittu Sardisch für »blauer Himmel«.

Coppola (plur. coppole) Italienisch für »Schirmmütze«.

Esercizi Italienisch für »Übungen« oder »Training«.

Frantoio Italienisch für »Ölmühle, Ölpresse«, auch der Name einer gängigen Olivensorte.

Guardie Regie Die »königlichen Garden«, Militärpolizei, ein Sicherheitsorgan des Innenministeriums zwischen 1919 und 1922. Wurde von Mussolini nach der Machtergreifung aufgelöst und hauptsächlich den Carabinieri angegliedert.

Itte bellu! Sardisch für »Wie schön!«.

Launedda/s Sardisches Blasinstrument aus Schilfrohr, geht auf die archaische Panflöte zurück (Pan = griech. Gott der Hirten). Eine Launedda besitzt drei Spielrohre, zwei kürzere und ein längeres, weshalb dieses Instrument mehrstimmig gespielt werden kann.

Lupara Bedeutet in etwa »Wolfstöter«, eine abgesägte Flinte, bei der sowohl Lauf als auch Kolben gekürzt wurden. Einst wurde sie von Hirten zur Abwehr von Wölfen geführt. Sie ist inzwischen aber auch im klassischen Mafiaroman sehr beliebt.

Madre meu! Sardischer Ausruf, gleich dem italienischen »Madonna!«.

Medas grazias Sardisch für »Vielen Dank«.

Minestra maritata Italienische »Hochzeitssuppe«, meist eine kräftige Suppe mit grünem Gemüse und Fleischeinlage.

Nobiltà Italienisch für »Adel«.

Partito Nazionale Fascista (Abkürzung PNF, maskulin im Italienischen) Die straff organisierte Nationale Faschistische Partei bestand in Italien von 1921 bis 1943 und ging aus den von Benito Mussolini gegründeten *fasci di combattimento* hervor. Seit Mussolinis »Marsch auf Rom« im Herbst 1922 Teil der Regierung, war sie von 1925–1943 Staatspartei des faschistischen Italien.

Pattadesa Siehe Einschub am Anfang von Kapitel 16.

Pratica Siehe Einschub am Anfang von Kapitel 4.

Remontepferd Junges Armeepferd in der Ausbildung, Remonten waren meist drei oder vier Jahre alt. Bis heute gibt es keine genauen Schätzungen darüber, wie viele Millionen Pferde an den Fronten des Ersten Weltkriegs starben.

Squadra (plur. squadre) Lokal organisierte faschistische Schlägertrupps, auch »Schwarzhemden« genannt (»camicie nere«). Seit 1921 in Diensten des PNF. Oft waren die frühen Squadristen arbeitslose Ex-Soldaten (wie z. B. viele der »arditi«), denen die Anerkennung im zivilen Leben fehlte. Im Oktober 1922 organisierte Benito Mussolini mit etwa 26 000 Schwarzhemden den »Marsch auf Rom«.

Squadrist Mitglied einer *squadra* (s. o.).

Su Mortu Mortu Siehe Einschub am Anfang von Kapitel 13.

Taggiasca Die Taggiasca-Olive aus Ligurien ist eine der

besten Olivensorten Italiens, manche sagen sogar, weltweit.

Tanca (sardisch) Grundstücksparzelle oder Viehweide.

Tenuta (plur. tenute) Italienisch für »Landgut«.

Terroir – Terroir nennt man das Zusammentreffen von (Mikro-)Klima, Boden und Landschaft, welches Einfluss auf die Güte einer Wein- oder Olivenernte nimmt.

Tumbarino/s Sardischer Trommler.

Tzia (w) / tziu (m) Sardisch für »Tante« und »Onkel«. Mit dieser Anrede werden jedoch nicht nur enge Familienmitglieder bezeichnet, sondern auch entferntere Verwandte, aus Respekt oft sogar jeder ältere Mitmensch (ähnlich der slawischen Anrede »Väterchen«/ »Mütterchen«).

Vindicau Siehe Einschub am Anfang von Kapitel 18.

Eine Liebeserklärung an Italien und an das Leben

GRIT LANDAU

Marina, Marina

ROMAN

Anfang der 1960er-Jahre in dem kleinen Küstenort Sant'Amato an der italienischen Riviera: »Marina« erobert die Herzen der Italiener und der ganzen Welt – auch das des jungen Nino. Doch dieser denkt dabei nicht an den Welthit, sondern an die schöne Frau des Friseurs, die er heimlich, aber dafür umso heftiger anbetet.

Marina dagegen beginnt eine leidenschaftliche Affäre mit einem Mann, dessen Identität Nino erst viele Sommer und etliche canzoni später erfahren soll. Bis dahin spinnt das Schicksal seine Fäden: Ninos Tante erfüllt sich einen lang gehegten Traum, der Cousin seines Vaters verliebt sich in eine deutsche Urlauberin, die von einem Hotelbalkon stürzt, und auch Marinas geheime Liebe bleibt nicht ohne Folgen ...

»›Marina, Marina‹ erzählt die wechselvolle Geschichte eines ganzen Dorfes. Man merkt, dass sich hier jemand auskennt, der ganze Roman ist gespickt mit interessanten Details zu Geschichte, Bräuchen, Musik und Schauplätzen.« NDR Kultur

DROEMER